坏女孩的恶作剧

|略萨作品：精装珍藏版|

〔秘鲁〕马里奥·巴尔加斯·略萨——著

尹承东 杜雪峰 译

Mario Vargas Llosa
TRAVESURAS DE LA NIÑA MALA

著作权合同登记号　图字 01-2019-1251

Mario Vargas Llosa
TRAVESURAS DE LA NIÑA MALA

Copyright © MARIO VARGAS LLOSA，2006
This edition arranged with Agencia Literaria Carmen Balcells S.A.
Simplified Chinese edition copyright © Shanghai 99 Readers' Culture Co.，Ltd.
All rights reserved.

图书在版编目(CIP)数据

坏女孩的恶作剧/(秘)马里奥·巴尔加斯·略萨著；
尹承东，杜雪峰译.—北京：人民文学出版社，2022
（略萨作品：精装珍藏版）
ISBN 978-7-02-017228-3

Ⅰ.①坏… Ⅱ.①马… ②尹… ③杜… Ⅲ.①长篇小说—秘鲁—现代　Ⅳ.①I778.45

中国版本图书馆 CIP 数据核字(2022)第 107465 号

责任编辑　朱卫净　　陶嫒嫒
装帧设计　汪佳诗

出版发行　人民文学出版社
社　　址　北京市朝内大街 166 号
邮政编码　100705

印　　制　凸版艺彩(东莞)印刷有限公司
经　　销　全国新华书店等

字　　数　251 千字
开　　本　890 毫米×1240 毫米　1/32
印　　张　9.75
版　　次　2010 年 10 月北京第 1 版
印　　次　2022 年 8 月第 1 次印刷

书　　号　978-7-02-017228-3
定　　价　88.00 元

如有印装质量问题，请与本社图书销售中心调换。电话：010-65233595

献给 X,纪念英雄时代。

马里奥·巴尔加斯·略萨致中国读者的信

亲爱的朋友们：

我怀着激动的心情给你们写这封短信。说真话，我从没想到我写的故事能到达如此遥远的地方，即从我儿时起似乎就构成我梦境中的一部分的国家，也是组成我心目中非现实景物部分的国家，如同我在许多历险故事中读到的奇异的、令人难以置信的国家一样。现在我知道了，中国是一个实实在在、非常强大的国家。在她的众多人口中，有一些读者与我共同分享了我在小说中创造的那个神奇的世界。这对我花费了那么多时间、付出了那么多努力写作故事和长篇小说而言，是一种莫大的补偿。

从非常年轻的时候起，由于阅读给予我的极大乐趣，我就渴望成为一名作家。我总是说，我一生中最美妙的事就是学会了阅读。由于阅读，读者的生活会备加充实，获得极大的丰富，获得种种体验——若没有让我们眼花缭乱、进入我们记忆的小说的帮助，就绝对不会获得。我之所以渴望成为作家，向来是为了要把我一生中那些伟大而可爱的朋友让我感受到的激奋通过我创作的故事尽可能多地传达给读者，那些伟大而可爱的朋友本身就是我读过的最佳作品。文学是世界语言。尽管读者在时代、地点、信仰和语言上千差万别，但文学在他们中间确立的是人类的团结、感情的纽带、共同的愿望、情感的交融及相互的声援。而这一切表明，在人类的心灵深处存在的是亲近。此乃我希望我的著作带给中国读者的信息：友谊、理解和兄弟之情。

向诸位、向每一位致以亲切的问候!

马里奥·巴尔加斯·略萨

2010 年 4 月 30 日于马德里

目录

马里奥·巴尔加斯·略萨致中国读者的信

第一章　智利小姑娘　001

第二章　游击队员　015

第三章　新潮伦敦的赛马画师　069

第四章　销魂城堡的译员　112

第五章　不会说话的小男孩　153

第六章　防波堤的建设者阿基米德　221

第七章　拉瓦皮耶斯的马塞利亚　257

略萨访谈　我想探讨一种脱离浪漫主义神话的爱情　295

译后记　304

第一章　智利小姑娘

那是一个奇妙的夏天。佩雷斯·普拉多带着他的十二位乐师组成的乐队来为米拉弗洛雷斯露天咖啡馆俱乐部和利马草地网球俱乐部举办的狂欢节舞会助兴，在阿乔广场组织了一次曼波舞全国冠军赛。尽管利马大主教、红衣主教胡安·瓜尔韦托·格瓦拉威胁要把参加舞会的所有男女全部逐出教会，那次冠军赛还是取得了巨大成功。由米拉弗洛雷斯的迭戈·费雷、胡安·凡宁和哥伦布三条街组成的阿莱格雷斯区，也就是我所在的区，同圣马丁区举办了室内足球、自行车、田径和游泳项目的小型奥林匹克运动会。当然，我们赢了。

一九五〇年的那个夏天发生了一些不平常的事情。科希诺瓦·拉尼亚斯第一次追上了一个姑娘——红头发的塞米纳乌埃尔，这个姑娘迎着米拉弗洛雷斯人惊讶的目光答应了他的求爱。于是科希诺瓦忘记了自己的瘸腿，从那时起，他昂首挺胸地走在大街上，仿佛自己是名叫查尔斯·阿特拉斯的意大利健身师和体育家。蒂克·狄拉班特和伊尔塞分手，爱上了劳丽塔；维克多·奥赫达爱上了伊尔塞，跟因赫掰了；胡安·巴雷托恋上了因赫，跟伊尔塞断绝了关系。区里的感情生活屡屡分化重组，简直弄得我们摸不着头脑。恋爱关系三天两头地破裂、修复，从周六的舞会上出来时的一对对情侣并不总是进去时的那对组合。"太不像话了！"我姑妈阿尔韦塔愤愤地说。自从父母过世后，我一直跟这位姑妈住在一起。

米拉弗洛雷斯的海水浴场有两处波浪破碎、浪花飞溅的地方。第一处是在离海滩两百米的较远方。我们这些勇敢的小孩毫无畏惧地一直游到那儿，然后让海浪拖着我们往回漂。当把我们拖回大约离岸一百米的地方时，海浪便逐渐消失。继而，海水又在潇洒的起伏翻滚中形成一道新的波浪，这道新的波浪在第二次震耳欲聋的轰隆声中同样破碎，把我们冲到浪谷中，直至把我们缓缓地推到海滩的碎石边。

那个夏天真是美妙极了，在米拉弗洛雷斯的舞会上，没有人再跳华尔兹、科里多、布鲁斯、波莱罗和瓦拉查斯舞，因为曼波舞横扫了一切，独占了舞场。曼波舞像一场地震，在该区的舞会上让所有青少年和成年男女又扭又跳、又蹦又闹，变换着各种舞步，开心极了。而且，在米拉弗洛雷斯以外的地方肯定同样如此，哪怕是离米拉弗洛雷斯很远的城区，比如林塞区、布雷尼亚区、乔里约斯区或更具异国情调的利马中心的拉维多利亚区、里马克区和波韦尼尔区。我们米拉弗洛雷斯人从没去过这些区，也从没想过一定要去那儿。

就这样，我们从跳华尔兹、瓦拉查斯、桑巴和波尔卡舞转到了跳曼波舞，也从滑冰、玩踏板车转向了骑自行车。有些人，比如塔托·蒙赫和托尼·埃斯佩霍则去玩摩托，甚至有一两个人去玩汽车，比如作为区里鹤立鸡群之人的卢钦有时会把他爸爸的敞篷雪佛兰轿车偷开出来，带我们沿着防波堤去兜风，从露天咖啡馆一直开到阿尔芒达里茨峡谷，车速高达每小时上百公里。

但是那个夏天最引人瞩目的事还是两姐妹从她们遥远的祖国智利来到米拉弗洛雷斯。她们艳丽夺目地登场，说话语速很快，把单词最后的音节吃掉，并在句子的结尾发出嘘声般的感叹。她们的出现让所有刚刚脱下短裤、换上长裤的米拉弗洛雷斯男孩都转身注视。而我尤甚。

两姐妹中，妹妹像是姐姐，姐姐像是妹妹。姐姐名叫莉莉，比露西矮一点儿，比露西长一岁。莉莉至多十四五岁，露西大约十三四岁。艳丽夺目这个形容词好像是为她俩发明的，至今仍然如此。露西不像姐姐那样艳丽夺目，这不仅是因为她的头发没有姐姐那么金黄、那么长，穿着也比姐姐简朴，而且因为她比姐姐寡言少语。跳舞的时候，尽管也变换着各种动作，大胆地扭动腰肢——没有一个米拉弗洛雷斯女孩敢这样做——但露西似乎是个庄重、拘谨的女孩，跟姐姐相比，几乎可说是平淡无味。当放好唱片、高亢的曼波舞曲响起来时，我们便开始跳舞。那时，莉莉旋转得简直像个陀螺，像风中的烈火，又像夜间的磷火。

莉莉的舞步轻捷、潇洒，姿态极为优美，脸上挂着微笑，嘴里哼着舞曲的歌词；她架起胳臂，露出小腿，扭动着腰部和肩膀。她那整个纤小的身躯在裙子和衬衫的多种曲线塑造中，似乎全身都在动情、颤抖，从发梢到脚尖都在舞蹈。不管谁跟她跳曼波舞，都难以跟她配合得好到让她称心如意，因为她的腿脚如此疯狂地旋转跳动，舞伴岂能不乱了脚步？当然不可能！舞伴从一开始就落后于她的节奏，心中十分清楚，全场的舞者都在注视着莉莉的曼波舞。"怎么是这样的女孩子呀！"我姑妈生气地说，"跳起舞来就像墨西哥舞女通戈莱莱，也像墨西哥电影里的伦巴舞女。嗯，我们不要忘了她是智利女孩。"她又自我附和道："那个国家的女人的强项可不是美德。"

我像不满一周岁的小牛犊那样爱上了莉莉，那是最浪漫的恋爱方式，可以说爱得如胶似漆。在那个难忘的夏天，我向她表白过三次。第一次是在里卡多·帕尔玛电影院的高层座位上，这座电影院位于米拉弗洛雷斯的中心公园，当时在看礼拜天的早场电影。她拒绝了我，说她还年幼，不应该恋爱。第二次是在那个夏天开幕的萨拉萨尔公园下面的滑冰场上，她又拒绝了我，说需要考虑一下，理由是尽管她有点儿喜欢我，但她的父母要求她在读完中学四年级之前不能恋爱，而现在她还在读三年级。最后一次是我们在拉尔科林荫道的美味奶油点心铺喝香草牛奶时，自然，她又一次拒绝了我。她干吗一定要说答应呢？我们在一起的时候不是已经像恋人了吗？做游戏的时候，玛尔塔也在场，每次不都是我俩配对吗？在米拉弗洛雷斯的海滨，我们不是坐在一起吗？在舞会上，她跟我跳舞的次数不是比跟任何人都多吗？

那么，既然整个米拉弗洛雷斯都认为我们已经是恋人，她何必还要正式表态？靠她那模特似的外貌、乌溜溜而狡黠的双目和饱满丰润的小嘴，她已经是一个风姿秀逸的女人了。

"你的一切，我都喜欢，"我对她说，"但是，我最喜欢的是你的说话方式。"由于语调和音乐感，她的说话方式诙谐而奇特，与秘鲁女人讲话截然不同；她还用一些词语、格言、俏皮话和谚语，把我们区里的人弄得云里雾里、晕头转向，大家都在猜她的话是什么意思，是不是隐藏着某种嘲弄。莉莉总是双关语不离口，还说些谜语似的话让人猜，或者讲些露骨的色情笑话，弄得区里的女孩面红耳赤。"这些智利女孩太可怕了！"我姑妈阿尔韦塔谴责道，像学校的教师那样把眼镜摘下来又戴上、戴上又摘下来，她担心这两个外来女孩会让米拉弗洛雷斯的道德崩溃。

五十年代初，米拉弗洛雷斯还没有高楼大厦，是矮小的平房区，最高的建筑就两层；但是有花园，花园里必不可少地种着天竺葵、柠檬树、月桂树和九重葛；有草地和花坛，花坛上爬满了忍冬或常春藤，在那儿，居民们坐在摇椅上聊天、闻着茉莉花的芳香，等待夜幕降临。某些公园里长着带刺的、开满浅红和玫瑰红花朵的木棉树。清洁笔直的小径旁长着鸡蛋花树、蓝花楹和桑树。和园中的鲜花一样，德奥诺弗里奥的冷饮小贩流动小黄车也是公园的一道风景线，那些小贩统一穿着白色防尘衫，戴着小黑帽，白天黑夜地穿梭在大街小巷，用一只海螺号告知他们的到来。我听到那海螺号缓慢的号角，就像听到了野蛮人的号叫，不禁引发对史前的想象。在米拉弗洛雷斯还可以听到鸟叫声，在这儿，姑娘一到出嫁的年龄，家里人就要去砍松树，否则可怜的姑娘就会同我的姑妈阿尔韦塔一样嫁不出去，变成老处女。

莉莉从来不答应我的求爱，但是事实上，除了这种礼节之外，我们在各方面都已经像恋人了。在里卡多·帕尔玛电影院、埃尔莱乌罗电影院、埃尔蒙特卡洛电影院和埃尔科里纳电影院看早场电影时，我们都是手拉着手。尽管不能说我们在黑暗中的座位上像其他恋人那样抛出了全盘计划——这套计划的全部内容包括从普通的接吻到舌头相互吮吸的挑逗和带有邪念的抚摸（这最后一项到了第一个周五就必须作为不可饶恕的罪过向牧师忏悔了）——可莉莉让我吻她，吻她的面颊，吻她的嘴角，吻她的耳朵周围；有时候，一瞬间，她的双唇也会接触我的双唇，但她马上又做一个情节剧般的鬼脸移来："不、不、不，这可不行，小瘦猴。"区里的朋友嘲笑我说："你天生是个小牛犊，瘦猴；你的脸色苍白，瘦猴；自作多情、一厢情愿，瘦猴。"他们从不叫我的名字里卡多·索莫库尔西奥，总是叫我的外号。他们的话一点儿也不夸张：我的确痴痴地爱上了莉莉。

为了她，那个夏天，我跟我最好的朋友之一卢钦干了一架。有一次，区里的小伙子和姑娘在哥伦布大街和迭戈·费雷大街街角的洛斯查卡尔塔纳公园聚会，卢钦要显摆自己，突然滑稽地说那两个智利姑娘是故作风雅，其实她们的头发不是金黄色的，而是用充氧水染过的，于是在米拉弗洛雷斯，人们开始称她们为蟑螂。我对着卢钦的下巴一拳打了过去，他躲开了；我们又到悬崖下拉雷塞尔瓦防波堤拐角处厮打了一阵，以解决分歧。此后两个人一整个礼拜都没有说话，直到隔一个礼拜的舞会上，区里的小伙子和姑娘才言归于好。

莉莉每天下午都喜欢到萨拉萨尔公园拐角去，那儿长满了棕榈树、木曼陀罗和牵牛花。从低矮的红砖墙上，我们眺望整个利马海湾，就像船长从指挥塔上观望大海。如果是晴天——我发誓，那个夏天总是万里无云，每天都是艳阳高照，万道光芒闪耀在米拉弗洛雷斯上空——远远地，可以看到在大洋尽头水天相连的地方，一轮大圆盘似的红日如燃烧般地喷射着亮光，徐徐地沉进太平洋。莉莉的小脸如此聚精会神，热诚不亚于中午十二点去中心公园教区的弥撒上受圣餐。她目不转睛地盯着那个火红的大球，等待着大海把最后一道光线吞没的时刻到来时许下自己的愿望，让天体或上帝把它变为现实。我也许下自己的一个愿望，但对于那愿望是否能变为现实，我半信半疑。自然，那愿望总是同一个：她最终答应我的求爱，我们成为恋人，可以随便亲热；我们相爱、成为情人、结婚，最后到巴黎去过美满幸福的日子。

从我记事起，我就梦想住到巴黎去。这也许是我爸爸的过错，也许是保罗·费瓦尔、儒勒·凡尔纳、亚历山大·小仲马和其他许多法国作家的那些著作的过错。在我爸爸因车祸去世将我变为孤儿之前，他要我读这些书。那些小说让我的脑子里充满了惊险奇遇，使我确信在法国生活是最丰富、最愉快、最美好的，比在其他任何地方都过得潇洒、幸福。因此，除了我在秘鲁-北美学院的英文课程，我让姑妈在威尔逊大道的法国联盟学校为我注了册，每周三次去那里学法国佬的语言。尽管我很喜欢跟区里的哥儿们玩，但我还是埋头苦读，很用功，所以成绩很好。语言把我迷住了。

当我手中的小钱允许的时候，我就请莉莉到布兰卡小店里去喝茶——当时还不时兴请吃便餐。那家小店的正面墙粉刷得雪白，人行道旁的遮阳篷下摆着小桌子，在那儿可以吃到各式各样的点心：夹心饼干、杏仁胡桃糊做的白心美味螺状蛋糕、糖果及蘸糖奶油卷。这家小店位于拉尔科林荫道、阿雷基帕林荫道和里卡多·帕尔玛林荫道的交会处，林荫道两旁是高高的无花果树。

跟莉莉去布兰卡小店吃冷饮或糕点是一件幸福快乐，但是这种幸福快乐的事，唉，几乎总是由于她妹妹露西的在场而扫兴。每次出门，我必须得带上这个丫头。露西拉得一手好手风琴，可是她的出现破坏了我的计划，妨碍我跟莉莉单独交谈，没办法把那些梦想在她耳边用悄悄话说给她听。但是，尽管由于露西在场，我们的交谈不得不回避某些话题，但是跟莉莉在一起，看着她每次摇头的时候秀发怎样飘舞，看着她那双深蜜色的、狡黠的眼睛，听着她那与众不同的讲话方式，偶尔隐约看到由于她的疏忽而从低胸紧身衬衫中暴露出来的两个已经开始发育的小乳房,还是令人愉悦难言、心存无限感激。那两个小乳房已经挺起来,圆圆的,像两颗嫩生生的蓓蕾。毫无疑问,它们是结实而柔软的,如同尚未成熟的水果。

"我不知道我拉着手风琴在这儿陪着你们干什么。"有时候露西表示歉意地说。我则对她说谎:"你怎么这样想?有你跟我们在一起,我们太高兴了。对吗,莉莉?"莉莉只是笑,眼神露出嘲弄,高声说:"没错,因为……"

沿着帕尔玛林荫道散步,走在枝繁叶茂的无花果树下,树上有无数小鸟在啁啾歌唱。林荫道两旁是错落有致的、低矮的小房子,在房子之间的花园和花坛上,身着浆过的白制服的保姆带着男女幼童在嬉戏。这是那个夏天的常规活动之一。由于露西跟在身边,我很难跟莉莉说自己喜欢说的话,话题只能涉及一些平淡无奇的事情:未来的种种计划。比如说,律师专业毕业后,我想找个外交官的差事去巴黎,因为在那儿、在巴黎,生活才叫生活,法国是个有文化的国度;或者我去从政,帮可怜的秘鲁重新繁荣昌盛起来,若是这样,就得推迟去欧洲的计划。那两个姑娘长大之后想成为什么人?想干什么事?露西是个有头脑的姑娘,她的目标很明确:"首先要上完学,然后谋一个好职位,也许到一家唱片店干活,那儿应该有各式各样有趣的唱片。"如果能说服她们的父母,莉莉想去一家旅行社或航空公司当空姐,那样就可以免费周游世界了;要么去做电影演员,但她决不拍穿比基尼的镜头。旅行、旅行、不断地旅行,周游世界上所有的国家,那是她最喜欢做的事。"哦,你至少已了解两个国家:智利和秘鲁。你还想什么!"我对她说,"跟我比比看,我连米拉弗洛雷斯都没出过。"

莉莉讲的智利圣地亚哥的事情让我提前看到了天堂。听她讲那些事情,我是何等地羡慕呀!那儿跟秘鲁这儿不同,街上没有穷人和叫花子,不管是男孩还是女孩,父母都可以让他们在舞会上玩到黎明——他们可以随心所欲地跳各种舞,从来不像在这儿见到的那样:老人们、妈妈们、婶婶姨妈们偷偷监视年轻人跳舞，如果发现他们出格，就会骂他们。在智利，男孩女孩都可以看成人电影；满十五岁以后，他们都可以堂而皇之地吸烟。那儿的生活比利马有趣，因为有更多的电影院、杂技团、剧院，有各种演出以及有乐队伴奏的舞会。三天两头就有滑冰队、芭蕾舞团和乐团从美国到圣地亚哥来。智利人干任何工作挣的工资都是这儿秘鲁人的两三倍。

不过，既然如此，智利小姑娘的父母为什么离开那个美妙的国家到秘鲁来呢？因为他们不是富人，而是一眼就能看出的、极其贫困的人。就眼下的情况看，他们的居住条件还不如我们。阿莱格雷区的孩子，不管是男孩还是女孩，家里都有管家、厨娘、女仆和园丁，他们却住在埃斯佩兰萨大街一座狭窄的三层楼房的套房里，在甘布里努斯饭店那边。那些年月的米拉弗洛雷斯，跟后来发生的情况相反，当大楼平地而起、平房逐渐消失的时候，住在楼房里的都是些一贫如洗的人。唉，真可怜，看样子，两个智利小女孩大概就属于那个渺小的群体。

我从没见过她们的父母。不管是我还是我们区里的任何男孩或女孩，她们从不带到她们家里去。她们从不过生日，也不举办舞会，更不约我们去喝茶或玩耍，似乎羞于让我们看到她们居住条件的简陋。对我来说，尽管她们很穷，尽管她们为自己的一贫如洗感到羞愧，我却对她们充满同情，愈发爱那个智利小姑娘，以致奠定了利他主义的欲望："我和莉莉结婚后，让他们全家都跟我们一起生活。"

可是我米拉弗洛雷斯的朋友们，特别是我的那些女朋友，对露西和莉莉不向我们敞开家门甚感不安："难道她们家已经穷得揭不开锅，连一场舞会都组织不起？"她们这样议论，"也许不是因为穷，而是由于小气。"蒂克·狄拉班特打算作践她们，这样火上加油道。

区里的男孩立即开始说两个智利女孩的坏话了，议论她们的化妆如何如何、衣着如何如何，嘲笑她们的衣物少得可怜，那几条裙子、几件衬衫、几双凉鞋，我们都能背出来；为了掩饰自己衣物少，她们千方百计地换着样儿搭配。男孩对那两个智利女孩如此品头论足，让我感到无比愤怒，于是站出来为她们说话了：那些无聊的议论是妒忌，是好色的妒忌，是别有用心的妒忌，因为在舞会上，两个智利姑娘从来不会被冷落，所有的小伙子都排队请她们跳舞。我这样保护她们时，劳拉却反驳说："那是因为她们让舞伴贴着身子，这样谁不愿意跟她们跳舞！"我又说："在区里的聚会上、在游玩的时候、在海滨或萨拉萨尔公园，她们总是诱人的中心，所有的男孩都围着她们转，而别的女孩，嗯……"这时特雷西塔又来反驳我："那是因为她们想模仿成人的习惯，厚颜无耻；因为你们跟她们在一起敢讲一些我们不允许你们讲的色情笑话！"最后我说，归根结底是因为智利小姑娘气质高雅、现代又机灵，而她们恰恰相反，装腔作势、思想陈腐、自视清高且脑袋里有偏见。"过奖了！"伊尔塞一句解嘲的答话让我们停止了争论。

不过，尽管阿莱格雷区的女孩贬低那两个智利小姑娘，但还是照常约她们去参加舞会，跟她们一起去米拉弗洛雷斯的海滨浴场，一起去望周日十二点的弥撒，一起去看早场电影，一起去萨拉萨尔公园散步——那种散步是必不可少的，而且是从黄昏一直溜达到天空出现第一批星星。在那个夏天，从一月到三月，利马的天空一直繁星闪烁，我敢肯定，它们没有一天被乌云遮住。而平时这个城市一年中五分之四的夜空都是被乌云遮蔽的。区里的女孩这样做是因为男孩的要求；从本质上讲，也因为米拉弗洛雷斯的女孩感到智利小姑娘身上有一种不可抵御的吸引力，就像眼镜蛇在吞吃小鸟之前先施催眠术把它迷住——女罪人对女圣徒、魔鬼对天使同样使用这样的伎俩。米拉弗洛雷斯的姑娘们羡慕那两个来自遥远国家智利的小姑娘：她们有米拉弗洛雷斯没有的自由，可以到任何地方去；可以散步或跳舞到很晚而不需要请求允许再多待一会儿，她们的爸爸妈妈或某个姐姐、某个婶婶或姨妈不会来到舞场偷偷地在窗户里监视她们，看看她们跟谁跳舞、怎样跳舞，或者把她们强行拉回家，因为已经是午夜十二点，在这个时候，正派的女孩不会还在跳舞或者在街上跟男人聊天——那是想仿效大人习惯的小女孩、故作风雅的女人、印第安女人干的事——而是在她们的小房子里、在她们的床上做着甜蜜的美梦，跟小天使们在一起。她们羡慕智利小姑娘是那样自由自在、完全放得开，跳起舞来是如此放荡不羁，根本不在乎是否有人看她们的腿部。她们摇动肩膀，摇动小乳房，扭动小屁股，没有一个米拉弗洛雷斯女孩会这样做。她们允许男孩随便干的事，这里的女孩连想都不敢想。可是，既然她们这样不受约束、这样不检点，为什么不管是莉莉还是露西都不想有恋人？莉莉不光拒绝了我的求爱，也拒绝了拉洛·莫尔菲诺和卢乔·克劳斯。露西则拒绝了洛耶尔，拒绝了佩佩·卡内帕和已经进入青春期的胡里奥·比恩韦尼达，后者是第一个还没有读完中学、刚满十五岁、父母就送了他一辆高级轿车的米拉弗洛雷斯男孩。为什么那么自由放荡的智利小姑娘就是不想有恋人？

这个秘密和其他一些有关莉莉和露西的秘密，在一九五〇年三月三十日那个难忘的夏天的最后一天意想不到地解开了。那是在胖子玛里罗萨·阿尔瓦雷斯-卡尔德隆举办的一场舞会上。那场舞会将是划时代的，它将永远留在所有出席者的记忆里。阿尔瓦雷斯-卡尔德隆一家的住宅位于七月二十八日大街和拉巴斯大街的拐角处。那是米拉弗洛雷斯最漂亮的住宅，也许是全秘鲁首屈一指的。宅内有多处花园，花园里耸立着枝繁叶茂的参天大树，有开着黄花的南美花梨木，有牵牛花，也有蔷薇。院子里有镶着瓷砖的游泳池。玛里罗萨每次举办舞会都有乐队伴奏，整个晚上都有一大群侍者来往穿梭地为宾客送上糕点、小吃、三明治、果汁和各种不含酒精的饮料。去参加那种舞会，我们这些客人就仿佛准备去升天堂。那一晚的舞会，一切都进展得非常好，直至舞场的灯光熄灭，成百的男孩和女孩把玛里罗萨围起来，对她唱生日快乐。在她吹灭了蛋糕上的十五支小蜡烛之后，我们就排起队轮流拥抱她，惯常地祝贺她的生日。

玛里罗萨生在富贵人家，却是个邋里邋遢的胖女人。她身上的赘肉把粉红色上衣在背部拱起一大道皱褶。当轮到莉莉和露西拥抱她的时候，她吻过她们的面颊，突然把眼睛睁得老大地惊呼道：

"你们是智利人，对吗？那我来给你们介绍一下我的姨妈阿德里亚娜，她也是智利人，刚从圣地亚哥来。来，来。"

她牵起她们的手，把她们拉到室内，高声喊道："阿德里亚娜姨妈，阿德里亚娜姨妈，这里有一件让你惊喜的事。"

那是一间大厅，大厅的侧面是长长一排被灯管照得透亮的矩形大窗户。室内有一座没生火的壁炉，四壁挂满了风景画和肖像油画，下面整齐地摆放着大扶手椅和沙发，地板上铺着地毯，十多位先生和夫人手里端着酒杯在那儿交谈。透过大窗户的玻璃，我看到玛里罗萨领着两个智利小姑娘走进去。我模模糊糊地、一刹那发现有个高个子女人的身影，衣着非常考究，人很漂亮，手中一支加长过滤嘴的香烟冒着烟。她迎上前去，脸上泛着温柔宽厚的笑容，跟她那两位少女同胞打招呼。

我去喝了杯芒果汁，然后偷偷地躲到游泳池更衣室中吸一支总督牌香烟。在那儿，我碰到了胡安·巴雷托，他是我的朋友，也是我在尚帕尼亚中学的同学，他也是躲到这个清静的地方来吸烟的。我们撞了个满怀，他问我：

"我要追莉莉，你介意吗，瘦猴？"

他知道尽管我和莉莉像是恋人，却不是恋人。他也知道——像所有人那样，他给我说得很精确——我对莉莉表白过三次，三次都被拒绝了。我回答他说，他要追莉莉，我很在意，因为尽管莉莉拒绝了我，但那只不过是她耍的一种游戏，智利女孩都是这样。实际上她喜欢我，我们就像是一对恋人。再说这天晚上我准备第四次向她求爱，那将是决定性的一次。她正要答应我的求爱时，插着十五支小蜡烛的蛋糕端上来了，把我们给打断了。现在她去跟玛里罗萨的姨妈说话了，回来后我会继续追她，她会答应我的求爱的。从今天晚上起，她就是我合理合法的恋人了。

"如果是这样，我就只好去追露西了。"胡安·巴雷托无可奈何地说，"可我喜欢的是莉莉，哥们儿。"

我鼓励他去追露西，并且许诺配合他，让露西答应他的求爱。他跟露西，我跟莉莉，我们组成一曲美妙的四重奏。

我跟胡安·巴雷托一边在游泳池边交谈，一边看着一对对舞伴在奥尔梅尼奥兄弟乐队的旋律中跳舞。这不是佩雷斯·普拉多的乐队，但也棒极了。小号吹得多棒！鼓打得多棒！我跟胡安·巴雷托一起，吸了两支总督牌香烟。为什么玛里罗萨偏偏在这个当口儿要把莉莉和露西介绍给她的姨妈呀？她们没完没了地闲扯些什么呀？这可是要打乱我的计划了，讨厌！因为，一点儿不错，当插着十五支小蜡烛的蛋糕端上来时，我已经开始我的第四次求爱。我肯定这次向她表白爱慕会成功。说服乐队奏一曲《我喜欢你》后，波莱罗舞最适合追求女孩。

莉莉和露西拖了很久很久才回来，她们完全变了样儿：露西脸色煞白，眼圈发黑，好像看到了幽灵，正在从对另一个世界的印象中恢复过来。莉莉满脸愠色，噘着嘴，很是暴躁，双目喷射着怒火，好像大厅里那些干瘪瘦削的先生和夫人惹得她十分不悦。我立即拉她去跳舞，跳的是一支曼波舞。曼波舞是她的专长。我真不敢相信，她竟舞步拖沓，完全失去了节奏，心不在焉，总是跳错，磕磕绊绊，头上的海军帽歪斜了，使她的样子变得有点儿滑稽。她甚至无意去把帽子正一正。到底发生了什么事？

我敢肯定，等这支曼波舞跳完，整个舞会上的人就全都知道是怎么回事了，因为胖女人玛里罗萨在到处传播。这个爱说长道短、搬弄是非的女人讲起这件事来是多么兴致勃勃呀！她讲得有鼻子有眼，半点不落，兴奋得满脸通红，对故事添油加醋，还由于对事情感到好奇、害怕和高兴，把眼睛瞪得老大老大！那个夏天，我们这些米拉弗洛雷斯的孩子就要告别少年时代进入青春期了，那两个智利女孩来到米拉弗洛雷斯就是要变革我们的风俗习惯的。如今发生了这样的事，区里所有那些对智利姊妹花妒忌得咬牙切齿的女孩该是多么幸灾乐祸呀，因为她们感觉得到了莫大的补偿，终于报了仇呀！

我是在莉莉和露西没有和玛里罗萨及任何人告别、神秘地消失之后，最后知道这件事的。"她们咀嚼着羞辱，无可奈何地溜掉了。"我姑妈阿尔韦塔大概是这样下的结论。当这个令人费解的消息在整个舞会上传开，成百个男孩女孩惶惶不安，他们忘记了乐队，忘记了他们的恋人，忘记了他们的整个计划，悄悄地交谈、耳语起来。他们反复地讲着同样的话，他们都感到惶恐，他们都很激动，一个个眼睛瞪得老大老大，像炸了锅，一起说着诽谤中伤的话："你知道吗？你早就知道了吗？你听说过吗？你觉得怎么样？你发现了吗？你想到了吗？你能想象吗？""她们不是智利人，不是，不是！纯粹瞎编！她们既不是智利人，对智利也一无所知！她们撒谎！骗人！一切都是胡说八道！玛里罗萨的姨妈让她们露了馅、出丑了！真是女土匪、大骗子！"

她们是秘鲁女孩，事情就是这样。她们是穷人！是穷得可怜的秘鲁女孩！莉莉和露西的讲话语调完全骗过了我们，但刚从圣地亚哥回来的阿德里亚娜姨妈一听她们讲话，马上就看出那是冒充的。她大概对两个姑娘讲述的生活感到惊诧。当胖女人玛里罗萨的这位姨妈猜出那是一出滑稽戏，开始问起她们在圣地亚哥的家庭情况、她们在圣地亚哥住在哪个区、在圣地亚哥上过什么学校、她们家在圣地亚哥的亲戚朋友的情况时，她使那两个智利小女孩经历了幼小生命中最痛苦的时刻。她火冒三丈，对她们大加训斥，以致那两个女孩离开大厅时，身体和精神完全崩溃了。她们心中太痛苦了。阿德里亚娜姨妈向亲戚、朋友和惊得目瞪口呆的玛里罗萨宣布："什么智利人呀，穷得不像样子！这两个女孩从来没去过圣地亚哥，她们说自己是智利人就好像我说自己是西藏人!"

一九五〇年夏天的最后一天,我刚满十五岁。这一天对我来说是生活的真正开始。这种生活脱离了严酷现实的空中楼阁,脱离了海市蜃楼和神话。

假智利小女孩的全部历史,我没有了解得十分清楚,除了她们自己,没有任何人源源本本地清楚。但是我听到了一些猜测、一些传闻、一些杜撰和一些所谓的揭露,当那两个说谎的女孩不再出现之后,这些东西一直像有声的余波一样追踪着她们。说她们不再出现,是因为她们再也没有被邀请参加舞会,再也没有被邀请一起玩耍、一起喝茶和参加区里的聚会。那些喜欢散布流言蜚语的长舌妇们说,尽管阿莱格雷区和米拉弗洛雷斯的正派姑娘已经不去找她们,在大街上碰到她们也会背过脸不予理睬,但是小男孩、小伙子、成年男子还是偷偷地去找她们,就像去找那些故作风雅的假正经女人。莉莉和露西除了是某个区(比如布雷尼亚和埃尔波尔白尼尔)故作风雅的假正经女人,还能是什么女人呢?她们不是为了掩盖自己的出身而假装成外国人以便混到米拉弗洛雷斯的正派人中间吗?现在男人们去找她们就是为了去跟她们调情,跟她们干那些只有土著女人和假正经女人才允许干的勾当哩。

我想,后来这些人或那些人渐渐地把莉莉和露西忘记了,因为另外的人、另外的事情把我们童年最后一个夏天的这桩奇遇代替了。我却难以忘记。我没有忘记那两个女孩,尤其忘不了莉莉。尽管时光已经流逝了那么多年,米拉弗洛雷斯已经大变,风俗习惯今非昔比,往日骄横存在的障碍和偏见已经衰落、隐蔽,但莉莉依旧在我的脑海里挥之不去。时不时地,我会想起她,听到她顽皮的笑声,看到她深蜜色的双目中嘲弄的目光,她那随着曼波舞曲的节奏像芦苇一般婀娜多姿的摇摆有时仍映现在我的眼前。我想,尽管经历了那么多的夏天,但在所有的夏天里,那个神话般的夏天是最美好的。

第二章 游击队员

墨西哥美餐馆位于卡奈特街和吉沙德街交叉的弯角处，距圣茹尔比斯广场只有一步之遥。我抵达巴黎的第一年，囊中羞涩，日子难过，许多个晚上都去站到这家餐馆的内门外，等待着保尔拿着一点儿蕉叶玉米粽子、一点儿小饼、一点儿肉或者是一点儿玉米面辣椒肉馅饼走出来。我把这些食物带回我在参议院旅馆的阁楼上，趁着它们还没凉之前吃掉。保尔本来是作为帮厨进入墨西哥美餐馆工作的，但不久之后，由于他娴熟的烹饪技术，很快就升任为厨师长助理。当他放弃了一切、全身心投入革命的时候，他已是这家餐馆正式的持证厨师了。

六十年代初，巴黎正经历着古巴革命般的热潮，那儿聚集了来自五大洲的青年人。这些青年人跟保尔一样，梦想着在他们的国家同样出现菲德尔·卡斯特罗及其蓄着大胡子的伙伴们史诗般的英雄业绩。为了达到这一目的，他们有的是当真的，有的是觉得好玩，聚集在咖啡馆里策划着谋反。除了在墨西哥美餐馆干活谋生，在我到达巴黎没几天刚认识他的时候，保尔还在巴黎大学上些生物课。为了革命，他把学业也放弃了。

我们是在巴黎拉丁区的一家小咖啡馆里交上朋友的。我们一伙南美人经常在这家咖啡馆里聚会，塞瓦斯蒂安·萨拉萨尔·邦迪在他的一部故事集中称这些南美人为"巴黎穷人"。保尔知道我手头拮据后，打算在伙食方面向我伸出援助之手，因为墨西哥美餐馆的剩饭很多。他叫我晚上十点钟左右从内门进去，让我吃"一顿丰盛的、热乎乎的免费大餐"。这样的事，他对其他穷同胞们也做过。

他至多二十四五岁，身材像个带脚的木桶，很胖，人很热情，喜欢交朋友，也很健谈。嘴上总是笑嘻嘻的，这使他的面颊显得很丰满。他在秘鲁学过几年医，在奥德里亚将军独裁统治时期，由于是著名的一九五二年圣马科斯大学罢工的组织者之一，曾蹲过一段时间的监狱。到达巴黎之前，他在马德里待了两年，在那儿同布尔戈斯的一个姑娘结了婚。现在他们刚刚生了个男孩。

保尔住在马雷区。戴高乐将军的文化部长安德烈·马尔罗开始彻底拆除十七和十八世纪的那些古老、摇摇欲坠、长满青苔的高楼大厦进行重建之前，那个区里的居民是手工业者、家具木工、鞋匠、裁缝、穷犹太人及大量无偿还能力的学生和艺术家。除了在墨西哥美餐馆匆匆相见，中午的时候，我们也经常在奥台翁十字路口的小清泉咖啡馆或圣米歇尔与圣日耳曼二街交叉口的克吕尼露天咖啡馆一起喝喝咖啡、聊聊自己的境遇。当时我的境况就是要千方百计地找到一份工作，这事儿可不容易，因为我在秘鲁一所大学取得的律师学位证书在巴黎不能打动任何人，而我的英语和法语也难以很好地派上用场。保尔干的事情则是为了把秘鲁变成拉丁美洲第二个社会主义共和国的革命做准备工作。一天，他突然问我对去古巴接受军事训练的奖学金是否感兴趣，我回答他说，尽管我非常喜欢他、同情他，但我对政治一点儿也不感兴趣，甚至，我厌恶政治。我的全部幻想就在于找到一份稳定的工作，今后能够在巴黎马马虎虎地度日（请原谅我小资产阶级的胸无大志，哥们儿）。我还告诉他，不要把他们的任何阴谋告诉我，我不想整天在惶惶不安中过日子，老是担心会泄露点儿什么，为他和他的同伴们带来伤害。

"你别担心，我相信你，里卡多。"

他的确相信我，尽管我做了那样的表态，他也根本不予理睬，还是把他干的事和盘托出，包括那些最机密复杂的革命准备工作。保尔属于左派，他的组织由跟秘鲁阿普拉党持不同政见者路易斯·德拉普恩特·乌塞达创建。古巴政府已经给了左派革命运动一百个奖学金名额，让秘鲁的姑娘和小伙子接收游击队训练。在北京和莫斯科对立的那些年代，当时的古巴好像倾向于毛主义路线，尽管后来由于实际上的理由而最终与苏联人结盟。拿到奖学金的人，因美国对那座岛屿严格封锁，必须绕经巴黎去他们的目的地。保尔不得不克服重重困难，让他们在巴黎转机时住下来。

我在这些后勤工作中助他一臂之力，帮他在据他说是阿拉伯人开的可怜巴巴的小饭店里预订房间，把那些未来的游击队员两个两个、甚至三个三个地塞进一间简陋不堪的小屋子里或者某位愿意为世界革命添砖加瓦的拉丁美洲人乃至法国人的闲置房间里。在我位于圣茹尔比斯大街的参议院旅馆的阁楼里，有一次，我就背着女管理员奥克莱尔夫人偷藏过某个这样的奖学金获得者。

拿到这种奖学金的人五花八门、十分庞杂，有许多是在圣马科斯大学学习文学、法律、经济和教育的学生，他们此前已经加入了共产主义青年团或其他左派组织。除了利马人，还有来自各省的小伙子，甚至有一些农民，他们是普诺省、库斯科省和阿亚库乔省的印第安人。这些人被他们村子和安第斯共同体的豪言壮语弄得晕头转向，被招募后，天晓得怎样就稀里糊涂地来到了巴黎。他们呆头呆脑地看着巴黎的一切。从我跟他们自奥利机场到饭店一路上的简单交谈中，有时我得到的印象是他们并不十分清楚自己要享受什么样的奖学金，也不完全清楚将接受怎样的训练。并非所有人都是在秘鲁拿到奖学金的，有些人是在巴黎拿到的，这些人属于在巴黎拉丁区游荡的、鱼龙混杂的秘鲁人群体：学生、艺术家、冒险家和流浪者。在他们中间，最奇特的是我的朋友、招魂术者阿方索，他是被利马一个神智学派送到巴黎继续研究通灵学和神智学的，而保尔的雄辩术夺走了他所有的灵魂，把他安置在革命的天地间。阿方索是一个白人小伙子，很腼腆，几乎不开口说话，身材瘦削，疯疯癫癫又在精神上早熟。在我们中午于克吕尼或小清泉咖啡馆的交谈中，我旁敲侧击地提醒保尔，在左派革命组织派往古巴，有时也派往朝鲜或中国的奖学金享受者中，有许多人只是想利用这个机会旅游一下，他们绝不会肩扛步枪、背着行囊爬上安第斯山或者死心塌地地深入到亚马孙地区。

"这一切都在预料之中，我的老伙计。"保尔回答我说，摆出一副通晓历史规律的大师架势，"这些人即使只有一半响应我们，革命的问题也就解决了。"

不错，左派革命组织做事有点儿急躁，但是他们怎么能高枕无忧、舒舒服服地睡大觉呢？历史犹如乌龟爬行那样慢腾腾地发展了那么多年后，突然间，由于古巴，它一下子变成了一颗流星。应该行动起来，在行动中学习，跌倒了再爬起来。时间不允许招募年轻的游击队员时还要通过知识考试、身体考验和心理测试。重要的是要抢在古巴将这一百个奖学金名额给其他组织——共产党、解放阵线、托洛茨基分子——之前把它们拿到手，因为后者也想抢先发动秘鲁革命。

我到奥利机场去迎接那些奖学金享受者并且负责把他们安置到小饭店和公寓里住下来，把他们关在那儿等待转机去古巴。都是些很年轻的男孩，有的尚未成年。一天，我发现他们中间也有几个女孩。

"你接上她们，送到盖吕萨克街那家小饭店去。"保尔吩咐我说，"她们是安娜同志、阿莱特同志和欧弗拉西亚同志，你要好好接待她们。"

在那些奖学金享受者中有一条严格的规定，就是不准暴露自己的真实姓名。即使在他们之间，也只能称呼外号或联合行动的代称。我一见到那三个女孩，就觉得不知在什么地方见过那位阿莱特同志。

安娜同志是一个健壮、浅褐色皮肤、神态活泼的姑娘，比另外两位同志年长一些。我从那天上午她谈的一些事情和对她的两三次观察中估计，她应该是女教师工会的领导人。欧弗拉西亚同志是一个瘦弱的混血儿小姑娘，年龄在十五至十八岁之间，显得十分疲倦，因为在长途旅行中，她不但没合眼，还由于飞机颠簸吐了两次。阿莱特同志的身材很美，杨柳细腰，肤色白净，尽管跟其他二位姑娘一样穿着十分简朴——裙子、粗线毛衣、细棉布衬衫、平底鞋、市场上卖的那种普通发卡——但是在她的行走和举手投足间显示出一种异常的女性美，特别是在询问出租车穿过的街道时，她那抿着的丰满双唇更是迷人。当我们接近她要下榻的那家盖吕萨克街小饭店时，她观赏着树木葱茏的林荫大道、错落有致的高楼大厦、走在大街上手持提包与书籍及笔记本的一群群男女青年和巴黎大学周围的法国风味餐馆，那双表情丰富、乌亮乌亮的大眼睛中闪烁着某种渴望。饭店给她们安排了一间没有浴室、没有窗户的房间，床也只有两张，她们仨只好凑合着睡。告别的时候，我又向她们重复了保尔的指示：他在下午某个时候来看她们、给她们讲解在巴黎要干的事情，在那之前，她们不准离开饭店。

我走到饭店门口点上一根烟，正准备离开的时候，有人拍了拍我的肩膀：

"这个房间会让我患上幽闭恐惧症的。"阿莱特同志微笑着对我说，"再说，不是每天都能到巴黎来的，该死的！"

那时，我一下子认出她来了。自然，她大变了，特别是说话的方式，但是从她整个身体上仍然流露出那种我记得清清楚楚的奸猾，这奸猾包含着一点儿大胆、自发和挑逗的意味，这从她挑衅的姿态上可以看出来：她的胸部和脸庞往前探着，一只脚稍往后退，小屁股高高地翘起来，目光中充满了嘲弄，这使她的交谈者弄不清她的话是认真的还是在开玩笑。她身材矮小，手和脚也很小，头发变成了黑色而不是以前的金黄色了，用一根带子扎着，一直垂到肩部。两颗眸子闪烁着光芒。

我提醒她，我们要干的事是绝对被禁止的，为此让（保尔）会骂我们的。我带她到先贤祠、巴黎大学、奥台翁广场和卢森堡公园逛了一圈，最后在雅典卫城餐馆用了午餐。那是老戏剧院街上的一家希腊小餐馆，但以我的经济状况而言已经是奢侈了。在那三个小时的交谈中，她违反革命行动的保密规定，告诉我她曾经在天主教大学学过文学和法律，多年前参加了地下共产主义青年团。跟别的同志一样，她已经转入左派革命运动，因为这个组织搞的是真正的革命运动，而那个共产主义青年团到了当代已经是一个僵化的、落伍的组织。她只是机械地把这些事讲给我听，并没有太大的信心。我告诉她我正在为找工作而奔波，以便在巴黎待下来，并且告诉她，我把所有的希望都寄托在了竞聘一份西班牙语翻译的工作上，那是联合国教科文组织安排的，我第二天就去应试。

"你把手指交叉起来，这样在桌子上敲三下，你的考试就通过了。"阿莱特同志目不转睛地盯着我，很认真地说。

"这种迷信说法跟马列主义科学学说可以共存吗？"我对她挑衅。

"为了达到目的，一切手段都可以使用。"她当即回答道，非常果断。但是，她马上又耸了耸肩膀，脸上露出微笑："我还要为你做念珠祈祷，让你通过考试，尽管我不是信徒。你会向党告发我迷信吗？我想不会，从你的小脸上看出你是个善心的人……"

说罢，她莞尔一笑，笑时，脸上显现出和儿时同样的酒窝。我送她回到她住的饭店。我向她表示，如果她同意，我就请求让同志准许我在她继续革命行程之前带她去看看巴黎的其他地方。"太棒了！"她说，把她一只纤弱的手伸给我，好久才跟我的手分开。这位女游击队员很漂亮、魅力无限、十分讨人喜欢。

第二天上午，在二十个申请人中间，我通过了联合国教科文组织招收译员的考试。考试内容是把五六份文稿从英文和法文译成西班牙文，非常容易。我对"art roman"这两个单词的译法有点儿拿不准，一开始译成了"古罗马艺术"，但是后来在检查时，我弄懂了是"浪漫主义艺术"的意思。中午，我跟保尔到小清泉咖啡馆吃香肠炸土豆。我开门见山地要求他答应，在阿莱特同志停留巴黎期间，让我带她出去玩。他狡猾地看着我，摆出一副教训我的样子：

"跟女同志发生性关系是绝对被禁止的。在古巴和在人民中国，革命时期跟一名女游击队员发生性关系会被惩罚。你为什么要带她去玩？你喜欢这个姑娘吗？"

"我想是的。"我向他坦白道，有点儿不好意思，"不过，如果这会给你带来麻烦……"

"你忍得住吗？"保尔笑了，"别那么虚伪了，里卡多！带她去吧，别让我知道，这可要记好了，千万别让我知道。事后再把一切告诉我。特别要注意，戴安全套。"

那天下午，我去盖吕萨克街的小饭店里找阿莱特同志，带她去哈普街的乡村客舍旅店吃了一份煎牛排，然后又带她去了御弟街的中途站夜总会，在那儿，正有一个叫小卡门的西班牙姑娘学着朱丽叶·格雷柯的样子，身穿一袭黑衣在一把吉他的伴奏下唱，或者说得更确切些，唱古诗和内战时期的共和派歌曲。我们喝了几杯加可口可乐的朗姆酒，那种饮料已经开始叫"自由古巴"了。那地方不大，黑乎乎的，烟雾腾腾，又闷又热。小卡门唱的是叙事诗或幽怨歌曲，当时人还不多。在我们喝完酒之前，我告诉她，由于她的巫术和她的念珠祈祷，我顺利地通过了联合国教科文组织的考试。我抓住她的手，把我的手指和她的手指交叉在一起，问她是否察觉到我在十年前就爱上了她。

她笑了起来。

"你不认识我时就爱上了我？你是说十年来你一直希望有一天在你的生活中出现一个像我这样的姑娘？"

"我们早就认识，只是你不记得了。"我回答她说，说得很慢，一边窥视着她的反应，"当时你叫莉莉，装成智利小姑娘。"

我以为她听了这话会有一种紧张的举动，会惊讶地把手从我的手中抽回去或者紧紧地攥住我的手。但是，完全不是这样，她依旧安静地让我拉着她的手，没有半点儿失态。

"你说什么？"她轻声说道。在暗影中，她俯下身来，脸几乎贴着我的脸，我甚至感到了她的呼吸。她的双目审视着我，试图猜出我话语中的含义。

"你还会把智利小姑娘轻快活泼的歌曲模仿着唱得那么美妙吗？"我一边吻她的手一边问她，"你不会说你不懂我说的是什么意思吧？你也不记得我三次向你表白而你三次拒绝了我的事吗？"

"里卡多，小里卡多，理查德·索莫库尔西奥！"她惊叫起来，很高兴的样子。哦，对了，现在我感到她的手把我的手攥紧了。"小瘦猴！那个衣着整洁、乳臭未干的小孩子，表面看起来可真是天真无邪呀。哈，哈！那就是你！哎呀，笑死人了！那时你就已经是一副伪君子相了。"

尽管如此，过了一会儿，当我问起她和妹妹为什么在搬到米拉弗洛雷斯的埃斯佩兰萨大街时要假装成智利女孩时，她却一口咬定不知道我说的是什么意思。她说："这样的事是怎样为我编排出来的？那应该是别人吧。"她声称她从来没叫过莉莉，也从来没有过妹妹，更没有在那个时髦城区居住过。她的态度将永远是这样：在我面前否认她假装成智利女孩的经历，尽管有时候就像在中途站夜总会的那天晚上，当她对我说她认出了我就是十年前那个半傻瓜似的乳臭未干小孩时无意中露了馅儿——某种形象、某种暗示——证明她就是我童年时代那个假智利女孩。

我们在中途站夜总会待了很久，我可以吻她、抚摸她，但是她没有反应。当我寻找她的嘴唇时，她没有躲开，但是没有任何回应，只是无动于衷地让我吻她；自然，她从不张开嘴让我吮吸她的唾液。当我的双手抚摸她的腰部、肩膀，最后停留在她那像挺出的蓓蕾似的、坚实的乳房上时，她的身体同样如冰块般纹丝不动。她安静地待着，完全被动，任凭我激情洋溢，仿佛女王对待她的臣民的尽忠宣誓和崇敬。直至最后，她很自然地提醒我说，我的抚摸要有伤风化了，才把我推开。

"这是我第四次求爱，智利小姑娘，"走到盖吕萨克街小饭店的门口时，我对她说，"总该答应了吧？"

"等等看吧。"她给了我一个飞吻，离开了，"不要放弃希望，好男孩。"

这次见面后接下来的十天里，我和阿莱特同志有点儿像度蜜月。我们天天见面，我把姑妈阿尔韦塔汇来的余款花了个精光。我带她去了罗浮宫和网球场，去了罗丹博物馆和巴尔扎克及维克多·雨果的故居，去了于姆街的电影资料馆，去人民国家剧院看了一场让·维拉尔执导的演出（契诃夫的《疯人普拉托诺夫》，在这场演出中，维拉尔亲自扮演主角）。星期天，我们乘火车去了凡尔赛。在那儿，我们参观宫殿之后又在树林中长时间地散步，结果遇上大雨，淋了个落汤鸡。在那些日子里，随便哪个人都会认为我们是一对情侣，因为我们时时都拉着手走在一起，我以任何借口吻她、抚摸她。她让我那样做，有时很兴奋，有时非常冷淡，最后总是以不耐烦的神气终结我的热情："行了，里卡多！"偶尔她也会用一只手梳理我的一缕头发或把它分开来，或用尖尖的手指摸摸我的鼻子或嘴巴，仿佛要把它们弄光滑。那种抚摸颇似一个温情的女主人抚摸她的卷毛狗。

经过这十天的亲昵接触，我得出了准确的结论：阿莱特同志对政治的态度很一般，特别是对革命，她根本就不感兴趣。她说自己参加过共产主义青年团、之后又加入了左派以及曾在天主教大学学习的事，可能都是瞎编出来骗人的，难以令人相信。她不仅自己从不谈起政治和大学的事情，而且当我把话题转到这方面时，她总是无言以对，连最基本的常识都没有，设法尽快转换话题。显然，她拿到这份游击队员的奖学金是为了离开秘鲁去游览世界，或者换另一种说法，由于她是出身贫寒的女孩子——这一眼就看得出来——不如此，就永远难以达到这样的目的。但是对这样的事，我不敢问她，以免使她难堪或迫使她讲出另外的胡编乱造、不可信的故事。

在我们羞羞答答度蜜月的第八天，她突然答应跟我在参议院旅馆过夜。这事儿我前些天要求过，或者说恳求过，但徒劳而返。这一次是她采取了主动：

"如果你愿意，今天我陪你。"晚上，我们在图尔农街的一家法国风味小吃店吃着两个夹着瑞士格鲁耶尔奶酪的长棍三明治时（我身上的钱已经不够进饭店了），她这样对我说。我的心跳马上怦怦地加速了，仿佛刚跑完马拉松。

跟参议院旅馆的门卫一再交涉——他说："旅馆谢绝夜间来访，先生。"——我们终于爬上没有电梯的五楼，到了我的阁楼。她让我吻、让我抚摸、让我脱掉她的衣服，始终是那种奇怪的、无所谓的态度，不让我拉近她面对我的吻、我的拥抱和爱抚时跟我保持的看不见的距离，尽管她把身体献给了我。她躺在屋角的小床上，那儿的屋顶是倾斜的，唯一的灯泡的光亮勉强照射到那儿。我看到她的裸体，很激动。她的身体很瘦，四肢匀称，腰肢是那样细，我觉得我的两只手就可以把它掐过来。在一小片阴毛下面的皮肤比身体的其他部分更光泽。她的皮肤呈黄褐色，令人联想起东方人的血统，柔软而娇嫩。她依旧如惯常那样被动，让我长时间地从头吻到脚。我在她耳边为她朗诵聂鲁达的诗《婚礼上的用品》，她就像对待耳旁风；我喃喃地、断断续续地向她道出情话：这是我一生中最幸福的夜晚，我从没有像渴望得到她那样渴望得到过任何人，我一直在爱着她。她对这些缠绵的情话同样无动于衷。

"太冷了，我们盖上毯子吧。"她粗俗地打断我，让我回到了现实中，"看把你冻成那个样子！"

我正想问她我是否应该小心一点儿，但是因看到她那副轻佻放荡、满不在乎的样子而感到生气，我没有那样做——好像她对干这事儿有着几个世纪的经验，我却是个雏儿似的。我们做爱时很困难。她十分坦然地献身于我，没有丝毫妨碍，但是她的身体很瘦小，我每次用力想插进去，她的身体就抽缩起来，脸上露出痛楚的表情，嘴里说："慢一点儿，再慢一点儿。"最后我终于做完了，那过程使我感到很幸福。真的，没有任何事像我跟她在那儿待在一起时让我产生过那么多幻想。千真万确，在我为数不多的、昙花一现的风流韵事中，没有一次像她这样让我产生既温柔又渴望的感觉，但是我怀疑阿莱特同志的感觉是否同样如此。在整个做爱过程中，她给我的印象是我爱怎么做就怎么做，这和她根本没有关系。

第二天清晨，当我睁开眼睛时，她已经洗漱过，穿好了衣服，站在床边观察着我，目光中透出深深的不安。

"你真的爱上我了吗？"

我做了几次肯定的回答，继而伸出手去拉她的手，但是她没有把手伸过来。

"你愿意我留在这儿跟你在巴黎一起生活吗？"她问我，语调就好像建议我去看一场戈达尔、特吕弗或路易·马勒那几位名导演执导的新浪潮电影，那些影片当时正在热映。

我表示同意，心中却十分忐忑不安。这就是说，智利小姑娘也爱上我了？

"不是为了爱，我干吗要欺骗你？"她冷冰冰地对我说，"但是我不想去古巴，更不想回秘鲁。我想留在巴黎。你可以帮我解除对左派革命运动的许诺。你跟让同志谈谈，如果他能解放我，我就来跟你在一起生活。"她稍微沉吟了一下，叹了口气，又让步说："可能最后我会爱上你。"

第九天，我把事情跟大胖子让谈了。这次，我们中午见面是在克吕尼咖啡馆。面对两个火腿干酪夹心面包和两杯速溶咖啡，他斩钉截铁地对我说:"我不能解放她,只有左派革命运动的领导才能解放她。即便如此,她向我提出这件事本身也会给我带来很大的麻烦。还是让她去古巴吧,继续她的旅程。到那儿之后,让她假装身体条件和心理素质都不适于武装斗争,那时我可以建议领导让她留在这儿做我的助手。就这样告诉她吧,特别是这事不能让任何人知道,否则我就要吃不了兜着走了,我的老伙计。"

我怀着十分痛苦的心情去把保尔的回答转达给阿莱特同志,最糟糕的是我还要鼓励她听从保尔的劝告。被逼无奈的分别对于我比对于她更痛苦。但是我们不能毁掉保尔,她也不能跟左派革命运动闹翻,那会在将来给她带来麻烦。训练只有短短的几个月,她可以从一开始就表现出完全不适应游击队生活,甚至不断地假装晕倒。与此同时,我将在巴黎找到一份工作、准备一套房间,等着她⋯⋯

"我知道你会哭的,你会怀念我,白天黑夜地想我。"她打断我说,一副很不耐烦的样子,目光严厉,声音冷冰冰,"好吧,我看没有别的办法了。我们三个月以后再见吧,小里卡多。"

"为什么你现在就告别?"

"让同志没跟你说吗?我明天一早就要启程途经布拉格去古巴了,你已经可以开始流告别的眼泪了。"

第二天,她真的走了,我没能送她去机场,因为保尔不允许我去。下一次我们见面的时候,这个胖子让我的精神完全崩溃了。他对我说我不能给阿莱特同志写信,也不能收她的信,因为出于安全的考虑,那些享受奖学金的人在训练期间要切断一切对外联系。保尔甚至对训练结束后阿莱特同志回利马时是否途径巴黎都没有把握。

有好多日子,我都变成了一个呆头呆脑的人,白天黑夜地责怪自己没有勇气告诉阿莱特同志,尽管保尔不允许,她也要跟我一起留在巴黎,而不是劝说她继续去干那桩天晓得会是什么结局的冒险之事。直至有一天,我从我的阁楼里出来,到圣茹尔比斯广场的市政厅咖啡馆去用早餐时，奥克莱斯夫人把一封盖着教科文组织印章的信交给我。我的考试合格了，翻译部部长约我去他的办公室。部长是一位头发花白、文质彬彬的西班牙人，姓查尔内斯，人很客气。当他问起我的"长远计划"而我回答他说"我要老死在巴黎"的时候，他开心地笑了。他告诉我暂时还没有任何固定的位子，但是可以作为编外人员聘我在全会期间和机关工作超负荷时做临时工作，这种情况是经常有的。从这一刻起，我认为我永久的梦想，噢，也就是从我记事起就有的梦想，一辈子住在巴黎，有可能开始实现了。

从那天起，我的生活水平提高了一大步。我开始每月理两次发，每天上午都穿外套、打领带。我在圣日耳曼或奥台翁两条大街上的地铁站乘地铁，一直坐到塞居尔站，那儿离联合国教科文组织最近。我在教科文组织的工作时间是上午从九点半到一点，下午从两点半到六点。在一个小房间里，任务通常是把那些乏味的有关埃及国王拉美西斯二世建在尼罗河上的阿布辛贝勒神庙遗址搬迁的文件翻译成西班牙文，或是翻译有关保护在撒哈拉大沙漠马里地段的一些山洞里发现的用楔形文字写成的文件残片。

说来奇怪，在我的生活发生改变的同时，保尔的生活也发生了变化。他依旧是我最好的朋友，但是我们见面的机会越来越少，这一方面是由于最近我刚刚接受的官方差事，另一方面也由于他开始漫游世界，代表左派革命组织去参加各种代表大会或会见什么人，为的是争取世界和平、解放第三世界、反对核扩散、反对殖民主义和帝国主义以及从事其他各式各样的进步事业。保尔有时回到巴黎，他会打电话给我。在他待在巴黎期间，每周我们有两三次一起吃饭或喝咖啡。每每这时，他就告诉我他刚刚从北京、从开罗、从哈瓦那、从平壤或从河内回来，在那儿他不得不以压根还没开始的秘鲁革命的名义，面对三十个国家的五十个革命组织的一千五百名代表大谈拉丁美洲革命的前景。保尔表示，有时他对这种情况感到迷惘，好像生活在梦里。

如果不是由于我对他无可非议的正直和诚恳非常了解，很多时候我都会认为他是在吹牛，是为了打动我、为了给我留下深刻的印象。几个月前还在墨西哥美餐馆靠做帮工谋生的寄居巴黎的一个南美人，如今怎么可能一下子就成了来回飞越大洋，跟中国、古巴、越南、埃及、朝鲜、利比亚、印度尼西亚这些国家的领导人进行交往的、做着环球旅行的革命大人物了呢？然而，这是事实。保尔因无可估量的因素和革命所导致的奇奇怪怪、盘根错节、错综复杂的关系、利益和混乱，已经成为一位国际性人物。这一点在一九六二年的那些日子里得到了证实，在那些日子里，流亡到巴黎的外号"发电机"的摩洛哥革命领袖本·巴尔卡令新闻界很是鼓噪了一番。三年后，即一九六五年十月，本·巴尔卡走出圣日耳曼·台普雷广场一家名叫李普的咖啡馆时被绑架，从此永远地失踪了。保尔中午到教科文组织来找我，我们去了一家咖啡馆吃三明治。他脸色煞白，眼圈发黑，说话声音都变了，我从未见过他这么紧张。本·巴尔卡当时正在主持一个革命力量的代表大会，而保尔是这个代表大会的领导成员之一，两个人经常见面，最近几个礼拜一直在一起旅行。杀害本·巴尔卡的企图只能是来自中央情报局，现在左派革命运动在巴黎也感到危险了。保尔问我，在采取应有的防御措施之前，他是否可以把两个箱子在我的阁楼里放几天。

"我但凡有一点儿办法，就不会对你提出这样的要求。如果你拒绝我，也没有任何问题，里卡多。"

我答应他，但他得告诉我箱子里装的是什么。

"一个箱子里装的是文件，理论性炸药：计划、地址、有关在秘鲁行动的准备工作。另一个箱子里装的是美元。"

"多少美元？"

"五万。"

我考虑了一下："如果我把这两个箱子交给中情局，他们会留给我五千美元吧?"

"请你想一想,当革命胜利的时候,我们可以任命你为驻教科文组织大使。"保尔继续鼓动我。

我们开了一阵玩笑。傍晚时分,我把两个箱子拿走,放到了我的床底下。整整一个星期,我都处于极度恐惧之中。一想到如果有个小偷把这些钱偷走,左派革命运动绝不会相信是被偷走的,那时我就变成了革命的对象,吓得我的头发根都竖了起来。到了第六天,保尔带着三个陌生人来,把那两个让我遭罪的"客人"带走了。

每次我们见面,我都向保尔打听阿莱特同志的情况,他从不用假消息欺骗我。他说他感到很遗憾,没能探听到这方面的任何消息。古巴人在安全事务上是非常严格的,对那些人的下落绝对保密。他唯一肯定的是阿莱特同志还没有从巴黎经过,因为回秘鲁的奖学金享受者经过巴黎时都要在他那儿登记。

"她在这儿登记时,我第一个就告诉你。那个姑娘真是把你迷住了,对吗?可是,为什么?我的老伙计,她可并不那么漂亮啊!"

"不知道为什么,保尔,她真的把我迷住了,这没错。"

由于保尔的新生活,在巴黎的秘鲁人圈子中开始有人说他的坏话。那些人是不写作的作家、不绘画的画家、既不弹奏乐器也不作曲的音乐家,还有坐在咖啡馆里发泄失望、妒忌和厌倦情绪的革命者。他们说保尔沉溺于女色,成了"革命官僚"。他待在巴黎干什么?干吗不去跟那些派去接受军事训练的姑娘小伙子们在一起,然后偷偷地回到秘鲁在安第斯山进行游击活动?在激烈的争论中,我站在他的一边,替他说话。我知道,尽管有了新的条例,保尔的生活仍旧绝对简朴。不久前,他的妻子还在靠打扫房间挣点儿钱补贴家用。如今,左派革命组织利用他妻子的西班牙护照让她当信使,经常派她陪那些享受奖学金的人回秘鲁,数次在旅行中带钱和指示,这让保尔很是放心不下。另外,从他的亲信那儿我还知道,环境赋予他和他的上司要求他继续过的这种日子越来越让他恼火。他急不可待地要回秘鲁,那儿的行动马上就要开始了,他想去就地帮助准备这些行动。可是左派革命运动的领导不答应,这让他暴跳如雷。"这就是懂语言的后果,真烦人。"他抗议道,无可奈何地苦笑着。

由于保尔的关系,在巴黎的那些年月里,我得以认识了左派革命运动的主要领导人,从它的领袖和创始人路易斯·德拉普恩特·乌塞达到吉列尔莫·洛瓦顿。左派革命运动的这位领导人是特鲁希略的一位律师,生于一九二六年,是阿普拉党的持不同政见者。他长得瘦瘦的,戴一副眼镜,皮肤和头发均为浅色,发型是往后梳的,犹如一名阿根廷演员。有两三次我看到他穿着很郑重,栗色的上装,打着领带。此人说话语调柔和,像一位正在行使职权的律师,掌握精准的法律条文,使用的词汇都是精雕细琢的法律辩护词。每次见到时,他身旁都围着几个彪形大汉,那应该是他的保镖。这些人对他毕恭毕敬,唯命是从,绝不敢说半个"不"字。他说的每一句话都是那样理智、那样深奥,我真难以想象那些话是出自一个肩上扛着冲锋枪沿着安第斯山的悬崖峭壁爬上爬下的游击队员之口。尽管如此,他还是曾经几次被捕,流亡到墨西哥,过着秘密的生活。他给人的印象是他天生更应该在论坛上、议会里、法庭上、政治谈判中发挥他杰出的才干,也就是说,他应该大放光芒的地方恰恰是他和他的同志所鄙视的资产阶级民主施展伎俩的地方。

吉列尔莫·洛瓦顿就跟他大不相同了。在我通过保尔所认识的在巴黎的一大群革命者中,我觉得没有一个人像他那样聪明、有修养而又果断。他很年轻,刚满三十岁,但是他已经有一段丰富的、有作为的历史了。他领导了一九五二年圣马科斯大学反对奥德里亚独裁的大罢课(从那时起,他成了保尔的朋友),因此被捕,被送到弗龙通岛遭受酷刑,中断了哲学学业。据圣马科斯大学的人说,在学业上,他跟当代德国哲学界最有建树的思想家、存在主义的主要代表马丁·海德格尔未来的学生李·卡里略竞争，成为文学系最优秀的学生。一九五四年，他被军政府驱逐出国，经过无数艰难困苦来到了巴黎。在这儿，他一边用自己的双手谋生，一边重新在巴黎大学拾起了自己的哲学学业。后来共产党在东德的莱比锡给他搞了一份奖学金，他便去那儿继续学习哲学，并且进了一所党干部学校。就在此时，古巴革命发生了。古巴的事情让他思考拉丁美洲党的战略问题和斯大林教条主义实质。在当面认识他以前，我曾读过他流传在巴黎的一篇油印论文。在那篇论文中，他指责那些党只是一味地听从莫斯科的授意而脱离了群众，忘记了格瓦拉写的，"一个革命者的首要任务就是革命"。他在那篇大肆颂扬以卡斯特罗及其同志为革命模板的论文中引用了托洛茨基的话，就因为这句引语，他被送上了莱比锡的纪律法院，定性为诽谤罪，被驱逐出东德和秘鲁共产党。他就这样到达了巴黎，在巴黎跟同样是革命积极分子的雅克琳娜结了婚。他在巴黎找到了他在圣马科斯大学的老朋友保尔，参加了左派革命运动。他已经接受过古巴的军事训练，急着要回到秘鲁去参加行动。在古巴猪猡湾遭入侵的那些日子里，我看到他非常卖力，参加所有声援古巴的游行示威，并在两次游行示威中发表演说，讲得一口流利的法语，修辞无可挑剔，风格势不可挡。

他是个瘦高挑的小伙子，浅乌色的皮肤，微笑的时候露出一口漂亮的牙齿。他不仅能够运用自己渊博的知识就政治问题连续争论数小时，也可以专注地参与有关文学、艺术或体育特别是足球以及他的利马联盟全体干部的丰功伟绩的、激动人心的对话。在做人方式上，他可以把指导他生活的热情、理想主义、慷慨无私、刚强的正义感传递给别人——那是我认为我还没有从六十年代途经巴黎的任何革命者身上看到的东西，特别是那么真真切切地看到。如果早看到这样的人，我几乎就答应成为左派革命运动的成员了，可是在那儿，没有一个人具有他那样的才干和领袖魅力。有三四次，我在跟他的交谈中确信：

如果有一个像洛瓦顿那样头脑清醒、精力充沛的人领导革命，秘鲁可能就是拉丁美洲的第二个古巴了。

阿莱特同志启程去古巴至少六个月之后，我才从保尔那儿重新得到她的消息。由于我的合同是临时工，有很多自由支配的时间，所以开始学习俄文，心想如果我能把文件从俄文翻译成西班牙文——当时俄文是联合国及其分支机构的四种官方语言之一——我的翻译工作就会更稳定，接下来我再学习同声传译。口译工作比笔译更紧张、更困难，也正因如此，口译人员更稀缺难寻。有一天，我从贝利茨学校上完俄文课出来，在嘉布遣会修女大街上看到了胖子保尔，他正在学校楼门口等我。

"终于有了姑娘的消息。"他以打招呼的方式对我说，脸拉得老长，"很遗憾，我带来的不是好消息，老伙计。"

我请他到歌剧院附近的一家风味小吃店去喝一杯，以便好好地去消化那坏消息。我们在露天阳台上坐下来。那是一个春日的黄昏，暖洋洋的，第一批星星已经挂在了天空，整个巴黎好像倾城出动，人们都拥到大街上来享受那美好的天气。我们要了两杯啤酒。

"我想，过了那么长时间，你已经不再爱她了。"保尔给我打预防针。

"我想是的。"我对他说，"老老实实地告诉我，别卖关子，保尔。"

她刚刚在哈瓦那待了几天，那儿所有参加秘鲁左派革命运动的小伙子就都在议论阿莱特同志，到处都在兴致勃勃地传她正跟奥斯马尼·西恩富戈斯的副手查孔司令处于热恋之中。奥斯马尼·西恩富戈斯是在古巴革命中失踪的伟大英雄卡米洛的弟弟，是某个组织的首领，这个组织的任务是为革命运动和兄弟党提供援助和在世界各地协调起义行动。查孔司令是马埃斯特拉山战役的老兵，是他的得力干将。

"你看到他们接见我的消息了吗？"保尔搔着脑袋说，"这个普通、平常的瘦小女孩正在跟名留青史的指挥官之一恋爱，此人正是查孔司令！"

"不会只是传言吧，保尔？"

他摇了摇头，显出很难过的样子，又拍了拍我的肩膀，鼓励我振作起来。

"我在美洲之家的一次会议上跟他们在一起，他们已经同居了。说来尽管你不相信，但阿莱特同志已经变成一个有影响力的人物，不管是跟司令们在床上还是在餐桌上。"

"这对左派革命运动来说可真是太棒了。"我说。

"但是你就倒霉了。"保尔又拍了一下我的肩膀，"我真不愿意把这个消息告诉你，我的老伙计。但最好还是让你知道，对吗？嗯，天不会塌下来。再说，巴黎到处都是女人，只要你睁开眼看看就知道了。"

想开玩笑却根本办不到，我向保尔打听阿莱特同志的情况。

"作为革命指挥官的情人，我想她什么都不缺。"他想解除我的疑问，"这就是你想知道的吗？还是说想知道她比当初从巴黎经过时更漂亮还是更丑了？我看，跟那时一样，没什么变化，只是被加勒比的太阳晒黑了点儿。你知道，我从不觉得她有什么出众之处。总之，你不要脸色那么难看，不值得，我的老伙计。"

在跟保尔见面后的那些星期、那些月份里，有许多次，我试图想象那位已经变成司令官情人的智利小姑娘的样子：穿着游击队服，腰里别着手枪，头戴蓝色贝雷帽，脚蹬皮靴，在革命的大型游行示威集会上跟卡斯特罗和劳尔·卡斯特罗交往；周末去参加义务劳动，她那五指纤细的小手在甘蔗田里吃力地握着砍刀，豆大的汗珠从身上流下来。也许，她已经轻而易举地改变了我所熟悉的语调，如今已经在用加勒比人那种拖长的、让人得到感官享受的语调讲话了。真的，我没能想象出她新角色的样子。她的新形象展现在我的面前时似乎变成了

第二章 游击队员

液态。她真的爱上了那个司令官？还是把他当成工具来逃脱军事训练，特别是摆脱向左派革命运动许下的受训后要回秘鲁进行革命游击战的诺言？一想到阿莱特同志，我就感到非常痛苦，每次都像是患了胃溃疡。为了避免这种痛苦，我只能勉强地想点儿办法，当跟我相处融洽的查尔内斯没有活给我干的时候就专心致志地去上俄文课和同声传译课，立志发奋读书。而在我的姑妈阿尔韦塔面前，我犯了一个虚荣的错误，在一封信中告诉了她我爱上了一个叫阿莱特的姑娘，于是她不断地向我催要阿莱特的照片。我只好告诉她我们吹了，让她把这件事永远地忘了吧。

从那天下午保尔告诉了我关于阿莱特同志的坏消息之后，大概又过了差不多六个月或八个月，一天上午一大早，我好久没见到的胖子来旅店找我，约我去共进早餐。我们去了图尔农街上的一家风味小吃店，位于伏吉拉街角。

"尽管我不应该把这件事告诉你，但我还是来告诉你了。"他通知我，"我要离开巴黎了。没错，我的老朋友，我要去秘鲁了。这儿没有人知道，所以你也同样什么都不知道。我的妻子和让·保尔，我们马上就在那边了。"

这个消息一时让我语塞。突然，一阵恐怖的感觉向我袭来，我努力掩饰着。

"你别担心，"他安慰我，笑了笑，腮帮子鼓起来，模样像个小丑。"不会有什么事的，你会看到的。当革命成功以后，我们就派你当教科文组织大使。说好了！"

有一会儿，我们默默地喝杯子里的咖啡。我的羊角面包摆在桌子上没有动。保尔一直在说笑话，说看起来有点儿什么东西让我失去了胃口，说什么他不辜负那个酥脆的羊角面包，一定把它吃掉。

"我要去的那个地方，羊角面包应该坏透了。"他又补充说。

那时我再也忍不住了。我对他说他要去干的是一桩不可饶恕的胡闹,他既不会帮助革命、不会帮助左派革命运动,也不会帮助他的同志。对此他跟我一样十分清楚。他一身肥肉,在圣日耳曼街走不到一个街区就喘起来,到了安第斯山一定会是游击队的可怕累赘。就冲这一点,起义一开始,官兵开枪打死的第一批人中就会有他。

"难道巴黎某些指责你是机会主义分子的冤家对头讲的那些愚蠢笑谈能折磨死你吗?振作起来,胖子,你不能去干这样的蠢事。"

"巴黎的秘鲁人说什么,我才他妈的不去管哩,哥们儿。不是因为他们,是因为我自己。这是个原则问题,我的职责在那儿。"

他又开起玩笑来,向我保证说,尽管他有一百二十公斤的体重,但他在军训中过了所有的关。此外,他的枪法很准。他回秘鲁的决定引发了他跟路易斯·德拉普恩特和左派革命运动领导层的争论。大家都希望他作为左派革命运动的代表继续留在欧洲,处理兄弟党与组织相关的事务,但是他顽固地要去接受严峻的考验,最后如愿以偿。看到拿他没有任何办法,我在巴黎的这位最好的朋友已经决定近乎去自杀,我便问他,他去秘鲁是否意味着起义即将爆发?

"一两个月的事,也许更快。"

他们在安第斯山设有三个营地:一个在库斯科,一个在皮乌拉,还有一个在中心地区,在山峦的东坡,胡宁热带雨林的边缘。跟我的预言相反,保尔向我保证说绝大多数奖学金享受者都进了安第斯山,逃兵不到百分之十。他的热情有时变为异常的兴奋,告诉我让奖学金享受者返回秘鲁的工作做得非常成功。他感到很愉快,因为这项工作是他亲自领导的。那些年轻人有时是一个一个地回国,有时是两个两个地回国,走的路线十分复杂,为了不被发觉,有些人甚至要在地球上转一大圈才回到国内。没有一个人被发现。在秘鲁,德拉普恩特、洛瓦顿和其他人已经建起了城市支援网,培养了医疗队,在营地建了广播站以及分散的、器材和炸药的秘密隐藏处。跟农民工会的联络工作,特别是在库斯科,做得很出色,他们希望一俟起义开始,就有许多农民公社的社员参加斗争。他谈得很高兴,深信自己所说的一切,感到胸有成竹,为此激动不已。我无法掩饰自己的悲哀。最后他低声说道:"我知道我说的话你都不会相信、不轻信,先生。"

"我向你发誓,我最相信的就是你的话了,保尔。而且,我跟你有同样的热情。"

他表示同意,嘴边带着那半月形的微笑望着我。

"你怎么办?"他抓住我的胳膊问我,"你怎么办,我的老伙计?"

"我?没什么。"我回答他说,"我留在巴黎,为联合国教科文组织当翻译。"

他犹豫了一下,担心他要说的话会伤害我。毫无疑问,许久以来,他就想开口问我了。

"你一辈子就想干这样的事?不想干别的了?所有到巴黎来的人都渴望成为画家,成为作家、音乐家、演员、戏剧导演,都想拿博士学位或干革命。你只是想生活在巴黎?我从来不相信,老伙计,我坦白地告诉你。"

"我知道你不相信。但是,这是真心话,保尔。从小我就说,我要做外交官,但只做派去巴黎的外交官。这就是我所希望的:住在巴黎。你觉得这还不够吗?"

我给他指了指卢森堡公园的树,那儿一片翠绿,树枝从栅栏间探出来。乌云密布的天空下,一棵棵树依然显得十分潇洒。一个人到那儿去不是再惬意不过了吗?正像秘鲁诗人塞萨尔·巴列霍的诗中所说,生活在"巴黎枝繁叶茂的栗树之间"。

"你得承认你在偷偷地写诗,"保尔坚持说,"这是你秘密的坏习惯。我们有很多次跟别的秘鲁人谈到这件事,大家都认为你在写作,只是出于你的自我批评精神而不敢承认,或者说出于胆怯。所有来巴黎的拉丁美洲人都要做大事,你想让我认为你是这个规则的例外吗?"

"我向你发誓,保尔,我就是这样。除了像现在这样继续在这儿生活下去，我没有别的更大的雄心。"

我送他到奥台翁十字路口去乘地铁。当我们拥抱的时候，我再也忍不住自己的眼泪。

"多加小心，胖子。别在那儿干蠢事，拜托了。"

"好，好，当然了，里卡多。"我们再次拥抱，我发现他的眼睛也湿润了。

我呆呆地站在那儿，看着他那圆滚滚的大块头身躯笨拙地慢慢走下阶梯。我有绝对的把握，那将是我最后一次看到他。

胖子保尔离开了巴黎，让我感到空落落的，心中有点儿没底，因为在那个时期，我在巴黎还没有最后安顿下来，而他是我最好的朋友。幸好我在联合国教科文组织的临时工合同和俄文课以及同声传译课让我忙得不可开交，每天晚上走进我在参议院旅馆的阁楼的时候，几乎没有精力去想阿莱特同志或胖子保尔。从那个时候起，我想我是无意间不知不觉地脱离了在巴黎的秘鲁人，以前我是隔三岔五地去看他们的。我并不寻求寂寞，但是自从我成为孤儿之后，我的姑妈阿尔韦塔收养了我，孤独对于我已经不是问题了。感谢联合国教科文组织，它让我衣食无忧；翻译工作的工资，加上我姑妈零星的汇款，足够我在巴黎生活和娱乐了。我可以去看电影、参观展览、进剧院和购书。我是省赛伏林街悦读书店的常客，也是塞纳河码头旧书摊的常客。我经常光顾人民剧院、法兰西戏剧院和奥台翁剧院，有时还去普莱伊尔音乐厅听音乐会。

在这个时期，我跟小卡门似乎有一段浪漫史。那个西班牙姑娘跟朱丽叶·格雷柯一样，从头到脚一身黑衣打扮，在御弟街中途站夜总会的小船上由一只吉他伴奏唱歌。那是西班牙人和南美人经常光顾的地方。她是西班牙女郎，但是从没去过西班牙，因为她的父母是共和派，只要佛朗哥活着，他们就不能或者说就不想回西班牙。这种尴尬情况始终折磨着她，在她的交谈中经常有所流露。小卡门是个细高挑女孩，留着短发，一双忧郁的眼睛。她的音域并不宽广，却十分圆润动听，特别是在柔声细语地吟诵那些改编自黄金世纪的配曲短诗、叙事诗、谚语和名言警句时，抑扬顿挫把握得十分精当，堪称妙不可言。她曾经跟一名演员同居两年，后来断绝了关系，对她伤害很大。她突然把这样的事告诉我，让我在联合国教科文组织的西班牙同行中开始很不自在。她说：暂时不想跟任何人发生性关系，但是可以接受邀请去看电影、吃晚饭。一天晚上，我们去了奥林匹亚歌剧院听莱奥·费雷演唱。我们俩都喜欢这位歌星，而不喜欢当时的时髦歌星夏尔·阿兹纳夫和乔治·布拉桑。听完音乐会，我们告别的时候，在歌剧院旁的地铁站，她轻轻地吻着我的嘴唇对我说："你开始让我喜欢你了，小秘鲁人。"说来荒唐，每次跟小卡门出去，我都感到很不舒服，一种对查孔司令的情人不忠的感情在折磨着我。我在脑子里想象着那位司令大人物，他蓄着大胡子，屁股上挎着两支手枪晃来晃去。我跟那个西班牙女郎的关系到此为止了，因为一天晚上我发现在中途站夜总会的一个角落里，她正在让一位蓄着连鬓胡子、围着围巾的先生抱在怀里柔情蜜意地亲昵。

保尔离开巴黎几个月后，当联合国教科文组织没有派我工作时，查尔内斯先生开始建议我去巴黎的国际学术会议、代表会议或者欧洲其他城市做翻译。我的第一个合同是维也纳原子能会议，第二个合同是在雅典的国际棉花会议。这种短短几天的工作报酬优渥，它让我去了如果不做这份工作就绝对去不了的地方。尽管新的工作占去了我一些时间，但是我没有放弃俄语学习和口译实践，不过学习的方式已是时断时续。

有一次，结束这样的短期工作——那是去格拉斯哥参加一个关于欧洲关税的会议——我在参议院旅馆看到了我爸爸的一个表兄弟阿陶尔福·拉米耶尔，一位利马律师的来信。这位我几乎没有交往过的二叔在信中通知我，我的姑妈阿尔韦塔患肺炎去世了，我成了她的总继承人。为此，我必须去利马办理继承手续。阿陶尔福叔叔负责提前给我订机票，费用从遗产中扣。他告诉我这笔遗产不会让我变为百万富翁，但对我在巴黎的生活会有很大的帮助。我去伏吉拉街邮局给他拍了电报，告诉他机票钱我自己在巴黎付，我将尽快飞利马。

阿尔韦塔姑妈的死让我心急如焚，夜不成寐。她是一个健康的女人，还不满七十岁。虽说她是一个非常保守、带有偏见的人，但这位老处女姑妈，我父亲的大姐，对我一直很亲。没有她的慷慨解囊和百般呵护，我不知道自己会流落到何等田地。自从我父母在一次愚蠢的车祸中——他们是在去特鲁希略参加好友女儿的婚礼途中被一辆卡车撞死的，出事后，那辆卡车逃跑了，当时我只有十岁——去世之后，她就代替了他们。我结束律师学业来巴黎之前，一直住在她家。尽管她那些落伍的怪癖经常让我憋火，但我还是非常爱她。自从收养了我，她就把全部心思放到了我身上。当时如果没有我的姑妈，我将会变成孑然一身。我在秘鲁的关系早晚也全部断绝。

我当天下午就去法航营业处购买去利马的往返机票，然后去联合国教科文组织向查尔内斯先生说明我不得不休几天的假。穿过入口大厅的时候，我跟一位打扮入时、脚蹬尖头高跟鞋的漂亮夫人相遇。她裹着一件皮线缝连的黑斗篷，目不转睛地盯着我，好像我们认识。

"哎呀呀，哎呀呀，世界真是太小了。"她对我说，一边走近我的身旁，把面颊伸给我，"你在这儿干什么，好男孩？"

"我在这儿，当翻译。"我结结巴巴地说。突如其来的相遇把我弄得十分慌张。我吻她的时候，高级花露水浓郁的芳香直刺进我的鼻子里。是她，但是我费了好大力气才把她认出来：她的脸化了浓妆，双唇涂着口红，眉毛经过了拔除，遮着她那狡黠双目的、柔软而弯曲的睫毛被黑铅笔拉长、加深，手上的长指甲似乎刚刚请指甲修剪师修剪过。她是阿莱特同志。

"好久不见，你的变化真大。"我从头到脚地打量着她，"已经过去三年了，对吗？"

"变好了还是变坏了？"她问我，一副很自信的样子站在那儿，双手叉腰，像模特那样侧着身子。

"变好了。"我承认说，还没有从刚才的震惊中缓过劲来，"真的，你漂亮极了。我想我不能再叫你智利小姑娘莉莉了，也不能叫你女游击队员阿莱特同志了。见鬼，我现在该怎么叫你？"

她笑了，把右手上的金戒指让我看。

"像法国人的做派，我随我丈夫的名字：罗伯特·阿努克斯夫人。"

我鼓起勇气问她，我们是否可以一起喝杯咖啡叙叙旧？

"这会儿不行，我丈夫在等我。"她戏弄似的解释说，"他是外交官，在这儿的法国办事处工作。明天十一点，在双偶像咖啡馆。你认得的，对吧？"

这天晚上，我长时间地失眠，想着她，也想着阿尔韦塔姑妈。当我终于合上眼睛入睡的时候，我却做起了一个荒唐的噩梦。我梦见这两个女人疯狂地打起架来，我请求她们以文明人的方式解决分歧，她们全然不听。打架的起因是阿尔韦塔姑妈指责智利小姑娘盗用了福楼拜的一个人物的新名字。我惊恐地醒来，满身大汗，天依旧黑漆漆的，只听到猫叫声。

当我到达双偶像咖啡馆的时候，罗伯特·阿努克斯夫人已经在那儿了。她坐在被一面玻璃遮挡的露天咖啡馆的桌子旁，用一根象牙烟嘴吸着烟，悠然地喝着咖啡。她像个时髦的时装模特，身着一袭黄衫，脚蹬白皮鞋，撑着一把印花小阳伞。她的变化真是太奇妙了。

"你还在爱着我？"她打破僵局，开门见山地说道。

"糟糕的是，我认为是这样。"我承认道，感到脸上一阵热乎乎的，"而且，即使我不是继续爱着你，从今天起也会重新爱上你。除了非常高雅之外，你还变成了一个非常漂亮的女人。我看到你，可又我不敢相信看到的就是你,坏女孩。"

"你已经看到你由于胆怯而失掉的东西。"她回答我,那双深蜜色的眼睛里闪耀着嘲弄的火花,同时把一口烟故意喷到我脸上,"如果那一次我提出要跟你留在一起时你答应了,现在我就是你的女人了。但当时你不愿跟你的让·保尔同志把关系搞僵,就打发我去了古巴。你失掉了机遇,小里卡多。"

"没有转变的余地了吗?"

"晚了,好男孩。一个微不足道的联合国教科文组织的翻译能给一个法国外交官的妻子带来什么利益?"

她说话时一直面带微笑,嘴动时依旧卖弄着我记忆中的那种优雅的风情。凝视着她那轮廓鲜明而性感的双唇发出娓娓动听的声音,我抑制不住地想去吻她。我感到自己的心跳在加速。

"好吧,既然你不能成为我的妻子,那总有可能让我们成为情人吧?"

"我是一个忠诚的妻子,正正经经的已婚女人。"她向我保证说,佯装一副严肃的样子。随后,她突然问道:"让同志怎么样?他回秘鲁搞革命去了吗?"

"他已经走了几个月。对他的情况和别人的情况,我一无所知,甚至没听说那儿有游击队。也许所有那些革命的空中楼阁都烟消云散了,所有的游击队员都回了家,把革命的事忘掉了。"

我们谈了将近两个小时。自然,她向我保证,说关于她跟查孔司令的那段情史完全是在古巴的秘鲁人胡说八道,实际上,她跟那位司令只有纯洁的友谊。关于军事训练的事,她一字不提,像往常一样,避开谈任何政治问题,不告诉我在岛上的生活细节。她在古巴唯一的爱情就是跟时任法国使馆代办、现已晋升为公使衔参赞的罗伯特·阿努克斯,也就是她现在的丈夫。回想起他们为了结婚要克服的种种官僚主义障碍,她笑得要死,也气得要死,因为在古巴,一个拿到奖学金的人要放弃军训简直是不可想象的,但是在这件事上,查孔司令的确对她表现出了"钟爱",帮她打垮了该死的官僚主义作风。

"我敢打赌你是愿意跟那位该死的司令上床的。"

"你吃醋了吗?"

我告诉她没错,我很妒忌。因为她是那样漂亮,我的灵魂已完全被她所吸引。为了能跟她做爱或者只是吻她,我会不惜一切代价,什么事我都可以干。说罢,我就拉起她的手吻了她。

"你老实待着。"她环视着四周对我说,装作惊慌不安,"你忘了现在我是已婚妇人?你不知道如果这儿有谁认识罗伯特就会把事情传到他耳朵里去吗?"

我对她说,我完全清楚她之所以跟那位外交官结婚,是为了离开古巴到巴黎来,不得已而为之,是一种纯粹的手续。我认为这很好,因为我认为,一个人为了生活在巴黎,可以作出任何牺牲;但是当我们俩单独在一起的时候,就别再跟我提什么忠诚的妻子和倾心于丈夫的事,因为我们俩都清清楚楚那只不过是说说而已,并非真心话。听了我的话,她没有生半点儿气,只是改变了话题,告诉我这儿也存在该死的官僚主义,尽管她跟一位法国公民履行了全部正规的手续结了婚,但两年之内,她还不可能取得法国国籍。他们刚刚在帕西街租下房子,正在收拾,一旦收拾得像个样儿、看得过去了,就请我去她家,把我介绍给我的情敌。她说她的丈夫不但热情好客,而且很有修养。

"我明天去利马。"我对她说,"我回来时怎么见到你?"

她给了我电话号码、家庭地址,问了我是否仍然住在那间冷冰冰的小房子里,就是参议院旅馆的阁楼。

"我很难离开那儿,因为我一生最好的经历就在那儿。所以对我来说,那个小房间是一座宫殿。"

"你说的最好的经历是我所想到的那个吗?"她问我,那张探过来的、既充满好奇又卖弄风情的小脸上总是诡秘与灵气并存。

"一点儿不错。"

"所以你说我欠你一个吻。下次见面的时候别忘记提醒我。"

但是，过了一会儿，当我们离别的时候，她已经忘记了自己身为有夫之妇应有的谨慎，伸给我的不是面颊而是双唇。那双唇丰厚而性感，在接触我的双唇的时间里，我感到它们在缓缓地移动，加之以抚弄，十分地刺激。当我已经穿过圣日耳曼街走向饭店的时候，我转过身来看到她仍旧站在那儿，在双偶像咖啡馆的拐角处，一个亮丽的、金黄色的形象，穿着白色的鞋子，目送我。我向她告别，她也挥舞着举着印花小阳伞的手向我告别。只要一看到她，就足以使我明白：这些年来我一刻也没忘记她，我一直像第一天见到她那样爱着她。

一九六五年三月，我即将年满三十岁。到达秘鲁的时候，路易斯·德拉普恩特、吉列尔莫·洛瓦顿、胖子保尔和左派革命运动其他领导人的照片登在了当地所有的报纸上，出现在了电视上——当时秘鲁已有电视——所有人都在谈论他们。左派革命运动的造反形式看上去再浪漫不过了。那些领导人的照片是这个运动的成员亲自寄给媒体的，他们通过媒体宣布，鉴于农民和工人受到残酷的压榨剥削、费尔南多·贝朗德·特尔里政府屈服于帝国主义，左派革命运动决定采取行动。这个运动的领导人经常在媒体上抛头露面，他们蓄着长发，留着大胡子，手持长枪，上身是高领黑色毛衣野战装，下身是草绿色长裤，脚穿皮靴。我看到保尔还是像从前那么胖，在《邮报》头版刊登的照片上，他周围还有四个人，而他是唯一面带笑容者。

"这些疯子连一个月都折腾不了。"我去看他的那天上午，阿陶尔福·拉米耶尔博士在位于利马中心博萨大街的工作室里预言道，"哼，要把秘鲁变成第二个古巴！要是让你的阿尔韦塔姑妈看到这些游击队员流亡者的面孔，她会昏厥过去的。"

我叔叔对左派革命运动宣布采取武装行动看得并不那么严重，而且他的这种想法很普遍。人们认为这是不理智的举动,很快就会土崩瓦解。我在秘鲁度过的几个星期里一直感到很压抑,明明在自己的国家里,却感到自己仿佛是个孤儿,所以意志消沉至极。我住在我姑妈阿尔韦塔位于米拉弗洛雷斯哥伦布大街的房子里,房间里仍旧是姑妈在世时的摆设,所以一切都让我想起她,也让我回忆起大学时代和失去父母的童年。我在姑妈的床头柜里发现,我从巴黎写给她的全部信件被她按时间顺序码得整整齐齐,这让我十分感动。我见到了我在阿莱格雷区米拉弗洛雷斯的老朋友,在一个周六,我跟他们中间的六个人到靠近艾克斯普雷萨大道的国华中餐馆去吃饭叙叙旧。除了对往事的回忆,我们已经没有太多共同的东西,因为他们作为职场青年和商人——有两个在父亲的企业里工作——的生活跟我在巴黎干的事没有任何关系。有三个已经结了婚,其中一个已经有了孩子,其他三个也已经有了恋人,而且很快这些恋人就将变成他们的未婚妻。在交谈中,我们只开一些玩笑,大家都装出很羡慕我住在那个灯红酒绿、纸醉金迷的城市,跟那些床上功夫不亚于野兽的法国女郎厮混。如果我告诉他们,在巴黎的那些年里,唯一跟我上过床的女孩是一个秘鲁人,而且恰恰是我们童年时代的那个冒牌智利女孩莉莉,他们一定会感到惊愕。他们对报纸上宣传的那些游击队怎么看?跟我的叔叔阿陶尔福·拉米耶尔一样漠不关心。他们认为古巴派来的那些卡斯特罗主义者是不会长久的。谁会相信共产主义会在秘鲁胜利?一旦贝朗德政府拿他们没办法,军人就会再次出来维持秩序,这也正是阿陶尔福·拉米耶尔博士所担心的:"这些白痴唯一会干的事就是玩游击战游戏,而这将把搞政变的借口拱手送到军人手中,结果是我们又要遭受八年或十年的军事独裁。再说,整个寡头集团,从《新闻报》和《商报》开始,都在指责对一个民选的民主政府实行革命的人是要进行土地改革的共产主义者。秘鲁一塌糊涂,大侄子,你到充满笛卡尔主义的光明国度去生活是对的。"

阿陶尔福叔叔四十岁开外，身材瘦高，蓄着浓密的小胡子，总是穿西服马甲，打着小领带。我的婶婶多洛雷斯是一位仁慈的夫人，面色苍白，已经残疾近十年，叔叔一直无微不至地照顾着她。他们住在一座温馨的小房子里，室内有很多书籍和唱片。这座房子在奥里瓦尔·德圣伊西德罗大街，他们请我去家里吃中饭和晚饭。多洛雷斯婶婶虽然残疾，但并无痛苦，以弹钢琴和看电视为消遣。当我们回忆起阿尔韦塔姑妈的时候，她哭了起来。叔婶没有子女，叔叔除了律师事务所之外，还在天主教大学教商务法课程。他有很多藏书，对地方政治很感兴趣，毫不掩饰对民主改良主义的赞同。在他看来，这种改良主义的代表就是贝朗德·特尔里。他对我非常好，加速为我办理一切有关继承的手续，而且拒绝收取任何费用。他说："什么都甭说了，我非常爱阿尔韦塔和你的父母，大侄子。"那是一些沉重的、令人难以忍受的日子，要反反复复、卑微地去见公证员和法官，不断地往司法大楼的迷宫里送去一些文件，又拿回一些文件。晚上，我辗转反侧，难以入眠，越来越急不可待地要回到巴黎去。在空闲的时间里，我重读福楼拜的《情感教育》，因为小说中的阿努克斯夫人现在对我来说不仅是一个名字，也有了坏女孩的面孔。推算出应缴的继承税和阿尔韦塔姑妈欠缴的费用后，阿陶尔福叔叔告诉我，卖掉房子加上处理完家具，我将可以拿到差不多七千美元，或许更多一点儿。这么一大笔钱，我从来没想到会拥有。多亏阿尔韦塔姑妈，我可以在巴黎买一座小房子了。

一回到法国，进了我在参议院旅馆的阁楼，顾不上打开行李，我做的第一件事就是给罗伯特·阿努克斯夫人打电话。

她约我第二天见面，并且对我说，如果我愿意，我们可以共进午餐。我去拉斯帕叶街法语同盟的大厅门口接她，她正在那儿上法文速成班。我们去蒙帕那斯大街的圆顶咖啡馆吃咖喱羊肉。她穿得很简朴，长裤、凉鞋和一件薄夹克衫，戴着彩色的耳坠，跟她的项链和手镯正好搭配。肩上挎着一只包。每当头动起来的时候，头发便随之优雅地起伏飘动。我吻了她的面颊和手，她这样跟我打招呼："我还以为你会被利马夏天的太阳晒黑呢，小里卡多。"她真的变成了一个非常高雅的女人：优美的色彩和情调搭配得浓淡相宜，妆容也颇讲究。看到她的变化，我依然感到惊诧。"我不想听你告诉我关于秘鲁的任何事情。"她提醒我，口气是如此斩钉截铁，以致我没敢问她为什么。我干脆给她讲了我继承遗产的事，并且问她是否可以帮我找处房子，以便搬家。

她兴奋地鼓起掌来。

"我觉得这主意太棒了，好男孩。我帮你安排家具和装修，这我有经验。我的房子就是我折腾的。很漂亮，你会看到的。"

忙碌了整整一个星期。每天下午她上完法文课，我们就在拉丁区、蒙帕那斯街和第十四区跑公众服务机构找房子，最后终于在约瑟夫·加尼埃街找到了一套带浴室和厨房的两居室。这套房子在一座三十年代装饰派艺术风格的大楼里，大楼的正面有几何图形绘画：菱形、三角形和圆形。它与第七区的军事学院毗邻，离联合国教科文组织很近。房子的状况很好，尽管朝向内院，还要爬四层楼——电梯正在建——但采光很好，因为除了两扇大窗户之外，还有一面凹陷的大天窗映出巴黎的天空。卖价是七千美元，但这对我没有困难，因为我在兴业银行开了账户，可以贷款。那些个星期，找到房子之后，我一方面把它收拾得可以居住——清扫，刷漆，在萨马里亚百货公司和跳蚤市场上买些坛坛罐罐和杂七杂八的东西配备齐家具；一方面从周一到周五天天和罗伯特·阿努克斯夫人见面——周六和周日，她跟丈夫去乡下。我们见面的时间是从她下课到下午的四点或五点。她一边帮我忙活一边跟房产经纪人和女门房练习讲法语，感到十分高兴，情绪很好。我对她说，好像正在进行外部装修的房子是我们俩共有的。

"这正是你所盼望的，不是吗，好男孩？"

当时我们正在荣军院①附近图维尔街的一家小吃店里。我吻她的手，寻找她的嘴唇，对她爱得发疯，欲望强烈。我对她的这句话多次表示同意。

"你搬家那天，我们就进行首演。"她向我许诺。

她兑现了自己的诺言。这是我们第二次做爱。这次做爱是在大白天，明亮的阳光从宽大的天窗射进来，一些鸽子透过天窗观察我们赤身裸体地在床垫上拥抱。那床垫是萨马里亚百货公司的卡车送来的，刚刚撕去塑料包装。室内的墙壁还散发着新鲜的油漆味。她的身体还是我记忆中的那么瘦、窄，四肢那么匀称，腰肢纤细，好像我用两手就能掐过来。她的阴毛稀疏，下面的皮肤比她光滑的腹部或者大腿还白。大腿的皮肤有点儿发黑，而且带点儿浅绿色的光泽。她的全身都散发出清淡而柔和的香气，在拔除毛发的腋窝部、耳后、小而潮湿的阴部更是如此。在她弓形的小腹部，皮肤上隐约透露出一些细细的蓝色静脉血管，想到血在那些静脉中缓缓地流淌，我不禁对她起了恻隐之心。和上次一样，她完全被动地任我抚摸，默无一言地听着，装出一副十分专注的样子，或者说仿佛没有听到任何东西，而是想着另外的事情。我一边努力地去拨开她的嘴唇，一边在她的耳边、嘴边语无伦次地说着一些动情的话。

"你要先让我达到高潮。"她低声对我说，语调里隐含着命令，"你要先用嘴，然后更容易插进去。你不要先射，我希望你把我弄得痛痛快快、浑身舒服。"

她说话时那样冷冰冰，似乎不是一个女人在做爱，而是一位医生在进行技术指导和开药方，跟愉悦没有任何关系。这对我没有问题，反正我感到很幸福，好久没有感到这样幸福了，也许从来没有这样幸福。"我永远无法报答你带给我的幸福，坏女孩。"我长时间地把嘴压

---

① 巴黎荣军院，太阳王路易十四时代建筑，建地一六七〇年，用来安置军队中伤残军人。

在她的阴部，感到她的阴毛把我的鼻子搔弄得痒痒的。我怀着深情贪婪地舔着她那小小的阴蒂，直至感到她激动得按捺不住，动了起来，最后她的下腹和腿部也连续颤抖了。

"现在插进去吧。"她低声说，照旧是命令的口气。

这一次也不容易。她的身体太窄小了，每逢我一使劲，她就抽缩起来，下边自然地抵制我进入。她不断地呻吟，直至我最后取得成功。那时，我感到我的生殖器像被那紧紧勒逼着、跳动不止的阴道弄得破裂了，然而那是一种妙不可言的疼痛，是一种难以自制的眩晕，而这种眩晕令我打战，一插进去几乎马上就射。

"你射得太快了。"阿努克斯夫人责怪我，一边揪着我的头发，"如果你想把我弄得舒服，就必须学会延长时间。"

"我将学会你希望的一切，女游击队员，但是现在别说话，吻我。"

就在我们告别的时候，她邀请我去吃晚饭，目的是把她的丈夫介绍给我。我们先在他们位于帕西街区的漂亮的家中喝了一杯。那房子装潢得十分资产阶级化：厚重的天鹅绒大窗帘、柔软的地毯、时兴的家具，小桌子上摆放着瓷质饰物，墙上挂着加瓦尔尼和杜米埃的讽刺派版画。后来我们去了附近的一家风味小吃店，据那位外交官说，那儿的特色菜是葡萄酒炖鸡，而饭后点心，他建议吃水果馅饼。

罗伯特·阿努克斯先生是个小个子，秃顶，唇下留着小胡子，说话的时候会摇动；他戴着厚镜片眼镜，年龄应该比他的妻子大一倍。他对妻子非常客气，为她把椅子拉好或者挪开，帮她放好衣服，整个晚上都细心地照料着她：没有酒了给她倒酒，没有面包了就把面包筐递给她。人不是很热情，有点儿自傲和冷漠，不过似乎的确很有学识，谈起古巴和拉丁美洲，语气很自信。他讲的西班牙语无可挑剔，只是带点儿地方口音，表明他曾在加勒比地区服务多年。实际上，他并不在联合国教科文组织的法国办事处工作，而是奎台·奥赛伊让出位子，给他做了总干事勒内·马厄助理班子的顾问和主任，后者是让·保罗·萨特和雷蒙·阿隆在巴黎高等师范学校的同学，人称谨慎机敏的天才。此人我曾见到过几次，每次都是由这个后来成为阿努克斯夫人丈夫的斜眼秃头跟着。当我告诉他我在联合国教科文组织西班牙文部当临时翻译时，他答应向查尔内斯推荐我，说我是杰出人才。他问我对发生在秘鲁的事情的看法，我告诉他我很久没有收到来自利马的消息了。

"噢，那些山里的游击队，"他说，耸了耸肩膀，好像对那些事并不看重，"抢劫庄园，袭击警察，太荒唐了！恰恰是在秘鲁，那是拉丁美洲少有的、正在力图建立民主制度的国家之一。"

这就是说，左派革命运动已经开始了他们的游击活动。

"你应该尽快离开这位先生跟我结婚。"下一次见面的时候，我对智利小女孩说，"你知道你想让我相信的是什么吗？是你爱上了一个老头子。他除了像你爷爷，还是个丑八怪。"

"你又在污蔑我的丈夫，我们以后再也甭见面了。"她威胁我，但是刹那间又变了一张笑脸，这是她的特长，"他跟我比起来真显得那么老吗？"

我跟阿努克斯夫人的这第二个蜜月在那次晚餐后不久结束了，因为我刚刚搬到军事学院区，查尔内斯先生就跟我重新签订了合同，我的工作时间表使我只能偶尔、短暂地跟她见见面，比如某个中午，从一点到两点半的自由时间，我不去联合国教科文组织的餐厅吃饭，而是跟她一起找家风味小吃店吃三明治；又比如某个下午，不知她找了什么借口离开阿努克斯先生，跟我一起去看场电影。我们手拉手看电影，我在黑暗中不停地吻她。"你真烦人。"她练习说法语，"我想看电影，大傻瓜。"她的蒙田语言已经有了飞速的进步；她讲得很大胆，毫不露怯，句法和发音错得十分好玩，比她的人品更有趣。直到许多个星期之后，我们才又有机会做爱，那是她去瑞士旅行一个人回来的时候。她回到巴黎比预期的时间提前了几个小时，为的是到我位于约瑟夫·加尼埃街的家中跟我待一会儿。

阿努克斯夫人生活中的一切依旧是相当神秘的,跟她在秘鲁时智利小姑娘莉莉的生活和女游击队员阿莱特同志的生活一样。如果她给我讲的都是真话,那么她的社交活动真的很多,马不停蹄地出席招待会、晚宴和鸡尾酒会,跟巴黎上流社会交往。举例说,昨天她认识了戴高乐将军的外交部长莫里斯·古伏·德穆维尔;上周她看到了让·科克多出现在影片《牺牲在马德里》的私人放映活动上,那是弗雷德里克·罗西夫的一部纪录片,挎着他情人的胳膊的是演员让·马雷,顺便说一句,这位演员非常漂亮;明天她将去参加她的女友们为伊朗国王的妻子法拉·迪巴来巴黎私人访问而举行的茶会。这会不会是纯粹的梦呓,把自己伪饰得如此高尚、高雅?抑或是她丈夫真的把她引进了那个让她眼花缭乱的灯红酒绿、浅薄轻浮的世界?此外,她还经常,或者只是她对我说她经常去瑞士,去德国,去比利时,几乎每两三天就出于永远说不清的理由旅行一次,出席展览会、盛装聚会、节日庆典、音乐会,等等。由于她的解释在我听来显然充满了虚荣和吹嘘,所以我对她旅行的情况一概不再问什么,只是装作对她讲给我听的、有关那些"光芒四射的远征"的字字句句都信以为真。

一九六五年年中的一个下午,在联合国教科文组织,我办公室的一位同事是西班牙老共和派,多年来在写"最后一部关于内战的、纠正海明威的不确之处的长篇小说",这部小说的名字将是《丧钟不为谁而鸣》。他递给我一张他正浏览的《世界报》,上面刊登的消息称,洛瓦顿领导的、活跃在胡宁州康塞普西翁省和萨蒂波省的左派革命运动的图帕克·阿玛鲁纵队劫掠了一座煤矿的火药库,炸掉了莫拉尼约克河上的一座桥梁,占领了路那图略庄园,把粮食分给了农民。两个星期之后,在亚华利纳山谷又伏击了一个武装警察支队,在战斗中,九名警察包括巡逻队队长被打死。在利马,格里永饭店和国家俱乐部发生了炸弹谋杀事件。贝朗德政府在整个中部山区发布了戒严令。读到这些消息，我的心紧张得抽搐起来。那一天和那以后的日子里，我始终惶惶不安，胖子保尔的面孔不时地出现在我的脑海里。

阿陶尔福叔叔不时地给我写信来，他作为在秘鲁唯一和我通信的人，代替了阿尔韦塔姑妈。在信中，他大谈当前的政治形势，通过他，我知道了尽管游击队在利马的行动还是零零星星的，但在安第斯山中部和南部的军事行动震撼了全国。《商报》《新闻报》、阿普拉党分子和奥德里亚派如今已经联合起来反对政府，他们指责贝朗德·特尔里面对卡斯特罗起义者表现软弱，甚至说他跟起义军秘密勾结。政府已经委托军队对起义者进行镇压。叔叔感慨道："这可太糟糕了，我担心说不定什么时候就会发生政变。已经闻到磨刀霍霍的气息。在我们的秘鲁，耶诞节何时不在十二月了！"在那些充满亲情的信中，多洛雷斯婶婶总是亲笔写上思念我的话。

完全出乎预料，我跟罗伯特·阿努克斯先生竟相处得很和睦。一天，他来到联合国教科文组织的西班牙语办公室，建议我们在吃午饭的时候一起到咖啡店里吃点小吃。没有什么特别的理由，就是聊聊天，抽一根吉普赛人牌过滤嘴香烟，那是我们俩都抽的牌子。从那时起，每当他能脱开身，他就来找我。我们一起去喝咖啡、吃小吃，同时交谈法国和拉美目前的政治形势和巴黎的文化生活，对此他十分熟悉。此人阅历广，有思想，他抱怨尽管跟勒内·马厄一起工作很有意思，但是他只在周末才有时间看书，很少去剧院或听音乐会了。

由于他，我不得不平生第一次，毫无疑问也是最后一次租了一件男礼服，按着装礼仪去出席联合国教科文组织在巴黎歌剧院的芭蕾舞义演，演出结束后还有晚餐和舞会。我从未进过如此宏伟的场所，建筑的穹顶装饰着由犹太画家夏加尔绘制的油画，一切都让我感到美丽而高雅。但是让我感到更美丽而高雅的还是前智利小姑娘和前女游击队员，她穿着一件白色薄纱印花的透明衣服，裸露着肩膀，梳着高高的发髻，颈项、耳朵和手上戴满了珠宝首饰，直把我惊讶得张口结舌。整个晚上，那些与阿努克斯先生相识的老头儿都走近她身边吻她的手，眼睛里放射出贪婪的光芒。"真是异国美人！"我听到一个难抑激动、纠缠不休的老东西这样说。我终于能邀请她跳舞了。我紧紧地搂着她，在耳边对她说，我从没想到有一天能看到她像此刻如此娇艳。一想到舞会之后，在她位于帕西街区的家中，是她的丈夫而不是我脱光她的衣服跟她做爱，我就感到撕心裂肺的痛苦。异国美人面带一丝宽厚的微笑接受我对她的宠爱，但最后放出了一句冷酷无情的话："你跟我说的话真是俗不可耐，小里卡多。"我吸闻着从她全身发散出来的芳香，感到是那般渴望拥有她，以至于几乎难以呼吸了。

她从哪儿弄到钱穿那样的衣服、戴那样的珠宝首饰？尽管在奢侈的享受方面，我不内行，但是我知道要穿那些独有的时装，要那样不断地更换衣服——我每次见到她都是穿新衣服、换新的精美的鞋子——一名联合国教科文组织职员的收入是绝对不够的，即便他是总干事的得力助手。我打算套出这一秘密，问她是不是除了偶尔和我骗骗罗伯特·阿努克斯先生，也和某个百万富翁去骗他，而正是由于这个百万富翁，她才能穿上大商店的时装、戴上一千零一夜的珠宝首饰。

"如果我只有你这样的一个情人，我就变成叫花子了。你在我眼里是个微不足道的人。"她这样回答我，并不是开玩笑。

但是她马上为我作出了一个似乎无可指责的解释，尽管我肯定那是虚假的。她说她身上的衣服和首饰不是买的，而是蒙田大街的大时装设计师和旺多姆广场的珠宝商借给她的，那些人要为自己的新产品做广告，就让经常出入大场合的靓丽夫人试穿、试戴。因此，凭她的社交关系，她的穿戴可以跟巴黎的高雅女人相媲美。难道我认为靠一个法国外交官的那点儿微薄工资，她可以跟光明城的贵妇们攀比奢侈？

歌剧院那次舞会的几个星期后，我在联合国教科文组织的办公室里接到了坏女孩的电话。

"这个周末，罗伯特要陪他的头头去华沙。"她通知我，"你中彩了，好男孩！我可以把周六和周日都给你一个人，看看你给我安排什么节目吧。"

我用了几个小时来考虑怎样让她感到惊喜、玩得高兴，巴黎有什么有趣的地方她没有去过，研究那个星期六有什么演出，什么饭店、酒吧或风味小吃店因其新颖和独有的、鲜为人知的特色能引起她的注意。最后，我把想到的无数方案全部放弃，选择了周六上午如果天气晴好，就去阿斯尼埃尔小镇的狗公墓散步，它在河流中心一座树木葱茏的小岛上。晚饭安排在圣安德烈·台扎尔街的阿拉尔餐厅，就订某天晚上我看到巴勃罗·聂鲁达一手一只勺子地用晚餐的同一张桌子。为了让她明白这是个有名望的地方，我会告诉她那是诗人最喜欢的饭店，还要点与惯常不同的菜。我要跟她度过整个夜晚，跟她做爱，她喜欢我的双唇贴在她微微颤动的"夜间眉毛的阴部"（这是聂鲁达《婚礼上的用品》中的一句诗，我们第一次在参议院旅馆的阁楼里一起过夜时，我曾把这首诗在耳边读给她听）；感到她睡在我的怀中，星期天清晨醒来蜷缩着温暖的身体贴着我。周六之前的两三天里，我全然处于幻想、愉快、担心有点儿什么事使计划落空之中，这几乎难以让我集中精力工作，我的译稿大概被审校者修改了两次。

那个星期六，天气好极了。我开着一个月前新买的多菲娜牌轿车，上午带阿努克斯夫人去了她没有去过的阿斯尼埃尔小镇狗公墓。我们饶有兴味地在坟墓间逛了一个多小时——除了狗坟，还有埋在那儿的猫坟、兔坟和鹦鹉坟——读坟前的墓志铭。那些主人送别他们心爱的宠物的词语，有的情真意切，有的富有诗意，有的轻快欢畅，有的荒唐可笑。阿努克斯夫人好像真的很开心，笑容满面，把手放在我的手里，春日的阳光照耀着她那双深蜜色的眼睛，她的头发随着河边的轻风而飘动。她穿着一件透明的薄衬衫，可以看清她乳房的边缘，一件宽松的外套随着她的动作而摆动，脚上是方格图案的短筒靴。她长时间地凝望着墓地入口那条不认识的狗的雕像，神情忧郁地感叹她的生活是"如此复杂"，否则她就会养一条小狗了。我注意到这件事，心想：如果我能打听出她的生日，这将是我那天送给她的礼物。

我紧紧搂住她的腰，把她拉到我怀中，对她说，如果她下决心离开阿努克斯先生跟我结婚，我保证让她过上正常生活，她喜欢养什么狗就养什么狗。她非但没有让我高兴，反而讥讽地问我：

"想到要跟我一起过夜，你会觉得你是世界上最幸福的人吗，米拉弗洛雷斯人？我这样问你，是为了让你对我说你那么喜欢对我说的那句俗不可耐的话。"

"没有比这使我更幸福的事了。"我对她说，嘴唇使劲地吻着她的嘴唇，"多年来我一直梦想着这件事，女游击队员。"

"你要跟我做多少次？"她又说道，还是那种讥讽的语调。

"能做多少次就做多少次，坏女孩。十次吧，如果我的身体允许。"

"我只答应你两次。"她啃着我的耳朵提醒我，"一次是在上床睡觉时，一次是在醒来时。对了，决不早起。为了永远不长皱纹，我需要至少睡八个小时。"

她从未像那天上午那样顽皮，而且我认为她以后永远也不会那样顽皮。我从不记得她曾那么自然、那么随意、不摆姿势、不矫揉造作，而是尽情享受那春日的温暖，让透过垂柳缝隙射进来的阳光洒落在她身上宠爱着她。她像是比小姑娘还小姑娘、几乎还是少女，而不是一个近三十岁的女人。我们在河边阿斯尼埃尔小镇的一家风味小吃店里就着小黄瓜吃了一个火腿三明治，喝了一杯红酒，然后去于姆街的电影资料馆看马塞尔·卡尔内导演的电影《天堂的孩子》。这部电影我看过，她没看过。看完电影出来的时候，她说让·路易·巴劳特和玛丽亚·卡萨雷斯是那样年轻，现在的电影已不这样拍了。她向我坦言，电影的结局让她流了泪。我向她建议去我家休息到吃晚饭的时间，但是她不愿意，说那个时候去我家，我会起邪念，最好还是趁下午天气那么好,我们在外面多走走。于是我们在塞纳街的画廊进进出出,然后在布西街的一家露天咖啡馆坐下来喝杯冷饮,我告诉她一天上午在那儿我看到诗人安德烈·布勒东在买鲜鱼。大街上、咖啡馆里皆人潮如涌,巴黎人有这种放松和共鸣的习惯,在天气好的日子里就出现这种奇特的景观。我许久没那么高兴、那么乐观、那么充满希望了。可是,正当此时,魔鬼露出了尾巴。我看到我旁边一个人正在读的《世界报》上的大标题《军队摧毁了秘鲁游击队的大本营》,副标题是《路易斯·德拉普恩特和其他几位左派革命运动的领导人被打死》。我赶快跑到街角的报亭买了一份报纸。在那篇消息上署名的是这家日报驻南美的记者马塞尔·尼德岗,另外还有一篇署名克罗德·于连、框有花边的文章解释秘鲁的左派革命运动是怎么回事,介绍路易斯·德拉普恩特其人其事以及秘鲁的政治形势。一九六五年八月,秘鲁陆军特种部队包围了位于拉孔本西翁的库斯科山谷基亚班巴市东边的梅萨·佩拉达山,攻占了"启明星"营地,打死了很多游击队员。路易斯·德拉普恩特、保尔·埃斯科瓦尔和一群追随者得以逃脱,但是军方的武装小分队经过长途跋涉又将他们包围,打死了他们。消息还明确地报道军方的飞机投下凝固汽油弹轰炸了梅萨·佩拉达山。死者的尸体没有交给家属,也没有向媒体展示。据一份官方公报说,那些尸体埋在了一个不为人所知的地方,以免他们的坟墓变成革命者的朝拜圣地。军方向记者展示了武器、军装、许多文件以及游击队在梅萨·佩拉达山使用的地图和无线电设备。秘鲁革命起义的主力部队之一的帕查库特克纵队被歼灭了。军方希望吉列尔莫·洛瓦顿领导的图帕克·阿玛鲁纵队也遭到包围,很快垮台。

"我不懂你为什么脸拉得那么长,你知道这样的事是早晚要发生的。"阿努克斯夫人感到惊奇,"你自己跟我说过多次,这事儿的结局只能是这样。"

"我说那话是作为咒语,为了驱邪,希望事情不要发生。"

当然，我是对她说过那话，也真的那么想过、担心过，但得悉事情已经发生，我初到巴黎时最好的朋友和伙伴保尔现在已经是东安第斯山某片荒野里的一具腐尸，这就是另一回事了。他大概是被枪决的。如果是军队把他活捉，无疑在枪决之前还遭受了严刑拷打。我强忍着撕心裂肺般的痛苦，向智利小女孩提议我们忘掉这件事，不要让这条消息糟蹋了神仙们送来的礼物：她的整个周末都属于我。她很容易地就做到了，给我的感觉是，对她来说，秘鲁是经过深思熟虑而作为一团乱糟糟的阴暗记忆（由于贫困、种族主义、歧视、冷落和种种挫折）从她脑海中彻底驱除的东西。也许在很久以前她就下定决心与故土断绝一切关系了。我却相反，尽管我努力想忘记《世界报》上那条该死的消息，把精力集中到坏女身上，却做不到。在阿拉尔餐厅用晚餐的整个过程里，我朋友的幽灵始终让我没有胃口，情绪低落。

"我看你无法纵情取乐、玩得痛快了。"吃饭后点心的时候，她以同情的语调对我说，"你愿意下次再来干我们要干的事吗，小里卡多？"

我坚决不同意，吻了她的手，并且向她发誓说，尽管有那条可怕的消息，跟她一起过夜仍是我从来没过的最美妙的事情。但是，等到了我位于约瑟夫·加尼埃街的家中，当她从手提包里取出准备第二天用的芭比娃娃梳妆台、牙刷和更换的内衣，我们躺在床上——我已经为客厅和卧室布置了鲜花——并且我已经开始抚摸她时，我却羞愧地意识到：我没有能力跟她做爱了。

"法国人把这叫做'落空'。"她笑着对我说，"你知道吗？我还是第一次跟一个男人出现这样的事。"

"你有过多少男人？让我猜猜。十个？二十个？"

"我的数学坏透了。"她发火，以命令的口气进行报复，"你最好还是用嘴跟我来吧。我没有必要举哀服丧，我几乎不认识你的朋友保尔。再说，你回想一下，正是由于他的过错，我才不得不去了古巴。"

她不再说什么，而是马上像点一根烟那样坦然地张开双腿躺在床上，用一只胳膊遮住眼睛，注意力深深地集中，身体一动不动，完全忘掉我和周围的世界，习惯地、静静地等着享受欢愉。她总是要拖很久才兴奋起来至高潮结束，而那天晚上比惯常拖得更久。有两三次，我不得不把痉挛的舌头停在她的阴部，吻它、吮吸它，每次她都用手来教训我，揪我的头发或拧我的脊背。最后，我终于感到她的身体动了，并且听到了似乎是从小腹慢慢上升到口部的、轻微的呼哧声，她的四肢在抽缩，末了，满足地出了口长气。"谢谢，里卡多。"她喃喃地说。继而，她几乎马上就进入了梦乡。我很久都不能入睡，焦虑和痛苦挤压着我的咽喉。好不容易入睡，却又做起了噩梦。第二天，我对那噩梦几乎不记得了。

　　早上，我在近九点时醒来。天空没有太阳，从天窗望上去，空中乌云密布，呈驴腹色，巴黎的天空总是这样。她背对我睡着，那个瘦小姑娘的身体看上去非常年轻而脆弱。此刻她很安静，轻微而舒缓地呼吸着，几乎动也不动。看着她现在的样子，谁也不会想到她自来到人世间之后大概一直过着艰难的日子。我竭力想象着她童年时代在秘鲁那座穷人地狱里所经历的贫苦，也想象着她的青年时代，也许比她的少女时代更糟。为了前进、到达她如今已经到达的那个地方，在秘鲁和古巴，她应该历尽了艰辛，多次委身于人，作出了种种牺牲和让步：不得不拼命保护自己免遭不幸，练就了她的铁石心肠和冷漠无情；为了在那个战场上不被打垮，她大概跟形形色色的人上过床；她的种种经历使她确信，那就是生活。我对她充满了无限的深情。为了我的幸福，也因为她的不幸，我坚信我一直在爱着她。看着她、感觉着她的呼吸，我顷刻间动了感情。我开始非常缓慢地吻她的脊背，吻她翘起的小屁股，吻她的脖颈和肩膀，然后拉她侧过身来，又吻她的乳房和嘴巴。她装作睡觉，但实际上已经醒来，因为她已经调整身子躺好了准备迎接我。我感到她那儿是潮润的，第一次能够很容易地进入她的体内而不感到是跟一位处女做爱。我爱她,我爱她,没有她我不能活。我央求她离开阿努克斯先生,来跟我在一起;我说我要挣很多钱,让她过体面的日子,宠爱她,一切如她所愿,对她……

"行啦,你已经将功折罪了,"她笑了起来,"你这次甚至比前些次坚持的时间长。昨天晚上失败之后,我还以为你变得性无能了哩。"

我建议自己动手做早餐,但她喜欢我们到街上吃,想吃酥脆的牛角面包。我们一起洗了淋浴,她让我为她打肥皂,帮她把身体擦干,然后,我坐在床上看她穿衣服、梳妆打扮。我先是一个一个地吻过她的十个脚趾,接着亲自为她穿上软帮鞋。我们手拉手去了布道奈大街的一家风味小吃店,那儿刚出炉的羊角面包的确又酥又脆。

"如果不是你那次把我打发到古巴去,我就会留在巴黎跟你在一起了。如果真是那样,我们可以维持多久,小里卡多?"

"一辈子。我会让你非常非常幸福,你永远也不会离开我。"

她停止了说笑话,看了我一眼,非常认真,有点儿鄙夷不屑。

"你真是太天真和爱幻想了。"她一字一顿地说,眼睛里流露出向我挑衅的神气,"你不了解我,我只跟非常、非常有钱有势的男人永远在一起。很不幸,你永远不会成为这样的人。"

"如果金钱不能给你带来幸福,怎么办,坏女孩?"

"幸福?我不懂什么叫幸福,也不把它放在心上,小里卡多。但是我敢肯定的是,幸福并不是你眼中的那种浪漫和你嘴里说的那些俗不可耐的话。钱可以给你安全感,保护你,让你完全沉浸在享受之中而丝毫不用为明天担心。唯有如此,才可以得到实实在在的幸福。"

她用冷冰冰的眼神注视着我,有时那表情还以奇特的方式变得更为严酷,似乎把她周围的一切活动的都冻结了。

"你是好人,但你有一个致命的弱点:缺乏野心。你满足于已经得到的东西,不是吗?但是你得到的东西算得了什么?好男孩,因此我不能做你的妻子。我永远不会满足,总是要得到更多。"

我不知该怎么回答她，因为尽管我听了她的话感到难过，又觉得她说得不无道理。对我来说，幸福就是拥有她和居住在巴黎。我心中暗想：这就是说，我是不可原谅的平庸之辈，小里卡多？不错，可能是这样。在回我家之前，罗伯特·阿努克斯夫人起身去打电话。回来的时候，她的脸上露出慌慌张张的表情。

"很抱歉，我得走了，好孩子。出了麻烦。"

她没有给我做更多的解释，也没有让我送她回家或她要去的地方。我们上楼她拿了她的手提包，我把她送到靠近军事学院区的地铁边，她去打出租车。

"不管怎么说，这个周末还是过得很愉快的。"她向我告别，触摸着我的嘴唇，"再见，我的心肝宝贝。"

回到家中，我发现她由于走得匆忙，把牙刷忘在了盥洗室里。那是一支精美的牙刷，牙刷的盒子上还印有名牌：娇兰。她是真的忘记了吗？也许不是。可能是故意留下来让我为那个伤心的夜晚和幸福的觉醒作纪念。

那个星期我没能看到她，也没能跟她说上话。下一个星期，我要去维也纳原子能委员会工作半个月，也没能跟她告别——她的电话始终没人接。我喜欢维也纳这座巴洛克风格的、高雅而繁华的城市，但是这个时期的"临时工"的工作——各种国际组织的代表会议、全会或年会都需要额外的口笔译人员——是那样紧张，以至于我根本没有时间去参观博物馆、听音乐会或进剧院，除了趁某个中午的时间去看一次阿尔韦迪纳赛马。晚上已是筋疲力竭，勉勉强强地走进老字号的咖啡馆——中央咖啡馆、兰德蒂门咖啡馆、哈韦尔卡咖啡馆和法乌恩努维咖啡馆，这些咖啡馆似乎都是二十世纪"美好时期"的装饰风格——去吃上一份德国牛肉香肠，其实也就是我姑妈阿尔韦塔会做的奥地利版本的滚面包屑牛排，再喝上一杯泛满泡沫的啤酒。回到家中已是头昏眼花了。我几次给坏女孩打电话，要么没人接，要么占线。我不敢往联合国教科文组织给阿努克斯先生打电话，怕引起他的怀疑。半个月的工作结束，查尔内斯先生给我拍了个电报，建议我签一份到罗马工作十天的合同，任务是先在一个研讨班上做翻译，接着参加联合国粮农组织会议。因此我直接去了意大利，没有路过巴黎，在罗马仍未能跟她通上话。一回到巴黎我就急不可待地给她打电话，当然依旧没人接。发生了什么事？我焦急起来，开始设想她是不是出了车祸、是不是病了或闹出了家庭悲剧。

由于跟阿努克斯夫人联系不上，我是那样紧张不安，不得不把叔叔早已寄到巴黎来的信读了两遍才明白了它的意思。我的思想难以集中，智利小女孩的形象在我的脑际挥之不去。阿陶尔福叔叔在信中长篇大论地讲了秘鲁的政治形势。洛瓦顿领导的图帕克·阿玛鲁纵队没有被俘获，尽管军方的公报宣称不断地与之发生冲突，游击队每次都有伤亡。根据新闻报道，洛瓦顿和他的人已经进入了热带雨林深处，跟亚马孙地区的部落结成了同盟，主要是埃内河、佩雷内河、萨蒂波河和阿纳帕蒂河四条河围成的方框地域内的阿萨宁卡部落。传说这个部落的群体受洛瓦顿的人格魅力的诱惑，把他看成了一位神话英雄：返祖的、主持正义者伊托米·帕瓦。根据神话传说，这位英雄某个时候会回来收复这个民族的管辖权。空军怀疑热带雨林中的村庄藏有左派革命运动成员，对它们进行了猛烈的轰炸。

在多次试图与阿努克斯夫人通话未果之后，我决定以请他们吃晚饭为借口而去联合国教科文组织找她的丈夫。我先去问候查尔内斯先生和西班牙语办公室的同事，然后爬上了六楼，那儿是不可私自闯入的禁地，因为头头们的办公室都在那儿。从门口，我就看到了阿努克斯先生那张苍老的脸和唇下的小胡子。看到我，不知他奇怪地嘟哝了一句什么，我发现他比任何时候都更乖戾，好像见到我很不开心。他病了吗？短短几个星期没看到他，他似乎老了十岁。他把一只蜷缩着的手伸给我，没有说话，而是用那双啮齿动物般具有穿透力的眼睛盯着我，等待我开口。

"这个月我没在巴黎，到国外工作了，在维也纳和罗马。我想这几天晚上你们哪天有空，我请你们吃晚饭。"

他的眼睛还是盯着我，但没有回答。此刻他的脸色变得苍白了，神情忧伤，嘴唇抽缩着，仿佛说话困难。我的双手颤抖起来。他是不是要对我说，他的妻子死了？

"这就是说，你还不知道，"他干巴巴地喃喃自语，"或者是在玩一场骗局？"

听了这话，我惶恐不安，不知该如何作答。

"联合国教科文组织的人都知道了。"他又轻声补充道，声音很低，带点讥讽，"我成了这里的笑料。我的妻子把我抛弃了，我甚至不知道她跟谁走了，本来以为是你，索莫库尔西奥先生。"

在说出我的姓之前，他语塞了，唇下的小胡子抖动着，我似乎觉得他的两排牙齿也在磕碰着。我结结巴巴地说出了我的感受，告诉他我对此一无所知，并且愚蠢地重复说我这个月没在巴黎，而是在国外的维也纳和罗马工作。我跟他告别的时候，阿努克斯先生连声再见都没说。

对这件事情，我是如此惊讶和难过，以至于在电梯里突然感到一阵恶心，进了过道的卫生间就吐了。她跟谁走了？她跟她的情人还住在巴黎吗？在以后的日子里，一个念头始终萦绕在我的心头：她赠给我的那个周末就是告别，为了留给我一点儿特殊的怀念。这是扔给狗吃的剩饭，小里卡多。对阿努克斯先生进行短暂拜访之后的日子都是灾难性的。我平生第一次患了失眠症，夜间出汗，脑子里一片空白，手里紧紧地握着当作避邪符放在床头柜上的娇兰牌牙刷，反复地咀嚼着我的怨恨和妒忌。第二天，我完全崩溃了，浑身忽冷忽热，不断地打寒战，没有一点儿精神，没有一点儿食欲。医生给我开了一些安眠药，那些药与其说是让我睡觉，倒不如说是让我昏厥。醒来时，我惶恐不安，好像被拖在大海凶险的回头浪中。我咒骂自己那次的愚蠢，把跟保尔的友情置于对她的爱之上，将她打发到古巴去。设若当时把她留下来，我们继续在一起，生活就不是今天的夜间失眠，就不是这样空虚、这样令人懊恼了。

查尔内斯先生给了我一个月的工作合同，帮我从这种精神崩溃的状态中解脱出来，我真想跪下感谢他。由于联合国教科文组织惯常的工作，我慢慢摆脱了因前智利小女孩、前女游击队员、前阿努克斯夫人出走使我陷入的危机。她现在怎么称呼？是什么身份？叫什么名字？在这段新生活中又编了什么故事？她的新情人应该是一位非常重要的人物，比联合国教科文组织总干事处的那位顾问要重要得多。那位顾问对她的野心来说太微不足道了，所以她把他大大地羞辱了一番。那最后一个星期，她明确地提醒过我，说："我只跟非常、非常有钱有势的男人永远在一起。"我敢肯定，这下我真的再也见不到她了。我对自己说：你必须克制，战胜精神危机，忘掉那个朝三暮四的智利小女孩，深信她只是一场噩梦，好男孩。

我重新为联合国教科文组织工作后没几天，阿努克斯先生来到了我的小办公室，当时我正在翻译有关次撒哈拉非洲国家双语教育的报告。

"对不起，我那天对您太粗鲁了。"他不好意思地说，"当时我的情绪很不好。"

他提议我们一起去吃晚饭。虽然我知道，就我的精神状态而言，那顿晚餐是灾难性的，但是好奇心和想听他讲讲她的情况、了解到底发生了什么事的欲望更为强烈，所以我答应了。

我们去了宾客之家，那是巴黎第七区的一家餐馆，离我家不远。不消说这是一次我从未经历过的、最紧张、最困难的晚餐，不过也是最具吸引力的晚餐，因为在这次晚餐上，我发现了前阿努克斯夫人的许多事情，也知道了她去过多么遥远的地方，好寻求以财富为支柱的安全生活。

我们要了加冰的威士忌和梨酒作为开胃剂,又要了红酒和饭菜,但是饭菜几乎没动。宾客之家餐馆有一份固定的菜谱,由几个带柄深底小锅盛着端上来的美味佳肴组成。我们的餐桌上摆满了肉末馅饼、蜗牛、色拉、鱼和肉,为了腾出地方摆放花样繁多的饭后点心,惊讶的侍应生不得不把这些东西几乎原封未动地拿走。有一种点心是放在煮沸的巧克力之中。侍应生不明白为什么我们对那些美食丝毫不感兴趣。

罗伯特·阿努克斯先生问我从何时认识那个女人,我对他撒谎说是从一九六〇或者一九六一年在巴黎认识的,当时她作为左派革命运动的奖学金获得者,途经这座城市去古巴接受军事训练。

"这就是说,你对她的过去、她的家庭一无所知。"阿努克斯先生如同自言自语一样认同了我的说法,"我一直都明白她在撒谎,我是说关于她的家庭和她的童年,但是我谅解她。我认为那是善意的谎言,为了掩盖让她难以启齿的童年和少时,因为她应该是出身于一个非常卑微的社会阶层,不是吗?"

"她不愿意谈这件事。她从来没有对我谈起过她的家庭,但是毫无疑问,她属于一个非常卑微的社会阶层……"

"推测到秘鲁社会一大堆各式各样的偏见,我感到很伤心,什么名门望族、种族主义。"他打断我,"她说她上过索菲娅努姆学校,那是利马最好的修女学校,上层社会的女孩都在那儿接受教育。她还说她的父亲是棉花庄园主,她跟家庭决裂是因为理想主义,为了立志要成为一名革命者。可是,我敢肯定,她从来就对革命不感兴趣!自从我认识她以后,我从未听到过她就政治问题发表见解。为了离开古巴,她不惜付出一切,甚至跟我结婚。在我们离开古巴的时候,我建议我们去秘鲁见见她的家人,当然,她给我编了一通瞎话,说她参加了左派革命运动,又到了古巴,如果回到秘鲁,肯定会被逮捕。我原谅了她那些虚构的故事，理解那是因为她对自己没有信心。她是受了那些社会偏见和种族偏见的感染，那些偏见在南美国家太根深蒂固了，因此她给我编出了那套她根本不沾边的贵族少女传记。"

有时候我觉阿努克斯先生已经忘记了我的存在，他的目光甚至消失在一个空旷点，说话的声音降得那么低，以致变成了让人听不清楚的自言自语。有时候，他又清醒过来，用不信任、带有仇恨的目光看着我，逼迫我交待是不是知道她有个情人。他觉得既然我是她的同胞，又是她的朋友，难道她从来没有向我透露过私房话？

"这样的事，她对我只字未提，我也从来没怀疑过她。我一直以为你们的关系很好，你们的夫妻生活很幸福。"

"我也是这样认为的。"他一脸沮丧地低声说，又要了一瓶红酒，接着目光茫然、声音酸楚地补充道，"她没有必要这样做，她这样对我，真是很卑劣、很肮脏、不忠诚。我让她冠我的姓，殚精竭虑地让她幸福，冒着职业的危险把她从古巴救出来，那可真是条耶稣赴难路呀！她不该背叛我到这等地步。那么会算计、那么虚伪，这是不人道的。"

他突然沉默不语了，嘴唇翕动着，却没有发出声音，方形的唇下，小胡子不停地一张一弛。他手中握着一只空杯子，使劲地攥着，仿佛要把它捏碎，两只小眼睛里因充满血丝而湿润了。

我不知该对他说什么，任何出自我口中的安慰话都是虚伪而可笑的。突然，我明白了，那种绝望并不仅仅是由于被抛弃，他还有什么别的话要对我说，但是他难以启齿。

"我一生的全部积蓄。"阿努克斯先生用指责的目光看着我，低声说道，仿佛我是制造他的悲剧的罪魁祸首，"您注意到了吗？我已经上了年纪，不可能再重新安排自己的一生了。您明白吗？她不仅欺骗我，而且天晓得她是跟一个什么样的人走了。应该是流氓吧，也许是这个流氓跟她一起设计了这桩肮脏的勾当。另外，还有：我们在瑞士银行的全部存款都被她转走了。我是这样地信任她,您看到了吗?我们共享那个账户,以防我出意外或者突然死去,别让继承税把我一生操劳、牺牲而得的积蓄抵消。您看她是多么不忠诚、多么卑鄙无耻!她去瑞士存款,却把一切都卷走了,一切,弄得我落到了破产的地步。佩服,那真是大师手笔呀!她知道我无法告发她,因为告发她等于告发我自己,我会名誉扫地,失去工作。她懂得,如果我告发她,首先受害的是我自己,因为那是秘密账户,是逃税。您看她设计得多么巧妙!您会相信她能对一个把爱情和忠诚全都献给了她的人这样残忍吗?"

他翻来覆去地说这件事,有时停下来,我们默默地喝点红酒,都沉浸在自己的思考中。我暗想,哪件事更让他痛苦:被妻子抛弃还是在瑞士银行的存款被卷走?难道我这样想是邪恶的吗?我对他深表同情,也受到良心的谴责,但是我不知如何让他振作起来。我只是时而插嘴说些简短友好的话。实际上他不想跟我交谈,他邀请我是因为他需要有个人听他讲讲话,他需要在一个见证人面前高声说出自从他妻子消失之后让他心烦意乱、怒火中烧的一些事。

"对不起,我需要发泄一下。"他终于对我说。那时食客们全散了,餐厅里只留下我们俩,宾客之家的侍应生们不耐烦的眼光观望着我们。"我感谢您的耐心,但愿这次发泄取得良好效果。"

我对他说,过一段时间,这一切就过去了,没有什么倒霉的事会持续一百年。我说这话的时候,感到自己是个不折不扣的伪君子,应该受到谴责,仿佛前阿努克斯夫人逃走、掠走他们的秘密存款是我策划的。

"如果您有机会碰到她,就请您告诉她,她没有必要这样做。如果她提出要求,我本来一切都可以给她。但是,她不要这样,不要这样。"

我们在埃菲尔铁塔闪烁的灯光下在饭店的门口告别。这是我最后一次看到受了凌辱的罗伯特·阿努克斯先生。

吉列尔莫·洛瓦顿率领的左派革命运动图帕克·阿玛鲁纵队比它在梅萨·佩拉达的大本营多坚持了大约五个月。跟对待路易斯·德拉普恩特、保尔·埃斯科瓦尔和在拉孔本西翁被打死的左派革命运动分子一样，军方没有明确地公布怎样将那支游击队的成员全歼。在一九六五年的整个第二季度，在大帕霍纳尔高地阿萨宁卡部落的帮助下，洛瓦顿和他的战友们逃脱了陆军特种部队的追击。那支特种部队动用了直升机，天上地下地配合行动，对游击队紧追不舍，还残暴地惩罚了让他们藏身、供给他们食品的村庄。最后，那支溃不成军的纵队，有十二人由于蚊虫叮咬、疲惫和疾病的折磨，健康受到了严重摧残，一九六六年一月七日，这支纵队终于在索特兹基河附近彻底垮台。他们是战死的还是被活捉后枪决的？他们的坟墓一直没被发现。根据没有被证实的传言，洛瓦顿和他的副手被押上一架直升机扔进了热带雨林丧命，尸体被野兽吃掉。洛瓦顿的法国女友雅克琳娜花了几年的工夫在秘鲁和外国进行斡旋，企图让政府说出那支昙花一现的游击队起义者的坟墓在哪儿，但是没有成功。还会有幸存者吗？他们是不是还秘密地生存在贝朗德·特尔里执政末期的这个动荡不安、四分五裂的秘鲁？我一边逐渐地从坏女孩失踪的痛苦中恢复过来，一边通过阿陶尔福叔叔的来信继续关注着发生在遥远地方的那些事件。我发现叔叔对保住秘鲁民主政体不垮台的可能性越来越悲观。"正是那些打败游击队的军人正准备推翻法治国家，再次发动政变。"他向我肯定说。

那是一个晴朗的日子，我万分出乎意料地在德国跟梅萨·佩拉达山的一名幸存者迎面撞在了一起：他是招魂术者阿方索，就是那个被利马的神智学派派到巴黎、胖子保尔将他变成游击队员的小伙子。当时我正在法兰克福为一个国际通讯会议工作。休息的时候，我跑到一家商店去买些东西。在收银台旁边，有个人拉住了我的胳膊，我马上就认出他来了。四年没有见面，他发胖了，留起了很长的头发——欧洲的时髦发型——但是他黑白混血的面孔、少言寡语的个性和带点忧伤的神态丝毫没有改变。他在几个月前来到德国，已经取得了政治避难权，眼下跟一个法兰克福女孩住在一起，那是保尔时期在巴黎认识的。我们到商店的咖啡馆里去喝咖啡，那儿挤满了带着胖乎乎小孩子的夫人，招待员都是土耳其人。

招魂术者阿方索神奇地逃脱了摧毁梅萨·佩拉达营地的陆军别动队的攻击，他在几天前被路易斯·德拉普恩特派去基亚班巴。因支援基地的通讯联络运转失灵，营地没有收到受训完毕的五个小伙子几个星期前出发的信息。

"库斯科的支援基地被卧底渗透了，"他向我解释说，语调依旧是我记忆中的那么平静，"有几个人被逮捕，在拷问下，有人供了出来，于是军队到了梅萨·佩拉达山。实际上，我们的行动还没开始。洛瓦顿和马克西莫·贝兰多在胡宁的行动比计划提前了。打死了那么多警察的伏击之后，军队就扑到我们头上来了。可我们在库斯科还没有开始转移。德拉普恩特的主张是不能待在营地，而是从一个地方转移到另一个地方，采取流动战术。切·格瓦拉教导说：'游击战的基地就是不停地运动。'但我们还没来得及运动，就被困在了'安全地带'。"

招魂术者用一种令人奇怪的冷漠口气讲那些事，好像它们已经过去了几个世纪。他不知由于怎样的巧合，没有落入那些围剿左派革命运动在基亚班巴和库斯科支援基地的拉网式搜捕。他躲藏在一个库斯科人的家中，那是他在属于神智学派之前就认识的。尽管那家人很害怕，但他们对他很好。过了两个月，他们把他藏到一辆货车里救出城，送到了普诺，从普诺很容易地进入了玻利维亚。在那儿，经过漫长的手续，他终于让西德接受他作为政治避难者。

"请给我讲讲胖子保尔在梅萨·佩拉达山的情况。"

胖子对那儿的生活很适应，看上去那座山有三千八百米高。他从没有垂头丧气、悲观失望过，尽管有时在勘察营地周围地形的行军中,他的大块头把他害得很苦,折腾得他够呛,特别是在不得不冒着瓢泼大雨爬山或从悬崖峭壁上下来的时候。有一次,他在一个斜坡上跌倒了,斜坡上全是泥浆,一下滚出了二三十米。他的同伴都以为他的脑袋会开了瓢,但是他突然一骨碌麻利地爬了起来,从头到脚,浑身沾满了泥巴。

"他瘦了很多。"阿方索补充说,"那天上午,我在阿萨宁卡部落跟他告别的时候,他几乎跟你一样瘦了。有时候我们会谈起你。'我们的驻联合国教科文组织大使现在在干什么?'他说,'他鼓起勇气出版他偷偷写的那些诗了吗?'他从来不失幽默。为了打发无聊,晚上,我们经常举行讲笑话比赛,他总是胜者。他的妻子和儿子现在居住在古巴。"

我真想跟招魂术者阿方索多待一会儿,但是我必须回到会议中去了。我们拥抱告别,我给了他我的电话号码,以便他有机会到巴黎时打电话找我。

记不起是在这次谈话的稍前还是稍后,阿陶尔福叔叔惊人的预言真的实现了。一九六八年十月三日,由胡安·贝拉斯科·阿尔瓦拉多将军率领的军人发动政变,推翻了费尔南多·贝朗德·特尔里总统的民主政府,后者被驱逐出国。从此开始了在秘鲁持续十二年的新一轮军事独裁。

第三章　新潮伦敦的赛马画师

在六十年代的后期，伦敦取代巴黎成为时髦风尚之城，而且那些时髦风尚从欧洲一直蔓延到整个世界。音乐作为吸引青年人的重心代替了书籍和思想观念，开始只是甲壳虫乐队，但是，既而，克利夫·理查的乐队、影子乐队、米克·贾格尔的滚石乐队和其他乐队以及英国的歌手，还有嬉皮士歌手和戴着花鼓吹"爱与和平"的嬉皮士致幻革命，也加入了这一行列。像往日奔赴巴黎搞革命那样，许多拉丁美洲人移居伦敦，加入了大麻、流行音乐和混居生活的队伍。卡尔纳比街作为世界的中心替代了圣日耳曼街。在伦敦出现了超短裙、长头发和音乐剧《长发》《耶稣基督万世巨星》所推崇的古怪荒诞的服饰；毒品泛滥，开始是大麻，最后是麦角酸、印度唯灵论致幻、佛教致幻；推崇性自由，出现同性恋成衣经销商和同性恋自豪运动，全盘否定资本主义制度。这种否定不是以社会主义革命的名义，因为嬉皮士对社会主义革命无动于衷，而是以享乐主义和无政府主义的和平主义的名义。这种和平主义是热爱大自然和动物、与传统道德决裂的混合体。这已经不是像莱奥·费雷或乔治·布拉桑那样高雅的自编自唱者在互助宫里关于新小说的辩论，也不是巴黎的艺术电影——叛逆青年的谈资——而是在特拉法尔加广场和公园，在那儿，在瓦妮莎·雷德格雷夫和塔里克·阿里的后面，在崇拜偶像和吸食哥伦比亚大麻的公众音乐会上明确地表态反对越南战争，并以哥伦比亚的印第安人和迪斯科舞厅作为被伦敦吸引来的百万男女青年的新文化的象征。那些年代也是英国戏剧的辉煌时代。把彼得·布鲁克一九六四年执导的彼得·魏斯的《马拉·萨德》搬上舞台是整个欧洲的一件大事，彼得·

布鲁克那时以改编和执导莎士比亚荡气回肠的剧作而著名。我再也不曾在舞台上看到过如此深刻地印在我脑海中的演出。

由于一次偶然编织出来的奇怪的变位结合，在六十年代的末期，我有许多时间待在伦敦，并且住在新潮伦敦的中心地带：伯爵宫。那是肯辛顿一处非常热闹的外国人杂居区，由于新西兰人和澳大利亚人大量拥入，它以坎加鲁谷而闻名。也正是在这个时候，发生了一九六八年五月的冒险行动，巴黎的青年人在整个拉丁区筑起街垒，宣布一定要成为现实主义者，选择了完全走不通的道路，这令我在伦敦大为震惊。由于罢工，法国的车站和机场全部瘫痪，我不得不在英国滞留了两个星期，无法打听我在军事学院区的小家是否出了什么事。

我回到巴黎后，发现一切都完好无损，因为一九六八年的革命实际上没有超出拉丁区和圣日耳曼·德普雷。跟许多人在那些兴高采烈的日子里预言的相反，这次革命没有产生多大的政治影响，只是加速了戴高乐的垮台，揭开了蓬皮杜短暂的五年当政的序幕，证明了比法国共产党更现代的左派的存在（按照一九六八年革命的领导人之一柯恩·邦迪的说法，是斯大林无赖派的存在）。风俗习惯变得更加开放自由。不过，从文化的观点看，由于一代名人（莫里亚克、加缪、萨特、阿隆、梅洛-庞蒂、马尔罗）纷纷逝去，那些年间出现了一定程度的文化萎缩。思想大师们不是成为创作者，而是学着米歇尔·福柯和罗兰·巴特去做评论家，首先是结构主义者，然后是吉尔·德雷兹和雅克·德里达型的结构主义者。这些人过分高雅的修辞只为少数人所懂，他们将自己封闭在他们的崇拜者的小圈子里，远离广大公众。由于这样的演变，他们的文化生活越来越平淡无味。

尽管像坏女孩说的那样，我的成就平平：只是由笔译工作跳到口译，但那些年，我的工作一直应接不暇。像第一次失恋那样，我用拼命工作来填补她消失后精神上的空虚。我重新捡起了俄语课和同声传译课，而且是在完成联合国教科文组织的工作后全身心地投入。我有两个夏天去了苏联，每次两个月，第一次在莫斯科，第二次在彼得格勒，在环境荒凉的大学城里上俄语强化班，专攻口译。在那儿，感觉像是进了耶稣会会士寄宿学校。

在我跟罗伯特·阿努克斯最后一次共进晚餐差不多两年以后，我跟联合国教科文组织的一名叫塞西莱的女职员有过一段乏味的感情纠葛。那姑娘很迷人，也很热情，但是不饮酒、吃素食，是个虔诚的天主教徒。我跟她只有在做爱的时候才能感情交融、心心相印，而在其他一切事情上都格格不入。有时候我们也考虑过一起生活的可能性，但是一想到同居的前景，我们俩都感到恐惧，特别是我，因为两个人的性格是如此不同。实际上，在我们之间不存在丝毫真正的爱。我们的关系不久就由于厌倦而冷淡，后来就不再见面也不打电话了。

尽管我通过了各种考试并取得相关的文凭，可还是好不容易才拿到第一份口译合同。但是这个圈子比笔译更封闭，行业协会是不折不扣的黑社会，他们一个一个地吸收新成员。我是因为不仅能从法语和英语译成西班牙语，还能从俄语译成西班牙语，才获得口译资格而被接纳。口译合同使我能经常在欧洲旅行，也经常去伦敦，特别是参加学术会议和经济研讨班。一九七〇年的一天，我到斯隆街的秘鲁领事馆去换新护照，碰上了也去那儿换护照的童年朋友、米拉弗洛雷斯尚帕尼亚中学的同学，胡安·巴雷托。

他已经变成了嬉皮士，但不是那种低三下四的嬉皮士，而是自视清高的嬉皮士。他散披着丝一般柔软的长发，其中有一些染成了白色；蓄着有点儿稀疏的小胡子，在嘴的周围修饰成精致的口络。在我的记忆中，儿时他长得胖胖乎乎，鼻子扁平，但是现在已经比我高出了几厘米，瘦得像时装模特。他穿着欧洲酸樱桃色长裤，脚穿凉鞋，但那凉鞋不是牛皮的，而似乎是羊皮制的。上身是东方印花的宽大长衫，外套一件敞开的钟形坎肩，两道碰口处的颜色如火焰般艳丽。这让我想起关于美索不达米亚的一部纪录片中土库曼牧人的服饰。这部纪录片我是在夏洛特宫看的，属于"世界之窗"系列。

我们去领事馆附近找地方喝咖啡。我们谈得那样愉快，以至于我高兴地约他到肯辛顿·加登斯的一家酒馆去吃中饭。我们在一起待了两个多小时，他说，我听，或者偶尔插几句话。

他的经历真可以写小说了。我记得在学校的最后几年，胡安已经作为评论员和足球解说员跟阳光广播电台合作，他的马利亚教友派的同学都预言他会成为一名优秀的体育记者。"但实际上那只不过是孩子们的一句戏言，"他对我说，"我真正的兴趣一直是绘画。"他进了利马美术学院，参加过奥克尼亚现代艺术学院的集体展览，然后他父亲把他送到伦敦圣马丁艺术学校继续深造，学习设计和颜料。他一到英国，就决定把这座城市当作自己的城市（"好像它正在等着我，兄弟。"），从此没有离开过。当他告知父亲他不再回秘鲁的时候，父亲便中断了资助。那时他便开始了街头艺术家的贫困生活，在莱斯特·斯奎尔区或哈罗德百货门口为旅游者画像，在人行道上画议会大厦，画大本钟或伦敦塔，然后伸出帽子向看热闹的人讨钱。他曾在青年基督教联合会过夜，也曾住过兼包次日早餐的可怜的小旅馆；像其他因对世俗社会失望而逃避现实的人一样，冬天的夜晚，他就躲进为社会上毫无用处的人设立的宗教收容所，在教区或慈善机构排长队，每天两次领一盘热粥。露天过夜是家常便饭，有时是在公园里，有时是在商店门厅的纸箱里。"我真的感到绝望了。但是，在这整个期间，我没有一次沮丧到要求我的父亲为我买回秘鲁的机票。"

由于他一贫如洗，他跟别的流浪嬉皮士一起设法到了加德满都。在那儿，他发现在精神化的尼泊尔，没有钱，比在唯物主义的欧洲活下去更艰难。幸亏有他的流浪伙伴的支持和帮助，他才没有饿死或病死——他在印度患上了一种地中海热病，险些就要到另一个世界去了。跟他一起旅行的一个姑娘和两个小伙子轮班守在床边，对他悉心照料，使他在马德拉斯一家肮脏不堪的医院里慢慢地康复。那家医院的病人都躺在地面的席子上，老鼠在他们中间大摇大摆地散步。

"我已经完全习惯了这种到处流浪的艰苦生活，我的家就是街头。但是有一天，我的日子改变了。"

那一天，他正在布朗普顿街的维多利亚和阿尔贝特博物馆门以每幅两英镑的价格为人用炭笔画像，突然间，来了一位夫人。那夫人手持一把遮阳伞，戴着薄纱手套，要求胡安为她牵着的小母狗画像。那是一条有名的良种狗，浑身白色和咖啡色花斑的毛相间，洗得干干净净，梳得整整齐齐，活脱脱一副贵夫人的神气。小狗名叫艾斯特尔。胡安为它画了两张像，一张正面像，一张侧面像。两张像，夫人都非常喜欢。当夫人准备付钱的时候，竟发现身无分文，要么是钱包被贼偷走，要么是她把钱包忘在了家中。"没关系"，胡安对她说，"为这样高贵的模特画像，于我是一种荣誉。"夫人甚是不好意思，满怀感激地离开了。但是，走出几步之后，她又转身回来递给了胡安一张名片。"如果哪一天您从这里经过，请敲一下门，进来问候一下您的新朋友。"她指着那条小母狗。

斯塔巴尔德夫人是一名退休护士，寡居，没有子女。她成了胡安的保护神。她的魔棒让胡安·巴雷托离开了伦敦街头，渐渐地变得清洁起来（"居无定所的流浪汉的特征之一就是从不洗澡，浑身臭烘烘的。"），给他饭吃，给他衣穿，最后让他进入了最具英国特色的环境中：由马厩业主、骑师、驯马员和纽马基特马术爱好者组成的圈子。大不列颠最著名的赛马都生在纽马基特、长在纽马基特、死在纽马基特、埋在纽马基特。也许世界最著名的赛马都是如此。

斯塔巴尔德夫人独居，只有小母狗艾斯特尔与她为伴。她住在一栋红砖小房子里，屋外有一座小花园，斯塔巴尔德夫人亲自照管，打理得很精美。那栋房子位于圣约翰·伍德区闹中取静的地段，是她从丈夫那儿继承来的。她的丈夫是一位儿科医生，一生都在查灵·克罗斯医院大楼和诊所里度过，接诊、照顾别人的孩子，而自己从来没有子女。胡安·巴雷托敲了寡妇的门,那是一个中午,当时他感到比任何一天都饥饿难耐、孤独无助、焦虑不安。开门之后,斯塔巴尔德夫人立刻认出了他。

"我来看看我的朋友艾斯特尔怎么样。如果不算过分,就请赐我一片面包。"

"请进,艺术家。"她微笑着对他说,"如果您不介意,请把您脚上这双肮脏的凉鞋抖一抖,好吗?顺便请您到花园的水池里洗洗脚。"

"斯塔巴尔德夫人是一位下凡的天使。"胡安这样说,"她把我给小母狗画的炭画像镶在框子里,放在了客厅的小桌上,看起来非常美。"她也让胡安用水和肥皂洗了手("从一开始,她就像是喜欢对我发号施令的妈妈,至今依然如此。")。斯塔巴尔德夫人为他准备了两个西红柿三明治、干酪、小嫩黄瓜和一杯茶。他们交谈了好一会儿,夫人要求胡安把他的生活原原本本地讲给她听。她全神贯注、如饥似渴地想知道世界上的一切事情,坚持要胡安给她详细描述嬉皮士的情况:这个群体产生于何处、他们的生活状况如何。

"尽管你不相信,但我的确让老太婆迷上了我。我去看她不仅是让她给我饭吃,而且是为了跟她聊天,做知心朋友。就外貌而言,她看上去有七十岁,精神状态却像十五岁。你想都想不到,最终我把她变成了一个嬉皮士。"

胡安每周到圣约翰·伍德区斯塔巴尔德夫人的家去一次,为小狗艾斯特尔洗澡、梳理,帮夫人修剪花园的草木、浇水,有时也陪她到邻近的桑斯博里百货商店购物。圣约翰·伍德区的富有居民们用惊讶的目光看着这对不般配的伴侣。胡安帮夫人做饭,教她做秘鲁的土豆泥、辣子鸡和生海鲜片,洗盘子,然后他们饭后坐在饭桌旁长时间地交谈。胡安让她听甲壳虫乐队和其他摇滚乐队的音乐会,跟她讲《一千零一夜》里的冒险故事和他在伦敦、印度、尼泊尔游历时认识的嬉皮士姑娘和小伙子的奇闻轶事。胡安讲述了大麻主要在增强对音乐的领悟、感觉方面有神奇功效,这并不能完全满足斯塔巴尔德夫人的好奇心。最后她克服了自己的偏见——她是卫理公会教徒——给了胡安钱,让他买来大麻,要亲自尝试一下。"她是那样急不可待,如果我鼓励她一下,她连麦角酸都敢吸食。"在《黄色潜水艇》响亮的背景音乐的伴奏下,她吸食了大麻。《黄色潜水艇》是由甲壳虫乐队配乐的电影,斯塔巴尔德夫人和胡安是挎着胳膊去皮卡迪利马戏团电影院看这部电影首映的。那次吸毒把我的朋友胡安·巴雷托吓坏了,因为他的女保护人和朋友在吸食大麻后感觉很不好。毒品产生效果后,她说她感到头很疼,在两个小时的极度兴奋中,她像鹦鹉一样地讲话,发出阵阵的哈哈大笑,并且在胡安和艾斯特尔惊愕的目光下不时地摆出跳芭蕾舞的姿势,最后躺在客厅的地毯上四脚朝天地呼呼大睡了。

尽管年龄、语言和出身的差异很大,胡安和斯塔巴尔德夫人的关系还是发展成了超出一般朋友的关系,而变成了一种同谋和姐弟情谊。"跟她在一起,我感到她就像我的妈妈、我的姐姐、我的伴侣和我的保护天使。"

似乎胡安给她讲的有关嬉皮士不文明的证据还不能让她满足,所以有一天这位夫人建议胡安邀他的两三个朋友来喝茶。胡安顾虑重重,他担心那种类似把水和油掺和在一起的企图会效果不佳,但是最后他还是安排了那样的会见。他在他的嬉皮士朋友中间选了三个最拿得出手的,并且提醒他们说,如果他们惹得斯塔巴尔德夫人不愉快或者偷她家的东西,他就会摈弃和平的天性,拧断他们的脖子。两个姑娘和一个小伙子——勒内、乔迪和阿斯彭——在伯爵宫街巷卖香和所谓阿富汗样式的编织包。他们在斯塔巴尔德夫人面前表现得还算可以,没有辜负夫人给他们准备的奶油草莓饼和点心。但是当他们点燃了一炷香,向女主人解释这样可以使精神得到净化、每个在场者所处的生态环境和因果效应都会变得更佳时,这位夫人的一个器官却对净化香冒出的烟产生了敏感:她的嗓子里发出了呼噜呼噜的声响,并且不停地打喷嚏，憋得她的双目和鼻子都红了起来，艾斯特尔也发出了汪汪的吠叫。这种意外情况过去之后，聚会的气氛还算差强人意，直至勒内、乔迪和阿斯彭向这位夫人解释他们是三角爱情关系，并且说三个人同时做爱是对圣三位一体——圣父、圣子和圣灵——的崇拜，是更坚定地实践"要做爱，不要战争"。这句格言恰恰是在反对越战的特拉法尔加·斯奎尔广场集会上的最后宣言中被哲学家和数学家贝特朗·拉塞尔所认可的。对于斯塔巴尔德夫人所受教育的卫理公会的道德而言，那种三角做爱的事情是她连在最淫荡下流的噩梦中都想不到的。"可怜的斯塔巴尔德夫人沉下脸来，整个下午都紧张得近乎痴呆地看着我带来的那三个人。后来她满脸忧伤地对我坦诚地说，她和所有她那一代英国女人所受的教育剥夺了她生活中许多有趣的事情。她还告诉我，她从来没看到过她丈夫的裸体，因为从开始到最后一天，他们都是在黑暗中做爱。"

胡安从每周拜访她一次，变成了两次、三次，最后干脆跟斯塔巴尔德夫人住到了一起。这位夫人把她亡夫的小房间给胡安收拾了出来，在最后的年月里，她已经跟丈夫分开睡了。跟胡安所担心的相反，他们同住在一起时相处得非常和睦。女主人不想干涉胡安生活中的任何事情，甚至连胡安有些晚上夜不归宿或者等到圣约翰·伍德区的居民们都去上班时才回来睡觉，她也不会问他其中的缘由。她给了他家中的钥匙。"我唯一让女主人担心的是，我每周只洗两次澡，"胡安笑着说，"因为，尽管你不相信，但在街头流浪差不多三年的嬉皮士生活让我丢掉了洗澡的习惯。在斯塔巴尔德夫人的家中，我渐渐地重新发现了米拉弗洛雷斯人每天洗淋浴的恶习。"

除了帮她修理花园、下厨做饭、遛艾斯特尔、把垃圾扔到街上，胡安还跟斯塔巴尔德夫人像一家人似的长时间地聊天；每每这时，他们总是手端一杯茶，面前摆一盘姜味饼干。他给她讲述秘鲁许许多多的事情，她给他讲英国。从新潮伦敦的视角，她所讲的那个英国似乎处在史前时期：男孩和女孩直到十六岁还被严格地关在家中，不让出门。在伦敦，除了名声不佳的苏活区、圣潘克拉斯车站和东区，一切活动到晚上九点钟就停止了。斯塔巴尔德夫人和她丈夫参加的唯一娱乐活动是偶尔去听音乐会或者到考文特花园歌剧院看演出。暑假，他们就到布里斯托尔的兄弟姊妹家中待一个星期，再到苏格兰高地待一个星期，这是她丈夫最高兴的日子。斯塔巴尔德夫人从来没离开过英国，但是她对世界上发生的事情非常感兴趣：她仔细地阅读《泰晤士报》，从讣告读起，一直读到最后一篇；她还听BBC（英国广播）电台下午一点和晚上八点的新闻广播。她从来没想到过买电视机，也极少去看电影，但是她家中有一台留声机，用来听莫扎特、贝多芬和本杰明·布里顿的交响乐。

有一天，她唯一的近亲侄子查理来跟她喝茶。查理是纽马基特的驯马师，据他的姑妈说，他是一个了不起的人物。从他停在家门口的红色美洲豹牌小轿车来看，她说的应该没错。查理年轻而开朗，有一头金黄色的鬈发、胖乎乎的脸庞。喝过茶，吃过必备的黄瓜和干酪柠檬饼，家中居然没有一瓶上等的苏格兰威士忌，斯塔巴尔德夫人只是端出一杯麝香葡萄酒招待他，这令他感到惊讶。查理对胡安非常热情，尽管他连家中那位嬉皮士所属的异国在世界的什么地方都很难弄清楚——他把秘鲁与墨西哥混淆——为此他以体育精神进行了自责："我要买一张世界地图和地理教科书，以后就不会出今天的这种洋相了。"他一直待到傍晚时分，讲述着他在纽马基特赛马场训练的良种马的奇闻轶事。他告诉姑妈和胡安，他之所以只是成为一位驯马师，是由于他粗壮的体格，才无缘成为骑师。"做一位职业骑师要付出巨大的牺牲，但那是世界上最美好的职业。赢得德比马赛，在阿斯科特赛马场夺魁，想想看，那是多么大的荣誉啊！真要比中了头彩还荣耀。"

离开之前，他一直满意地观赏着胡安·巴雷托为艾斯特尔做的炭笔画像。"这是一件艺术品。"他发表见解。"我在内心里却在笑他，认为他很粗俗。"胡安·巴雷托自责地说。

过了不久，我的朋友收到了一封短信。这封短信在他跟斯塔巴尔德夫人和艾斯特尔街头邂逅之后彻底改变了他的人生轨迹。艺术家有勇气为他训练的帕特里克·奇切先生马厩里的明星母马"报春花"画一张像吗？这匹马的主人对它在赛马场的优异表现非常满意，希望它在油画上永生。如果他画得让主人满意，主人愿意付他二百英镑；如果画得不满意，胡安可为他的劳动拥有油画和五十英镑的报酬。"想起读到查理那封信时，至今我还眩晕得两只耳朵嗡嗡作响。"胡安激动地忽闪着两只眼睛回顾那件事时这样说。

由于"报春花"、查理和奇切先生，胡安·巴雷托再不是穷困潦倒的嬉皮士，而变成了沙龙嬉皮士。他的才华使不满三岁的小母马、大母马、种马和赛马（"对这些动物，我完全是门外汉。"）在画布上永生，因此他逐渐地打开了纽马基特赛马场的主人、马厩业主的大门。胡安为"报春花"画的油画像让奇切先生很喜欢，为此，受宠若惊的胡安·巴雷托拿到了二百英镑。拿到这笔钱后，胡安做的第一件事就是为斯塔巴尔德夫人买了一顶印花礼帽和与之配套的雨伞。

从那时起到现在，四年过去了，胡安至今不敢相信他命运中那梦幻般的转变。他至少画了一百幅赛马的油画像和无数的素描，还打了无数的铅笔草图和炭笔草图。他的工作是如此之多，以至于纽马基特的马厩业主要等上几个星期才能被他接待。他在剑桥和纽马基特赛马场之间的路上买了一栋小房子，也在伯爵宫买了一套小公寓，供他在伦敦停留时居住。每次他到伦敦来，都要去拜访他的女保护神，并且去遛艾斯特尔。小母狗死的时候，他跟斯塔巴尔德夫人一起把它埋在了家中的花园里。

那一年，我多次去伦敦，数次见到了胡安·巴雷托，也曾在他于假期来巴黎参观在大剧院举办的"伦勃朗世纪博览会"时，让他在我的寓所里留宿了几日。当时，嬉皮士的风尚刚刚传入法国，人们在街上转过身来好奇地观看胡安的装束。他是很好的人。每次我去伦敦工作，都预先通知他。他会千方百计地离开纽马基特，至少陪我听一个晚上的流行音乐，在伦敦体验一下放荡不羁的生活。由于他，我做了从来没有做过的事情：通宵待在迪斯科舞厅或者参加嬉皮士的聚会。在那些聚会上，空气里充满了大麻的味道，我们品尝用印度大麻做的点心。这些食品让像我这样的新手产生挥之不去的超级幻觉，有时感到很好玩，有时感到如噩梦一般。

最令我惊讶的——也是最令我愉快的，为什么不呢？——是在这种聚会上，你可以随便去抚摸任何一个女孩，跟她做爱。只是在那时，我才发现我已经远离阿尔韦塔姑妈教育我的道德准则，而这些准则在巴黎仍以某种形式或多或少地约束着我的生活。世人普遍地认为，法国女人有名地开放、不存偏见，跟男人上床时不会扭扭捏捏，而是大大方方。但是，实际上，把这种自由推向空前极端的是伦敦嬉皮士革命的姑娘和小伙子，至少在胡安·巴雷托认识的男女青年中是如此。两个互不相识的青年人刚刚跳过舞就可以上床做爱，然后又去跳舞，仿佛什么都没有发生过。过一会儿，周而复始，重演着同样的一幕。

"你在巴黎过的是一名联合国教科文组织官员的生活，里卡多，"胡安嘲弄我，"是米拉弗洛雷斯清教徒的生活。我敢向你保证，在巴黎的许多地方，跟这里一样，存在着同样的自由。"

这肯定是真的。我在巴黎的生活——通常情况下的生活——是相当有节制的，即使在没有工作合同的空闲时间里，也几乎从来不会去游乐场所，而是去请一位私人教师专心提高我的俄文，因为尽管我已经可以做俄文口译，但是我感到对托尔斯泰和陀思妥耶夫斯基的语言还是不像对英文和法文那么有把握。我已经迷上了俄文，用俄文阅读超过了用其他任何语言。那些零零散散地去英国的周末，夜晚在新潮伦敦听流行音乐，嗅闻大麻的气味，享受自由的性生活，标志着我往昔（而后继续如此）极端清苦而严峻的生活中的一个转折点。但是在那些每当结束一份合同后我主动留下来度过的周末，多亏赛马画师，我终于做了一些连我自己都想不到的事情：披头散发、赤脚跳舞、吸大麻或嚼仙人掌籽；作为这些闹腾的夜晚的尾声，几乎总是要跟某个女孩做爱，而且往往是在一些最不得体的地方：桌子底下、狭小的洗浴室里、厕所里、花园里。女孩有时很年轻，做爱时我们几乎不说话，过后我很快就把那女孩的名字忘记了。

自从我们第一次见面，胡安就坚持我每次去伦敦都要住在他位于伯爵宫的公寓里。他自己极少在那儿住，因为他大部分时间都待在纽马基特，把真实的马转到画布上。我时常帮他消灭寓内的蛀虫。如果凑巧我们同时待在伦敦，那也没有问题，他可以到斯塔巴尔德夫人家中去住，她仍然为他保留着房间。再不行，他还可以在那个唯一的房间里放一张折叠床凑合一下。他是如此坚持，最后我只好接受。由于他接待我住宿不收分文，所以我设法给予补偿：每次从巴黎去伦敦，给他带一瓶上等波尔多酒、一些卡门培尔奶酪或布里奶酪，还有一些罐头、肉饼。每每他看到这些礼物，就会眼睛发亮。胡安现在是既不节制饮食也不相信素食主义的嬉皮士。

我非常喜欢伯爵宫，爱上了那儿的人。这个区充满了青春气息，处处响着音乐，生活中没有猜疑，也没有算计，人与人之间只是一派天真和淳朴，每个人都按照自己的意愿行事，不理睬那些因袭的道德和价值观念，追求的欢乐与旧资产阶级幻想的幸福信念——金钱、权势、家庭、地位、社会成就——背道而驰。我发现他们的生活方式处处被动而简单，需要的只是音乐、人造天堂和混居，而对其他所有震撼社会的问题绝对不问不理。嬉皮士是安静而平和的享乐主义者，他们不会去伤害任何人，也不去宣传自己的主张；对于那些离他们而去的人，他们既不想说服，也不想把他们"招募"回来，只是不受干扰地按自己选择的方式生活。他们只是希望那些人让他们得到安宁，沉醉在简朴而有节制的个人主义和幻梦之中。

我知道我永远不会成为他们中的一员，因为尽管我自认为是一个相当不带偏见的人，但是我绝不会完全放任自己留披到肩膀的长发、披上斗篷、戴上项链、穿上宽松闪光的罩衫，也不会进行集体乱交。我对那些姑娘和小伙子深表同情，甚至对他们感到一种带有忧伤的羡慕。他们毫无疑虑地投身于一种模糊的理想主义——那种理想主义指导着他们的行为——想不到那一切必然会带来风险。

在那些年月，尽管没有延续很久，城市里的银行、保险公司和信贷公司的职员的装束还都是下穿传统条纹长裤，上穿黑外套，头戴小圆顶高帽，胳膊下必然夹把黑雨伞。在伯爵宫区两三层的房舍——门前或房后带小花园——之间的小巷里看到的人所穿的衣衫却像是去参加化装舞会，甚至是破衣烂衫，常常打着赤脚，可总是具有一种强烈的美感，追求艳丽、异国情调和新奇，表现出顽皮和幽默。女邻居玛丽娜就让我感到惊讶。她是哥伦比亚人，来伦敦学习舞蹈。她养的一只仓鼠经常跑到胡安的屋子里，把我吓得要命，因为它不时地就爬到床上钻进被单里。玛丽娜的手头非常拮据，大概衣服也很少，但她总是变着样儿穿衣服，很少两天穿得同一个样儿。有一天，我见到她穿了条肥大的小丑工装裤，头上戴了顶高筒礼帽；第二天又穿了条超短裙，让路上的行人把她身上的全部秘密猜想得一清二楚，又有一天，我在厄尔考斯特车站看到了她，踩着高跷，满脸画了一幅英国国旗。

很多嬉皮士，也许是大多数，来自中产阶级或者高级阶层。他们的叛逆是反家庭性质的，针对的是父母循规蹈矩的生活，是清教徒习俗的虚伪，是社会形象背后的自私自利，是狭隘的海岛精神和缺乏想象力。他们热衷于和平主义、自然崇拜、素食主义，追求精神生活，这种精神生活促使他们去拒绝一个唯物主义和充满阶级偏见、社会偏见、性偏见的世界。他们不想知道这个世界上的任何事情。这一切的一切，都让他们博得世人的同情。但是，他们的一切都是无政府主义的、自发的，既没有中心也没有领导，甚至没有理念。因为嬉皮士，至少我所认识的和我就近看到的嬉皮士，尽管自称认同"垮掉的一代"的诗歌精神（艾伦·金斯堡在特拉法尔加·斯奎尔广场组织了一次诗歌朗诵会，在朗诵会上，他跳了印度舞，成千上万的青年人出席了这次朗诵会），但实际上他们很少读书，或者说从来不读。他们的哲学不是基于思想和理性，而是基于感觉：触觉。

一天上午，我正在胡安的公寓里百无聊赖地熨烫刚在伯爵宫自助洗衣店洗过的衣服，有人敲门了。我打开门，看到的是六个头剃得光光的小伙子，他们穿着突击队靴子、短裤和军装皮外套，其中几个的胸部还戴着十字架和军人纪念章。他们向我打听位于街角的斯沃·泰尔斯小酒店在哪儿。那是我看到的最早的秃头团伙。从那时起，这帮人就经常出现在这个城区，有时手中拿着大棒。那些和善的嬉皮士在人行道上铺开他们的毯子摆摊，卖他们的小手工艺品，一见到这些人，拔腿就跑，有的怀里还抱着孩子，因为这帮"秃头党"对他们恨之入骨。那不仅仅是对某种生活方式的恨，而且是一种阶级仇恨，因为这些手段凶残犹如卫队的暴徒来自被边缘化的社会阶层，表现的是他们特有的反抗精神。他们变成了一个小党派——种族主义的民族阵线——的突击队，这个党派要求把黑人驱逐出英国。他们崇拜的偶像是以诺·鲍威尔，一位保守派议员，在他引起骚动的一次演说中，这位议员令人毛骨悚然地预言，如果不切断外来移民的道路，"大不列颠将会血流成河"。秃头青年的出现制造了某种紧张气氛，城区里出现了几桩暴力事件，然而是个别的。但是就我而言，每次在伯爵宫的短期停留都是非常愉快的。甚至连我的叔叔阿陶尔福都这样认为。我们不断地通信。我在信中告诉他我在伦敦的见闻，他在信中抱怨贝拉斯科·阿尔瓦拉多将军的独裁统治已经开始在秘鲁造成的经济灾难。

在他的一封信中，他这样对我说："我看你在伦敦过得很愉快，这座城市让你感到幸福。"

这个城区遍布小咖啡馆和素食餐馆，也有各式各样的印度茶馆。茶馆的侍应生都是嬉皮士姑娘和小伙子，他们当着顾客的面亲自调制那种芳香四溢的饮料。嬉皮士鄙视工业社会，鼓励以各种方式振兴手工业，把手工劳动神话化：他们用手工编制口袋，制作凉鞋、项圈、项链、长衫、缠头巾和垂饰。我很喜欢坐在那些小茶馆里读书，就像我在巴黎的风味小吃店里做的那样。但是两个地方的气氛是何等不同啊！特别是那家在车库里摆了四张桌子的小茶馆，侍者是一个叫安娜的法国姑娘，梳着长发辫，长着一双秀雅的脚。我常常跟她长时间地聊天，聊坐姿瑜伽和调息瑜伽的不同。对瑜伽，她好像非常精通，而我一窍不通。

胡安的公寓小巧玲珑，光线充足，讨人喜欢。那是一栋两层的住宅，每层都隔成一个个小套房。胡安的小套房里只有一间卧室、一个小洗浴间和一只砌在墙内的酒精炉。卧室很宽敞，有两扇保证通风良好的大窗户，推开窗户，眼前是一条半月形的小巷，名叫菲尔比奇花园；窗下是一个内院花园，由于疏于管理，已变得杂草丛生、树枝蓬乱，仿佛是个野林子。有一段时期，在这个花园里曾有一顶北美土著居民苏族的帐篷，帐篷里住着一对嬉皮士夫妇，带着两个还在地上爬的孩子。这对夫妇常到胡安的寓所来，为他们的孩子热奶。他们教我如何憋着气呼吸，让气走遍全身。他们给我讲这些事情时非常认真。在他们身上，人类一切好斗的本能倾向均已消失殆尽。

胡安·巴雷托的房间里除了床，还有一张大桌子，桌子上摆满了他在波托·贝洛路买来的稀奇古怪的东西。室内的墙壁上挂满了雕刻版画，有些是秘鲁的景观，自然地，马丘比丘必然挂在最显眼之处；还有胡安跟各种人一起在不同的地方拍摄的照片。高柜子上放着书籍和杂志，也有一些书籍放在靠墙的托架上。但是房间里最多的还是唱片：他有一套上好的摇滚乐唱片和英美流行音乐唱片。这些唱片放在一台一流的收音机兼留声机的周围。

某天，我第三次或第四次审视胡安的照片，发现最有趣的一张是在纽马基特的赛马天堂拍摄的。在那张照片上，我的朋友骑在一匹高傲的良种骏马上，马蹄铁是鼠尾草花形状。一个骑手和一位穿着华丽拖地长袍的先生牵着马，无疑，那个穿长袍的先生是马的主人。两个牵马人都在笑马上那位可怜的骑士，他坐在那匹飞马上，好像十分担心，感到很不安全。这是引起我注意的照片之一。照片是在一次聚会上拍摄的，面带笑容的人望着镜头，有三四对夫妇穿着考究，手里端着酒杯。怎么有一位夫人跟那个人如此相像？我又重新审视那个女人，然后打消了这种想法。那一天我回了巴黎。在离开伦敦的两个月中，那种怀疑一直萦绕在我的脑际，最后变成了一个执念：那个女人会是前智利小女孩、前女游击队员、前阿努克斯夫人吗？她现在在纽马基特？我手里抚摸着在我房间里最后一次见到她时她留给我的那支娇兰牌牙刷（这支牙刷我一直作为驱邪的护身符带在身边），在心中自问了许多次。这太不可能了、太偶然了，一切都太不可思议了。但是，我无论如何也无法从脑海里把那种怀疑或者说是幻想驱除。我开始一天一天地数着日子，巴望着有一个新的合同让我再回到伯爵区胡安的公寓。

"你认识她？"当终于我指着照片问胡安的时候，他惊讶地说，"那是理查森夫人，就是那个你看到的华而不实、爱出风头的家伙的妻子。那家伙很不知趣。"

"不，她不是我认为的那个人。"我对胡安说。

但是，我完全肯定就是她。她讲的那种"滑稽透顶的英语"和她的"墨西哥出身"让我对此坚信不疑。没错，是她。尽管自她在巴黎消失后，四年当中，我多次对自己说，她那样做更好，因为那个冒险的智利小姑娘在我的生活中已经制造了太多的混乱。但是，当我断定她更换了身份、以新的面貌出现在离伦敦几乎只有五十英里的地方时，我又感到十分不安，有一种难以抗拒的焦灼，渴望尽快到纽马基特去见到她。有许多个晚上，我都是整夜失眠——胡安住在斯塔巴尔德夫人家中——那种焦灼难耐使我感到像是患上了心动过速症。她会到纽马基特来吗？这要冒着多大的风险？多么曲折复杂？是不是太鲁莽了？是不是正是这一切让她在独特的社会飞地上走了红？我再也不敢问胡安关于理查森夫人的事。我担心如果他确认了我们的这位同胞的身份，会给她带来很大的麻烦。既然她在纽马基特假装成墨西哥人，那就是有点儿什么说不清楚的原因。我采取了迂回的战略，绕了个圈子，完全不再提照片上的那位夫人，而是设法让胡安带我去参观那个赛马天堂。在那个心动过速、整夜失眠，甚至精神处于极度亢奋状态的漫长夜晚，有一会儿，我甚至对我的朋友产生了妒忌。我想到那位画师在纽马基特不仅画油画，而且在闲暇的时候会取悦那些备感无聊的马厩主人的妻子。在那些他征服了的女人中，或许就有理查森夫人。

为什么胡安像那么多别的嬉皮士那样没有固定的配偶？在他带我去的那些聚会上，几乎每次到了最后，他都是跟一个女孩消失，有时甚至是跟两个女孩同时消失。但是，一天晚上，令我惊讶的是，我看到他非常冲动地抚摸、亲吻一个红头发男孩。那男孩瘦得像根棍儿，而胡安十分动情地、疯狂地将他拥抱在怀里。

"我希望你看到我干的那件事不要感到不愉快。"后来胡安有点儿生气地对我说。

我回答他说，我已是三十五岁的人了，世界上已没有任何事情让我不愉快；至于人们是躺着还是趴着做爱，和其他事情相比，更不会让我不愉快。

"我做爱时两种方式都用，这样我感到很舒服，老朋友。"胡安向我承认，口气缓和下来，"我认为我更喜欢女孩而不是男孩，但是不管怎么说，我不是只爱女孩或只爱男孩。幸福的秘密，或者说至少是平静的秘密，是善于把性和爱分开。所以，如果可能，就把浪漫的爱情从你的生活中清除，因为浪漫的爱情让人遭罪。没有那样的爱情，就可以活得更安宁、得到更大的享受。我向你保证。"

坏女孩主张的，实实在在就是这样一种哲学。毫无疑问，她一直遵行这种哲学。我认为，这是我和胡安唯一一次谈到男女之间亲密的事情，或者说得更确切些，是他向我谈及这些事情。他过着一种完全自由的混居生活，但同时保留了秘鲁避免谈及性爱方面的私事、总是以委婉的方式含混地谈及这类事的普遍做法。我们的谈话主要涉及遥远的秘鲁，从那里每次传来的都是贝拉斯科将军的军事独裁将庄园和企业大规模国有化的坏消息。据我的叔叔阿陶尔福在信中所述，日益伤风败俗的国有化将使我们后退到石器时代。那一次，胡安向我承认，尽管在伦敦他可以找到各种泄欲的机会（我跟他开玩笑说："我已经看到了。"），但是在纽马基特，他还是表现得像个正人君子，尽管那儿有各种各样的娱乐场所。他不想到那些场所去，因为他担心跟女人上床的麻烦会让他的饭碗不保。那种挣钱的手段保证了他的安全，让他得到了从来没想到过的收入。"我是三十五岁的人了，你大概已经看到了。到了这个年龄，在伯爵宫这儿已经算是老人了。"的确，在伦敦这个城区，居民的生理青春和心理青春有时让我感到自己是史前人。

我费了许多时间，多角度地向他委婉地暗示，提一些表面看来无足轻重的问题，终于促使胡安·巴雷托带我去纽马基特，那是自十八世纪中期以来，因其纯种马而代表着英格兰激情的萨福克郡著名之地。我向胡安提了许多问题，问他那儿的人怎么样，他们住的房子如何，有哪些礼仪传统，赛马业主、骑师和驯马师之间的关系如何，塔特萨尔的赛马拍卖会是什么情况——人们在那种拍卖会上花惊人的金钱购买明星赛马；一匹马可以分部位拍卖，好像是可拆卸的物件似的。对他所有的回答，我都报以满脸兴奋的表情，差点儿就要鼓掌欢迎："喂，真有意思，能够认识一个这样的世界，你可真算幸运，哥们。"

事情终于有了结果。那个季末举办了一场赛马拍卖会，一个跟英国女人结婚的、名叫阿里奥斯蒂的意大利养马请胡安到他家中去吃晚饭，我的朋友问他是否可以带上一位同胞，那位先生说他非常高兴。我不得不等了十七天，那个日子才到来。我依稀记得，一想到要去见那个智利小姑娘，我好像突然出了一身冷汗，产生了少年时的冲动。在那些失眠之夜，我只是一味地自责：继续爱一个发疯的女孩、爱一个女冒险家、爱一个无所顾忌的小女人，这是再次变成一个笨蛋，因为任何一个男人，尤其是我，都不可能跟她维持一种稳定的性关系，最后总是被她践踏、伤害。但是，在那些性受虐狂者的自言自语间还有一些别的东西：高兴或幻想。她变了许多吗？她还保留着让我如此着迷的大胆风格吗？或者说，生活在那些英国赛马行家壁垒森严的世界里，她已经被驯服、失去了原来的个性吗？在我和胡安乘火车去纽马基特的路上——必须在剑桥车站换车——我突然产生了一个想法：那一切都只不过是废寝忘食的胡思乱想和幻想，实际上，那位理查森夫人只是一位出身于墨西哥的卑微夫人。"这段时间你可真是枉费心机了，小里卡多。"

胡安·巴雷托在乡间的房子距离纽马基特两英里，木结构，只有一层，周围栽满了杨柳和绣球。与其说它是一处住宅，还不如说它是艺术家的作坊。屋子里摆满了一瓶瓶的颜料、画架、撑在框子里的画布、粗样本和艺术类书籍。地板上还有许多唱片，他有一台非常漂亮的留声机可以欣赏它们。胡安有一辆米诺尔牌小轿车，他从来不开到伦敦去，那天下午，他却用这辆小轿车带我转遍了整个纽马基特。那是一座神秘而零散的城市，实际上没有中心。他带我去看了名门望族的赛马俱乐部和赛马博物馆。真正的城市不是纽马基特中心大街那些零落的房子——那条街上只有一座教堂、几家商店、偶尔出现的洗衣店及两家餐馆——而是在一片平坦的原野上的那些星罗棋布的美丽住宅，在这些住宅的周围，可见马厩、赛马和训练场。胡安逐个地告诉我那些马匹的男主人和女主人的名字，并且给我讲述关于那些马匹的有趣故事。对他的讲述，我几乎不听，而是全神贯注地望着与我们擦肩而过的人，希望在他们中间出现我所寻找的那个女人的身影。

无论是兜风时还是在那天晚上胡安带我去吃唐杜里咖喱饭的印度餐馆里，那个女人都没有出现。第二天，在一个巨大的帆布帐篷下举办了塔特萨尔拍卖会，长时间地、没完没了地做母马和不满三岁的小母马以及赛马与种马的拍卖生意，她仍旧没有出现。我感到特别无聊。令我吃惊的是有那么多阿拉伯人出现在那儿，他们穿着带风帽的外套，竞购每匹马，有时付出的金钱高达天文数字。我从来没想过要付那么多钱来买一只四蹄动物。在整个拍卖会期间，尽管有那么多人，胡安却没有为我介绍一位。在拍卖会休息间隙，参加者喝香槟，吃胡萝卜、黄瓜和用纸杯或纸盘子盛着的鲱鱼。直到那时，我才听到胡安呼唤了我希望见到的那个人的名字：大卫·理查森先生。

那天晚上，我一走进阿里奥斯蒂先生的豪宅就感到嗓子突然哽住了，手指和脚趾都疼痛起来。她在那儿，就在十米之内，坐在一张沙发的扶手上，手里端着一只高脚杯。她端详着我，仿佛一生中从来没有见过我。还没等我能跟她说话或者探过脸去吻她的面颊，她就很不情愿地向我伸出一只手，用英文跟我打招呼，仿佛我是一个十足的外国人："你好吗？"我还没来得及回答，她就转过身重新跟她周围的人交谈起来。过了一会儿，我听到她十分坦然地用蹩脚但充满魅力的英文讲述她的父亲怎样在她儿时把她带到了墨西哥城，在那儿，她每个星期都去听音乐会或看歌剧。所以，是父亲给她灌输了关于经典音乐的早熟理念。

在这四年里，她没有太大的变化，体形依旧那么苗条，四肢匀称，杨柳细腰，两条腿修长而线条柔美，脚踝像手腕那样秀美而柔弱。她仿佛比以前更自信、更从容了,每当娇揉造作、懒洋洋地说到一句话的结尾时总会摇头。她的头发稀疏了点儿,比在巴黎时长了些,平添了一些我不曾记得的波浪。她的妆容比阿努克斯夫人时期的浓妆艳抹要淡雅、自然。她时髦地穿了一条非常短的裙子,露出两条小腿。上身是一件低胸衬衫,露出美丽而柔滑的肩膀,突出她的脖颈。她那布满柔软绒毛的脖颈上戴了一条镶有宝石的银项链,或许是蓝宝石,随着宝石调皮地在开胸处左右摇摆,可以看到她那坚挺的乳房,我远远看到了她按照新教徒的习惯戴在左手无名指上的结婚戒指。她是否加入了英国国教?胡安在隔壁大厅里向我介绍的理查森先生是一位六十岁、精力充沛、热情洋溢的老者,穿着一件荧光黄的衬衫,垂在他那考究的蓝色外套上的手帕也是同样的颜色。他已喝醉,兴奋异常,手持一瓶唐培里侬香槟王,一边不停地来来往往为他周围的客人斟酒,仿佛手中有魔法,一边为他们讲述他在日本时的趣事妙闻,逗得他们乐不可支。胡安告诉我,此人非常富有,每年有一部分时间在亚洲经商,但是由于贵族情结,其生活中所追求的崇高目标还是赛马。

厅堂和走廊里挤满了上百位客人。走廊的对面是一座大花园,花园中有一座镶有带灯光的瓷砖的游泳池。聚会的情况跟胡安·巴雷托预先告诉我的差不多:颇具英国情调,宾客中有几位像东道主阿里奥斯蒂先生,或者说像我的伪装成墨西哥女人的同胞一样,是懂马的外国人。大家都喝了相当多的酒,互相之间都像是很熟识,交谈时都用暗语和代号,而且三句话不离本行:马术运动。有一会儿,我得以坐在了理查森夫人周围的一伙人中间。我听到在那伙人中有些人,包括坏女孩和她的丈夫,不久前应邀乘一位阿拉伯总督的私人飞机去迪拜参加了一座跑马场的揭幕仪式,受到高规格的殷勤接待。他们说,所谓的伊斯兰教不喝烈性酒,大概只是对那些贫穷的伊斯兰教徒生效,但是,另外一些人,比如懂马的行家和好骑手,他们不仅自己喝酒,还用最好的法国葡萄酒和香槟招待贵宾。

尽管我千方百计地努力，但在这个漫长的夜晚，我始终没能跟理查森夫人说上话。每当我装出某种样子走近她时，她都借口去跟某个人打招呼、去吃点儿自助餐或进酒吧，去跟某个女朋友说点儿悄悄话而远远地躲开我。我始终没能跟她对视，尽管我毫不怀疑她完全明白我的目光一直在紧盯着她。她从不向我转过脸来，而是相反，总是变着法儿背朝着我或者侧面朝着我。胡安·巴雷托对我说的话一点儿不假：她的英语很初级，有时让人听不懂，错误百出，但是她讲起英语是那样大胆而自信，再伴上拉丁美洲人那么亲切的、唱歌似的语调，听起来委实滑稽可笑。为了弥补语言上的不足，她说话时总是不停地打着手势，做着怪相，露出特有的表情，这构成了一幅完美无缺的、卖弄风情的场景。

斯塔巴尔德夫人的侄子查理是一个非常讨人喜欢的小伙子。他告诉我，由于胡安，他开始阅读有关英国人到秘鲁旅游的书籍，已计划到库斯科去度假，直至去马丘比丘"探险"。他打算说服胡安陪他一起去。如果我愿意加入，他也欢迎。

凌晨两点钟，当来宾开始向阿里奥斯蒂先生告别的时候，我由于喝了许多杯香槟，十分兴奋，一股突然的冲动让我甩开了一对正在向我询问做口译经历的夫妇，避开我的朋友胡安·巴雷托（整个晚上，他有三四次打算拖我去一间小厅欣赏这家主人养的名叫"挑衅者"的赛马，那是主人的明星马之一），穿过大厅，直奔理查森夫人那伙人。我使劲地抓住她的胳膊，向她微笑着，强迫她离开了。她不悦地看了我一眼，嘴都气歪了。自从我认识她，我第一次听到她说粗话：

"放开我，该死的畜生！"她低声说，"放开我，别给我惹麻烦。"

"如果你不给我打电话，我就告诉理查森先生你在法国已经结婚。由于你把阿努克斯先生秘密账户上的存款席卷一空，瑞士警方正在通缉你。"

说罢，我把一张写有伯爵宫胡安乡间住宅电话的小纸条塞到了她手里。她惊愕、沉默了片刻，脸上的苦笑消失，转而哈哈大笑起来，并且眼睛睁得老大：

"噢，很好，你真是长见识了，好男孩。"她高喊道，已经从惊愕中恢复过来，语调中带着职业性的认可。

她转过身去，又回到那伙人中。

我坚信她不会给我打电话。我是一个让她很不舒服、见证她过去的人，她会不惜一切代价让我在她的面前消失。否则她就绝不会像整个晚上做的那样，一直躲开我。然而，两天以后，一大早，她就往伯爵宫打来了电话。我们几乎没有交谈，因为她像往常那样，只是给我下命令：

"明天下午三点，我在拉塞尔饭店等你。你认识吗？在拉塞尔·斯奎尔街，靠近不列颠博物馆。请按英国人的习惯，准时到。"

第二天，我提前半小时到了拉塞尔饭店。我的手在出汗，呼吸也感到困难。地方选得不能再好了。这家美好旧时代风格的饭店的正面和长长的走廊都是富丽堂皇的东方风情，里面似乎有半数空房；酒吧的天花板很高，四壁贴了护墙板，室内的小桌间距很大，有些小桌间以薄墙；铺了厚厚的地毯，以便隔断谈话声和脚步声。柜台后面有一名侍者在翻阅《旗帜晚报》。

她迟到了几分钟，穿一件紫红色鹿皮外套，脚上一双精美的鞋子，手提一只黑色鳄鱼皮包，颈项上戴着单圈珍珠项链，手链上的钻石闪闪发光，手臂上搭着一件灰色雨衣，雨伞也是同样的颜色和面料。阿莱特同志的进步真是太大了！她没有向我打招呼、没有冲我微笑，也没有向我伸过手来，而是径直坐到我面前的位子上，交叠起双腿骂起我来：

"我不能原谅你那天晚上干的蠢事。你不应该跟我讲话，不应该拉我的胳膊，不应该跟我讲话时好像认识我。你可能会给我惹麻烦。

你就不明白应该掩饰自己吗？你的脑袋长哪儿去了，里卡多？"

这就是她，她就是这样。我们已经四年没见面了，她没想到问问我的情况怎么样，整整四年里我都干了些什么，甚至没有因为我们的重逢朝我笑一笑或者说句亲切的话。

"你非常漂亮。"我对她说，由于激动，说话有些困难，"你比四年前叫阿努克斯夫人时还漂亮。由于你现在这么漂亮，我原谅你那天晚上对我的侮辱和现在说的蠢话。另外，也许你想知道，真的，我仍旧爱着你。抛开发生的一切，我仍然爱你爱得发疯，比任何时候都更爱你。你还记得我们最后一次见面时你留给我作纪念的牙刷吗？就是这一支。从那时起，不管我走到哪里，我都把它带在口袋里。我变成了一个恋物者。我崇拜你，因为你是那样漂亮，智利小姑娘。"

她并不笑，但是在她深蜜色的双目中迸发出昔日讥讽的火花。她拿过牙刷看了一下，又还给了我，低声说道："我不知道你在跟我说什么。"她泰然自若地让我凝望着她，同时也仔细地观察着我。我的目光自上而下、自下而上地反复慢慢打量着她的全身，陆续地停驻在她的小腿、脖颈、被变得稀疏了的头发半遮挡的两只小耳朵、精心保护的长指甲染成自然色的双手以及那似乎变得更尖了的鼻子上。她任我拉起她的手吻它，但依旧是那样冷冰冰的，没有半点儿回应的表示。

"你那天晚上说的那些威胁的话是真的吗？"她终于问我了。

"完全是真的，"我逐一地吻着她每只手的手指、指缝、手背和手掌，"随着岁月的流逝，我变得跟你一样了，为了达到自己的目的，可以不顾一切。这是你说的话，坏女孩。我太清楚了，在这个世界上，我唯一真正想要的东西就是你。"

她把手从我的手中抽出去，抚弄着我的脑袋，将我的头发弄乱，像是带点儿怜悯地抚摸。她从前也对我这样做过：

"不，你干不出这样的事情，"她低声说道，像是因为感到我缺乏这种魄力而惋惜,"但是,没错,你还在爱着我,这应该是实话。"

她要了两杯茶和司康饼。她告诉我她丈夫是个醋坛子,更糟糕的是,他对妻子过去的事情总是疑神疑鬼,像恶狼似的到处探听,因此她必须十分谨慎小心。如果那天晚上他猜到我们相识,那肯定会当场大发雷霆,有她好看了。她问我,没有冒冒失失地把她的身份告诉胡安·巴雷托吧?不会这样做吧?

"即使我想告诉他,也办不到。"我安慰她说,"因为,说实话,当时我对你现在的身份还完全不知道哩。"

她终于笑了起来。她让我用双手捧着她的头把嘴唇送过去。我贪婪地、充满柔情地把全部的爱献给她,但是在我的狂吻下,她的双唇没有丝毫反应。

"我想得到你。"我轻轻地啃着她的耳朵喃喃地对她说,"你比任何时候更漂亮,智利小姑娘。我爱你,我的全部心灵和整个身体都想占有你。我这四年唯一做的事情就是梦想跟你在一起,就是爱你,就是想得到你。不过我也诅咒你,每一天、每一个夜晚、所有的日子都诅咒你。"

过了一会儿,她用手推开了我。

"你大概是世界上最后一个还在跟女人说这些话的人。"她开心地微笑着,两眼好像盯着一个怪人,"你说的话真是俗不可耐,小里卡多!"

"糟糕的不是我对你说这些话,而是我为对你说这些话而感到遗憾。真的,这是真心话。你把我变成了一个电视剧中的人物。除了你,这些话我对任何人都没有说过。"

"我们不能让任何人看到我们这样,绝对不能!"她突然改变了腔调,变得非常严肃,"有人最希望看到闹得我那个醋坛子丈夫捶胸顿足、歇斯底里。现在我得走了,小里卡多。"

"我还得等四年才能再见到你吗?"

"礼拜五。"她马上定下了下次见面的确切时间,脸上泛着俏皮的微笑,又把手插进我的头发里。为了使她讲的话取得更大的效应。她停了一会儿又说:"就在这儿,我用你的名字订个房间。你别担心,小可怜的,我付钱。你手里拎个小手提箱,掩饰一下。"

我对她说这很好,但是房间的钱我自己付。我不愿耍无赖,背弃我作为翻译的忠诚品德。

她哈哈大笑起来,现在她的笑的确是发自内心的了:

"当然了!"她高声喊道,"你是米拉弗洛雷斯的小绅士,绅士是不接受女人的钱的。"

她第三次把手插进我的头发里,这一次我抓住她的手吻了她。

"你以为我会跟你在那个假女人胡安·巴雷托借给你的伯爵宫的小阁楼里上床吗?你还没明白过来,我现在是上等人了。"

过了一会儿,她走了,走前嘱咐我要等一刻钟后再离开拉塞尔饭店,因为大卫·理查森什么事都干得出来,甚至在她每次来伦敦时派一位受过捉奸训练的私人侦探盯梢。

我真的照她的话等了十五分钟,然后没有乘地铁,而是在阴云密布、看起来马上就要落下牛毛细雨的天空下长时间地散步。我一直走到特拉法尔加·斯奎尔广场,然后嗅闻着湿漉漉的青草散发出的香气,看着水滴从粗大的橡树枝杈上滑落下来,穿过了一片翠绿的圣詹姆斯公园。我几乎往下走过了整条布朗普顿大道,一个半小时后,终于精疲力竭却美滋滋地到达了半月形的菲尔比奇花园巷。长时间的徒步行走已经使我头脑冷静下来,可以以平静的心态、条理清晰地思考自访问纽马基特以来所经历的一切。在时光流逝了那么久以后又见到,她怎么可能还是把你弄得这般神魂颠倒,小里卡多?因为你对她说的话是真的:你还在发疯地爱着她。尽管显而易见,任何人跟这个坏女孩建立性关系,最后都是以失败告终,但是只要一见到她,我就会承认,唯一真正想得到的只是拥有她(而别人企图在她身上追求的是运气、财富、荣誉、成就和权力)。尽管她谎言连篇、麻烦不断、自私自利,而且说不定哪会儿就不辞而别,消失得无影无踪。毫无疑问,说来庸俗,但事实就是如此,直至礼拜五到来之前,我一直在诅咒等待同她再见面的时间过得太慢了。

礼拜五,当我手里拎着一只手提箱到达拉塞尔饭店的时候,一名印度接待员告诉我,当天的房间已经以我的名字订好了,而且房费已付。他还说"我的秘书"提醒他们,我以后会经常从巴黎来这儿,既然这样,那么"除了在旺季",饭店应该像对待其固定客户一样,给我优惠特价。从房间可以看到拉塞尔·斯奎尔广场。那房间并不小,但看起来似乎不大,因为里面塞满了各种物品:小桌子、小灯笼、迷你动物模型、雕刻品,还有一些油画。油画上是一些蒙古士兵,他们的眼睛瞪得圆圆的,蓄着拳曲的胡子,手里拿着大弯刀,凶神恶煞似的,仿佛马上要扑到床上来。

坏女孩比我晚到了半个小时,她穿一件合体的皮外套,戴一顶跟外套相配的小礼帽,脚上是一双短筒靴。除了手提包,她还带着一只装满笔记本和一些有关现代艺术读本的书包。后来她向我解释,她每周到克里斯蒂艺术品拍卖中心三次。在正眼看我以前,她扫视了一眼房间,作出了认可的表示,也就是说,她接受了。当她终于抬起眼来看我的时候,我已经把她抱在怀里,开始脱她的衣服。

"小心,"她提醒我,"不要把我的衣服弄皱了。"

我小心翼翼地一件件地脱她的衣服,并且仔细研究着她身上穿的那些服装,仿佛它们都是些宝物,与此同时,我热情而专注地亲吻着出现在我眼前的每一寸皮肤,呼吸着从她的玉体散发出来的、带着淡淡香味的柔和气息。在她的腹股沟附近有一道几乎看不见的小疤痕,那是因为她动了盲肠炎手术,而她阴部的毛比以前更稀疏了。我占有她的欲望油然而生,心情非常激动,还有一种柔情。我吻着她的小腹、散发着香味的腋下、脊背上隐现的一块块脊椎骨和坚挺而富有弹性的臀部。那臀部细腻而娇嫩,一接触仿佛是天鹅绒。我长时间地吻她小巧的乳房,感到幸福得要发疯。

"你大概没有忘记我喜欢怎么做吧,好男孩?"她终于在我耳边悄悄地说。

她没有等我回答就躺了下来,张开双腿,为我的头让出位置,同时用右臂遮住了眼睛。我感到她开始远离,离开我,离开拉塞尔饭店,离开伦敦,全神贯注,以我从未在任何其他女人身上看到过的激情沉浸在我的双唇学会给予她的独有的、私人的、任性的愉悦。我舔着、吮吸着、吻着、轻轻地咬着她那小小的阴部,感到它慢慢地变得潮湿、颤抖起来。这一过程拖了很长时间。但是,听到她自言自语地嘟囔着、颤抖着、沉溺于强烈的欲火中,直至最后发出一声长长的呻吟,整个娇小的身体从头到脚都颤抖起来,那是多么美好而令人激动的事啊。"来,来!"她压低声音说。我很轻易地进入了她的身体,使出全身的力气抱住她,以至于她从完全静止不动的状态中解脱出来。她一边蜷曲起身体,企图从我的身体中解脱出来,一边埋怨道:"你要把我压死了。"

我把嘴贴在她的嘴边,恳求她说:

"哪怕你平生就说一次你爱我,坏女孩。尽管这不是真话,也请你说一次。我想听听你是怎样说这句话的,哪怕只有一次。"

后来,在做完爱之后,我们赤裸着身子,在那些凶恶的蒙古战士的威胁下,躺在黄色的床垫上聊天。我抚摸她的乳房、腰部,吻她那几乎看不见的疤痕,抚弄她光滑的腹部,把耳朵贴在她的肚脐上,听她身体深处发出的声响。我问她为什么不愿意在我的耳边悄悄地说那句小小的谎言,她不是对许多男人无数次地说过吗?

"因为,"她当即毫不客气地回答我,"我从未对你说过我爱你,是内心真的爱你。我只在说假话的时候才说我爱你,因为我从没爱过别的任何人,小里卡多。我对所有人都撒谎,一直撒谎。我认为在床上我从来没有对他撒过谎的唯一的男人就是你。"

"啊,你这样说就是全面的爱情表白了。"

我问她,她现在已经跟一个有钱有势的男人结了婚,是否意味着终于获得了她要追求的东西?

她的眼中掠过一道阴影,声音变得浑浊不清:

"可以说是,也可以说不是。因为尽管现在我有了安全保障,可以买我想要的任何东西,但是我必须住在纽马基特,生活中能谈的只有马。"

她这样说时,表情是如此痛苦,似乎那是来自心灵深处的话语。那时,她突然以一种意料不到的方式向我敞开了心扉,仿佛她再也无法把那些话语深藏在心中。她对马恨得咬牙切齿,对在纽马基特的朋友和相识的人同样恨之入骨,包括养马业主、驯马师、骑师、职员、马夫、狗和猫及所有直接或间接跟马有关系的人;她把马看成该死的怪物,此外,她之所以讨厌周围那些可怕的人,是因为他们谈话的唯一主题、关心的唯一事情就是马。不仅在跑马场、驯马场、马厩,也在晚宴上、招待会上、婚礼上、节日庆祝会上或偶然的相遇中,谈论的都是那些可怕的四蹄动物的疾病、意外事故、试跑、丰功伟绩或悲惨命运。对她来说,这样的日子每天甚至夜晚都让她感到痛苦,都是如此,因为最近以来,她在噩梦中梦到的都是纽马基特的马。尽管她没有对我说,但不难猜出她的丈夫大卫·理查森深感她对马匹和纽马基特的深恶痛绝,所以,她的丈夫同情妻子感到的痛苦和压抑,几个月前允许她来伦敦——纽马基特人讨厌、从不来的城市——克里斯蒂和苏富比艺术品拍卖中心上艺术史培训班,在卡姆登"花之外"鲜花设计学院上课,甚至去切尔西的一处宗教圣地练习瑜伽、静修——这两项活动可以让她散心,减轻马术运动对她所产生的心理伤害。

"你看,你看,坏女孩,"听了她的讲述,我很高兴,对她嘲弄道,"你该明白金钱并不总是等于幸福了吧?那么,我能指望近几天你就甩掉大卫·理查森先生跟我结婚吗？正如你所知道的，巴黎比萨福克郡赛马场这座地狱更好玩。"

但是她没有心情开玩笑。她对纽马基特的厌恶比我想象的更严重，对她来说，那简直是一种精神创伤。在以后的两年中，有许多个下午，我们在拉塞尔饭店的不同房间里幽会、做爱，我觉得这些下午都在她的脑海中印得清清楚楚，我认为没有一个下午她不在跟我发泄她的怨恨、大骂纽马基特的马和人，认为纽马基特的生活单调、愚蠢，是世界上最令人讨厌的生活。如果她的生活是如此不幸，她为什么不把它结束、不跟大卫·理查森先生分道扬镳？她还在等什么？她跟那个人结婚显然不是为了爱。

"我不敢向他提出离婚，"一天下午，她向我承认，"如果我提出离婚，我不知会发生什么事。"

"什么事都不会发生。你跟他结婚，一切都是按法律办事，不是吗？在这个地方，夫妻离婚一点麻烦都没有。"

"我不知道。"她对我说，比平时更愿意跟我多说些私房话，"我们是在直布罗陀结婚的，我不敢肯定我们的婚姻在这儿同样有效。我也不知道怎样才能在不让大卫·理查森知道的情况下打听清楚。你不了解富人，好男孩。你更不了解大卫。他为了跟我结婚，跟他的律师策划了一次离婚，几乎让他的第一任妻子流落街头。我不愿意有同样的遭遇。他有最优秀的律师、最良好的社会关系。而我在英国举目无亲，只是一个可怜的卑贱人。"

我一直没能打听清楚她是如何认识大卫·理查森先生的，也不知道她跟大卫·理查森那段把她从巴黎弹射到纽马基特的浪漫史是在何时、以怎样的方式发生的。显然，她打错了算盘，认为征服了大卫·理查森就等于获得了跟她的命运结合的无限自由。一眼就能看出，她不仅不幸福，而且比做被她抛弃了的那名法国官员的妻子更不幸。又一个下午，她主动向我谈起了罗伯特·阿努克斯，并且要求我详细地向她讲述那天晚上他约我去"宾客之家"吃晚饭时我们的谈话。我一五一十地全对她说了，甚至告诉她，在谈到她卷走二人在瑞士银行共有的全部存款时，她的前夫竟伤心得眼里充满了泪水。

"作为一个善良的法国人，唯一让他心疼的是钱。"她对我说，神色没有任何改变，"他的存款！他那点儿可笑的钱连我一年的生活费都不够。他利用我，偷偷地把钱从法国弄走。不光是他的钱，还有他朋友们的钱，如果让人家抓住我，我会坐牢。另外，他是一个吝啬鬼，比任何人都吝啬。"

"既然你那么冷酷、残忍，干吗不把大卫·理查森杀掉，坏女孩？那样你就不用冒离婚的风险，而且能继承他的财产。"

"因为我不知道怎么做才能不用坐牢。如果我让你做，你敢干吗？我可以给你百分之十的遗产。那是很多钱，很大一笔钱。"

我们在开玩笑，但是当我听到她那么自然地说出那些野蛮的话时，不禁打了个寒噤，十分恐惧。她已不再是那个脆弱的小姑娘，经过种种磨难，由于非同寻常的大胆行为和决定，她已经进步多了。现在，她已经是个名副其实的女人，相信生活是一片热带丛林，在那里，胜利的是最坏的动物。所以，为了不被战胜，她会不惜一切，而且继续攀高。我问她，如果有绝对的把握逍遥法外，她会为了继承丈夫的财产而把他打发到另一个世界去吗？"当然了！"她回答我，那目光是讥讽、凶残的，"你害怕吗，好男孩？"

只有当大卫·理查森去亚洲做生意带上她旅行的时候，她才感到快活。据她相当模糊地对我讲，她的丈夫是各种商品交易所的掮客和中间商。印度尼西亚、朝鲜、中国台湾、泰国和日本向欧洲做出口贸易，所以他经常去那儿会见供应商。她不是每次都陪丈夫去，但在陪他去的时候，她感到是一种莫大的解放。去首尔、曼谷、东京是对她在纽马基特忍受的苦楚的补偿。在她的丈夫请人吃晚餐、进行商务会谈的时候，她就去旅行、参观寺庙和博物馆、买衣服和装饰品。比如说,她有一套非常漂亮的日本和服和各式各样进行射击表演、手腕会活动的洋娃娃。我问她,当她丈夫外出旅行的时候,她能允许我去一趟纽马基特看看她的家吗?她说不行,绝对不行。即使胡安·巴雷托邀请我,我也绝对不能在那儿露面。当然了,除非我狠下心来,认真地采纳她的杀人建议。

那两年,我在新潮伦敦待的时间很长,每次都住在伯爵宫胡安·巴雷托的乡间寓所,每周都见到坏女孩两三次。那是我一生中从来没有过的最幸福的时光。由于是做口译,我挣的钱比较少,为了去伦敦,我放弃了许多在巴黎和欧洲其他城市包括在莫斯科的合同(在二十世纪六十年代和七十年代初,莫斯科的国际学术研讨会和代表会议更加频繁)。相反,我接受了一些收入相当低的工作。这些工作的唯一吸引力,就是能让我去英国。为了获得去拉塞尔饭店的幸福,我不惜作出一切牺牲,我甚至能叫出这家饭店每个男女侍者的名字,甚至在精神恍惚中等待着理查森夫人的到来。每次见面,为了给我一个惊喜,她都穿新外套、新内衣、换新香水或穿新鞋子。在那样的一个下午,应我的要求,她在提包里带来了一套和服,并且在房间里迈着合拢的小碎步,面带艺伎刻板的微笑,扭来扭去地走着向我做了展示。我在她娇小的身躯和皮肤淡淡的绿色光泽中发现某种东方的痕迹,那是她所不知道的某位祖先的遗传。而那天下午,这种痕迹比任何时候都更为明显。

我们做爱,然后我一边抚弄着她的头发和身躯,一边赤裸着身子和她聊天。有几次,如果时间允许,在她回纽马基特之前,我们到公园里去散散步。如果下雨,我们就钻进一家电影院,手拉着手看电影。也有的时候,我们去福特纳姆-梅森茶庄喝茶,吃她喜欢的司康饼。有一次,我们去了利兹饭店著名而华贵的茶室,但是我们没有再去过,因为出门时她远远地看到了一张茶桌上的一对纽马基特夫妇,当时她吓得脸色苍白。在那两年中,我相信至少对我而言,说爱情一旦时间长了就会变得无味或消失是不真实的。我的爱情与日俱增。我仔细地调查画廊、博物馆、艺术电影、展览会、人们推荐的参观路线——城里最古老的小餐馆、古董市场和狄更斯小说中的场所——以便向她提出能够让她高兴的散步地点。每一次，我都用从巴黎带来的某件小礼物让她感到惊喜，如果不是由于价格，也会是由于奇特而令她感动。有时候，她看到礼物后很高兴，对我说："应该吻你一下。"随即她就把自己的双唇送过来。那双唇贴在我的嘴上一动不动，只是让我吻她，而她却没有反应。

在那两年里，她终于有一点儿爱我了吗？当然，她从未对我说过，因为如果她对我这样说，那就是一种她既不能原谅自己也不能原谅我的软弱表现。但是我认为她习惯了我对她的崇敬，我对她表达的慷慨的爱情满足了她的自尊心，超出了她大胆地自我认可的程度。她喜欢我用嘴让她得到欢愉，然后在几近达到高潮的时候，我就进入她的身体痛痛快快地射精。我还在所有可能的情况下以各种各样的方式对她说我爱她。"今天你又会对我说什么庸俗不堪的话呀？"有时她这样向我打招呼。

"你身上最刺激的部位，除了这个很小的阴蒂，就是你的喉结，当它在你的脖子里上升或往下滑动的时候。"

如果我能把她逗笑，我就会感到十分满足，就像儿时完成了米拉弗洛雷斯尚帕尼亚中学的小哥儿们建议每天都做的那桩好事，使当日变得神圣之后感到的心满意足。一天下午，我遇到了一件意外之事，那件事给我带来了很大的麻烦。那天下午，我正在伦敦郊区阿克斯布里奇的一个会议厅里为英国石油公司组织的代表会议工作，不能出去跟她约会（我本来已请过假下午外出），因为应该接我班的同事病了。我向拉塞尔饭店给她打了电话，说尽好话请她原谅，但是她一句话没说就挂了电话。我再打电话时，她已经不在房间里了。

下一个礼拜五——一般来说我们都是在礼拜三和礼拜五见面，也就是所谓的她在克里斯蒂艺术品拍卖中心上艺术课的日子——她让我等了两个小时，没有打电话说明迟到的原因。当我认为她已经不会来的时候，她终于板着脸出现了。

"你就不能给我打个电话吗？"我不高兴地说，"你让我紧张得……"我没能把话说完，因为她用尽全力捆来的一记耳光堵住了我的嘴。

"对我，你不要失约把我晾起来，小可怜虫。"她气得浑身发抖，声音也变了，"你，如果跟我约好了……"

我也没有让她把话说完，因为我向她扑了过去，把整个身体重重地压在她身上，在床上滚了起来。开始她还有点儿自卫，但没过一会儿就停止了抵抗。几乎马上，我就感到她在吻我、拥抱我，同时也在帮我脱她的衣服。她从来没有这样做过。我第一次感到她两腿盘着我，把整个娇小的身躯缠在我身上，双唇紧紧地贴在我的嘴上，舌头在用力舔裹我的舌头。她的双手紧紧搂着我的脊背、我的脖颈。我请求她的原谅，对她说永远不会再发生那样的事，并且感谢她让我那么幸福、第一次向我表示她也爱我。那时，我听到她呜咽起来，看到她的眼睛湿润了。

"我的宝贝，我的心肝，你不要哭，都是由于我的愚蠢。"我抚摸着她，吮吸着她的眼泪，"我向你保证，那样的事情再不会发生了。我爱你，我爱你。"

后来，当我们穿好衣服的时候，她站在那儿一言不发，脸上露出怨恨的表情，她后悔自己的软弱了。我想让她高兴起来，开玩笑说：

"你已经不爱我了？那么快？"

她愤怒地看了我一眼，沉默了好一会儿。当她开始说话的时候，声音异常地冷酷：

"你不要弄错了，小里卡多。你不要认为我刚才那样就是爱你爱得要死。对任何男人我都不会看得太重，你也不会例外。但是，我有自尊心，谁也不能冷落我、把我晾在饭店的房间里。"

我对她说，我发现她尽管变化无常、说话放肆、爱骂人，但对我还是有感情的。这令我感到难过，因为自从那一天我没留她在巴黎而是鼓励她去古巴接受军事训练，这是我第二次对坏女孩犯下严重的错误。她严肃地看了我一眼，好一会儿没有说话，但终于傲慢十足、鄙夷不屑地对我说：

"你这样认为？你将看到事情并非如此，小可怜虫。"

她没有告别就离开了房间。我认为那是一时的心绪不佳，但是没想到整个下一个礼拜都没有她的消息。礼拜三和礼拜五，我都在寂寞中徒劳地等待着她，陪伴我的只有墙壁上好战的蒙古人。又一个礼拜三，我到达拉塞尔饭店的时候，印度门房交给我一封信。那封信上只有几行字，简单明了地通知我，她正跟大卫一起去日本，连旅行多长时间、回伦敦后是否马上给我打电话都没有提。我感到那是很坏的预兆，诅咒她对我又一次的打击。我了解她，这封短信很可能是长时间的、或许是最终的别离了。

那些年，我跟胡安·巴雷托的友谊更深了。我有许多日子在他伯爵宫的乡间公寓里度过，当然，从不把跟坏女孩的约会告诉他。那段时期（一九七二或一九七三年），嬉皮士运动进入了一个迅速崩溃的阶段，变成了一种资产阶级风尚。致幻革命的成果不像它的崇拜者认为的那样深刻而庄严，最具开创性的音乐很快就让统治集团加入，变成了官方文化的组成部分，使昔日的造反者、边缘人及其代表和唱片公司，从甲壳虫乐队到滚石乐队，都变成了百万富翁和亿万富翁。据麦角酸大师、哈佛大学资深教授提摩太·利雷博士确认，不是鬼怪幽灵的解放，而是"人类思想的无限表露和精神消遣"、毒品、放荡不羁的混居生活带来了大量的问题和某些个人与家庭的不幸。没有人能像我的朋友胡安·巴雷托那样深切地体会到势态的变化。

他本来非常健康，但是突然开始不时地患上普通感冒和流行性感冒，同时伴以剧烈的神经痛。他在剑桥的医生建议他到一个比英国更温暖的地方去度假。他到西班牙伊维萨岛住了十天,晒得黑黑的,笑眯眯地回到了伦敦,满肚子伊维萨岛那些炎热的夜晚发生的诙谐、放荡的故事。那类事,他原本认为"在一个像西班牙这样以伪君子著称的国度里是不可想象的。"

也正是在这个时期,理查森夫人陪她的丈夫去了东京。我有一个月没见到胡安·巴雷托。当时我正在日内瓦和布鲁塞尔工作,每次往伦敦或纽马基特给他打电话都没人接。那四个星期我也没有收到坏女孩的任何消息。当我回到伦敦的时候,我在伯爵宫的女邻居,哥伦比亚人玛丽娜告诉我,胡安几天前住进了威斯敏斯特医院。他被收进了传染病房,正在接受全面的检查。他消瘦了很多。我看到他胡子老长,盖了几条厚厚的毯子,满脸的忧愁,因为"这些医术差劲的医生不能确诊我的病"。他们先是告诉他患了生殖器疱疹,治起来很麻烦;后来又告诉他很可能是一种肉瘤;而现在只是对他含糊其辞,难下结论。看到我走到他的病榻前,他的双目顿时亮了起来。

"我感到比狗更孤独,我的兄弟。"他向我承认,"看到你,你不知道我有多高兴。我发现,尽管我认识那么多美国佬,但你是我唯一的朋友,是秘鲁式友情的朋友。我是说,发自内心,实心实意,不掺半点儿假。这儿的人交朋友都是表面的,真的,英国人没时间交朋友。"

斯塔巴尔德夫人几个月前离开了圣约翰·伍德街的小房子。她的身体很虚弱,进了萨福克郡一家养老院。她来看过胡安一次,但是这对她来说太困难了,所以没有再来。"可怜的夫人背部有病,从养老院来到医院真可说是英雄壮举。"胡安变成了另一个人。疾病使他失去了乐观,失去了安全感,充满了恐惧。

"我要死了,他们诊断不出我得了什么病。"我第二次或是第三次去看他的时候,他瓮声瓮气地对我说,"我不认为他们是为了不让我害怕而向我隐瞒病情。英国医生向来是说真话的,哪怕是很可怕的病。问题是他们不知道我得了什么病。"

检查没有得出任何确诊结论。刚认定，医生马上又说是一种过滤性病毒破坏了胡安的免疫系统，使他很容易感染任何疾病。胡安的身体虚弱到了极点，两个眼窝深陷，皮肤发蓝，骨头凸现出来，两只手时不时地摸着脸，仿佛要证明它还在那儿。在允许探视的时间里，我都去陪他。在深深陷入绝望的同时，他的身体也一天比一天更糟。一天，他要求我给他找一位天主教牧师，因为他要忏悔。这对我而言并不容易。我跟布朗普顿·奥拉托雷的牧师谈了，他告诉我他不可能到医院去，但是他给了我一家多明我会修道院的电话，那儿有这样的服务。我不得不亲自去张罗这件事。一位红脸膛的热情的爱尔兰小牧师来看了胡安，我的朋友跟他进行了长时间的交谈。多明我会牧师又来看过他两三次，这些交谈让他安静了数日。由于这些谈话，他作出了一个重大的决定：给他的家人写信。他十多年没有跟家里联系了。

他已经没有力气动笔写信，因此只好他口授我替他代写了那封感情真挚的长信。在信中，他向父母概述了他在纽马基特的画师生涯，还风趣地讲述了一些细节。他告诉他们，尽管有许多次他想写信跟他们和好，但总是被一种愚蠢的自尊心打消了念头，对此他感到后悔，因为他爱他们，非常想念他们。在信的末尾附言中，他又对父母说，他敢肯定，在他们得知他远离宗教那么多年后，如今上帝又允许他回到养育他的信仰之中，从而过上安定的生活，他们一定会感到高兴。关于他的病，他只字未提。

我没有告诉胡安，暗自会见了威斯敏斯特医院传染病科主任。罗特科夫医生是一个相当年长但有点儿呆板的人，下巴上的小胡子已经斑白，鼻子粗隆。在回答我的问题之前，他想知道我跟患者是什么亲戚关系。

"我们是朋友，大夫，他在英国没有亲人。我很想写信给他远在秘鲁的父母，把胡安的真实情况告诉他们。"

"除了告诉您他的病情很严重,我没有更多的东西可以告诉您。"医生直截了当地对我说,"他随时可能死去,他的器官没有了抵抗力,一次伤风感冒都可能要他的命。"

那是一种新病,在美国和英国已发现了相当数量的病例。它专门冷酷无情地攻击同性恋群体、吸海洛因成瘾的人、静脉注射毒品的人及血友病患者。除了知道精液和血液是"综合征"的主要传播途径——当时还没有人提到艾滋病——对它的起因和性质知之甚少。它破坏免疫系统,让病人可患所有的并发症。一种常见的并发症是腿部和腹部严重糜烂,这种情况把我的朋友折磨得很苦。刚才听到的话让我手足无措,我问罗特科夫医生我该怎么办,把事情告诉胡安?他耸了耸肩膀,做了个怪相。那完全由我决定。也许应该告诉,也许不应该。他不发表意见,尽管也许应该告诉,如果我的朋友临终前需要做些安排。

同罗特科夫医生的谈话令我那般伤心,以至于我没有勇气再回胡安的病房去,因为倘若回去,我肯定他会从我的脸色看出一切。我对他万分同情,也感到十分痛苦。那一刻,我是多么希望看到理查森夫人、感到她在我身边呀!哪怕她只有两个小时跟我待在一起!胡安·巴雷托向我道出了一句了不起的真理:尽管我在欧洲认识成百上千的人,但是我唯一的秘鲁式的朋友说不定哪一刻就要死了,而我爱着的女人在世界的另一端,并且还是老习惯,已经一个多月没有任何信息了。她践行了她的威胁,向那个妄自尊大的小可怜虫表明她绝对不爱他,可以像扔一件无用的便宜货那样把他弃置一旁。几天以来我一直在焦虑地想,她可能又一次消失得无影无踪。你难道是为此才从小就梦想逃出秘鲁移居欧洲吗,里卡多·索莫库尔西奥?在伦敦的那些日子里,我感到自己像丧家犬,孤独而悲哀。

我什么都没对胡安说就给他的父母写了一封信,告诉他们胡安的身体很不好,患了一种至今说不清楚的病症,罗特科夫医生提醒我说他随时都有死去的危险。我还告诉他们，尽管我住在巴黎，但是在胡安需要我陪他的时候，我会一直待在伦敦。信中我给他们写了伯爵宫公寓的电话和地址，并且希望得到他们的回音。

我的信和胡安口授的信同时送达他们手中，他们一接到信就给我打来了电话。得知那样的消息，胡安父亲的心都碎了，但是他也为浪子回头而感到高兴。他们准备到伦敦来，要我为他们预定一家廉价的小旅馆，因为他们没有多少钱。我让他们放心。告诉他们来了以后可以住在胡安的公寓里，在那儿可以自己烧饭，这样他们在伦敦的开销就不会太大。我们说好他们近期要来的消息由我告诉胡安，以便让他有思想准备。

两个星期之后，克利马科·巴雷托工程师和他的妻子欧弗拉西亚住进了伯爵宫的公寓，我搬到贝斯沃特的夜宿兼包次日早餐的小旅馆去住了。父母的到来对胡安产生了非常良好的效果。他重新燃起了希望，情绪也好起来，好像开始恢复健康了；甚至可以吃下上午和下午护士给他拿来的某些食品，而在此之前，一切放到嘴里的东西他都难以吞咽。巴雷托夫妇相当年轻，丈夫一直在帕拉蒙加庄园工作，直至贝拉斯科将军的政府剥夺了主人的庄园。那时他辞了职，在利马如雨后春笋般出现的新大学之一谋到数学教师的职位。夫妇俩保养得很好，看上去也就刚满五十岁。丈夫的个子很高，外貌像是农村出来的运动员。妻子是个身材矮小、充满活力的女人，说话的动作、柔和的语调、大量使用的指小词和米拉弗洛雷斯旧区那和谐悦耳的发音都不禁激起我的乡愁。听着她讲话，我感到我离开秘鲁到欧洲闯荡已经太久了。不过，通过跟他们谈话，我也认定我不可能再回到秘鲁去像胡安的父母那样说话、行事了。举例说，他们关于在伯爵宫的见闻发表的评论生动而形象地向我表明，在那些年里我的改变太大了。那种改变并不让人兴奋。毫无疑问，我在很多方面已经不是秘鲁人了。那么，我是什么样的人呢？没有成为欧洲人，既不是法国人，更不是英国人。你到底是什么样的人呢，小里卡多？也许正如理查森夫人在怒不可遏时说的那样，你是个小可怜虫，一名口译而已，是某个如我的同行索罗蒙·托莱达诺定义的人：我们只是属于人科，只在不是的时候才是，只在不存在的时候才存在，良好表现都源自别人想的、说的事情。

由于胡安·巴雷托的父母在伦敦，我就能回巴黎去工作了。我对所有的合同都来之不拒，哪怕只有一两天，因为由于在英国陪胡安而失去的时间，我的收入已捉襟见肘。

尽管理查森夫人不允许，但我还是开始向她纽马基特的家中打电话，询问他们夫妻二人何时从日本旅行归来。接电话的是一个菲律宾职员，她说她不知道。我每次打电话都装成另一个人，但我怀疑那个菲律宾女职员能辨别出是我，所以总是不耐烦地让我在电话里碰一鼻子灰："他们还没回来！"

直至有一天，我已经绝望地认为永远不会再找到她的时候，理查森夫人本人接了电话。她马上听出了是我，因为她长时间沉默不语。"你可以讲话吗？"我问她。她压低声音，愤怒地断然回答我："不能！你在巴黎吗？我一有办法就向联合国教科文组织或你家里给你打电话。"她啪的一声把电话挂了，显然很是恼火。当天晚上，她就往我军事学院区的小房间打来了电话。

"就因为我失约晾了你一次，你打了我一记耳光，还跟我大闹了一场，"我以亲切的语调埋怨道，"那么你把我扔掉，将近三个月没有消息，我该对你怎么办？"

"你一辈子都绝对不能再往纽马基特打电话。"她这样斥责我，那语调仿佛愤怒得咬牙切齿，"这不是开玩笑。我和我丈夫遇到了一个非常严重的问题。在这段时间，我们不能再见面和通话。劳驾了，就算我求你。如果你真的爱我，就为了我这样去做。等这一切过去之后我们再见面，我向你保证。但是你绝不要再给我打电话了，我遇到了麻烦，我得小心。"

"你等一等，等一等，别挂电话，至少你告诉我胡安·巴雷托的情况怎么样。"

"他死了。他的父母把他的尸体带回了利马，他们来纽马基特把胡安的房子卖了。还有一件事，里卡多，如果没有要紧的事，这段时间你不要来伦敦。如果你到这儿来，会无意中给我带来很严重的麻烦。现在我不能再跟你多说了。"

她连声"再见"都没说就挂了电话。一阵空虚和茫然袭上了我的心头。我感到是那样地恼火、那样地扫兴、那样地鄙视自己，以致又一次下定决心把理查森夫人从我的脑海中（用一句让她发笑的、庸俗不堪的话说，是从我的心中）驱逐出去。爱一个那么无情无义的人简直是干蠢事。她讨厌我、玩弄我，仿佛我是玩偶，从来没有对我有过起码的尊重。这一次你可真的要摆脱智利小姑娘了，里卡多·索莫库尔西奥！

几个星期之后，我收到了胡安·巴雷托的父母从利马寄来的一封短信。他们感谢我对他们的帮助，并且为没有按我的请求给我写信、打电话表示歉意。不过，那是因为胡安死得如此突然，把他们弄得手足无措，简直发了疯，对一切都无所适从。把胡安的遗体运回国的手续繁杂得可怕，如果不是秘鲁使馆的人帮忙，他们绝对无法做成这件事：像他们希望的那样让儿子在秘鲁下葬。至少这样满足了可爱的儿子的愿望。失去儿子，他们将终生悲伤，但不管怎么说，知道儿子死时已和上帝与宗教和解，死得像个圣徒，如天使一般，于他们还是一种安慰。主持胡安最后圣礼的多明我会神父对他们是这样说的。

胡安·巴雷托的死对我的打击很大，我又失去了一位朋友，从某种形式上讲，是他代替了胖子保尔。自从保尔在游击战中死去，在欧洲，再没有一个人像纽马基特赛马画师，那个秘鲁嬉皮士那样让我如此尊重和感到亲近。没有了他，伦敦、英国在我的眼里都不再是原来的样子了,这也是我许久没有回伦敦的另一个原因。

我打算用我习惯的方式贯彻我的决定:拼命地工作。我接受所有的合同,一连几个星期、几个月,马不停蹄地从欧洲的一个城市跑到另一个城市,为各式各样难以想象的学术研讨会和代表会议做口译。我已经是一名业务熟练的优秀口译工作者,无需完全理解词的意思即可以等值地翻译出来(根据萨罗蒙·托莱达诺的看法,理解每个词的意思是对翻译的一种障碍)。我继续进修俄语(我喜欢上了这门语言),直至讲起来既准确又流利,跟讲英语和法语一样。

由于我在几年前已经获得在法国的居留权,于是开始办理加入法国国籍。一旦持有法国护照,我的工作路子就会更宽、机会更多。在雇用口译人员的时候,有些机构往往不信任持有秘鲁护照的人,因为他们弄不清秘鲁在世界的什么地方,也不知道在世界那么多国家中,秘鲁的法规是怎样的。此外,自七十年代以来,在整个西欧,排斥和敌视穷国移民的趋势开始升温。

五月的一个星期天,我一边刮脸,一边考虑着利用春日去散散步,沿着塞纳河码头一直走到拉丁区,并且打算在那儿的圣塞韦林大道一家阿拉伯餐馆吃美味的蒸丸子。这时,电话响了。没有打一声招呼,也没有说一声"早上好",坏女孩就对我高声喊道:

"是你告诉了大卫我在法国跟罗伯特·阿努克斯结过婚的事吗?"

我差点儿挂上了电话。自从我们最后一次交谈,已经过去四五个月了。但是我压住了怒火。

"我本来应该告诉他,但是我没想到去做,犯重婚罪的夫人。你不知道我为此感到多么遗憾。现在你要被抓住了,是吗?"

"你回答我,别装傻。"她坚持说,怒气冲天,"我没时间开玩笑,是你吗?有一次你威胁说要把事情告诉他,别以为我忘了。"

"不,不是我。你怎么了?遇到了什么麻烦,野姑娘?"

她停了一下,我能感觉到她急促的呼吸。当她重新讲话的时候,似乎崩溃了，开始哭起来。

"我们正在离婚，本来事情进行得很顺利，但不知道为什么这几天突然冒出了我跟罗伯特结婚的事。大卫有一批最优秀的律师。我的律师却是无名小卒，现在他说如果证明我在法国结了婚，我跟大卫在直布罗陀结的婚自然就是无效的，还会招来很大的麻烦。大卫不想给我一分钱，而且如果他同罗伯特达成协议，他们还可以控告我，要求我赔偿物质损失和精神伤害。别的什么赔偿我就不知道了。我甚至会突然去坐牢，而且可能将被驱逐出法国。不是你搬弄是非吧，你肯定？那好，我很高兴。我觉得你不是干这种事的人。"

她停了好一会儿，然后叹了口气，好像强忍着不哭出来。她对我说这一切的时候好像很坦诚。她的话语中没有丝毫的自怜。

"我很抱歉。"我对她说，"说实话，你最后的那次电话伤害得我那样痛苦，以致我决定不再见你、不再跟你讲话，不再找你，永远不再记起你的存在。"

"你不爱我了吗？"她笑起来。

"不，看来我还在爱着你。这是我的不幸。听到你讲这些事，我的心都碎了。我希望你不要出任何事，好继续对我做世界上各式各样的坏事。我能在什么地方帮助你吗？我会尽力而为。因为我仍一心一意地爱着你，坏女孩。"

她又笑起来。

"至少我还可以听到你那些俗不可耐的话。"她高声喊道，"我会给你打电话的，好让你给我往监狱里送甜橙。"

第四章 销魂城堡的译员

萨罗蒙·托莱达诺自称能说十二种语言，并且能把它们双向翻译。他是个矮小、瘦弱的男子，身子被埋在满是口袋的衣服里，据说那衣服是他刻意买来的。他那迟缓、模糊的眼神游离于清醒和睡梦之间。他的头发稀疏，每两三天才刮一次胡子，所以脸看上去总是脏兮兮的，有一层灰灰的影子。任何人仅仅看到他那副形象、那样微不足道、那般软弱，都很难相信他在语言方面所具有的天赋以及在翻译上的神奇才干。国际组织、跨国集团和各国政府都争相聘用他，但他从来不接受固定的职位，因为自由职业使他感觉更自在、赚的钱更多。他不仅是我从事赖以为生的"魔鬼职业"——他这样称呼这个职业——以来所认识的最好的翻译，还是最奇特的一位翻译。

所有人都钦佩他、嫉妒他，但是我们的同事中很少有人喜欢他。他的喋喋不休、缺乏分寸、幼稚以及他独揽谈话时的欲望，都令他们透不过气来，感到厌烦。他用一种炫耀、有时粗俗的方式说话。尽管他了解语言的概貌，但是因为不知道其中细微的差别、语调和当地用法，常常使他显得愚笨、粗鲁。尽管如此，他还是能妙趣横生地讲述奇闻轶事、家族旧事和在世界各地的见闻。他的童真个性很吸引我，由于我总是连续数小时地听他说话，所以后来他对我相当敬重。一旦我们在某个会谈或大会的翻译室里不期而遇，我就知道萨罗蒙·托莱达诺肯定会对我纠缠不休了。

他出生在土麦那一个讲拉地诺语的西班牙犹太人家庭，所以他自觉不像土耳其人，而更像西班牙人，尽管时间上晚了五个世纪。他的父亲肯定是个富有的商人和银行家，因为他把萨罗蒙先后送到瑞士和英国的私立中学上学，然后又送他到波士顿和柏林上大学。在拿到学位证书前，他已经能讲土耳其语、阿拉伯语、英语、法语、西班牙语、葡萄牙语、意大利语和德语，修完新拉丁语和日耳曼语言学之后，在东京和台湾待了几年，在那里又学会了日语、中文和闽南语。他跟我讲话则用一种咬着舌头发音的古西班牙语，比如他把我们这些翻译叫"译员"。因此，我们给他起了个"译员"的绰号。他时而会在不知不觉间从西班牙语转到了法语、英语或其他更古怪的语言，那时我就不得不打断他，请求他顾及我那与他相比显得很狭隘的语言世界。我认识他的时候，他正在学俄语，经过一年的努力，他已经能阅读，比我这个已经钻研西里尔字母五年之久的人说得更加自如。

虽然一般来说他只译英语，但有需要时，他也译至法语、西班牙语和别的语言。他如此流利地使用我的母语总是让我很惊讶，因为他从来没有去过任何讲西班牙语的国家。他不是一个爱读书的人，对文化也不太感兴趣，唯独钟情于语法、字典和小众消遣——比如收集邮票和铅制小兵，他像通晓语言一样通晓这些话题。更不可思议的是听他讲日语，他会在不经意间就采用了东方人的姿态、点头致意及手势，活脱脱一个变色龙。多亏他，我发现某些人在语法或音乐方面的才华是如此神秘，与智商和学问没有丝毫关系。这是两回事，是有些人具备而其他人不具备的天赋。萨罗蒙·托莱达诺的天赋是如此之高，外加他与人无害的寻常神态，我们这些同事都觉得他是个奇才，因为当不涉及语言时，他是个非常纯真的人、一个老顽童。

尽管由于工作的原因，我们以前曾数次谋面，但我和他之间真正的友谊是从我再次失去跟坏女孩联系的那段日子开始的。她和大卫·理查森的分手简直是一场灾难。后者向法庭提出了离婚申请，证实坏女孩犯了重婚罪，因为她在法国完全合法地嫁给了一名外交部的官员，而且并没有和他离婚。当看到自己败下阵来，坏女孩选择了逃开英国和纽马基特那些可憎的马，消失得无影无踪。她从巴黎经过——

起码她希望我如此认为——时，一九七四年三月，从刚刚启用的查尔斯·戴高乐机场给我打来电话告别。她告诉我一切都很糟糕，她的前夫全面胜利，她已经厌倦了那些榨干她本来就不多的钱财的法庭和律师，想去一个任何人都别想再考验她耐心的地方。

"你要是愿意，就留在巴黎吧，我的家就是你的家，"我认真地对她说，"如果你还想结婚，那咱俩就结吧，我才不管你是重婚还是三婚呢。"

"留在巴黎让罗伯特·阿努克斯先生到警察局去指控我或等待更糟糕的事情？得了吧。无论如何，多谢了，小里卡多。暴风雨过后，咱们还能见面的。"

尽管知道她不会告诉我，但我还是问她要去哪儿落脚、如何考虑眼前的生活。

"下次见面时，我一定告诉你。吻你。你可别背着我跟那些法国女人鬼混哦。"

这一次，我同样坚信再也不会有她的消息了。像以往一样，我三十八岁时下定决心去爱一个不躲闪、不复杂的正常女孩，保持一种没有太大起伏的关系，甚至和她结婚生子。可是，这一切都没有发生，生活不会像小人物设想的那样。

很快，我就投入到日常工作中去了，尽管有时也烦，但还没让我感到厌倦。对我来说，翻译是很枯燥的职业，但同时，它不会给从事它的人带来什么精神问题。我可以到处旅游，收入可观，还可以随时休息。

由于在巴黎已很少见到秘鲁人，我和秘鲁的唯一联系依然是阿陶尔福叔叔的信、那些日益绝望的信。他妻子多洛雷斯婶婶总是问候我，我也时常给她寄乐谱，因为在她的残疾生活里，弹钢琴是最大的消遣。阿陶尔福叔叔跟我说，贝拉斯科将军八年军事独裁，实行国有化、农业改革、工业一体化和国家控制经济，为社会不公正、不平等以及多数人被极少数特权阶级剥削等问题提供了错误的解决方案，这一切只能使问题更加激化，人民更加贫困，储蓄消耗殆尽，加剧了人民的愤怒和暴力。尽管在独裁的第二阶段，由弗朗西斯科·莫拉莱斯·贝尔穆德斯将军掌权的四年里，民粹主义得以抑制，但是报纸、电台和电视台依然由国家掌管，政治生活被取消，没有重新恢复民主的迹象。在阿陶尔福叔叔的信中，字里行间透露出来的痛苦使我为他和他这一代的秘鲁人感到难过。他们晚年时不仅没有看到多年梦想的秘鲁的进步，反而看到它的倒退。秘鲁社会日益陷入贫困、愚昧和野蛮的境地。我能来到欧洲真是太英明了，尽管这里的生活有些孤独，我也只是一个前途渺茫的小译员。

我对法国的政治现状也越来越不感兴趣了，以前我是那样地满腔热情。在七十年代，蓬皮杜和吉斯卡尔·德斯坦执政期间，我几乎不看任何政治报道。我只在日报和周刊上专门寻找有关文化的版面。我总是去看展览、听音乐会，但是不太去剧院了，因为与二十世纪相比，它疲软了很多。相反，我却每周至少去两次电影院。值得庆幸的是，巴黎依然是影迷的天堂。至于文学，我已经落伍了，和戏剧一样，小说和散文的地位在法国急剧下滑。我从来没有热情拜读过那些年代的精神偶像如罗兰·巴特、拉康·雅克、雅克·德里达、吉尔·德鲁兹人的作品，他们的大部头书籍使我厌倦，除了米歇尔·福柯。虽然他的理论不能使我信服，他认为西方欧洲的历史就是权力的多重体制化镇压——监狱、医院、性别、正义、法律——把所有的自由空间殖民化，以消除分歧和对现实的不满；尽管如此，他的"疯狂史"和关于监狱体制的散文《规训与惩罚》一样，给我留下了深刻的印象。事实上，在那些年里，我主要看过世作家的作品，尤其是俄国作家的作品。

虽然总是忙忙碌碌、干这干那，但是在七十年代，当我第一次审视我的生活并试图把它列为目标时，它开始让我觉得是那么徒劳，我的未来就是一个无可救药的单身汉和一个永远不会真正融入他所喜爱的法国社会的外来户。我一直记得有一天萨罗蒙·托莱达诺在联合国教科文组织的翻译室里说的那句警示录般的狂言。他这样问我们："如果我们突然感觉到死亡来临，那时我们扪心自问：我们的到来到底给这份破工作留下了什么印记？诚实的回答是这样的：我们什么也没做，只是替别人说话罢了。否则为什么翻译了上百万的单词却一个也没记住，因为它们不值得我们去记，那意味着什么呢？"由此可知，"译员"在职场中不受欢迎，也就不足为奇了。

一天，我对他说我恨他，因为他的那句话总是反反复复地出现在我的脑海里，使我相信我的存在丝毫没有价值。

"亲爱的，我们这些译员就是没用的，"他安慰我，"但我们的工作不伤害任何人，而其他任何行业都可能给物种造成巨大的破坏。比如，想想那些律师和医生，更不用说建筑师或政治家了。"

我们刚刚结束了在联合国教科文组织年会上一天的工作，正坐在苏佛伦大街一家酒馆里喝啤酒。我突然心血来潮，终于跟他透露了我的秘密，没讲细节，没提名字，只告诉他很多年前我爱上了一个在我生活中像磷火一样忽隐忽现的女人，她在短时间内让我的生活点燃了幸福之光，然后又让我在生活中感到枯燥、无望，对其他任何热情或爱情都产生了免疫力。

"恋爱是一种错误。"萨罗蒙·托莱达诺又道出了一句警句，和我那位已故的朋友胡安·巴雷托的见解一致，尽管他不像我的同事这样矫揉造作，但他们都信奉同一种哲理。"对付女人就是要揪住她的头发，把她治得服服帖帖，扔到床上，让她马上就能看到天空中所有的星星。这才是正确的理论。哎呀，我身子骨弱，不能这么干。有时候我试图和某个浪女耍耍男子汉威风，结果被抽了两个大嘴巴。所以，尽管我大放厥词，但我对待女士，尤其是妓女，都像对待女王一样。"

"我不相信你从没恋爱过，译员。"

他承认在柏林上大学时曾经谈过恋爱。那是跟一位波兰姑娘，她是如此笃信天主教，以致每次做爱时都悔恨地大哭。译员向她求婚，姑娘接受了。为了取得双方家长的同意，他们使出了浑身解数。经过艰难的协商，最终获得了同意，决定举办两次婚礼，一次犹太仪式，一次天主教仪式。正当婚礼紧锣密鼓地准备之时，未婚妻突然跟一位在柏林结束使命的美国官员逃跑了。因怨愤而疯狂的译员作了一个奇怪的决断：烧掉了他精美的邮票集。他下定决心，一辈子再也不恋爱。在未来的日子里，爱对他来说可能只是及时行乐。他做到了。那件事之后，他只时常出入于妓院。现在他不再集邮了，而是收集铅制的小兵。

几天后，他自以为是地要帮我的忙，周末出来时塞给我两个温文尔雅的俄国姑娘。据他说，这除了可以让我练俄语，还能让我见识见识"斯拉夫爱情的气息和忧伤"。我们到位于萨莫瓦尔的一家巴迪涅奥尔餐厅吃饭，然后去克利希广场附近一家又窄小、又灰暗、又潮湿、甚至令人窒息的夜总会，在那里与姑娘们会合。我们喝了好多伏特加，结果一进入那个叫可萨克的肮脏地方，我的记忆就模糊不清了，只记得两个俄国姑娘中叫娜塔莎的轮到我，或者不如说是译员把她甩给了我，在两个四十来岁、酷似鲁本斯作品主人公的女人中，她更胖、妆化得更浓。我的女伴的身体紧紧塞进一件亮闪闪的、配着薄纱的玫红色连衣裙里，当她笑或者打手势时，两只乳房像挑衅的大球来回摇摆。她就像是从费尔南多·波特罗的画里逃出来的。我的朋友一直像个鹦鹉一样说个不停，他的俄语混杂着下流话，逗得两位淑女哈哈大笑，直至我的记忆消失在酒精的蒸汽里。

第二天早晨醒来时，我感到头疼，骨头像散了架：原来是睡在了地上，在床脚。床上是那位叫什么娜塔莎的女士在打呼噜，穿着衣服和鞋子，白天看上去比晚上还要胖。她痛痛快快地睡到中午，醒来后惊奇地打量着房间、她躺着的床和跟她道下午好的我。她立马向我要三千法郎，那时相当于六百美元，那是她整个晚上的收费。我没有那么多钱，她就继续跟我不愉快地争吵，直到最后我说服她拿走了我身上所有的现金，是那个数目的一半，外加装饰客厅的几个瓷摆件。她大声地说着粗话离开了。我一头扎进浴室冲洗了好长时间，发誓再也不干类似的"译员"奇事。

当我把夜晚的失败讲给萨罗蒙·托莱达诺听时，他告诉我，跟我正相反，他和女伴做爱做到晕厥，所花费的力气值得写进《吉尼斯大全》。从那以后，他再没敢带我出去夜泡外国妞。

七十年代的最后几年，让我得以消遣并占据我很多时间的通常是俄国文学，尤其是契诃夫的小说。我从没想过要搞文学翻译，因为我知道那种翻译的所有语言都报酬极低，西班牙语肯定比别的语言更低。然而在一九七六年或是一九七七年，通过一个共同的朋友，在联合国教科文组织，我认识了一位叫马里奥·穆奇尼克的西班牙编辑，成了朋友。当他得知我懂俄语并热衷于读书时，便鼓动我策划一部契诃夫小说的集子，我曾经跟他说过这些小说相当精彩，向他保证契诃夫除了是剧作家还是个相当不错的小说家，尽管因其作品的译者平庸，他作为小说家的评价不高。穆奇尼克是个很有意思的家伙。他出生在阿根廷，学过科学，并开始了学术研究生涯。然而，他突然放弃这个专业，改为从事他的秘密爱好——文学编辑。他是一位敬业的编辑，热爱书籍，只编辑高质量的文学作品，说这使他在经济效益方面一塌糊涂，却得到了最大的个人满足。他谈起自己所编辑的图书时是那样兴致勃勃而富有感染力，以致我略加思索就接受了他提议的策划契诃夫小说集，请求他无限期。"没问题，"他说，"尽管这本书赚得不多，你却会得到莫大的精神享受。"

我把这项工作拖延了很长时间，可实际上这段时间我过得很不错，读了契诃夫的所有作品，挑选其中最好看的小说，译成西班牙文。这比我日常工作中翻译讲话和会议资料略难一些。我觉得做文学翻译比做口译少了一些虚无。我不得不作出种种决断,并探究西班牙文,以寻求符合语义的精准和模糊——契诃夫散文中隐喻和回避的绝妙技巧——以及俄国语言文学修辞的奢华特色及节奏。我所有周六、周日的时间都花在这上面,真是乐在其中。几乎是在签订了合同两年之后,我才把约定的文稿寄给马里奥·穆奇尼克。它让我度过了如此快乐的时光,以致我差点儿拒收寄给我的稿酬支票。"也许够你购买某个优秀作家的精装全集,比如契诃夫的。"他对我说。

过了一段时间,他们把样书寄给了我,我把其中一本特地送给了萨罗蒙·托莱达诺。我们隔三岔五就会一起喝杯酒,有时我会陪他去逛铅制小兵商店、邮市或古玩店,尽管他很少买东西,但都会仔细浏览。他谢过我送的书,强烈地劝阻我不要再走这条"危险至极的道路"。

"你的苦差事很危险,"他警告我,"搞文学翻译的人都立志当作家,也就是说,成为注定失败的、耍笔杆子的人。那种人永远不甘心在自己的事业中消声匿迹,不像我们这些优秀的翻译。别放弃你那没有存在感的绅士气质,亲爱的,除非你想当流浪汉。"

我以为通晓多种语言的人对音乐具有良好的感受力,但与我想象的完全相反,萨罗蒙·托莱达诺对音乐没有丝毫兴趣。在他位于讷伊的公寓里,我连一台电唱机都没看到。他只对语言有绝佳的听觉。他跟我讲,在土麦那,他的家人都讲土耳其语和西班牙语,噢,是拉地诺语。他在萨拉曼卡过了一个夏天就彻底把它舍弃了。他的语言天分是从父亲那里遗传来的。父亲掌握六种语言,这对做生意很有帮助。他从小就梦想到处旅游,去很多城市,这成了他学习语言的最大动力,也正因此,他才能得以成为现在的样子:一名世界公民。这个游牧民般的爱好使他变成了早熟的集邮者,直至遭遇柏林那场伤痕累累的恋情。集邮是另一种周游列国、学习地理和历史的方式。

铅制小兵不会促使他旅游,却带给他无穷乐趣。他的公寓里满满的都是小兵，从进门的走廊到卧室，甚至厨房和浴室。它们被分列在拿破仑的战役里，布列整齐、井然有序，配备有小炮、马匹和军旗，以至于在他的公寓里走一遭就像在追随从第一帝国到滑铁卢的军事史。主人公们围绕在他的床的四周。萨罗蒙·托莱达诺的家里除了铅制小兵就满是字典和所有可能找到的语言的语法书。荒唐的是，小小的电视机被放在卫生间对面的隔板上。"电视是我的神奇泻药。"他解释道。

为什么我对萨罗蒙·托莱达诺如此有好感，而我们所有的同事却都认为他是个无法忍受的讨厌鬼？也许是因为他的孤独和我的孤独很相似，尽管我们在其他很多方面大不相同。我们都说过，再也不可能回到自己的国家生活了，我不回秘鲁，他不回土耳其，因为在那里，我们肯定会比在法国更觉得自己像外国人，尽管在法国我们也自我感觉是外来户。我们都意识到自己永远不会融入我们选择生活、甚至取得护照的这个国家（我们都拿到了法国国籍）。

"如果咱俩依然是外国人，那也不是法国的过错，亲爱的。那是我们自己的过错，是一种爱好，是一种命运。就像我们从事的翻译职业，是另一种总是做外国人的方式：在但又不在，是但又不是。"

毫无疑问，当他跟我说这些凄惨事的时候很有道理。跟译员的那些谈话总是让我有点儿灰心丧气，有时甚至失眠。成为一个幽灵并不是一件能令我勇敢无畏的事，但这对他好像无关紧要。

所以，当萨罗蒙·托莱达诺在一九七九年异常兴奋地向我宣布他接受了一项任务，到东京给三菱公司当一年的专职翻译时，我感到了些许宽慰。他是个好人，是个有意思的家伙，可是他身上有些什么东西令我悲伤、不安，因为他揭示了我自身命运的某些秘密航线。

我到查尔斯·戴高乐机场去送他，在日航柜台前跟他握手时，我感觉他把一个金属制小东西塞到了我的手指间，那是个皇家卫队的骑兵。"我买重了，"他说，"它能给你带来好运，亲爱的。"我把它放在床头柜上，和那支驱邪护身符娇兰牌牙刷放在一起。

几个月后，秘鲁的军事独裁终于结束了，并且进行大选。似乎想要做些补偿的秘鲁人在一九八〇年又选举了在一九六八年被军事政变废黜的掌权者费尔南多·贝朗德·特尔里为总统。兴奋的阿陶尔福叔叔决定挥霍一下来庆祝这一重大事件：到欧洲旅游。他还从未踏上过这片土地。他试图让多洛雷斯婶婶陪他一起来，但她说自己残疾的身体会影响他享受旅行，会成为他的累赘。因此，阿陶尔福叔叔独自来了。他来到时，正好和我一起庆祝我四十五岁生日。

我让他住在我军事学院区的公寓里，把卧室让给他，自己则睡在小客厅的沙发床上。他比我十五年前最后一次看到他时苍老多了，七十多岁高龄，头上几乎没有了头发，拖着两条腿走路，很容易疲劳。他在吃控制高血压的药，假牙好像也令他不舒服，每时每刻都在活动嘴巴，像要让假牙和牙床更贴合。但是，看得出，终于能到巴黎使他很高兴，这是他的夙愿。他入迷地看街道、塞纳河畔的码头和古老的石头，嘴里不断地重复着："都比照片上的好看多了。"我陪阿陶尔福叔叔去巴黎圣母院、罗浮宫、荣军院、先贤祠、圣心教堂，去画廊、博物馆。这座城市的确是世界上最美丽的城市，在这儿过了那么多年，我居然把这一点忘了。生活在众多美好事物之中，却对它们熟视无睹。所以，这么多天里，我和他一样，在这座收留我的城市里愉快地观光旅游。我们坐在风味小吃店的露台上，喝着小杯的开胃酒，长时间地聊天。他终于对秘鲁的军事体制和民主的恢复感到满意了，但对近期的局势不抱太大的幻想。据他所说，秘鲁社会就像一个充斥着紧张、仇恨、伤害和伤痛的温床，这种状况在十二年的军事政府统治下愈演愈烈。"你都认不出你的国家了，我的侄子。空气中弥漫着潜在的威胁，令人感觉随时可能爆发什么重大事件。"他的话这次同样具有预见性。阿陶尔福叔叔结束在法国的旅游，坐大巴去卡斯蒂利亚和安达卢西亚旅游，回秘鲁后不久，就给我寄来几份秘鲁剪报，上边印着几张恐怖的照片:一些陌生的毛泽东思想追随者被吊死在首都中心的电线杆上,几条可怜的狗身上被贴上写着邓小平名字的海报,指控他背叛毛,结束了中国的"文革"。就这样,"光辉道路"的武装叛乱开始了,持续了整个八十年代,造成了秘鲁历史上从未有过的血流成河的惨状:逾六万人死亡或失踪。

萨罗蒙·托莱达诺离开两个月后,给我写来了一封很长的信。虽然三菱公司的人让他干活很多,以至于晚上他倒在床上精疲力尽,但他在东京很愉快。他的日语已经很时髦了,还认识了一些热情的人,一点儿也不想念阴雨连绵的巴黎。他现在和公司的一名律师约会。那是一个离异女人,很漂亮,腿非但不像很多日本女人那样罗圈,线条还相当优美;她的眼神直接、深邃,能"穿透灵魂"。"别害怕,亲爱的,我会遵守诺言,不爱上这位日本伊莎贝尔。但是,除了不谈恋爱,我愿意和美津子做任何事情。"署名下面有一行简短的附言:"坏女孩问候你。"看到这句话时,译员的信从我手里掉到了地上,我感到一阵眩晕,不得不坐下来。

这就是说,她在日本?萨罗蒙和淘气的秘鲁小姑娘为什么会在人口众多的东京鬼使神差地相遇?尽管前智利小姑娘、前女游击队员、前阿努克斯夫人和前理查森夫人无所不能,甚至现在可以伪装成一位日本律师,但我还是完全排除了有着乌亮眼神、令我同事着迷的律师就是她的想法。"坏女孩"的称呼说明,萨罗蒙和她之间已经有些熟悉了;智利小姑娘肯定给他讲过我们之间漫长并不时中断的关系。"他们做爱了吗?"我发现,以后的几天里,那句该死的信后附言搅乱了我的生活,使我又回到了曾经折磨我多年的、充满激情的、愚蠢的病态爱之中,难以过正常的日子。然而,尽管我有怀疑,有嫉妒,有苦涩的疑问,但是得知坏女孩在那儿,在现实中,活生生地在一个具体的、虽然离巴黎很遥远的地方,我的头脑里依然充满了幻想。又来了一次。那就像即将离开我四年来一直生活于其间的边缘。没错,自从她从查尔斯·戴高乐机场给我打电话——对，是她说从那儿给我打的——告诉我她要逃离英国，到现在，四年已经过去了。

也就是说，你还爱着那位来无影去无踪的小老乡，里卡多·索莫库尔西奥？毫无疑问。自从看到译员信中的那句附言，她那古铜色的小脸就不分昼夜地时时浮现在我的眼前，她那傲慢的表情、深蜜色的眼睛，还有她的整个身体，让我欲火燃烧，渴望把她抱在怀里。

萨罗蒙·托莱达诺的信上没有寄件人的名字，译员也没肯给我他的地址和电话。我到三菱公司驻巴黎办事处去打听，他们让我给公司在东京的人力资源部写信，并给了我地址。我照办了。我在信里兜了很大一个圈子：先跟他谈我自己的工作；再告诉他皇家骑兵给我带来了好运，因为我近几周有很多好活儿，并祝贺他的新俘获；最后，才切入正题。我说，得知他认识我那位老朋友，我感到很惊喜。她住在东京吗？我好多年没有她的音信了，能把她的地址寄给我吗？还有她的电话？时隔多年，我想跟那位老乡重新取得联系。

我把信寄出去了，对能否寄到他手里没抱太大希望。但是它到了。可回信差点儿迷失在欧洲，因为译员的信到巴黎时我早已在维也纳了，在原子能机构工作。我在军事学院区住处的门房遵循我的指示把来自东京的信给我寄到了维也纳。当信到达奥地利时，我又回巴黎了。总之，本应一周就能收到的信却耽搁了近三周。

当萨罗蒙·托莱达诺的回信终于到我手里时，我从头到脚都在发抖，像是百日疟发作。我的牙齿打战。这封信有好多页，我慢慢地看，逐字拼读，生怕会错过他说的某个音节。从一开始，他就满怀激情地赞美他的日本女律师美津子，并向我略带羞涩地坦白，他因"柏林的感情风波"而发下的再也不恋爱的誓言经过三十年的严格遵守，因美津子的美丽、聪慧、文雅和性感而被打碎了。为了这个女人，就连日本的诸位神仙都愿意改变自己的生活。几个月来，他在这里成了地球上最幸福的男人。

美津子令他焕发青春、活力四射。甚至在他风华正茂时都不曾像现在这样激烈地做爱。译员重新发现了激情。在风流韵事上浪费了那么多年、那么多钱和那么多精子，真是太可怕了！但，也许不是；也许直到现在，他所做的一切都是一种禁欲，是灵魂和身体的一种训练，以便配得上美津子。

回巴黎后，他要做的第一件事就是把那些士兵、骑兵、佩戴羽饰的骑士、工兵和炮兵统统扔进火里，看它们怎样熔化。这么多年来，他把生命都浪费在了这些既费钱、费时又毫无价值的爱好上了，现在他要重新找回爱情的喜悦。他以后再也不收集任何东西了。他的唯一消遣将是用他所懂的所有语言背诵情诗，然后趴在美津子的耳畔轻声地读给她听。虽然她听不懂，但每晚在不同地方享受"销魂时刻"之后，她都喜欢听这些诗。

接下来是一篇充满狂热和色情的散文，向我描述了他与美津子的情爱以及她私密处的魅力，其中列举了希腊和罗马神话中某种可怕的齿形阴道平缓、无害、温柔、性感的形状。东京是世界上最昂贵的城市，虽然他的工资很高，但都花费在逛东京的夜生活区银座上，译员和美津子光顾那里的餐厅、酒吧、夜总会，尤其是日本夜生活的荣耀：幽会之家。当鸿运当头时谁又会在乎钱呢！正如我坚信的那样，日本文化的一切精彩绝伦之处不是闪耀在明治时期的雕刻、能剧院、歌舞伎上，也不在文乐剧①的木偶上，而是闪耀在幽会之家或妓院上，那里以法国城堡名字命名，其中最有名的是销魂城堡。那是一个真正的提供肉体愉悦的乐园，慷慨地倾注了日本人的才华，把最先进的技术同性爱智慧以及因传统而大放异彩的礼仪相结合。在销魂城堡的房间里，一切皆有可能：所有放荡、想象、幻觉和荒唐古怪的事都有舞台，都有助其实现的道具。美津子和他在销魂城堡的隐秘包房里

---

① 日本的一种木偶剧，全名为木偶净琉璃戏。

有过难以忘怀的经历："亲爱的，在那里，我们感觉自己像神仙。我以我的名誉发誓，我既没夸大其词也没胡言乱语。"

正当我害怕这个陷入爱河的人只字不提坏女孩时，译员终于谈及了我托付的事。接到我的信后，他只见过她一次。为了能跟她单独谈话，他颇费了一番周折。因为"显而易见"，他不愿意"当着那位跟她同居，或者至少可以说跟她在一起活动并且时常看到她的先生的面"提起我。那个"可笑的人"名声不好、长相丑恶，只要看上他一眼就会觉得毛骨悚然，心中暗想："我可不想与这个家伙为敌。"

然而，在美津子的配合下，他最终得以单独和她待了一会儿，向她转达了我的嘱托。她对他说，"因为她的那位男友爱吃醋"，所以我不要直接给她写信，以免他大动肝火（或者把她从后脑勺打死）。但如果我愿意通过译员给她传些话，她倒是很乐意得知我的消息。萨罗蒙·托莱达诺补充道："亲爱的，需要我告诉你没有比能给你拉皮条更让我高兴的事吗？我们的职业就是拉皮条、做淫媒或做中间人的伪装形式，我时刻准备肩负这项崇高的使命。我会倍加小心，不让你的信落到和你梦中的姑娘在一起的那个在逃犯手里。亲爱的，请原谅我——我猜出了一切：她是你一生中的最爱。或是我猜错了？噢，对了，祝贺你：即使不是美津子——任何人都不会是美津子——可是在她异样美貌的脸庞上散发着一种神秘的气息，很是诱人。保重！签名：销魂城堡的译员拥抱你！

这个秘鲁小姑娘现在又跟谁搅在一起了？不会有错，是个日本人。也许是个流氓、黑社会的一个头目，小拇指断掉半截，被纱布包裹着，那是他们帮派的口令。除此之外，没什么可惊奇的了。她肯定是在陪理查森先生去东方时认识了这个人。理查森也是个流氓，只是他西装革履、打着领带、在纽马基特有马厩。从译员的玩笑话里可以断定，那个日本人是个阴险的家伙。译员说在他身上有些东西令人生畏，是仅指他的外表还是指他的前科？智利小姑娘的个人资料登记卡上只差这么一条：日本黑社会头目的情人。当然了，那是一个拥有权势和金钱的男人，用足够多的珠宝首饰征服她。还背负着难以计数的尸首。嫉妒使我很苦恼，但同时，一种奇怪的情感支配着我，这种情感掺杂着妒忌、好奇和敬佩。显而易见，坏女孩总会用那些难以形容的大胆行为令我惊讶。

我数十次地对自己说不要犯傻给她写信试图恢复某种关系，因为结果肯定会我像以往那样得到教训并被鄙视。然而，在接到译员回信的几天前，我就已经给她写了封短信，并着手策划如何突然出现在那个太阳升起的国家。

我的信是一封彻头彻尾虚伪的信，因为我不想把她陷于窘境（我确信，她这次在日本趟的浑水比以往更深）。我对她说，我非常高兴通过我的同事、我们共同的朋友，得到了她的消息，并得知她在东京过得很好、很快乐。我给她讲了我在巴黎的生活、日常的工作，到欧洲其他国家出差的情况，并告诉她，也许在不久的将来，有个偶然的机会，我会去东京做某个国际会议的翻译。希望能见到她，回忆过去的时光。由于不知道她现在使用的名字，我只好这样开头：亲爱的秘鲁小女孩。随信给她寄去了一本契诃夫文集，并写道：翻译这些故事的可怜虫以始终如一的柔情送给坏女孩。我把信和书都寄给了萨罗蒙·托莱达诺，还给他写了几行字，对他的帮忙表示感谢，向他坦白，得知他在热恋中如此幸福，我很嫉妒，并请求他如果知道哪个学术会议或代表大会需要好的西班牙语、法语、英语和俄语（只要不是日语）翻译时一定要通知我，因为我突然产生了想去东京的可怕欲望。

我四处打探去日本工作的机会，但都无功而返。不懂日语使我失去了参与很多地区会议的机会，目前在东京，没有联合国组织召开的、仅要求使用联合国语言的会议。作为游客自费去那里，会昂贵得像抠掉我的眼珠一样肉疼。把这么多年攒下的大部分积蓄在几天里挥霍掉？我决意这样做。但是，我刚刚下定决心并准备去旅行社时，接到了我在联合国教科文组织的老领导查尔内斯先生的电话。他已经退休了，开了一家笔译和口译的私人事务所，他当主任。我和他一直保持联系。他帮我找了一份在首尔会议上的工作，五天时间。那么我便有了往返韩国的机票。从韩国去东京要便宜得多。从那时起，我的生活就开始像陀螺一样飞转：办签证，准备韩国和日本的导游图，时刻对自己说我正在做一件彻头彻尾的蠢事，因为我在东京很可能连她的面都见不着。说不定坏女孩已经离开那儿去了别的地方，或者躲着我，为了不让黑社会的头目割断她的喉咙、把她的尸首喂狗，就像我刚看过的一部日本电影里一个恶棍做的那样。

在那些头脑发热的日子里，一个清晨，我被电话铃声吵醒了。

"你还在爱着我吗？"

同以前一样的声音，一样嘲讽的、笑嘻嘻的语调。归根结底，那种利马口音从没完全丢掉。

"可能吧，坏女孩。"我回答她，完全清醒过来，"否则就不能解释自从我得知你在日本就想尽一切办法去打探能让我去那儿的工作，哪怕只有一天的机会。我终于找到了一份工作，去首尔的。几周内就动身。我从那儿去东京，去看你，即便那个黑社会的头目会拿枪毙了我。我的秘密侦探跟我说，你现在跟他混在一起。这些迹象足以表明我还在爱着你吗？"

"是，我认为是。幸好如此，好男孩。我还以为过了这么长时间，你把我忘了呢。你的同事托莱达诺跟你说了些什么？我跟一个黑社会头目在一起？"

她觉得这个称呼很有意思，放声笑起来。可是，几乎马上就转换了话题，用温柔的语调对我说：

"我很高兴你能来。虽然我们见面不多，但我总是想起你。知道为什么吗？因为你是我唯一的朋友。"

"我现在不是、以后也不会是你的朋友。你还没意识到吗？我是你的情人、你的恋人，从小就为那个智利小姑娘、女游击队员、政府官员的妻子、养马人的老婆、流氓的情人而疯狂。可怜虫活着就是为了渴望你、爱你。到东京，我不希望我们再回忆什么。我只想把你抱在怀里、吻你、闻你的味道、咬你、和你做爱。"

她又笑起来，这次更开心了。

"你还要做爱？"她问我，"好啊，幸亏如此。自从我们上次见面以后，再也没人跟我说那些话了。你来了以后会跟我说很多吗，小里卡多？好了，再跟我说点儿什么吧。"

"每到月圆之夜，我就对着夜空狂吠，于是便看见你的小脸的影像挂在那里。而现在，在你深蜜色眼睛的深处，可以看到反射出来的、我用接近十年的时间对你的思念。"

她还在笑，开心地笑，可是突然打断了我，恐惧地说：

"我得挂了。"

我听到电话"咔嚓"一声挂了。我再也闭不上眼睛，心里掺杂着兴奋与不安，毫无睡意，一直到早晨七点钟起床准备早餐。每天如果不去邻近的图尔维尔大街的咖啡馆去吃早餐，我就在家准备一杯黑咖啡和一片涂蜂蜜的烤面包。

在距离去首尔还有两周的时间里，我都在做一些我认为是早年那些满怀希望的情侣在婚礼（婚礼上，他们将失去童贞）前几天所做的事情：给自己买衣服、买鞋、理发（不是到我惯常去的联合国教科文组织后面找那个土里土气的理发师，而是去了圣赫诺雷大街一家豪华的理发馆），尤其是跑遍了小店和女士商店，想选一件恰当的礼物，让坏女孩可以藏在自己的衣服里；但它同时又是独特的、精美的，可以对她说出那些我渴望趴在她耳边说的、温柔的漂亮话。每当我给她寻找这件礼物的时候，我都对自己说，我比以往任何时候都更愚钝，真该被那个黑社会头目的情人用鞋尖踢出去、扔到垃圾里。最终，经过千挑万选，我给她买了我在路易威登店看到的喜欢的几件东西中的一件：一只礼盒，里面装的是一瓶瓶的香水、护肤霜和唇膏，还有可以隐藏在假底子下面的一本笔记本和一支贝壳珍珠铅笔。这个讨好女性的盒子的藏物处给人一种隐约的通奸感。

首尔的会议令人筋疲力尽。其内容是有关专利的，演讲者使用的词汇专业性非常强，需要我花费双倍的精力。最后几天的紧张以及巴黎和韩国的时差使得我彻夜难眠，神经接近崩溃的边缘。我到东京那天，刚过中午就困倒在译员帮我订好的位于城中心旅馆的小房间里，痛痛快快地睡了四五个小时，直到晚上才醒来。为了清醒，我痛痛快快地洗了个长时间的冷水澡，然后才跟我的朋友和他的日本恋人一起出去吃晚饭。从第一刻开始，我就感到萨罗蒙·托莱达诺爱美津子比她爱他更深。译员看上去更年轻了，非常兴奋。他系着我以前从没见过的蝶形领结，身穿剪裁时尚、青春风格的外衣。他开着玩笑，以备加关注的表情看着他的女友，随便找个借口就吻她的脸或嘴，并用胳膊揽着她的腰，这一切似乎使她不太高兴。她比他年轻很多，神态和善，确实非常漂亮：优美的双腿、瓷娃娃般的小脸，脸上闪烁着一双水灵灵的大眼睛。每当萨罗蒙贴近她时，她都掩饰不住不悦的表情。她的英语讲得很好，每当我的朋友对她做那些明显的亲昵表示时，她的坦然和诚恳就会遭遇突然停顿。他好像对此毫无察觉。我们先去了位于新宿歌舞伎町的一家酒吧，那里到处是夜总会、色情商店、餐馆、迪斯科舞厅和按摩院，人潮拥挤。从所有的地方都传出放纵的音乐，灯光、旗帜和广告构成一片虚无缥缈之林。我觉得眩晕。后来，我们到西麻布一个较安静的地方吃晚餐，在那儿我第一次品尝了日料，喝了柔和苦涩的清酒。整个晚上更使我感觉萨罗蒙和美津子之间的关系远没有译员在他信里向我肯定的那么好。可是，我心里想，这是因为对情感表达很有节制的美津子肯定还不习惯萨罗蒙这种外露的、地中海式的方式：当着所有人的面展示出在他身上迸发的激情。

她慢慢会适应的。

美津子主动提起了坏女孩，是在晚饭吃到一半的时候，她用世界上最自然的方式提起，问我是否愿意由她给我的这位同胞打个电话，告诉她我已经抵达东京。我请求她打电话，把我酒店的电话号码告诉她。考虑到和她同居的那位先生似乎是爱吃醋的日本男人，甚至是个杀人犯，这样比我自己打电话要好。

"是这位先生告诉你的吗？"美津子笑着问道："别说傻话了。福田先生是有点儿古怪，据说他在非洲做一些不太光明正大的生意，但我从没听说他犯过罪或类似的事情。他很爱吃醋，这倒是真的，至少栗子是这么说的。"

"栗子？"

"就是坏女孩。"

她用西班牙语说"坏女孩"，并且为自己小小的语言成绩鼓掌庆祝——或者说她现在叫栗子。哎呀，就这样吧。那天晚上我们告别时，译员设法跟我单独待了一会儿。他指着美津子问我：

"你觉得她怎么样？"

"非常漂亮，译员。你真是太棒了。是个尤物。"

"你只看到她穿着衣服的样子。"他说道，边对我挤眼睛边捶着胸脯，"我们得好好谈谈，亲爱的。你会对我正在酝酿的计划感到吃惊的。明天我给你打电话。睡觉吧，做个好梦，振作起来。"

可是一早给我打电话的是坏女孩。她给我一小时的时间刮胡子、洗澡、换衣服。我下楼时她已经坐在大厅的沙发上等我了。她穿了一件浅色的风衣，内着砖色衬衣，下穿栗色短裙，能看到她圆润、优美的膝盖和纤细的双腿。她比我记忆中的那个女孩更加消瘦，眼神略显疲惫。但是，世界上没有任何人能够相信她已经四十多岁了。她看上去清新可人。远远看去，可能会把她当作那些在大街上静静地飘过去的优雅、矮小的日本女人中的一员。看到我时，她的脸上充满喜悦，站起来让我拥抱。我亲吻了她的脸颊,当我的双唇去亲她的嘴唇时,她没有躲闪。

"我太爱你了。"我结结巴巴地说,"谢天谢地,你还是这么年轻、这么漂亮,智利小姑娘。"

"走吧,我们去坐公共汽车。"她边说边挽起我的胳膊,"我知道一个好地方,能好好聊天。那是一座公园,当樱花盛开时,所有的日本人都去那里野餐或喝得酩酊大醉。到那儿,你再跟我说那些俗不可耐的话吧。"

她挎着我的胳膊把我带到离酒店两三个街区的车站,我们上了一辆干净、锃亮的公共汽车。司机和售票员都戴着口罩,使我惊奇的是,大街上好多行人都戴着那种口罩。从很多意义上讲,东京就像一座诊所。我把带来的路易威登礼盒递给她,她接过去,没有过分激动。她兴致勃勃而又好奇地审视着我。

"你变得像个日本姑娘了。连穿着打扮、包括长相、一举一动,甚至皮肤的颜色都像。你是从什么时候开始叫栗子的?"

"朋友给我取的名字,忘了是谁的主意,可能是因为我有些东方人的特点。有一次你在巴黎跟我说过,不记得了吗?"

"当然记得。知道吗?我害怕你会变丑。"

"相反,你却满头白发了,还有些小皱纹了,在这儿,眼皮底下。"她抓紧了我的胳膊,眼睛里充满了诡秘。她压低声音问我:"你愿意我当你的艺伎吗,好男孩?"

"愿意。但是,你首先要做我的妻子。我这次到东京来是为了再一次向你求婚。我提醒你,这次我会说服你的。噢,你从什么时候开始坐公共汽车的?黑帮老大不能给你配汽车、司机和保镖吗?"

"即使能配,他也不会那么做。"她对我说,一直挽着我的胳膊,"那是炫耀,日本人最恨这个了。在这里,不论怎么样,有别于他人都会被看不起。所以,富人装成穷人,穷人则装成富人。"

第四章 销魂城堡的译员

我们在一座公园下了车。那里到处是人，职员们利用午休时间在树下吃三明治、喝饮料，大树被草坪和游动着五彩鱼的池塘环抱着。坏女孩把我带到公园角落的一间茶馆里，里面有几张小桌子和舒适的沙发，用屏风隔出了隐私空间。一坐下，我就吻她的手、嘴和眼睛。我长时间地观察着她，深深地嗅闻着她的气息。

"我通过审查了吗，小里卡多？"

"优秀。可是我看你有些疲惫，日本小姑娘，是因为把我整整抛弃了四年后再见到我而激动吗？"

"还有生活的压力。"她很严肃地补充道。

"你干了什么坏事那么紧张？"

她看着我，没回答我的问题，惯常地、半是爱意半是母性温柔地把手伸进我的头发里。

"你长了多少白发呀。"她重复道，审视着我，"我给你拔掉几根，好吗？很快我就不能叫你好男孩，该叫你好老头了。"

"你爱那个什么福田吗？我希望你跟他在一起只是出于利益关系。他是什么人？为什么那么声名狼藉？他做什么？"

"一下子问这么多问题，小里卡多。先跟我说说电视连续剧里的那些甜言蜜语吧，好多年没人跟我说过了。"

我看着她的眼睛，不时亲吻着她放在我掌心的那只手，低声说道："我从没失去过希望，日本小姑娘。即使你觉得我像个狡诈的白痴，我也会坚持、坚持，直到你回来和我生活在一起，去巴黎。如果你不喜欢巴黎，咱们就去你喜欢地方。因为做翻译，我可以在世界的任何地方工作。我发誓会让你幸福的，日本小姑娘。过去那么多年了，你该不会有任何怀疑了：我是那么爱你，只要我们能在一起，我会做任何事情把你留在我身边。你喜欢流氓？那我就做你喜欢的：去拦路抢劫、绑架、诈骗或者贩毒。四年没有你的音信了，现在，你近在咫尺，我是如此激动，以至于几乎说不出话、不能思维了。"

"这不坏呀。"她笑着说,把脸俯向前,像个小鸟儿一样,很快地吻了吻我的嘴唇。

她用日语点了茶和小点心。她的日语让服务员请她重复了很多次。点的东西端上来后,她给我倒了一杯茶,才缓缓地回答我的问题:

"我不知道我对福田的感觉是不是爱。但是,在我的生活中,我从没像依赖他这样依赖过任何人。事实上,他可以对我为所欲为。"

她没有像某些人,比如译员那样喜悦或者兴奋地说她发现了爱和激情。这样的事发生在像她这样自认为跟脆弱毫不相干的人身上,令她感到不安和惊讶,从她深蜜色的眼睛里流露出一点儿痛楚的东西。

"嗯,如果他能对你为所欲为,那就是因为你最终爱上他了。希望那个什么福田能让你感到痛苦,就像你自很多年前就一直让我忍受的痛苦,冷漠的女人……"

我感到她抓住了我的手,揉搓着。

"我向你发誓那不是爱。我不知道是什么,但它不可能是爱,更像一种疾病、一种嗜好。福田对我来说就是这样。"

尽管她肯定把很多东西都藏在阴影下,掩饰起来,淡化、美化了另一些事情,但她跟我讲的也许是真的。我已经很难再相信她跟我讲的任何事了,因为自从我认识她,她对我撒的谎总是比实话多。我认为与一般人不同的是,到了这个年纪,她很难分清楚她所生活的世界和她口中的那个生活的世界。我猜想她是在多年前陪大卫·理查森到东方旅行时认识福田的,理查森和这个日本人做交易。福田可能对坏女孩说,像她这样有个性、社交能力这么强的女人只满足于当理查森夫人真是太可惜了,因为她可以在生意场上大有作为。这句话一直在她耳畔回荡。当她的前夫发现了她和罗伯特·阿努克斯的婚姻、她感到天要塌下来时,便给福田打了电话,告诉了他发生的事并提出要为他工作,不论做什么都行。这个日本人给她寄了张从伦敦到东京的

第四章 销魂城堡的译员

机票。

"你从巴黎机场给我打电话告别,是来这儿找他吗?"

她承认了。

"对,实际上我是从伦敦机场给你打电话。"

到东京的当天晚上,福田就把她变成了自己的情人。可直到两年后才让她跟他住在一起。在那之前,她独自一人住在一间公寓里,有个很小的房间、浴室和一个砌在墙里的小酒精炉,"比我在纽马基特时菲律宾女佣的房间还要小。"如果不是按照福田的指示频繁出差,她会因幽闭恐惧症和孤独而疯掉。她是福田的情人,众多情人中的一个。那个日本人从不对她隐瞒自己和不同的女人睡觉这件事。有时候,他带她去跟他过夜,可是随后就很多个礼拜都不邀请她去他家。在那段时期,他们之间的关系是严格的雇员和老板的关系。福田先生的指示是什么?走私毒品、钻石、名画、武器和钞票?很多时候连她都不知道。她把他准备好的东西用箱子、包裹、背包或钱包带来带去,如今——她敲了下桌子的木头——三天两头地出入海关、边境和警察局,已经没什么问题了。就这样来往于亚洲和非洲,她才发现什么是恐惧。同时,她从没感受过如此紧张、如此有活力。每次出去,她都能体会到生命是一次奇妙的冒险。"这样的活法和生活与在被马群包围、慢慢死去的地狱边缘的纽马基特是多么不同啊!"与福田共事两年后,他很满意她的工作,给她升级,作为嘉奖:"你有资格来和我同住一个屋檐下了。"

"你会被长年关在一所可怕的监狱里,最后被刀砍死。"我对她说:"你疯了吗?如果你跟我说的是真的,那么你现在做的就是蠢事。一旦他们因贩毒或其他更糟糕的理由抓住你,你认为这个无赖会管你吗?"

"我知道他不会管我,他提醒过我。"她打断我,"你已经看到了,至少他对我很坦诚。他对我明说:一旦哪天你被抓了,你自己扛。我不认识你,也从没认识过你。那就看你的本事了。"

"看得出,他该多么'爱'你呀!"

"他不爱我。不爱我,也不爱任何人。这一点和我一样。但是,他比我更有个性、更坚强。"

我们在那里待了一个多小时,天渐渐黑下来。我不知该跟她说什么。我觉得很沮丧。这是我第一次感到她把自己彻底地、全身心地交给了一个男人。现在好了,再清楚不过了:坏女孩永远不会是你的了,小可怜虫。

"你怎么哭丧着脸?"她笑着问我:"我跟你说的话让你难过了?你是唯一可以让我倾诉衷肠的人呀。而且,我也需要找个人说说话。也许我做错了。如果我吻你一下,你能原谅我吗?"

"我难过的是,你这辈子第一次真正爱上了一个人,而那个人不是我。"

"不,不,不是爱。"她摇着头重复着,"事情很复杂,我跟你说过了,它更像一种病态。它使我感觉有活力、有用、有激情,但不幸福。那就像一种财产。你别笑,我没开玩笑,有时候我感觉自己是福田的一种财产。"

"要是你这么怕他,我想你不敢跟我做爱。我这次来东京的目的很明确,就是让你带我去销魂城堡。"

她跟我讲和福田的生活时似乎还很严肃,现在却大睁着眼睛,放声大笑起来:

"你刚到东京,是怎么知道的?什么是销魂城堡?"

"我的朋友告诉我的,就是那个翻译。萨罗蒙自称'销魂城堡的译员'。"我拉起她的手,亲吻着,"你敢吗,坏女孩?"

她看了看手表,沉思了一会儿,在计算时间。突然,她下定决心,让服务员帮我们叫了一辆出租车。

"我的时间不多。"她对我说,"可是,看着你这张像被棍棒毒打过的小狗般的脸，我心疼。走吧，尽管这样做我会冒很大的风险。"

销魂城堡是一家迷宫般建筑里的妓院。那里到处是走廊，黑暗的楼梯通向一个个房间。房间里设有桑拿、按摩浴缸和水床，墙上、屋顶上都是镜子，有收音机、电视机，旁边堆满了黄色录像带，所有能想象出来的快感影像和施虐受虐狂喜好的影像都收录其中。另外，在一只小玻璃柜中摆着各种型号的避孕套、自慰器和附属品，比如鸡毛、羽冠和头巾，还有施虐受虐狂们游戏使用的丰富用具：鞭子、面具、手铐和锁链。与公共汽车、街道和公园相同，这里也过分病态地整洁。一走进房间，我便有一种身处实验室或空间站的感觉。说实话，我很难理解萨罗蒙·托莱达诺的热情，他居然把这些高科技卧室和迷你性商店称作享受的乐园。

当我开始为栗子脱衣服，看到、触摸到她光滑的皮肤，闻到她的芳香时，尽管我尽力克制自己，但自从她跟我讲她无条件地屈服于福田时就充斥于我胸膛的痛苦还是击溃了我。我放声痛哭起来。她任由我哭了好一阵子，什么也没说。我克制住自己，嘟嘟囔囔地道着歉，感觉到她又在抚摸我的头发。

"我们来这儿不是为了伤心难过。"她对我说，"爱抚我吧，跟我说爱我，小傻瓜。"

当我们俩都脱得精光时，我看到她实际上瘦了很多，胸脯和后背都能看出肋骨，肚子上小小的疤痕也变长了。可她的身材依然那么匀称，两个小乳房坚挺。我缓慢地吻着她，很久很久，吻遍了她的全身。她皮肤的淡淡香气好像源自她的内脏，我边吻边对她说着情话。我什么都不在乎，即使她为那个日本人神魂颠倒。令我恐惧的是她会为了完成他交办的任务而被子弹打穿胸膛或被关在非洲的监狱里，那时我会上天入地地想办法营救她。我为什么要否认呢？因为我越来越爱她。即使她用一千个福田来骗我，我也会永远爱她，因为她是世间最娇柔、最美丽的小姑娘，是我的女王、我的小公主、我的刑讯人、我的小骗子、我的日本小女孩、我唯一的爱。栗子已经用胳膊挡住了脸,一言不发,也没听我说话,只是完全沉浸于愉悦之中。

"照我喜欢的做,好男孩。"最后,她命令我,并张开双腿,把我的头拉向她的私密处。

品味着从她肚子深处散发出来的芳香,使我感到一种久违的幸福。有几分钟,我忘记了福田,忘记了她对我讲过的《一千零一夜》里的冒险故事,沉醉在安静的、狂热的兴奋中。感到她高潮来临时,我爬到她身上,像以往很多次那样困难地插进去,听到她在呻吟,看到她在皱眉。我异常兴奋,但还是拖延了一会儿,享受着令人眩晕的狂热,直到最后射精。我长时间地跟她贴合在一起,紧紧地抱着她。我爱抚她、咬她的头发和她完美的耳朵。我亲吻着她,并因没能坚持更长的时间而请求她原谅。

"有一种办法能让你结束得不那么快,勃起得更久,甚至数小时。"最后,她趴在我耳边用以往那种淘气的口吻对我说道,"知道是什么吗?不,你不会知道这些事的,小圣徒。是用象牙和犀牛角磨成的粉末。你别笑,不是妖术,是真的。我以后送你一小瓶,你带回巴黎留作纪念。我告诉你,在整个亚洲,它都很值钱。这样,每当你和哪个法国姑娘睡觉的时候,就会想起栗子了。"

我从她脖子上抬起头,看着她的脸:她这时的样子非常漂亮,脸色苍白,眼袋呈蓝色,软绵绵地沉浸在情爱之中。

"这就是你在亚洲和非洲之间跑来跑去贩卖的东西?用象牙和犀牛角做的春药来骗那些傻瓜?"我颤抖地大笑着问她。

"虽然你不相信,但这是世界上最好的买卖。"她也被感染得笑起来,"因为那些生态保护主义者,他们禁止捕猎大象、犀牛,谁知道还有多少动物。现在,象牙和犀牛角在那些国家像眼珠子一样昂贵。我还运送其他东西,我不想对你说是什么。但福田最大的生意就是这个。好了,我得走了,好男孩。"

"我不想回巴黎了。"我看着她踮着脚尖走向浴室时赤裸的后背，对她说，"我要留在东京，要是我不能杀了福田，那我情愿做他的一条狗，就像你做那个流氓的狗一样。"

"汪汪。"智利小姑娘叫道。

回到旅馆，我看到美津子的留言，说她有急事，想单独见我，问明天一大早能否向她办公室给她打个电话。

我一起床就给她打了电话。一大堆繁琐的日本礼节性问候后，译员的女友请我中午在希尔顿酒店的咖啡厅一起喝咖啡，因为她有重要的事情要对我说。我刚挂下，电话又响了起来。是栗子，她跟黑帮老大说一个秘鲁老朋友在东京，老大邀请我和译员及其女友今晚到他家喝杯酒，然后去银座最受欢迎的音乐中心边用晚餐边欣赏节目。黑帮老大真的是这么说的？她听清楚了吗？

"另外，我还告诉他这些天我要带你到处观光，他没提出异议。"

"真慷慨、真殷勤啊。"她刚刚说的话令我很气愤，"你向一个男人请假！我简直不认识你了，坏女孩。"

"你说得我脸都红了。"她有些茫然地嘟哝道，"我还以为你得知在东京期间我们能天天见面会高兴呢。"

"我嫉妒。你没感觉到吗？原先我无所谓，因为你的情人们和丈夫们对你来说无所谓，可是现在这个日本人对你有所谓了。你永远不该对我说他能对你为所欲为。刺在胸口上的这把匕首会陪我到坟墓去。"

她笑了，好像我刚刚给她讲了个笑话。

"我现在没时间听你在这儿装腔作势，好男孩。我会清除掉你的醋意。我准备了一个全天的豪华计划，你就等着瞧吧。"

我让她中午到希尔顿酒店的咖啡厅接我，我去赴美津子的约。我到了那里时，美津子早已经在那儿了，吸着烟。她看上去非常紧张。她再次请求我谅解她那么鲁莽地给我打电话，可是她对我说她没有别人可以倾诉了。"情况越来越糟糕,我不知道该怎么办了。"也许我能给她些忠告。

"你指的是和萨罗蒙的关系?"我满腹狐疑地问。

"我原以为我们之间只不过是一次小小的调情而已。"她赞同道,从鼻子和嘴里往外喷烟,"一次愉快的风流韵事,转瞬即逝,没有任何约束。可萨罗蒙不这么想。他想把这种关系维系一辈子,努力地想结婚。我永远都不会再结婚了。我已经有过一段失败的婚姻,知道那意味着什么。而且,我还要干事业呢。说实话,他的固执简直快把我逼疯了。我不知该怎么做才能立刻结束这一切。"

我的疑问被证实了,一点儿也高兴不起来。译员搭建了一座空中楼阁,这将是他一生中遭遇的莫大挫折。

"因为你们是那么要好的朋友,他又是那么敬重你,因此我希望你不要介意。我想你可以帮助我。"她又说道。

"可我怎么帮你呢,美津子?"

"告诉他。跟他解释。告诉他我永远不会跟他结婚。告诉他我不想也不会继续这种他竭力维持的关系了。事实上,他令我厌烦、令我难以忍受。我在公司里肩负很多责任,而这件事影响了我的工作。为了能达到今天在松下的位置,我付出了很多。"

好像东京所有的烟鬼都集中到了希尔顿酒店无人管理的咖啡厅里,烟雾和强烈的烟草气味充斥着这个地方,可以听到几乎所有的桌子上都在讲着英语。在这里,外国人和日本人同样多。

"非常抱歉,美津子,我不能那么做。这件事是你和他之间的事,第三者不应该干涉。你应该坦率地跟他谈,要尽早谈,因为萨罗蒙非常爱你。他以前从没这么爱过别人。他充满幻想,认为你也同样爱他。"

我跟她讲了些译员在信里跟我提及的有关她的事情。他讲了是怎么认识她的,讲了他们的相识是如何改变了他自那场遥远经历以来对

第四章　销魂城堡的译员

爱的看法,那是他在柏林的年轻时代,波兰未婚妻在他筹备婚礼时弃他而去。我发觉我对她说的一切丝毫没让她感到难过:她可能真的太讨厌这个可怜的译员了。

"我理解那个女孩。"她冷冰冰地说道,"你的朋友可能,我不知道用英语该怎么说,是一个令人手足无措、令人窒息的人。有时当我们在一起时,我感觉像在监狱里。他不给我任何空间让我表现自己、让我呼吸。他想每时每刻地碰我。尽管我跟他解释过,在这里、在日本,人们不习惯在公众场合感情外露。"

她说话的口气让我意识到问题很严重:美津子对译员当众亲吻和触摸感到腻烦,可以想象私下里缠绵时,她会多么厌恶他。

"那么,你认为我应该跟他说?"

"我不知道,美津子,别让我对如此私密的问题给你任何忠告。我唯一想说的是,让我的朋友尽可能少受痛苦。我认为,如果你不想跟他继续下去,想跟他断绝关系,最好尽早去做。拖延下去会更糟。"

当她又是道歉又是以那些繁琐的礼仪跟我告别时,我感到很不舒服、很不愉快。心想还不如不来跟美津子谈话,不知道我的朋友将猛然间从梦中被唤醒,重新回到残酷的现实中。幸好我没等很久,栗子就出现在咖啡厅的门口。我迎上前,欢快地离开这个烟雾笼罩的地方。她头戴一顶小帽,身穿同样质地的小格子风衣、深色灯芯绒裤子、深红色高领绒衣和软带运动鞋。她比昨晚看上去更清新可人、更年轻。一位四十几岁的少女。只要一看到她,我的烦恼就烟消云散了。她送上双唇让我吻她,这种事从没发生过,以前总是我去找寻她的嘴巴。

"来,我们走吧,我带你去东京最漂亮的神社。那里到处是散养的动物,有马、鸡,还有鸽子。人们认为它们是神圣的,可转世再生。明天去寺庙,那儿的花园是用沙子和石头铺就的,僧人们每天轮换耙地。那些寺庙漂亮极了。"

真是紧张忙碌的一天,上上下下公共汽车、空气动力地铁,有时是出租车。我出入于寺庙和佛塔,还有一座庞大的博物馆,那里有仿制的秘鲁陶器,有个牌子上写着:出于对秘鲁不允许把文物运出国的禁令的尊重,本展馆不展示文物原件。可我觉得自己没有把注意力集中在看到的东西上,因为我的五种感官都集中在栗子身上。她几乎一直拉着我的手,表现出少见的柔情。她跟我开玩笑、打情骂俏,每当她贴到耳边请我"现在再来一句俗不可耐的话,好男孩"而我又照办时,她便会两眼放光、无拘无束地大笑。下午,我们在博物馆咖啡厅一张偏僻的小桌旁坐下,吃三明治。她摘下小格子帽,梳理着头发。她的头发很短,露出优雅的脖子,一条弯曲的绿色静脉隐约可见。

"任何不认识你的人肯定都会说你爱上我了,坏女孩。我觉得自从你是那个智利小姑娘、我们在米拉弗洛雷斯相识以来,你从没有如此温柔过。"

"可能我已经爱上你了,但我还没意识到。"她说道,把手插进我的头发,拉近我的脸,让我看她那双嘲讽、傲慢的双眼,"要是我说是这样的,我们可以生活在一起,你会怎么样?"

"我会心肌梗塞,当场在这儿死去。你会吗,栗子?"

"我很高兴,因为你在东京的日子里,我们能每天见面。我还曾担心怎么样才能每天见着你呢,所以我壮起胆子告诉了福田。你看现在多好。"

"那个宽宏大量的流氓允许你向你的同胞展示东京的美丽。我恨你的那个该死的黑帮老大。我宁愿永远别认识他、别见着他。能求你件事吗?别当着我的面碰他、亲他。"

栗子纵声大笑起来,用手捂住我的嘴。

"闭嘴,傻瓜,他从来不干这种事,不论跟我还是跟别人都不干。任何日本人都不会这么干的。在这儿,在众人面前和在私下做的事有着很大的区别,对于我们来说再自然不过的事,都会令他们反感。他不像你。福田对我就像对待他的职员。有时像对待一个妓女。相反，你呢，事实就是事实，你对我总是像对待一位公主。"

"现在换你在说俗不可耐的话了。"

我用双手捧起她的小脸，亲吻着。

"那你也不该告诉我那个日本人对你像对妓女。"我对她耳语道，"你没看到那像是把我活剥了吗？"

"就当我没说过。忘了吧，把它抹掉。"

福田住在离城中心很远的一个街区。那是一栋六层或八层的、非常现代化的大楼，坐落在传统的小房子中间。那些低矮的小房子有瓦砌的屋顶，带有小小的花园，它们好像差一点儿就要被高大的邻居压扁了。一个身披绶带的门房一直陪我到电梯。电梯直通他家里，穿过一间没有摆设的门厅，便出现一间宽敞的客厅兼餐厅，里面有一扇巨大的窗子，透过它，隐约可见没有星星的天空下无边无际的夜空闪烁着点点亮光。客厅摆设简朴，墙上有几只蓝色瓷盘，几块隔板上摆着几尊波利尼西亚雕塑，一张长条桌上放着一些象牙雕刻工艺品。萨罗蒙已经到了，手里端着香槟酒杯。坏女孩身着一条深黄色长裙，袒露着双肩，脖子上戴着一条金项链。她像要参加舞会一样化着浓妆，头发用两根带子束起来。这种发型以前她从未用过，更凸显了她的东方风格。现在比以往更容易把她当成一个日本女人了。她吻了我的脸颊，用西班牙语对福田先生说道：

"这是我跟你说过的我的朋友，里卡多·索莫库尔西奥。"

福田先生施了日本惯常的点头示意礼。他向我伸出手，用相当流畅的西班牙语问候道：

"黑帮老大欢迎你。"

这个玩笑让我十分地惶惑不安了，不仅仅是因为我没想到——栗子会把我调侃他的话告诉他——还因为福田先生在开玩笑时——是开玩笑吗？——脸上没有一丝笑容，整晚都板着一张没有表情的、中性的、僵硬的脸。一张好似面具的脸。当我终于能说"啊，您讲西班牙语"时，他摇头否定了，从那时起，难得张开嘴讲话的几次，他都是操着缓慢而艰难的英语。他递给我一杯香槟酒，向我指了指挨着栗子的椅子。

他个子矮小，甚至比萨罗蒙·托莱达诺还要矮，几乎是瘦骨嶙峋，甚至跟苗条矮小的坏女孩比起来都显得更虚弱。这跟我原来对他的想象相去甚远，以至于我感觉像是面对一个假冒者。他戴着深色的眼镜，圆圆的镜片镶着金属框架，他整晚都没有摘下来。这更加剧了他的人品使我产生的不安，因为我不知道他的那双我想象中冷酷、挑衅的眼睛是不是在观察我。他的头发是灰色的，被压扁在脑袋上，也许是打了蜡，像五十年代阿根廷探戈歌手一样梳到了后边。他身着深色的西服，打着同样颜色的领带，有些丧葬的味道。他可以长时间保持不动也不说话，两只小手放在膝盖上，像被石化了一般。可是，或许他身上最显著的特征是那张没有嘴唇的嘴，在他说话时几乎不动，像腹语术表演者。我感觉如此紧张而不自在，以至于那个晚上我喝得太多了，有悖于我的习惯。我从不喝很多酒，因为酒精很快就上头。当福田先生站起身来示意该出发的时候，我已经三杯香槟酒下肚，头也开始晕眩了。几乎是译员一个人一直在说，他能分辨出日本的各种方言。他转了个话题，惊愕地问我："这个既不起眼又老的小男人有什么好呀，让坏女孩这么夸他？"是啊，他都跟她说了什么、做了什么，使她说出她对他爱得发疯、几乎像一种病态、完全被他拥有而他可以对她为所欲为呢？因为没有得到答案，译员便感觉更加妒忌、更加气愤，对我更加蔑视，骂我不该愚蠢地到日本来。然而，一秒钟之后，他却斜视着她，对我说，她只有那次在巴黎歌剧院舞会的那个晚上看到过她像今晚这样可爱。

大楼门口有两辆出租车在等我们。我和栗子单独坐一辆，因为福田先生用一个简单的、命令式的表情仿佛下了指示，然后他便钻进译员和美津子的车里。车刚启动，我就感觉到坏女孩抓住我的手拉向她的大腿，让我触摸。

"他不是醋坛子吗？"我指着超过我们的另一辆出租车说道，"怎么会让你单独和我在一起？"

她装作没明白。

"别绷着脸，小傻瓜。"她说道，"就是说你不喜欢我了？"

"我恨你。"我对她说，"我从没像现在这么妒火中烧。难道那个侏儒、那个男人中的丑八怪就是你生命中的最爱？"

"别说傻话了，还是吻我吧。"

她的双臂吊在我的脖子上，送上她的嘴。我感到她的舌尖绞着我的舌头。她让我长时间地吻她，也愉快地回应着我的吻。

"我喜欢你，真该死，我喜欢你，我爱你。"我在她的耳畔乞求，"跟我走吧，日本小姑娘，走吧，我向你发誓我们会非常幸福。"

"小心，我们到了。"她说道，挣脱我的怀抱，从包里拿出一张纸巾，又重新画了画嘴唇，"擦擦嘴唇，我给你留下了点儿口红印。"

剧场餐厅是个有大舞台的音乐厅，大桌和小桌分层次排列在一片展开的扇形斜坡上，上方几盏巨大的枝形烛台向这个偌大的地方投射下强烈的光线。福田预定的桌位离舞台相当近，那里的视野非常好。我们刚到，节目就开始了。一群芭蕾舞演员踏着脚或变换舞步，用时而滑稽、时而模仿的节目来再现百老汇的华丽。也有小丑、魔术师、杂技演员，还有英语和日语的歌曲节目。主持人懂的语言好像和译员一样多，虽然译员说那个人全都讲得很糟糕。

这次，同样是福田先生，用他那命令式的表情决定了我们的座位。我又和栗子挨着。刚关掉灯光，我就感觉到坏女孩的脚放到了我的脚上，桌子被鲜花饰物中半隐半现的聚光灯照亮着。我看了她一眼，她正以世界上最自然的神情跟美津子用日语交谈，从美津子努力想听懂她的表情判断，她的日语可能和她的法语或英语水平相当。在这种半明半暗的气氛中,她非常漂亮:皮肤光洁,稍显虚弱、浑圆的肩膀,高耸的脖子,深蜜色的眼睛里闪耀着光芒,双唇轮廓清晰。她肯定是脱了鞋,好让我感觉到她的脚掌。整顿晚餐期间,她的脚都放在我的脚上,还不时地动来动去摩擦我的脚踝,让我感觉到它在那儿,让我知道她在做什么,向她的老板和主子挑衅。后者则面无表情地看着表演,或者时而几乎不动嘴巴地跟译员说句话。我认为他只有一次转向我,用英语问我秘鲁的情况怎么样,是否认识在那里生活的日本殖民者的后裔,他们的队伍似乎非常庞大。我回答他说我很多年没回秘鲁了,对我出生的国家里发生的事情知之甚少,也不认识任何秘鲁的日本后裔,尽管有很多这样的人,因为秘鲁是世界上继巴西之后第二个在十九世纪向日本移民敞开边境的南美国家。

晚餐早就点好了,盘子就像是造型美观的微雕,盛着无味的蔬菜、海鲜和肉,一直上个不停。我几乎没怎么吃,只是礼节性地尝了尝。相反,却喝了那个坏蛋给我们倒的几小瓷杯热热甜甜的清酒。节目的第一部分还没演完,我就觉得头晕,但至少我最初的不舒服被蒸发掉了。灯亮起来以后,出乎我的意料,坏女孩的小光脚还在那儿蹭摩着我。我想:"她知道我受着嫉妒的煎熬,想补偿我。"她达到了目的:每当我试图掩饰我的感触时,便转过身去看她,心里想:我从没看到过她如此美丽可爱过。比如她那曲线柔美、上半部波形突出、微微翘起的小耳朵,简直就是极简抽象派作品的奇迹。

夜晚的某个时刻,不知是如何引发的,萨罗蒙和美津子之间出现了一个小插曲。美津子突然站起来,没有跟任何人道别,也不作任何解释就往外走。译员一下子跳起来,紧跟了过去。

"出什么事了?"我问福田先生,可是他无动于衷地看着我,什么也没说。

"她不喜欢别人在公众场合碰她、亲她。"栗子说道,"你的朋友太贱了。美津子随时会甩了他,她跟我说过。"

"如果她把他甩了，萨罗蒙会死的。他像个小牛犊儿一样爱着美津子，完全不能自拔。"

坏女孩放声笑起来，大张着嘴，厚厚的嘴唇被唇彩涂得鲜红：

"像个小牛犊儿一样爱她！完全不能自拔！"她重复着，"好久没听过这么滑稽可笑的事了。在秘鲁还这么说吗？或者还有别的什么关于爱情的秘鲁方言吗？"

她从西班牙语改说日语，给福田解释那些话的意思。后者面无表情、神秘莫测地听她说话。他偶尔像个牵线木偶一样拿起杯子，放到嘴边，看也不看，喝一口，然后再放回到桌子上。意想不到的是，不一会儿，译员和美津子就回来了。他们已经和解了，因为二人都是笑眯眯的，还手牵着手。

"没有比吵嘴更能使爱情生动了。"萨罗蒙面带一个得意男人的微笑，挤着眼睛对我说，"可是嘛，男人得时常惩罚女人，别让她们爬到头顶。"

出门时，仍有两辆出租车在等我们。和来的时候一样，福田先生示意我和栗子单独坐一辆车。他和萨罗蒙还有美津子一起走了。由于给我的这些特殊照顾，我开始对这个可恨的日本人有些好感了。

"起码能让我把你整个晚上都在触摸我那只脚上的鞋子拿走吧。既然不能跟你一起睡，我就和它睡在一起。我会把它和娇兰牌牙刷保存在一起的。"

可是，出乎我的意料，当我们到达福田家楼下时，栗子没有跟我告别，而是拉着我的手，邀请我上楼，和她到房间里喝一杯"信口开河酒"。在电梯里，我拼命地吻着她，边吻边对她说我永远不会原谅她，因为她今晚如此美丽。就在今晚，我发现她的小耳朵简直是极简抽象派作品的奇迹。我喜爱它们，想把它们割下来，做防腐处理，然后把它们放在离心脏最近的衣服口袋里，带着它们周游世界。

"说下去，继续说你那些俗不可耐的话，小坏蛋。"她看上去很满足,笑眯眯的,镇定自若。

福田不在客厅里。"我去看看他回来了没有。"她给我倒了杯威士忌后悄声说道。她一会儿就回来了,脸上燃烧着挑逗的神情:"他没回来。你交好运了,好男孩,这意味着他不会回来了。他在外边过夜了。"

他抛弃了她,可她似乎一点儿也不感到难过。相反,这个消息似乎令她很兴奋。她对我解释说福田就是这样,吃完晚饭或看完电影后会什么也不说,一下子就消失掉。第二天回来后也不作任何解释。

"你是说他和别的女人过夜去了?家里有着世界上最美丽的女人,这个混蛋居然还出去和别的女人过夜?"

"不是所有男人都像你这么高雅有品位。"栗子边说边坐到我的膝盖上,用胳膊搂住我的脖子。

当我抱着她、抚摸着她、亲吻着她的脖子、双肩和耳朵时,我不断地对自己说,命运怎么可能,或者诸神抑或其他的什么人怎么可能对我如此慷慨,把那个黑帮老大吓跑,让我享受这样的幸福?

"你肯定他不会回来了吗?"有那么一刻,我清醒地一惊,恐慌地问她。

"不回来了,我了解他。如果他现在还没回来,就是要在外面过夜了。怎么了,小里卡多?你害怕了?"

"不,不是害怕。如果你今天让我杀了他,我就会杀了他。我一辈子从没这么幸福过,日本小姑娘。你也从没像今晚这么漂亮过。"

"来,过来。"

我跟着她,强忍着眩晕。屋子里的东西像慢镜头一样在我周围晃动着。我感觉如此幸福,以至于当走过那扇能俯瞰全城的大窗子时,我在想:要是有一块玻璃移开,我会纵身跃到空中,像根羽毛一样在无际的星幕里飘动。穿过一条过道时,在半昏暗中,能看到墙上都是色情的雕刻。黑暗中有个房间,铺着地毯,我磕绊了一下,倒在了一张巨大而松软的床上，上面有很多枕头。还没等我请求，栗子就开始脱衣服了。脱完自己的又帮我脱衣服。

"还等什么呀，小傻瓜？"

"你肯定他不会回来了吗？"

她没有回答我，而是把那娇小的身体贴在我的身体上，缠绕着我，寻找我的嘴，口水灌满了我的嘴巴。我从未感觉如此兴奋、激动、幸福。发生的这一切都是真的吗？坏女孩从没这么热烈、积极过，在床上也从没这么主动过。她总是采取一种无所谓的、被动的姿态，好像只是无可奈何地被亲吻、被爱抚、被爱，一切听之任之。现在，是她在亲吻着我，啃咬着我的全身，并且令我惊讶地快速而果断地回应我的爱抚。"你不想让我按你喜欢的来吗？"我对她低声说道。"我先按你喜欢的来吧。"她答道，用温柔的小手把我推倒，使我仰面躺在床上，分开双腿。她蹲在我的膝盖间，第一次做了自我们在参议院旅馆的阁楼做爱起我曾经无数次请求但她从没做过的事情。我感到自己在呻吟，无法估量的愉悦把我渐渐地、一点一点地肢解，让我透不过气来，使我变成了纯粹的感觉、变成了音乐、变成了噼啪作响的火焰。就在那时，在那些数秒或数分钟奇妙停歇的一瞬间，当我感觉整个人都集中在被坏女孩舔着、亲着、吮着、吸着的那块舒服的肉上时，当她的手指爱抚着我时，我看到了福田。

他被黑影半遮着身体，在一台很大的电视机旁边，像被卧室角落的黑暗分割了，离我和栗子做爱的床只有两三米，坐在椅子或小凳子上，一动不动、悄无声息地像个狮身人面像，戴着那副永远不摘掉的、电影里黑帮戴的深色眼镜，双手放在裤子拉锁上。

我抓住坏女孩的头发，强迫她把含在嘴里的东西放开。我感到她抱怨我拉扯了她。我完全被惊讶、害怕和茫然搞得手足无措了，用非常低的声音、愚笨地对她耳语道："可是，他在这儿，福田在这儿。"听了这话，她没有跳下床惊恐万分地跑出去或发疯地叫喊，而是在瞬间的犹豫之后把头转向角落,可是又后悔了,那时她做了一件我从未想到、从未情愿做过的事:用双臂抱住我,用尽全力贴住我,把我按到床上,寻找我的嘴,啃咬着我,把混着我的精液的口水吐到我嘴里,并且绝望、急速、痛苦地对我说:

"他在不在有什么关系呢,小笨蛋?你不是在享受吗?我没让你舒服吗?别看他,忘了他。"

我惊呆了,明白了一切:福田不是突然出现的,他是坏女孩的同谋,在那儿享受着他们俩准备的节目。我中了圈套。最近不断发生的怪事终于明朗了:那是由那个日本人精心策划、由她执行的,她对那个人的命令和愿望俯首帖耳。我明白了这两天,尤其是今晚栗子对我热情似火的原因了。她不是为了我,也不是为了她自己,而是为他才做了这一切。为了让她的主子高兴,为了让她的老板享乐。我的心跳得像要爆炸开来,几乎不能呼吸。我已经不眩晕了,只感到阴茎在逐渐变软,羞愧般地抽缩着,变得很小。我一把推开她,支起被她拉着的半个身子,叫喊道:

"我要杀了你,婊子养的!该死的坏蛋!"

可是,福田已经不在那个角落也不在房间里了。而此时的坏女孩情绪大变,声音和脸都因气愤而变了形,骂我道:

"你怎么了,白痴!干吗这么大惊小怪!"她用手打我的脸,打我的胸脯,打所有能打到的地方,"别这么可笑,别这么土老帽!你一直而且将永远是一个穷光蛋,还能指望你什么呢?可怜虫!"

在半昏暗中,我一边设法把她推开,一边在地板上找我的衣服。我不知道是怎么找到衣服、怎么穿上衣服和鞋,也不知道这个滑稽的场景持续了多久。栗子已经不再打我了,她坐在床上,掺杂着呜咽和轻蔑,歇斯底里地尖声大叫:

"你以为我做这些是为了你这个穷鬼、破落货、蠢货吗?你是谁呀,你以为你自己是谁呀!你这个胆小鬼,要是知道我有多看不起你、有多恨你,你会去死的!"

我终于穿好了衣服,几乎是跑着回到挂满色情雕刻的走廊,希望福田手拿左轮手枪在客厅里等我,身后站着两名用棍棒武装的保镖。不论怎样我都会扑向他,摘掉他那副可恨的眼镜,朝他脸上吐唾沫,让他们尽早杀了我。可无论是客厅里还是电梯里都没有人。在楼下的大门口,我因寒冷和愤怒而瑟瑟发抖,那个身披绶带的看门人帮我叫了一辆出租车。我等了很久。

在旅馆的房间里,我和衣倒在了床上。我感觉疲惫、难过、被侮辱,连脱掉衣服的力气都没有了。持续数小时,我的脑子里一片空白、毫无睡意,感觉自己像是人类中的垃圾,充满了愚蠢的无知和天真的痴呆。我像自责似的一直在重复着:"是你的错,里卡多。你了解她的。你知道她什么事都干得出来。她从没爱过你,她总是鄙视你。你哭什么呀,可怜虫。你抱怨什么呀,伤心什么呀,笨蛋、蠢货、傻瓜,那就是你,就是她对你说的一切,甚至更多。你该感到满足了,正如那些下贱人、现代人和知识分子所做的,可以说你发泄了。你不是睡了她吗?她不是吸吮了你的小鸡鸡了吗?你不是都灌在她嘴里了吗?你还想怎么样呢?那个瘦弱的黑社会头目在那儿看你如何睡他的妓女跟你又有什么关系呢?发生的这一切关你什么事呢?谁让你爱上她了?这一切都是你的错,不怪别人,小里卡多。"

天刚破晓,我就开始刮胡子、洗澡、准备行李,给日航打电话,想提前返回巴黎,但必须途径韩国。我争取到中午飞往首尔的一个座位,正好还有时间赶到成田机场。我给译员打电话告别,告诉他我必须紧急返回巴黎,因为那儿刚刚给了我一份好差事。尽管我竭力劝阻他,他还是坚持来送行。

当我在楼下前台结账时,有电话找我。听到听筒里传出坏女孩"喂喂"的声音,我就挂断了电话。我走到街上去等译员。我们坐了一辆到各个酒店接乘客的公共汽车,所以花了一个多小时才到达成田机场。在路上，我的朋友问我是不是和栗子或者和福田之间出了什么问题，我肯定地说没有，我的突然离开是因为查尔内斯先生给我发传真告诉我给我找了份好活儿。虽然他不相信我的话，但也没再坚持。

那时，他便开始自顾自地说起美津子。他一直对婚姻很反感，认为那是对任何一个像他一样的自由人权利的剥夺。然而，由于美津子一再坚持要结婚，她又是那么好的一个姑娘，跟他相处得也很和谐，他在考虑牺牲自己的自由来满足她的愿望，跟她结婚。"如果有必要，就采用神道仪式，亲爱的。"

我甚至没敢暗示他在迈出如此重要的一步之前最好再稍稍等一等。当他跟我说这事时，我在想如果某一天美津子鼓起勇气告诉他要跟他了断，因为她不爱他甚至厌恶他，而他将忍受巨大的痛苦，便感到极其难过了。

在成田机场，当广播去首尔的航班登机时，我和译员拥抱了一下，感到眼泪可笑地充盈了双眼，只听他对我说：

"你愿意当我的证婚人吗，亲爱的？"

"当然，老兄，荣幸之至。"

两天后我回到了巴黎，身心疲惫。四十八小时没有合眼，也没吃东西。但是，我在整个旅途中再三思索这个决定，也终于下定决心不再被这一切压倒，要战胜瓦解我意志的沮丧情绪。我知道秘诀。治愈创伤的办法就是工作并填满业余时间，如果不能做创造性的、有用的事，就做一些费时的事。我感觉到我的意志在拖扯着我的身体，于是请求查尔内斯先生帮我多找些工作，因为我需要偿还一大笔债务。他照做了，从我认识他起，他对我就一直这么好。接下来的几个月，我很少在巴黎。我为各种各样的会议和会谈工作，去伦敦、维也纳、意大利、去北欧的国家，有时候也去非洲，去开普敦和阿比让。在每座城市，工作后我都会去健身房出一身大汗，做腹部运动、在跑步机上跑步、蹬自行车、游泳或做有氧运动。我继续自费进修我的俄语。作为消遣，我缓慢地翻译伊凡·蒲宁的小说，他的小说是继契诃夫之后我最喜欢的。译完三篇后，我把它们寄到西班牙给我的朋友马里奥·穆奇尼克。"由于我仅致力于出版精品，我已经使四家出版社倒闭了。"他答复我，"尽管你可能会觉得是谎言，但我正在说服一家找死的企业家资助我创办第五家。到时候我会出版你的蒲宁，还会付你一些能喝几杯咖啡加牛奶的稿酬。说定了啊。"这样不停顿的活动渐渐地把我从东京之行给我带来的情感混乱中拯救出来。然而，我还是没能解除内心深处的某种伤痛、某种深深的消沉，它们如影随形地跟随了我很久，每当我对什么事或什么人开始感觉到热情或兴趣时，它们就会像硫酸一样腐蚀我。很多个夜晚，我都会做同一个肮脏的噩梦：在浓重的黑暗中，我看到福田瘦小的影子一动不动、像佛像一样面无表情地坐在他的小椅子上手淫，精液如雨点般喷射到我和坏女孩的身上。

差不多半年后，我从某个会议回到巴黎。在联合国教科文组织，他们交给了我一封美津子的来信。萨罗蒙在他租住的小屋里服了一小瓶安眠药自杀了。他的死对美津子很意外，因为我离开东京后不久，她就听从我的劝告，鼓起勇气，跟他解释说他们不能继续在一起，她想更专心地工作。萨罗蒙很理解她，表现得很善解人意，没有大吵大闹。由于东京的繁忙节奏，他们不可避免地保持着一种疏远的友情，偶尔会在某家咖啡馆或者餐厅见个面，还会经常打打电话。萨罗蒙告诉她，和松下公司的合约到期后，他不想再续约了，他要回巴黎，"在那儿我有个好朋友"。因此，他结束自己生命的决定对她以及对所有认识他的人来说，都是意外的。公司负责了他全部的安葬费。幸好，美津子在信中只字未提栗子。我没给美津子回信，也没向她表示哀悼。我只是把信收进床头柜的小抽屉里，那里有译员启程去东京那天送给我的铅制小兵，还有那把娇兰牌牙刷。

第五章 不会说话的小男孩

在西蒙和埃莱娜·格拉沃斯基夫妇搬到约瑟夫·加尼埃街这座艺术装饰派风格大楼以前,尽管我在那儿住了好多年,但没和任何邻居交上朋友。我原本以为差不多快和杜尔图瓦先生成朋友了。他是法国国有铁路公司的官员,妻子是一位有着淡黄色的头发、表情严肃的退休教师。他们住我对门,在楼道里、楼梯上或入口的门厅处碰到时,我们都点头致意或者互相打个招呼。随着时间的推移,我们开始亲近一些,也评论评论天气,那是法国人永久的担忧。通过这些简短的交谈,我便以为我们已经成朋友了。但是,有一个夜晚,我发现事情并非如此。那晚我从香榭丽舍歌剧院听完维多利亚·德·洛萨·安赫莱斯的演唱会回家,才发觉把钥匙忘在家里了。那个时间不会有开锁人员来帮忙。我在楼梯平台处尽可能舒服地坐好,想等到早晨五点,那是我那个守时的邻居去上班的时间。我猜想,看到我坐在那儿,他会让我去他家等到天亮的。然而,当杜尔图瓦先生五点钟出现后,我跟他解释我整晚待在那儿弄得骨头酸痛的原因时,他只是对我表示同情,看了看表,提醒道:

"你还得再等三四个小时才有开锁公司上班呢,我可怜的朋友。"

他的良心这样得以平静后,走了。我和楼里其他的邻居只是偶尔在楼梯上交错而过,很快便忘了他们的长相,他们的名字就更不重要了,我几乎都不知道。但是,当杜尔图瓦一家搬到多尔多涅去,格拉沃斯基夫妇和他们收养的九岁儿子伊拉尔搬进来之后,事情就不一样了。西蒙是比利时物理学家,在巴斯德研究所当研究员。埃莱娜是委内瑞拉人,在巴黎第五大学科善医院当儿科医生。他们开朗、随和、直爽、好奇、有涵养，自从我在他们搬家的当天认识了他们并主动要帮忙、和他们介绍街区的情况起，我们就成了朋友。晚饭后，我们一起喝咖啡，互相借书或杂志，有时候去附近的宝塔电影院看电影，或带伊拉尔去看马戏、去罗浮宫和巴黎其他的博物馆参观。

西蒙四十来岁，浓密的红胡须和隆起的啤酒肚使他看上去更老。他穿着随便，一件马甲的众多口袋里满满地塞着小本子和纸条，手里拎着一只装满书的大手提箱。他戴近视眼镜，并时常用他那条皱巴巴的领带擦拭。他就是漫不经心、不修边幅的智者的化身。埃莱娜则恰恰相反。她更年轻些，很讨人喜欢，而且打扮入时，我不记得见她情绪低落过。生活中的一切：她在巴黎第五大学科善医院的工作和她的那些童真的小患者，都令她充满激情。她津津有味地讲那些孩子的趣事；对刚刚看过的《世界报》或《快报》里的文章也津津乐道；为了去看场电影或周六到一家越南餐厅用餐，她会像出席奥斯卡颁奖典礼一样精心打扮。她个子不高、身材匀称、表情生动，浑身的毛孔都充溢着和蔼可亲的气息。他们夫妻之间用法语交谈，跟我则用西班牙语，因为西蒙的西班牙语讲得非常地道。

伊拉尔出生在越南，这是他们对他仅有的了解。在他四五岁的时候，他们通过天主教会慈善福利社领养了他。他们甚至不知道他的确切年龄，为了领养他，他们办理了一道神秘的手续。为此，西蒙还以欢快的自言自语创立了因官僚主义而导致不可避免的人类分裂的理论。当事人是通过西蒙的一位波兰前辈把伊拉尔托付给他们的。据我的邻居说，这位前辈是一位神话般的人物，他竟然因与女沙皇通奸而被当场捉住，结果被俄国斩首。他除了跟王室的人通奸，还曾经是犹太教神秘学神学家、虔诚的信徒、走私犯、假钞制造者和国际象棋棋手。被领养的孩子是个哑巴，他的哑不是由于器质性缺陷，因为他的声带毫无损伤，而是由于幼年时的某种创伤，甚至是某次轰炸或那场使他变成孤儿的越南战争的某个可怕场景造成的。好多专家都给他看过病，他们一致认为：随着时间的推移，他最终是能说话的，但是目前没必要给他做任何治疗。那些治疗课很折磨他。他曾经在一所聋哑学校待过几个月，但他们把他从那儿接出来了，因为连老师都劝他的父母把他送进一所普通学校。伊拉尔不聋。他的听力非常灵敏，喜欢音乐。他会用脚、手或头的动作配合音乐的节拍。西蒙和埃莱娜大声跟他说话，他则用手势或生动的表情回答他们，有时则用写字的方式，写在他挂在脖子上的一块黑板上。

他长得瘦瘦的，有点儿体弱多病，但这不是因为他吃饭没胃口。他的食欲很旺盛，每当我手拿一盒巧克力或一块蛋糕出现在他家时，他便两眼放光，接下来会兴奋地吞下那些美食。只有很少的一些情况除外。他是一个孤僻的孩子，给人一种迷失在昏昏欲睡、远离周围现实之中的感觉。他能长时间目光迷离，封闭在自己的世界里，好像环绕他的一切都消失了。

他跟人不是很亲，甚至给人一种他厌恶爱抚、接受别人的爱抚与其说是高兴不如说是屈服的感觉。他的身体散发出些许温顺、脆弱的东西。格拉沃斯基的家里没有电视，在那个年代，很多巴黎知识阶层都认为电视是反文化的，因此不宜进入家庭。但是伊拉尔不同意这些偏见，他请求父母像他同学一样买台电视。我向他们建议，如果他们坚持那个令人感觉贫乏的东西不能进入他们家，伊拉尔可以时常到我家来看电视转播的足球比赛或者儿童节目。他们接受了。从此以后，每周三至四次，伊拉尔做完功课以后，便穿过走廊钻进我家，看他的父母或是我建议他看的节目。在我的客厅兼餐厅的小房间里，每到这时候，他的双眼就直勾勾地盯着那个小屏幕，看动画片、猜谜节目或体育频道，犹如石化般目不转睛。他的表情和姿态表明他完全投入到电视节目中去了。有时看完节目，他会留下来跟我说会儿话。也就是说，他问我所有他能想象的问题，我给他回答。或者我给他读首诗，或者给他念他的书里或我自己图书室里书上的故事。我和他亲近了些，但我试图不过分表现出来，因为埃莱娜曾经提醒我："你得像对待一个正常孩子一样对待他。永远不要把他当成一个受害者或者一个残障者，那样会给他带来更多的伤害。"当我不在联合国教科文组织、因工作合同离开巴黎时，我便把家里的钥匙留给格拉沃斯基夫妇，这样伊拉尔就不会错过他的电视节目了。

有一次，我从布鲁塞尔出差回来，伊拉尔给我看他小黑板上的一条留言："你出差时，坏女孩给你打电话。"那句话是用法语写的，但坏女孩那两个词用的是西班牙语。

这是自从日本那次经历后，这么多年里她第四次给我打电话了。第一次是我慌忙逃离东京的三四个月后，那时我正在努力奋争以从记忆中一个不时流脓的烂疮般的经历里重新调整过来。我正在联合国教科文组织的图书馆里查资料，图书管理员把翻译室的电话给我转接了过来，在她说"喂喂"之前我就听出了她的声音：

"好男孩，你还在生我气？"

我挂断了电话，感到手在颤抖。

"有什么坏消息吗？"图书管理员问我。她是格鲁吉亚人，我们经常用俄语交谈。"你的脸色煞白。"

我不得不把自己关在联合国教科文组织厕所的一个小隔间里去呕吐。那天剩下的时间里，我都因那个电话而惶惑。可是，我下了决心不再跟坏女孩见面，甚至不跟她说话。我会做到的。只有这样，我才能治愈那种自从我帮朋友保尔到奥利机场去接想当游击队员的三个姑娘那天起就一直束缚我生活的心理障碍。我只做到了在一半的时间里忘掉她。我全身心地投入到工作中，投入到我强迫自己做的事情中，首先是进修我的俄语，这样，有时我会连着几个礼拜都不想起她。然而，会有点儿什么突然出现在我的记忆里，就像肚子里长了条绦虫，开始吞噬我的热情、我的精力。我便萎靡不振，无法把栗子的形象从脑子里驱赶出去：她用前所未有、如火的爱抚使我透不过气来，只是为了取悦她那个在黑暗中一边手淫一边欣赏我们的日本情人。

她的第二次电话是我在维也纳沙哈酒店时突然打来的。那是我在那两年里唯一的一场风流韵事，是和我在原子能机构会议上一起工作的一位同事。自从东京事件后，我就彻彻底底没有了性欲，我甚至问自己是不是阳痿。我们相识的时候，我几乎已经习惯了没有性生活。她叫阿斯特里德，一名丹麦翻译，就在我们认识的当天，她以十分坦然的口吻提议道："要是你愿意，我们晚上可以见面。"她的个子高高的、红头发、体格健壮，没什么城府，双眼如水般明澈。我们到位于海宁大街费尔斯特宫里的中央咖啡馆吃清炖牛肉、喝啤酒。在那里看到的是土耳其清真寺的大柱子、拱形屋顶以及红色大理石桌。饭后，我们心照不宣地到豪华的沙哈酒店睡觉去了。因为酒店给参会者很多折扣，所以我们俩都住在那里。尽管岁月开始在她洁白的肌肤上留下印记，但她仍不失为一个很有魅力的女人。做爱的时候，她脸上一直保持着微笑，即使到了高潮也是如此。我很享受，她也一样。但是我觉得这种做爱方式、这种健康的方式，与其说像故去的萨洛蒙·托莱达诺在信里所说的"是睾丸的慌乱的、淫荡的享受"，不如说跟体操更有关系。我们第二次也是最后一次上床的时候，电话铃响了。那时我们刚刚结束杂技动作，阿斯特里德正在跟我讲她的一个女儿在哥本哈根由芭蕾舞演员变成马戏团杂技演员的趣事。我拿起电话，喊了声"喂"，便听到了那只温柔小猫的声音：

"小可怜虫，这次你还挂我的电话吗？"

我把话筒拿在手里几秒钟，心里咒骂着联合国教科文组织竟然把我在维也纳的电话给了她，可当她停顿了一下开口说"好了，起码这次……"时，我挂断了电话。

"一段旧情？"阿斯特里德猜测道，"我去卫生间，你踏踏实实地打电话吧。"

不，不，是早已结束的旧情。从那晚起，我再也没有过任何性关系。事实上，这件事绝不令我担忧。到四十七岁时，我得出这样一个结论：一个男人不做爱照样可以完全正常地生活。因为我的生活本来就相当正常，尽管有些空虚。我多干活，努力完成工作，只是为了填充我的时间并挣些钱，不是出于兴趣，甚至连我学习俄语和几乎永无休止地、不停地翻来覆去地翻译伊万·蒲宁的小说也都几乎成了机械运动，很少从中感到乐趣了。包括看电影、听音乐会、看书、听唱片都成了打发时间的一种方式，而不是像以前那样能激起我的热情。正是因此，我对栗子一直怀恨在心。因为她，我试图把现实生活变得比惯常生活美好一点儿的幻想消失了。我有时感觉自己像个年迈的老人。

也许就是由于这样的精神状态，埃莱娜、西蒙和伊拉尔搬到约瑟夫·加尼埃街这座大楼公寓来对于我简直是及时雨。这些邻居的友谊给我乏味的生活注入了些人情味和激情。坏女孩的第三个电话打到了我在巴黎的家里，与维也纳的那次至少时隔一年之久。

那是凌晨四五点钟，电话的丁零声把我惊恐地从睡梦中唤醒。它响了好长时间我才睁开眼睛，摸索着找到电话听筒：

"别挂电话。"声音里掺杂着请求和愤怒，"我要跟你谈谈，里卡多。"

我还是挂断了。当然，当晚接下来的时间里我再也睡不着了。我很痛苦，感觉很糟糕，直到透过卧室里没有窗帘的天窗看到巴黎天空中升起一抹灰色的曙光。她为什么每隔一段时间就坚持给我打电话呢？因为在她节奏紧张的生活中，我可能是她为数不多的稳定因素中的一种，一个忠实的、陷入爱河的傻瓜？他一直在那儿等电话，这让他的主子毫无疑问感觉到自己依然年轻、貌美、被爱恋、令人垂涎，尽管她已渐渐改变，这一切很快将不复存在。或者，她需要我干点儿什么？这也并非不可能。或许她的生活中突然间出现了一个小空缺，需要我这个小可怜虫去填补。以她那种冷酷的性格，她会毫不犹豫地来找我，并且坚信，以她那控制我感情的无穷力量，没有什么痛苦和耻辱不能被她在两分钟的谈话中抹掉。我了解她，深信她不会善罢甘休，她会继续坚持，每隔数月或数年。不，这一次你错了。我不会接你的电话，秘鲁小姑娘。

现在是她第四次打来电话了。是从哪儿打来的？我问埃莱娜·格拉沃斯基，但是，令我惊讶的是，她说不是她接的那个电话，她在我出差去布鲁塞尔期间没接到过别的电话。

"那就是西蒙。他没跟你说什么吗？"

"他连你家都没去过。他从研究所回到家时，伊拉尔都在吃晚饭了。"那么，只能是伊拉尔跟坏女孩通过话了？

埃莱娜的脸色变得有点儿苍白。

"你可别问他。"她放低声音对我说，此时她的脸色已经像白纸一样，"别跟他提及他给你的那个留言。"

伊拉尔有可能和栗子说话了吗？难道当他的父母不在身边、看不到他、听不到他的时候，他开口说话了吗？

"我们别想这事，也别说这事了。"埃莱娜努力调整了一下语气，装作很自然地重复道，"该发生的事迟早会发生的，只是时间问题。如果强迫他，我们会把一切搞砸。我早就知道这一切会发生的，总有一天会发生的。我们换个话题吧，里卡多。坏女孩是怎么回事？她是谁？倒不如跟我说说她吧。"

晚饭后，为了不影响在隔壁书房的西蒙，我们在她家边喝咖啡边轻声地说着话。西蒙在审核第二天要在研讨会上提交的报告。伊拉尔不久前已经去睡觉了。

"一个老故事。"我回答道："我跟谁都没说过，从没说过。可你瞧，埃莱娜，我会跟你说的。这样你就能忘了发生在伊拉尔身上的事。"

我毫无保留地全都给她讲了。从头至尾，从遥远的童年时代，从露西和莉莉这两个假冒的智利小姑娘的到来令米拉弗洛雷斯平静的街道变得沸腾，到东京那个激情之夜。那是我情爱生活中最美妙的夜晚，但它被突然出现在黑暗房间里戴着深色眼镜、双手摸索着裤裆观赏我们的福田先生打断了。我不知道自己讲了多久。不知道西蒙是什么时候走出来坐在埃莱娜身边静静地、全神贯注地听我讲故事，也不知道从什么时候起我泪如雨下，因那种感情的流露而感到羞愧，一下子沉默了。好久，我才平静下来。当我嘟嘟囔囔地道歉时，西蒙站起身走出去，回来时手里拿着杯子和一瓶葡萄酒。

"我这儿只有葡萄酒了，另外就是一瓶非常廉价的博若莱鲜酒。"他拍了拍我的肩膀解释道，"我认为这种时候该喝点儿更高贵的。"

"当然了，威士忌、伏特加、朗姆酒或者干邑白兰地。"埃莱娜说道，"这个家真是太凄惨了，我们从没拥有过应该拥有的东西。里卡多，我们真是可怜的主人啊。"

"西蒙，我这么大动静，打扰你明天的报告了。"

"这可比我明天的报告有趣得多。"他肯定地说，"另外，那个绰号跟你真是太吻合了，就像戴着的手套一样合适。不是贬义的，是字面意义。老朋友，尽管你不喜欢，但你就是那样：一个好男孩。"

"知道吗，这真的是一段美妙的爱情。"埃莱娜惊讶地看着我，感叹道，"因为实质上它就是那样的，一段美妙的爱情。这个可怜的比利时人从没这么爱过我。谁能像她一样呢，孩子？"

"我真想认识那位玛塔·阿里。"西蒙说。

"你还是先从我的尸体上迈过去吧。"埃莱娜拉着他的胡子威胁道，"你有她的照片吗？给我们看看好吗？"

"我一张也没有。请你记住：我们从没一起照过相。"

"她下次再打电话来，我请你来接电话。"埃莱娜说，"这件事不能就这么了结，电话不停地响啊响，像希区柯克最恐怖的电影里一样。"

"另外,"西蒙压低声音说道:"你要问问伊拉尔是不是跟她说话。"

"真是惭愧死了。"我再次致歉,"我是指我这么哭哭啼啼的。"

"你都没看到埃莱娜也流了一大把眼泪呢。"西蒙说,"要不是因为我是比利时人,我也会陪着你流泪。我的犹太祖先让我更趋向于痛哭,但瓦隆人占了上风。比利时人是不会陷进热带南美洲人的感情里的。"

"为坏女孩,为那个了不起的女人干杯!"埃莱娜举起酒杯,"上帝呀,比起她,我的生活是多么枯燥无味啊。"

我们把一瓶葡萄酒都喝光了,又是笑又是开玩笑,我渐渐感觉好多了。在以后的很多天、很多个礼拜,我的格拉沃斯基一家的朋友们怕我感到不自在,一点儿都没提及我跟他们讲的那件事。实际上,就在那时,我下了决心:要是秘鲁小女孩再打电话来,我会接的,为的是让她告诉我上次打来电话时是不是跟伊拉尔说话了。只为了这个吗?不仅为了这个。自从我向埃莱娜·格拉沃斯基坦白了我的爱情故事,我就像和谁分享了那段经历一般,把它留下的仇恨、嫉妒、屈辱和恼怒一笔勾销了,开始焦急地等待那个电话,并因为这两年的冷淡而担心她不会再打来。我对自己说,这绝不意味着重蹈覆辙。这样自责着,心情才平缓下来。我会像个久远的朋友一样跟她说话,冷漠将是我真正摆脱她的最好证明。

另外,这种等待对我的精神状态起了很好的效果。在联合国教科文组织或者巴黎之外,一个合同接着另一个合同的工作的间隙,我又重新拾起伊万·蒲宁小说的翻译,最后审核了一遍,在把手稿寄给我的朋友马里奥·穆奇尼克之前写了一篇简短的序言。"终于盼来了。"他回复我,"我还担心老年动脉硬化或老年痴呆会比你的蒲宁先到呢。"如果我在家,伊拉尔在我那儿看电视,我就给他读小说。我翻译的故事他不是很爱听,他之所以听,完全不是出于兴趣,而是出于礼貌。相反，他非常喜欢儒勒·凡尔纳的小说。我以每天几章的速度，在那个秋季给他读了好几部长篇小说。那些冒险故事能让他高兴得跳起来。他最喜欢的是《环游地球八十天》。他也为《沙皇的信使》中的米盖尔·斯特罗哥夫着迷。尽管我好奇得要命，但我还是按照埃莱娜请求的那样，从没问过他只有他接到的那个电话。他在黑板上给我写下那个留言之后的数周、数月里，我都没发现伊拉尔开口说话的任何迹象。

电话是两个半月后突然打来的。我当时正在洗澡，准备去联合国教科文组织上班。当我听到电话铃响时，便自然地有一种预感：是她。我跑进卧室，满身是水地扑倒在床上，拿起听筒：

"你这次还挂掉我的电话吗，好男孩？"

"你好吗，坏女孩？"

一阵沉默后，她终于笑了：

"瞧呀，瞧呀，你终于肯跟我说话了，怎么出现奇迹了呢？能告诉我吗？你已经不生气了还是依然恨我呀？"

当我从她的话里感觉到轻微嘲讽的口吻和胜利的讥讽时，真想再次把电话挂断。

"你为什么给我打电话？"我问道："你干吗给我打这么多电话？"

"我想跟你谈谈。"她换了一种口气说道。

"你在哪儿？"

"就在这儿，在巴黎，有一段时间了。我们能见一面吗？"

我呆住了。我曾一直确定她还在东京，或在一个遥远的国家，永远不会再回到巴黎了。知道她就在这儿，我能随时见到她，这令我着实茫然不知所措。

"只一小会儿。"可能认为我的沉默暗示着我不愿意见她，她便坚持说道，"我要跟你谈的完全是私人的问题，不想在电话里说。就半个小时。对于一个老朋友来说，这不算很长的时间，不是吗？"

我跟她约好两天后的下午六点钟，我从联合国教科文组织下班后，在圣日耳曼·德普雷广场的朗姆酒馆见面。那家酒馆以前一直叫马提尼克朗姆酒馆，但是最近一个时期不知出于什么神秘原因，把马提尼克这个修饰词删掉了。挂断了电话，我的心脏在胸腔里扑通扑通地跳个不停。我不得不坐下来一会儿，大张着嘴巴，直到我的呼吸恢复正常，才重新回到浴室里。她在巴黎干什么？福田给她交代了什么特殊任务？在欧洲给象牙和犀牛角粉末做的春药开辟市场？她需要我帮她走私、洗钱或做其他犯罪生意？我竟然愚蠢地接了她的电话。历史将会重演。我们会谈话，而我会再次向她那一直掌控我的力量屈服。我们会短时间地生活在一起，虚假地卿卿我我，而我会孕育出各种各样的幻想。然后，在某一个意想不到的时刻，她又会消失得无影无踪。我呢，被伤害、被惊呆，像在东京一样舔自己的伤口。下次再见吧！

接电话和约会的事，我都没跟埃莱娜和西蒙说，接下来的四十八小时，我是在梦游状态下度过的，情绪的紧张和头脑的混乱一直伴随着我。它们时不时浮现出来，让我时不时把精神集中在性受虐狂的咒骂中：傻瓜、白痴，在你身上发生的一切都是你自找倒霉，发生了的还会再发生。

约会的那天是巴黎秋末一个灰暗潮湿的日子。树上的叶子所剩无几，天空中也没有了光线。人们的心情随着天气的变坏而恶化。大街上的男男女女都疲惫不堪地缩在大衣、围巾、手套和雨伞里，对世界满怀仇恨。走出联合国教科文组织，我便找出租车。然而，由于下雨的缘故，我看丝毫没有叫到车的希望，便选择乘坐地铁。我在圣日耳曼站下车，走到马提尼克朗姆酒馆门口就看见她了。她坐在露天咖啡馆那儿，面前放着一杯茶和一瓶巴黎水。看到我，她站起身，把脸颊伸过来。

"我们能拥抱一下，还是不能？"

那个地方挤满了最具本区特色的人：游客，脖子上挂着链子、身着雅致马甲和夹克的花花公子，还有穿低胸迷你裙的姑娘。她们有的化着浓妆，像是要去参加时装表演。我要了杯掺水的烈性酒。我们沉默着，有些不自然地互相看着对方，不知说什么好。

栗子的变化很明显。她不仅看上去减了十公斤，变得像个小骷髅，跟那个难忘的东京之夜相比也老了十岁。她的衣着简朴、随意，我只记得保尔让我到奥利机场去接她的那个遥远的早晨见过她这副样子。她穿了件像是男款的旧大衣，一条褪了色的灯芯绒裤子，裤子下露出一双磨损、无光的旧鞋子。她的头发凌乱，纤细的手指上，指甲被剪得乱七八糟，都没锉平，似被啃咬的。额头、两颊和下巴上的骨头突出，拉扯着发绿的皮肤；脸色憔悴，棱角分明。她的眼睛早已失去了光泽，从中能看到些许惊恐，令人想到某些胆小的小动物。她没戴任何首饰，也没化妆。

"想见到你可真难啊。"她终于开口说话了。她伸出手，摸着我的胳膊，并试图泛出一种从前那讨人喜欢的微笑。可是，这一次，她没有做得特别好。"你起码要告诉我是不是已经不生气了、是不是不太恨我了。"

"我们不说这个。"我答道，"现在不说，永远都不说。你给我打那么多次电话干什么呀？"

"你给我半小时，对吗？"她把手从我胳膊上拿开，坐直身子说道，"我们有时间。跟我说说你吧。有情人了吗？你还干同样的工作赚钱生活吗？"

"至死都是个可怜虫。"我毫无兴致地笑道，她则一直严肃地审视着我。

"时间使你变得易怒了，里卡多，你以前不会生这么久的气。"有那么一瞬间，她的眼里闪现了一下曾经的光芒，"你还对女人们讲那些俗不可耐的话吗？还是已经不讲了？"

"你什么时候来巴黎的？在这儿做什么？给那个日本黑帮头目干事？"

她摇头否定。我感觉她想笑，可她的表情是僵硬的，厚厚的嘴唇开始颤抖。尽管那嘴唇像她整个人一样干瘪，但在她脸上依然如此线条清晰。

"福田把我甩了，一年多了。所以，我来巴黎了。"

"我现在明白你为什么陷入这么凄惨的境况了。"我挖苦道，"我没想到会看到你这副样子，如此狼狈不堪。"

"我的情况非常糟糕。"她生硬地承认，"有时候我觉得自己要死了。我最后两次给你打电话时想跟你说的就是这种情况。那么，至少会有你把我埋葬。我本想请你把我火化，因为我怕蛆虫把我的尸体吃掉。总之，这一切都过去了。"

尽管在她的话里隐约可见一种压抑的愤怒，但她说话时很镇定。她述说自己的可怜境况，不像是为了打动我或感到极为难堪，更像是一名警察或公证员站在局外客观地描述那一切。

"当你生命中伟大的爱将你抛弃时，你企图自杀？"

她摇头否定，并且耸了耸肩膀："他时常对我说总有一天会厌倦我、离开我。我早有思想准备。他那话不是说着玩的。不过他抛弃我的时机不是最好，而且连抛弃我的理由都说不清、道不明。"

她的声音颤抖了，嘴巴也因愤怒而扭曲变形，眼睛里充满怒火。所有这一切都不过是为了打动我的骗人把戏？

"要是这个话题让你不舒服，我们还是说说别的吧。"我说，"你在巴黎做什么，靠什么生活？那个黑帮老大起码得给你些补偿，能让你过一阵子不窘迫的日子吧？"

"我被关进了拉各斯监狱，对我来说，那几个月就像一个世纪那样漫长。"她说道，仿佛我突然间不在那里了，"那是一座最可怕、最丑陋的城市，那儿的人是世界上最坏的人。你永远也不要去拉各斯。

当我终于可以出狱的时候,福田不允许我回东京了。'你被烧毁了,栗子。'他所说的烧毁了有两种意思:一是我在国际警察那里已经有了案底;二是有可能尼日利亚黑人传染给了我艾滋病。福田告诉我永远别再见他、别给他写信、别给他打电话,就挂断了电话。他就这么抛弃了我,像抛弃一条长着疥疮的狗。他甚至都没给我买来巴黎的机票。他是个冷酷、现实的男人,知道什么对他合算。我对他来说已经不合算了。在这个世界上,他是跟你完全相反的人。所以,福田有钱有势,而你则是一个可怜虫,而且永远是一个可怜虫。"

"谢谢。不管怎么说,你刚才说的全是赞美之词。"

那一切都是真的,还是只是那些标志着她生命中不同时期的众多谎言中的一种呢?她又来故伎重施了!她双手捧着茶杯,小口地喝着茶,用嘴吹着茶水。看到她如此颓废、如此衣衫褴褛、如此一副苍老相,不禁令我心痛。

"这么悲惨的事件是真的吗?不是你编的又一个故事吧?你真的被关进了监狱?"

"是的,还被拉各斯的警察强奸了。"她盯着我的眼睛明确地说道,好像我是她所有不幸遭遇的罪魁祸首,"是一些黑人,他们操着让人听不懂的英文,因为他们说的是洋泾浜。从前大卫·理查森想侮辱我时,就说我的英语是洋泾浜。但他们没有传染给我艾滋病,只是传染了阴虱和下疳。可怕的字眼,对吧?你以前听说过吗?你可能都不知道那是什么,小圣徒。下疳是一种感染性的溃疡,有点儿恶心,但不严重,只要及时采用抗生素就能治愈。只是在那个该死的拉各斯,他们没给我治好,那种感染差点儿要了我的命。那时我以为自己要死了,才给你打电话。幸运的是,我现在好了。"

她跟我讲的可能是真的,也可能是假的,但她说话时流露出来的无比愤怒却不是能装出来的,尽管她总是演戏。是可怕的哑剧表演?我惶惑,茫然不知所措。这次见面,她说什么我都不会感到奇怪,唯独没想到她会讲了一番这样的经历。

"你在那地狱里受罪,我很难过。"最终,为了说点儿什么,我才张口说道。面对这样的述说,我能说什么呢?"不知道你说的是不是真的。你知道,我和你之间发生过太可怕的事情。你跟我编了那么多的故事,我很难再相信你什么了。"

"你不相信我也没关系。"她再次抓着我的胳膊,努力表现出真诚地说道,"我知道你还在生气,并且永远不会原谅我在东京的所作所为。没关系,我不指望你同情我。我也不想要钱。事实上,我只想能偶尔地给你打打电话,能像现在这样一起喝杯咖啡。仅此而已。"

"你为什么不跟我说实话?这辈子就说一次好不好?好了,说实话吧。"

"事实是,我是第一次感到不踏实,不知道该怎么办,非常孤独。虽然我曾有过很艰难的日子,但迄今为止从没这样过。你该知道,我怕得要死。"她高傲地、干巴巴地、以一种看上去像是把自己所说出来的变成谎言的口气和神态,眼睛则一眨不眨地看着我的眼睛,"恐惧也是一种病,它使我瘫痪,使我精疲力竭。我原来不知道,但现在知道了。我在巴黎这儿认识几个人,但我对他们都信不过。我只信任你。不管你信不信,这是实话。我能时常给你打电话吗?我们能像今天这样时不时在酒馆见面吗?"

"没问题。当然可以。"

我们又谈了一个小时,直到天完全黑下来,商店的玻璃窗和圣日耳曼大楼的窗子都被照亮了,红色和黄色的车灯汇成一条长河,在朗姆酒大酒吧门前的林荫大道上缓缓流动。这时,我想起一件事。她上次往我家打电话时是谁接的?还记得吗?

她好奇地看着我,没听明白。但是,过了一会儿,她说道:

"对,是个小女孩。开始我还以为是你的情人呢,但后来发现她只不过是一个仆人。菲律宾人?"

"是个小男孩。他跟你说话了？你确定？"

"他好像跟我说你出差了。没别的，就两个单词。我给他留言了，我知道他会告诉你的。怎么了？"

"他跟你说话了？你肯定吗？"

"只是两个单词。"她重复道，"那男孩是哪儿来的？你领养的？"

"他叫伊拉尔。九岁或十岁，越南人，是我的两个邻居朋友的儿子。你确定他跟你说话了？因为这个孩子是哑巴，他的父母和我从没听他开口说过话。"

她感到茫然，好一会儿都微闭着双眼，努力回忆着。她肯定地点了几下头。对，对，她清楚地记起来了。他们是用法语交谈的。他的声音是那么细，她还以为是个女人呢。尖尖的，有点儿外国口音。他们只说了几句话，说我不在，我出差了。当她请他转告我"坏女孩"（她是用西班牙语说的）打过电话时，那个细细的声音打断了她，连连问道："什么，什么？"她不得不给他拼写"坏女孩"那两个单词。她记得非常清楚。毫无疑问，那男孩跟她说过话。

"那么，你创造了一个奇迹。感谢你，伊拉尔开口说话了。"

"我要是有那种神奇的力量，一定会好好利用。我想，在法国，巫师能挣大钱。"

过了一会儿，当我们在圣日耳曼地铁站口分手时，我跟她要电话和地址。她不愿意给我。她说她会给我打电话。

"你永远都不会变，总是神神秘秘，总爱编故事，总爱保密。"

"终于能见到你，能跟你说说话，我感觉好多了。"她打断我，"希望你别再挂断我的电话了。"

"那要看你的表现。"

她踮起脚尖，我感到她的嘴在我的脸上飞快地吻了一下。

我注视着她消失在地铁口。看着她那如此瘦弱、没穿高跟鞋的背影，觉得倒不像从正面看那么苍老。

尽管还下着蒙蒙细雨，天气有些冷，但我还是放弃了坐地铁或乘公共汽车，而是想走走路。如今这是我唯一的运动了。我去健身房只坚持了几个月，那些锻炼使我感到厌倦，尤其是用胳膊肘挤我、争着上跑步机、做单杠或有氧运动的那些人让我讨厌。相反，在这座充满神秘和奇观的城里散步却让我流连忘返，像今天这种有大的情绪波动的日子里，一次远足，尽管是打着雨伞走在雨里、风中，也会令我神清气爽。

从坏女孩的讲述里，我唯一确信无疑的是伊拉尔跟她说话了。也就是说，格拉沃斯基家的孩子能说话了。也许以前他在学校、在街上早就已经跟不认识他的人说话了。这个小秘密迟早会泄露给他的父母。我可以想象当西蒙和埃莱娜听到坏女孩跟我描述的那个细细的、有点尖尖的声音时该有多么高兴。我沿着圣日耳曼大街向塞纳河走去，在朱丽叶书店前不远处，我发现了一家卖铅制小兵的商店，它使我想起了萨洛蒙·托莱达诺那场不幸的东京之恋。我走进去，给伊拉尔买了一套六盒装的俄国皇家卫队骑兵。

坏女孩的经历中还有什么是真的？或许是福田粗暴地抛弃了她，她当时正在病中，可能现在还病着。这些一目了然，只要看一眼她那突出的骨头、憔悴的面容和黑眼圈就可以知晓了。拉各斯的那段经历呢？可能她真的和黑人警察惹了麻烦。她的日本情人把她卷进这些肮脏的生意就是在冒险。在东京，她不是自己亲口对我说那刺激无比吗？她天真地以为那些走私贩毒的冒险、以自由作代价的非洲之旅都给她的生活增加了情趣，使生活丰富多彩、其乐无穷。我记得她说的话："做这些事，我会活得更长。"然而，玩火者必自焚。如果她真的被关进过监狱，那么很可能真的被警察强奸了。作为军事管辖区的尼日利亚素有腐败天堂的恶名，那里的警察肯定也腐烂透顶。天晓得她被多少人强奸过，在一个肮脏的兽窝里被数小时地野蛮糟蹋，被传染了性病和阴虱，然后被江湖医生用未经消毒的探条治疗。我突然产生一种羞愧和愤怒的感觉。如果这一切真的发生过，哪怕是其中某一件曾经发生过，她真的处在死亡的边缘的话，那么我毫不信任的冰冷反应是一种小气、是一种记恨，只是想为在东京的那个糟糕的时刻受到的伤害来挫伤一下她的傲慢。我该跟她说些温柔的话，假装相信她所说的一切。因为即使所谓的强奸和监狱是谎言，她的身体状况一塌糊涂也一定是真实的。而且，毫无疑问，她饿得半死了。你表现得不好，小里卡多。她说她感到孤独、感到不安，才来求助于你，因为你是她在这个世界上最信任的人。如果她说的都是真的，那你的表现就更差劲了。她说的信任倒是千真万确的。她从没爱过你，却信任你——来自一个忠实仆人的柔情，在她所有的情人和暂时的酒肉朋友中，你是最无私、最虔诚的。一个忘我的家伙、一个顺从的人、一个混蛋。所以，她选你来火化她的尸体。你会把她的骨灰撒进塞纳河还是买个小小的塞夫勒陶瓷骨灰盒存起来，放在你的床头柜上呢？

我回到约瑟夫·加尼埃街时，从头到脚都湿透了，也快被冻死了。我洗了个热水澡，穿上干衣服，准备了一个奶酪火腿三明治，吃了一杯水果酸奶。我胳膊底下夹着那盒铅制小兵，去敲格拉沃斯基家的门。伊拉尔已经睡了，他俩刚刚吃过罗勒通心粉，递给我一盘饭，但我只要了一杯茶。西蒙看到铅制小兵，开玩笑说我的这些礼物会使伊拉尔变成军国主义者，埃莱娜则从我小心谨慎的神情中看出了点儿怪异。

"你有什么事，里卡多？"埃莱娜打量着我的眼睛说道，"坏女孩给你打电话了？"

西蒙从小兵上抬起头，目不转睛地看着我。

"我刚刚跟她在一家咖啡馆里待了一个小时。她目前在巴黎。她的身体状况一塌糊涂，穷困潦倒，穿得像叫花子。她说在帮那个日本人到非洲的一次走私中被拉各斯的警察抓住了，然后就被他甩了。她被强奸了，还被传染了阴虱和下痢。后来，在一家糟糕透顶的医院里差点儿丢了命。可能是真的,也可能是假的。我说不清。她说,福田害怕国际刑警组织把她登记在案,也害怕那些黑人传染了她艾滋病,所以把她甩了。是真的还是编出来的?我永远无法知晓。"

"这个传说越来越有趣了。"西蒙目瞪口呆地感叹道,"不管是不是真的,都是一个极好的故事。"

他和埃莱娜对视了一下,然后他们看着我。我非常清楚他们在想什么。便说道:

"她非常清楚地记得打到我家里的那个电话。他接的电话,用细细的、有点像外国人的法语说话。她还以为他是个亚洲女孩呢。他让她用西班牙语重复了好几遍'坏女孩',这她是编不出来的。"

我看到埃莱娜的脸色刷的一下子变了,并且快速地眨巴着眼睛。

"我早就相信那是真的。"西蒙低声说。他说话变了调,满脸通红,像被热得快窒息了。他不停地捋着他的红胡子。"我反复琢磨了这事,得出的结论是:这肯定是真的。伊拉尔怎么可能编出'坏女孩'来呢?这个消息让我们太高兴了,亲爱的。"

埃莱娜抓着我的胳膊,也赞成他说的话。她又是笑,又是哭。

"我也早就知道伊拉尔跟她说话了。"她一字一句地说道,"但是,请你们什么也别做,什么也别跟孩子说。一切都会水到渠成。要是我们试图强迫他,他可能会退步。该由他自己来做这件事,用他自己的力量来打破这个障碍。他会的,在适当的时候会的。他很快就会这样做,等着瞧吧。"

"是时候拿出白兰地了。"西蒙对我挤了挤眼睛,"你看到了,亲爱的,我采取措施了。我们已经准备好你会时常给我们带来惊喜。一瓶绝好的拿破仑,看着吧!"

我们喝着白兰地,一句话也没讲,每个人都沉浸在自己的思绪里。这杯酒让我感觉很好,因为在雨中的远足使我着凉了。我起身道别时,埃莱娜送我到走廊处:

"我不知道,我刚想起来,"她说,"也许你的朋友需要做个体检。问问她。要是她愿意,我就找朋友帮忙,安排她去科善医院。我的意思是说,她不用花钱。我觉得她可能没买保险或其他类似的什么吧。"

我谢过她,表示我们下次通话时我会问她。

"如果那是真的,对这个可怜的姑娘来说真的太可怕了。"她小声说道,"这种事会在记忆中留下极严重的创伤。"

为了配合伊拉尔的时间,第二天,我很早就从联合国教科文组织出来了。他在看动画节目,身旁是那六个被摆成了一排的俄国皇家卫队的骑兵。他给我出示了他的黑板:里卡多叔叔,谢谢你精美的礼物。他笑嘻嘻地拉着我的手。我开始看《世界报》,他则继续以惯常的、如同被催眠了的注意力痴迷于电视节目。后来,我没给他念故事,而是给他讲了萨洛蒙·托莱达诺的事,告诉他有关他的铅制小兵的收藏、我看到的那些小兵侵占了他家的犄角旮旯的情况以及他那令人难以置信的语言天赋。他是世界上最好的翻译。当伊拉尔在黑板上问我是不是能带他去萨洛蒙家看看他的拿破仑战队,我说他在离巴黎很远的日本死去了之后,他非常难过。我给他看了我收藏在床头柜里的那个轻骑兵,那是萨落蒙去东京前送给我的。不一会儿,埃莱娜过来把他领走了。

为了不过多地思念坏女孩,我到拉丁区的一家电影院去看电影。在香波隆街一家黑暗、闷热、坐满了学生的电影院里,在我心不在焉地看着约翰·福特的经典西部片《关山飞渡》里的冒险镜头时,我的脑海里不断地浮现出智利小姑娘那被伤害的、衣衫褴褛的形象。那一天以及那个礼拜后来的几天里,她的形象总是浮现在我的脑海里,还有那个永远不会有答案的疑问:她跟我说的是实话吗?拉各斯的事,还有福田的事,是真的吗?深信永远不可能得到确切答案的想法一直折磨着我。

八天后,同样是在很早的时间,她往我家里打来电话。我问她怎么样,她说:"挺好啊,现在好了,我跟你说过了。"后来,我提议当天晚上一起吃饭。她接受了,我们约好八点在老戏剧大街那家古老的普洛柯普咖啡馆见面。我比她早到,选了一张靠近小巷的窗边小桌等她。她几乎随后就到了。她穿得尽管比上次好些,但还是很寒酸:那件丑陋的、看不出性别的外套里套着一件既没领子也没袖子的暗蓝衬衣,脚上是一双刚擦过的、满是裂口的半高跟鞋。我看到她那不戴戒指、不戴手表、不戴手镯、不戴耳环也不化妆的样子,简直再奇怪不过了。不过,起码她修了指甲。她怎么能瘦成那副样子?好像一失足就会摔成碎片。

她点了一份清炖鸡汤、一份铁板烤鱼,整个晚餐过程中只喝了一小口酒。她缓慢地、毫无食欲地嚼着,然后困难地咽下去。她真的好了吗?

"我的胃变小了,几乎吃不下东西。"她对我解释道,"吃两三口就饱了。可是这个鱼做得真香啊。"

我一个人喝光了一整罐罗纳河谷牌葡萄酒。当服务生给我端来咖啡、给她端来马鞭草茶时,我拉起她的手,对她说:

"我请求你,不管怎样你都要发誓,那天在朗姆酒大酒吧跟我说的都是真的。"

"我知道,你再也不会相信我跟你说的任何话了。"她的脸上满是疲惫、厌倦的神态,好像已经毫不在乎我是不是相信她,"我们别再说这个了。我给你讲那件事只是为了能时常见到你,因为尽管你不相信我,但能跟你说说话,我也会感觉很好。"

我想吻她的手,但我克制住了。我告诉她埃莱娜的提议。她茫然地看着我。

"可是,她知道我、知道我们的事?"

我承认了。埃莱娜和西蒙知道了一切。我一时心血来潮,把"我们"所有的事都告诉他们了。他们是很好的朋友,对他们没什么可担心的。他们不会到警察局去揭发她贩卖春药的事。

"我不知道自己为什么跟他们说了心里话。也许是因为像世界上所有的人一样,我也需要时常找人跟我分享一下痛苦和快乐。你接受埃莱娜的建议吗?"

她好像不是很有兴趣。她不安地看着我,好像害怕那是个圈套。那道光芒、那道深蜜色的光芒已经从她的眼睛里消失了,一起消失的还有那种顽皮和嘲讽。

"让我想想。"她最后对我说,"我现在很好。我唯一需要的是平静和休息。"

"你说身体已经好了,并不是真话。"我坚持着,"你像个幽灵。你这么消瘦,只要一场小感冒就会要你的命。我才不愿意干那个什么火化你的倒霉差事。你不想变漂亮了吗?"

她笑了。

"哎,也就是说,你觉得我现在很难看喽。多谢你的坦率。"她握了握我一直抓着她的那只手,一瞬间,眼睛里充满激情,"你还爱着我,是吗,小里卡多?"

"不,不爱了。以后也不会再爱上你了,但我不愿意让你死去。"

"这次连一句俗不可耐的话都没跟我说,这说明你是真的已经不再爱我了。"她朝我做了个可笑的鬼脸,承认道,"我怎么做才能重新征服你呢?"

她像昔日一样妩媚地笑了,眼睛里充满了淘气的光芒。但是,很快,几乎没有任何过渡,我突然感觉到她紧抓着我的那只手松开了。眼睛里的光芒消失了,脸色发青,像缺氧般大张着嘴。要不是我在旁边抓着她,她就会滚倒在地上。我用湿餐巾擦她的太阳穴,给她喝了一点儿水。她稍稍恢复了一些,但脸色还是很苍白,几乎是惨白。现在,她眼睛里出现一种动物般的恐惧。

"我要死了。"她嘟哝着,指甲掐到我的胳膊里。

"你不能死。我从小时候就允许你做世界上的任何坏事，但是死这件事不行。我不允许。"

她毫无气力地笑了。

"终于到了你跟我说点儿漂亮话的时候了。"她的声音几乎听不到，"我早就想听了，即使你不相信。"

过了一会儿，我想帮她站起来，可她双腿打战，疲软无力地坐回椅子上。我让咖啡馆的服务员到圣日耳曼大街拐角处的出租车站叫一辆车到店门口，然后帮我把她送到街上。我们俩抬着她，高高地架着她。当她听见我对出租车司机说去最近的医院"西岱城岛主宫医院"时，绝望地抓住我说："不，不，绝不能去医院。不去，不去。"被逼无奈，我只好跟出租车司机纠正，让他送我们去约瑟夫·加尼埃街。在去我家的途中，她一直倒在我的肩上，又有数秒钟失去过知觉。她的身体软绵绵地瘫倒在座位上。我把她扶起来时，能感觉到她后背上所有的小骨头。到了艺术装饰派风格的大楼门口，我通过对讲器请西蒙和埃莱娜下来帮忙。

我们仨把她抬到我的房间，让她在我的床上躺下。我的朋友们什么也没问我，只是极其好奇地看着坏女孩，就像看一个复活之人。埃莱娜给她拿来一件长睡衣，帮她量了体温和血压。她不发烧，但血压非常低。等她完全清醒后，埃莱娜给她喝了一杯滚烫的茶，吃了两片药，告诉她那只不过是补药。埃莱娜临走前，肯定地对我说，她觉得坏女孩没有迫在眉睫的危险，但如果夜里感觉不好，就去叫醒她。她会给科善医院打电话，让他们派救护车来。考虑到她老是昏迷，还是有必要做个全面体检。她会安排一切的，但至少需要几天的时间。

当我回到卧室，看到坏女孩大睁着眼睛。

"你一定在诅咒接我电话的那个时刻吧。"她说，"我是来给你添麻烦的。"

"从我认识你之日起，你做的唯一一件事就是给我添麻烦。这是我的命，我不能跟命运抗争。你看，给你，你也许用得着。这是你的，但你得还给我。"

我从床头柜里拿出那把娇兰牙刷。她开心地看着它。

"你一直留着它？这是今晚的第二个殷勤之举，真奢侈呀。能告诉我你睡在哪儿吗？"

"客厅的沙发是沙发床，所以你就别瞎想了。你想跟我睡在一起，没有任何可能。"

她又笑了。可是连这个小小的动作都使她疲惫，她蜷缩进被单，闭上了眼睛。我给她盖上毯子，还把我的家居服放在她脚下。我去刷牙、换睡衣，把客厅里的沙发床打开。当我再次回到卧室时，她已经睡着了，呼吸平缓。街上的亮光透过天窗照到她脸上：依然那么苍白，鼻子尖尖的，从头发中露出那对漂亮的小耳朵。她半张着嘴巴，鼻翼翕动，神情虚弱，给人一种彻底被抛弃的感觉。我用嘴唇去蹭她的秀发时，能感到她吐到我脸上的气息。我躺下来，几乎马上就入睡了，但夜里醒来好几次。有两次我起身踮起脚尖去看她，她还在睡，平顺地呼吸着。她脸部的皮肤很光滑，突显出她的颧骨。她的胸脯随着呼吸的节奏在毯子下轻微地起伏。我猜测着她那颗小小的心脏，想象它是如何在疲惫地跳动着。

第二天早晨，当我准备早餐时，听到她起床了。她穿着我的家居服出现在我滤咖啡的小厨房里。衣服太大了，使她看上去像个小丑。她光着的脚丫像小姑娘的。

"我几乎睡了整整八个小时。"她惊奇地说道，"好久没这么睡过了。昨晚我晕倒了，对吗？"

"肯定是装的，想让我把你带到我家来。现在好了，你瞧，你得逞了。你居然都睡到我的床上了。你太善解人意了，坏女孩。"

"我昨晚没打扰你吧，小里卡多？"

"你今天白天还得打扰我呢。你得留在这儿，待在床上。埃莱娜去联系科善医院给你做全面检查。不许你争辩，现在轮到我对你发号施令了，坏女孩。"

"啊呀，真有进步呀。你说话的口气像是我的情人。"

但是这次她没笑。她看着我，脸色变了，眼神无精打采的。她这个样子非常好笑：头发乱糟糟的，那件家居服拖到了地上。我走近她，把她搂在怀里。她太脆弱了，我感到她在发抖。我想，要是我的胳膊稍稍搂紧一些，她就会像小鸟一样被折断。

"你不会死的。"我费力地吻着她的头发，在她耳边肯定地说道，"他们会给你做检查，要是有什么不好，会为你治疗的。你会重新漂亮起来，到时候看看你能不能让我再次爱上你。现在嘛，走，去吃早饭，我可不想上班迟到。"

我们正喝着咖啡、吃着烤面包片时，埃莱娜来了，她准备去上班了。她又给她测量了体温和血压，说她比昨晚好多了，但告诉她一整天都要安静地躺在床上，吃些清淡的东西。她会去安排医院的事，尽可能让她明天就能住进去。她问坏女孩需要些什么东西，坏女孩托她买一把梳子。

我去上班前，给她看了冰箱和碗柜里的储备，足够她中午做些鸡肉和黄油通心粉。晚饭等我回来再做。要是她感觉不好，就马上往联合国教科文组织打电话找我。她一言不发地同意了，心不在焉地看着那一切，好像还没搞明白发生的事。

下午一上班，我就给她打了个电话。她感觉很好。在我的浴缸里洗了个泡泡浴让她特别高兴，因为至少有半年之久，她都是在公共浴池快速地冲洗淋浴。下午下班回来时，我看到她和伊拉尔正全神贯注地看劳莱与哈台出演的一部电影。电影被译成了法语，内容似乎滑稽可笑，他们俩看得很开心，为胖子和瘦子的滑稽表演而欢呼。坏女孩换上了我的睡衣，外面穿着那件肥大的家居服，整个人都消失在衣服里。她梳洗整齐，脸色清新，面带笑容。

伊拉尔指着坏女孩，在他的黑板上写道："你会跟她结婚吗，里卡多叔叔？"

"死都不会。"我装作惊恐地对他说，"她倒是想这样。好多年前她就勾引我，但我不理她。"

"理她吧，"伊拉尔在黑板上快速地写着回答我，"她人可好了，会是个好妻子。"

"你是怎么收买这个小东西的，女游击队员？"

"我跟他讲了讲日本和非洲。他的地理好极了，那些国家首都的名字，他比我还清楚呢。"

埃莱娜帮坏女孩联系科善医院床位的三天里，她一直住在我家。这期间，她和伊拉尔成了好朋友，他们玩跳棋、大声说笑、像同龄人一样相互开着玩笑。他们俩在一起非常开心，虽然开着电视机，但实际上他们连看都没看，注意力全部集中在"石头剪子布"上了。这个用手玩的游戏，自米拉弗洛雷斯的童年以来，我就再也没见人玩过：石头硌剪子、布包石头、剪子剪布。有时，她给伊拉尔读儒勒·凡尔纳写的故事。但是，念过几行后，她就抛开书，开始胡编乱造，直到伊拉尔从她手里抢过书，笑得全身发抖。那三个晚上，我们都是在格拉沃斯基家吃晚饭。坏女孩帮埃莱娜做饭、洗碗。她们还一边谈话，一边讲笑话，就像我们四个人是生活中的两对好朋友。

第二个晚上，她坚持要睡沙发床，把卧室还给我。因为她威胁我说，要是不那样，她就要离开我家，所以我只好答应了她。前两天，她的精神很好，起码我是这么认为的。每晚我从联合国教科文组织回来时，她都在跟伊拉尔开心地玩。第三天，天还黑蒙蒙的，我就醒了，我断定听到有人在哭。我仔细听了听，没错：低低的哭声，断断续续，有时还不发出声。我走到客厅，看到她缩在沙发床上，捂着嘴，满脸泪水。她从头到脚都在抖。我把她的脸擦干净，帮她把头发捋顺，给她拿来一杯水。

"你不舒服吗？要我去叫醒埃莱娜吗？"

"我要死了。"她一边抽抽搭搭一边低声说道，"在拉各斯，我被传染上了什么，谁也不知道那是什么。他们说不是艾滋病，可那是什么呢。我连一点儿力气都没有了。没力气吃饭，没力气走路，没力气抬起胳膊。在纽马基特那儿，胡安·巴雷托也是这样，记得吗？我下边总是有脓一样的分泌物，不仅仅是疼。而且，自从拉各斯那事儿以后，我对自己的身体和一切都觉得特别恶心。"

她抽咽了好久，穿了好多衣服还抱怨冷。我为她擦干眼泪，让她喝了几小口水，为自己的爱莫能助而甚感沮丧。该给她什么？该对她说些什么才能把她从这种精神状态里拉出来呢？直到最后，我觉得她睡着了，才胆怯地回到卧室。是啊，她很严重，或许是因为艾滋病，又或许会像可怜的胡安·巴雷托一样死去。

那天下午，当我下班回来，看到她正为第二天住进科善医院做准备。她已经坐出租车去取来了自己的东西，衣柜里塞着一个大箱子和一个小箱子。我责怪了她，为什么不等我陪她一起去取行李呢？她说，没有别的原因，只是因为要是我看到她住的那个肮脏的破地方，她会觉得难为情。

第二天早晨，她只拿了那个小箱子就跟埃莱娜走了。告别的时候，她在我耳边嘟哝了一句让我很高兴的话：

"你是我生命中最美好的，好男孩。"

她体检的那两天像四天一样漫长。两天，我没能见到她。医院在时间上控制得非常严格，我从联合国教科文组织下班后就过了探视的时间，也没能跟她通上话。晚上，埃莱娜向我汇报打探到的消息。她坚强地忍受着检查、化验、问话和打针。埃莱娜在另一栋楼上班，但她安排好每天都过去看她几次。另外，作为整间医院最优秀的内科大夫之一，布里松教授饶有兴致地负责了她的病情。每天下午碰见伊拉尔在电视机前，他总在小黑板上写字问我："她什么时候回来？"

第四天晚上，打发伊拉尔吃过晚饭，等他睡下，埃莱娜又来到我家，给我带来了最新的消息。虽然还要再等几项化验结果，但布里松教授下午已经提前给她作出了一些结论，明确地排除了艾滋病。她极度营养不良，并处于严重的精神抑郁状态，对生活失去了信心。她应该立即接受心理治疗，这样能帮助她重燃生活的希望。否则，任何恢复计划都将是徒劳的。关于强奸的事可能是真的，在阴道和直肠处都有被撕裂的痕迹和伤疤。还有一个流脓的伤口，是金属器械或木头——她不记得了——强行插入引起的，撕裂了靠近子宫一侧的阴道壁。令人惊讶的是，这个敷衍治疗的创伤居然没造成败血症。需要做个外科手术，清洗脓肿，缝合伤口。但是她的病情中最棘手的是，她严重地精神紧张，那是她在拉各斯的经历和对自己现状的不确定所造成的。这一切使她喘不过气、感觉不安全、没有食欲，将她禁锢在恐惧的挫折中。那几次昏迷就是那个创伤导致的。此外，她的心脏、大脑和胃都正常。

"明天一大早，他们就给她做那个子宫小手术，"埃莱娜补充道，"由皮诺医生操刀，他是外科医生，是我的朋友，所以不收费，只要付麻醉师的费用和药费就行了。差不多三千法郎。"

"没问题，埃莱娜。"

"归根到底，这些消息还不算很坏，是吧？"她鼓励我，"那些野蛮人给这个可怜的人在肉体上造成的伤害，本来可能使情况更糟糕呢。布里松教授建议她到一家好的心理诊所绝对安静地休养一段时间。别落到那些拉康学派①的手里，那会使她陷入迷宫，比现在更茫然。问题是，布里松教授建议的那类诊所往往都特别贵。"

"需要什么，都由我去办。重要的是要找一位好的专家，让她脱离这一切，重新回到原来的样子，而不是变成现在这种行尸走肉。"

---

① 以法国精神分析学家拉康命名的心理学派。拉康于一九五三年提出"回到弗洛伊德去"的口号，在上世纪六七十年代风靡法国。

"我向你保证，我们会找到专家的。"埃莱娜拍了拍我的胳膊，笑着说道，"她是你的最爱，不是吗，里卡多？"

"唯一的爱，埃莱娜。我爱过的唯一一个女人，从她还是个孩子时，我就爱她。我曾竭力想忘记她，但实际上，那是徒劳的。我会永远爱她。如果她死了，生活对于我就没有意义了。"

"沐浴在这样的爱里，那个姑娘好有福气呀。"我的邻居笑着说道，"太棒了！我会为她要到秘方的。西蒙说得对：她给你起的那个绰号真像手上戴的戒指一样合适。"

第二天上午，我从联合国教科文组织请了假，去科善医院陪她做那个小手术。我在阴暗的走廊里等候，那里的房顶高高的，冰冷的风吹过，护士、医生、患者来来往往，不时有躺在担架车上的病人挂着氧气瓶或头顶吊着血浆瓶经过。走廊里有一个"禁止吸烟"的小牌子，可是没人理会它。

皮诺医生一边把橡胶手套摘下来，在喷着热汽的水流那里用泡沫肥皂仔细地洗着手，一边当着埃莱娜的面跟我谈了几分钟。那是一位非常年轻的小伙子，很自信，说话时毫不掩饰：

"她会彻底好起来的。但是，对了，你已经了解情况。她的阴道受了损伤，容易发炎、出血。直肠也被弄伤了，任何东西都会刺激它弄破伤口。要控制，我的朋友，做爱时要非常小心，不要太频繁。我奉劝您至少前两个月要克制。最好先别碰她。要是克制不住，要极其轻柔。这位女士经历了一次创伤，不是简单的强奸，而是——为了让您能明白——那简直是屠杀。"

当她从手术室被推回宽敞的普通房间时，我一直在她的身边。那是一个被两扇屏风隔开的角落，地方很宽敞，石头墙壁、凹进去的屋顶黑乎乎的，令人想起蝙蝠的巢穴。室内铺着异常干净的瓷砖，散发着刺鼻的消毒水味和漂白剂味，光线昏暗。此时的她更加憔悴，脸色如死尸般苍白，眼睛半睁半闭着。认出我后，她就拉住了我的手。在她把手放进我的手里时,我感到那手是如此纤细瘦小,像伊拉尔的手。

"我很好,"我还没问她感觉如何,她就吃力地对我说道,"给我做手术的医生非常和善,是个好小伙子。"

我亲吻她的头发,亲吻她那对漂亮的小耳朵。

"希望你没跟她调情。你是无所不能的。"

她用手按了按我的手,然后几乎马上就进入了梦乡。她睡了整整一个上午,到了下午才醒过来,不断地叫着疼。根据医生的吩咐,来了个护士给她打了一针。过了不一会儿,埃莱娜来了。她穿着白大褂,拿来一件毛衣,并且帮她穿在长睡衣外面。坏女孩向她打听伊拉尔,当她得知格拉沃斯基家的儿子也总是在打听她时,脸上露出了微笑。下午,我在她身边待了好长时间,陪着她吃饭。她的饭是盛在塑料托盘里送来的:一份蔬菜汤、一份煮鸡肉配蒸土豆。由于我一再坚持,她才毫无食欲地把勺子送到嘴边。

"你知道为什么大家都对我这么好吗?"她说道,"因为埃莱娜。护士和医生都喜欢她,她是医院里最受欢迎的人。"

过了一会儿,我们这些探视的人就被轰出来了。那天晚上,在格拉沃斯基家,埃莱娜告诉我一些消息。她已经做过调查,并向布里松教授咨询过。他向她推荐了一家小小的私人诊所,在帕蒂·克拉玛小镇,离巴黎不远。布里松教授已经向那里送去过一些病人了,都是些因遭受虐待而引发抑郁症或精神错乱的患者,治疗效果都不错。诊所的所长是他的同学。要是我们愿意,他可以把坏女孩推荐过去。

"你不知道我有多感谢你,埃莱娜。那地方听起来不错,我们尽早办吧。"

埃莱娜和西蒙互相对视了一下。我们晚餐吃了鸡蛋饼、火腿和沙拉,喝了葡萄酒,此刻正在喝咖啡。

"这件事有两个问题。"埃莱娜不自然地说道,"第一个问题,你知道的,那是一家私人诊所,肯定会很贵。"

"我有一些积蓄,如果不够,我再去借点儿。要是有必要,我可以把这套房子卖了。钱不是问题,重要的是她能痊愈。另一个问题是什么?"

"她在科善医院出示的护照是假的。"埃莱娜用一种请求我原谅的表情和音调向我解释道,"我做了好多疏通工作,才劝住行政部门的人不去警察局告发她。但不幸的是,她明天必须离开医院,并且永远不能再踏进那里。不排除她刚离开他们就会去当局告发她的可能。"

"那位夫人永远令我惊讶。"西蒙感叹道,"你们发觉了吗?跟她比起来,我们的生活是多么平庸无味啊。"

"那些证件问题能解决吗?"埃莱娜问我,"当然,我想会很难。我不知道,可能在齐拉克西医生的帕蒂·克拉玛诊所会是一个大麻烦。要是他们发现她在法国是非法居留,也许不会接收她,甚至会到警察局去告发她。"

"我认为坏女孩这辈子就没有拿到过合法证件。"我说道,"我百分之百地肯定,她不只有一本护照,而是有好几本,也许某一本比其他的显得没那么假。我问问她吧。"

"如果被发现,我们都会被抓起来。"西蒙大笑着说道,"他们会阻止埃莱娜行医,会把我从巴斯德研究所赶出去。好啊,那样我们就终于能开始真正的生活了。"

就这样,我们仨说笑着结束了谈话。和两个朋友在一起开心大笑使我心绪甚佳。那个晚上是四天来我第一次睡到闹钟铃响。第二天,我从联合国教科文组织回来时看到坏女孩被安置在我的床上,手里拿着我摆在床头柜上花瓶里的那束鲜花。她感觉好多了,不疼了。是埃莱娜把她从科善医院接回来的,还帮她上了楼,然后她就回去上班了。伊拉尔陪着她,看到她回来,他非常高兴。那孩子走了之后,坏女孩像是怕被格拉沃斯基家的儿子听见似的,压低声音对我说道:

"告诉西蒙和埃莱娜,请他们到这儿来喝咖啡。他们打发伊拉尔睡下后就过来吧。我帮你准备。我想感谢埃莱娜为我做的一切。"

我没让她起来帮我,自己准备了咖啡。过了一会儿,格拉沃斯基夫妇敲门了。我把像伊拉尔一样几乎没什么重量的坏女孩背到客厅里,和我们坐在一起,给她盖上一条毯子。接下来,她没跟他们打招呼就两眼放光地向他们宣布了一个特大新闻:

"请你们不要过分吃惊。今天下午,埃莱娜走了之后,我和伊拉尔单独在一起时,他搂住我,跟我用西班牙语清晰地说:'他非常爱你,坏女孩。'他说'他爱你',而不是'我爱你'。"

为了不让我们对她的话产生任何疑问,她做了一个手势,一个自从我在米拉弗洛雷斯的尚帕尼亚中学时代起就再也没见过的手势:把手指交叉成十字,放到嘴边,边亲吻边说道:"我发誓,他就是这么说的,一字不差。"

埃莱娜放声哭了,一边大把大把地流着眼泪,一边笑着搂住坏女孩。他还说别的了吗?没有。当她试图和他说话时,他又闭口不语了,只是靠他那块小小的黑板用法语回答她的问题。可是那句话、那句以令她想起电话里同样纤细的声音说的话再一次充分证明伊拉尔不是哑巴。好长时间,我们都不再谈论别的。我们喝咖啡。后来,我、西蒙和埃莱娜又喝了杯麦芽威士忌,我都不知是什么时候把它放在碗柜里的。格拉沃斯基夫妇制定了接下来的战略。他们和我都不能表现出知道了此事,因为是孩子主动跟坏女孩说话,那么她要用最自然的方式,不要给他施加任何压力,试图跟他再次对话,问他问题。跟他说话时要显得漫不经心,不要看着他,尽量不让他感到自己被监视或被人做试验。

后来,埃莱娜跟坏女孩讲了齐拉克西医生在帕蒂·克拉玛小镇的诊所。那间诊所不算太大,坐落在一座修剪整齐、绿树成荫的公园里。所长是布里松教授的同学和好友,他是一位知名的心理学家和精神病学家，是治疗因事故、受虐或其他创伤如厌食、酗酒或吸毒等所引发的抑郁症和神经错乱方面疾病的专家。检查结果很明确，坏女孩需要到一个适合的地方隔离一段时间，需要绝对的休息。在那里，同时进行饮食治疗和锻炼，有利于她恢复体力。还能接受心理帮助，有助于把那场可怕经历的阴影从她的头脑中清除。

"也就是说我疯了？"她问道。

"你一直是个疯子。"我赞同道，"而且，你现在还贫血、抑郁，那家诊所都能给你治好。你至死都将是个十足的疯子，如果这是你所担心的问题。"

她没有兴高采烈。虽然还是有些不情愿，但在我的一再坚持下，她妥协了，同意埃莱娜帮她约见帕蒂·克拉玛诊所的所长，我们的女邻居将陪我们去。格拉沃斯基夫妇离开后，坏女孩忧伤地看了我一眼，以满脸责怪的神气说道：

"谁为我支付那家诊所的费用呢？你非常清楚，我连葬身之地都没有。"

"除了那个一贯的大傻瓜，还能有谁呢？"我边为她把那些靠垫整理舒服边说道，"你是我的薄翅螳螂，你不知道吗？那是一只母虫子，当公虫子跟它做爱时，它就把它吞噬。公虫子看上去是快乐地死掉的。我的情况正好与之相同。你不必为钱发愁，你不知道我是个有钱人吗？"

她用两只手抓住我的一条手臂。

"你不是有钱人。你只不过是个贫穷的小可怜。"她气呼呼地说，"你要是有钱，我也不会跑到古巴、伦敦或日本去了。否则自从那次你带我逛了巴黎、去了那些给叫花子吃饭的可怕餐馆起，我就会留在你身边了。我总是为了一些实际上是卑鄙小人的有钱人而抛弃你。我就是这么完蛋的，输得一塌糊涂。我能认识到这一点，你很满意吧？你喜欢听吗？你做这一切是为了向我展示你比他们都好、我不跟你在一起损失有多大吗？能知道你为什么这样做吗？"

"为什么呢，坏女孩？可能是我想赢得一些宽恕，死后能升入天堂吧；也可能因为我依然爱着你。好了，别瞎猜了。睡觉吧。布里松教授说在你完全康复之前，应当尽量设法每天至少睡八个小时。"

两天后，我在联合国教科文组织的一份临时合同结束了，便全天候地照顾她。在科善医院，医生已经给她规定了饮食：主要吃蔬菜、鱼、熟肉、水果、什锦菜，禁止喝酒，包括葡萄酒；不能喝咖啡，不能吃任何辛辣的食物。她必须锻炼，每天至少走路一个小时。上午吃过早饭，我到军事学院区的一家面包店购买新出炉的羊角面包。我们挽着手臂在埃菲尔铁塔下沿着战神广场散步。有时候，要是天气允许而她又有兴致，我们会从塞纳河畔一直走到协和广场。我让她找话题说话，这样就能避免她跟我提及福田或在拉各斯的经历。但并非总能奏效。如果她坚持提那个话题，我就只听，绝不提问。从她偶尔半自言自语透露的话中，我推断她是在启程离开尼日利亚的当天被抓的。可是她的故事讲得断断续续，总是令人云里雾里，摸不着头脑。据她说，当时她已经过了机场的海关，排在乘客队伍里向飞机走去。过来几名警察，客气地把她从队伍里带出去。但是他们刚把她弄上一辆玻璃被涂得漆黑的面包车，尤其当把她从车上带进一座臭气冲天的大楼里时，态度就彻底改变了。那里是装有铁窗的牢房，到处散发着粪便和尿骚味。

"我不相信他们能发现我，那些警察没本事发现。"她一遍又一遍地说，"是有人告发了我。会是谁呢？谁？有时候我想是福田本人。但是他为什么要这么做呢？荒谬之极，不是吗？"

"那些事现在还有什么关系呢？都过去了，忘了它，深埋掉吧。用那些回忆来折磨自己对你没好处。现在唯一重要的是你死里逃生，而且很快就能痊愈。以后再也不要卷进那些使你丢了半条命的非法勾当里去了。"

第四天是星期四，埃莱娜告诉我们，帕蒂·克拉玛诊所的所长齐拉克西医生要在星期一中午接待我们。布里松教授给他打了电话，把坏女孩的体检结果、开出的处方以及提出的建议都发过去了。星期五，我去找查尔内斯先生谈话，他叫他口笔译公司的秘书给我打过电话。他给了我一份在赫尔辛基的合同，为时两周，报酬丰厚。我接受了。当我回到家，刚打开门，就听到卧室里传出的说话声和轻轻的笑声。我半开着门，静静地听着。他们在用法语说话，其中一个声音是坏女孩，另一个尖细的、有点像外国人口音的、有些犹豫不定的，只能是伊拉尔了。我一下子双手冒汗，神情恍惚地站在那里。我听不懂他们在说什么，好像是在玩什么，可能是跳棋，或者是石头剪子布。但从他们咯咯的笑声听得出玩得很开心。他们没听见我进屋。我轻轻地关上门，向卧室快速走去，同时用法语大声喊道：

"我猜你们在玩跳棋，而且是坏女孩赢了。"

刹那间的安静。当我向前跨一步进入卧室时，我看到他们把棋盘摆在床中间，两个人相对而坐，身子都俯向棋盘。瘦小的伊拉尔用骄傲的眼神看着我。这时，他大张着嘴巴用法语说道：

"是伊拉尔赢了。"

"岂有此理，他总是赢我。"坏女孩拍手，"这个小东西是冠军。"

"我看看，我看看，我想当这一局的裁判。"我边说边倒在床的一角，仔细查看棋盘。我尽量装出绝对自然的神态，好像没什么特别的事情发生，其实我都快不能呼吸了。

伊拉尔俯向棋子，观察着、琢磨着下一步棋。一时间，我和坏女孩的目光交会了。她笑了，对我挤了挤眼睛。

"我又赢了。"伊拉尔鼓掌喊道。

"是啊，亲爱的，她都不能动弹了。你赢了。来，握握手！"

我握了一下他的手，坏女孩亲了他一下。

"我再也不跟你玩跳棋了。我可受不了这些打击。"她说道。

"伊拉尔,我刚想出一个更有意思的游戏。"我突发奇想,"我们为什么不给埃莱娜和西蒙一个大惊喜呢?咱们来一个让你的爸爸妈妈这辈子都会永远记住的节目,你愿意吗?"

那个男孩已经露出一副警觉的神情,一动不动地等着我继续说下去,什么也没回答。当我一边描述一边编造着那个计划时,他好奇而又有些胆怯地听我说话,被我的提议吸引;但又不喜欢,不过没敢拒绝。我说完,他静静地、长时间没有开口,只是看看坏女孩,又看看我。

"你觉得怎么样,伊拉尔?"我问道,跟他总是用法语,"我们给西蒙和埃莱娜一个惊喜吗?我肯定他们这辈子都忘不了。"

"好吧。"伊拉尔轻声说道,点头同意,"我们给他们一个惊喜。"

沉浸在听到伊拉尔会说话带来的欣喜和彷徨中,我们着手准备我的突发奇想之举。当埃莱娜来接他时,我和坏女孩都请求她,请她答应吃过晚饭后,西蒙、伊拉尔和她都过来,因为我们有一种非常好吃的甜点想邀请他们一起品尝。埃莱娜略略感到惊讶,随即便说好吧,但她说他们只能待一会儿,要不然第二天贪睡的伊拉尔会起不了床。她和伊拉尔一离开,我就急急忙忙地跑去了军事学院区拐角处布尔德奈大街的羊角面包店。幸运的是,还开着门。我买了一只有好多奶油的蛋糕,上面铺着厚片的、鲜红的草莓。因为沉浸在激动的情绪中,我和康复中的病人几乎没怎么吃刚才的蔬菜和鱼。

当西蒙、埃莱娜和伊拉尔穿着拖鞋和睡衣到来时,我们已经准备好了咖啡、把蛋糕切成块在等他们了。我从埃莱娜的表情一下子就看出她察觉到了什么。相反,西蒙则尚未从他下午读到的俄罗斯科学家和持不同政见者写的一篇文章中摆脱出来,所以心不在焉,跟我们说话的时候竟把甜腻腻的点心弄到了胡子上。那位科学家不久前访问过巴斯德研究所,他的谦逊和博学给所有的研究员、科学家都留下了深刻的印象。见时机一到,坏女孩就根据我编造的荒唐情节,用西班牙语问道：

"你们觉得伊拉尔能讲几种语言？"

我看得出，西蒙和埃莱娜一下子愣住了，眼睛也睁大了些，好像在说："这儿在发生什么事？"

"我觉得有两种。"我肯定地说，"法语和西班牙语。你们觉得呢？埃莱娜，伊拉尔能讲几种语言？西蒙，你觉得有几种？"

伊拉尔的一双小眼睛从爸爸妈妈身上转到我身上，又从我转到坏女孩，最后又转回去看他的爸爸妈妈。他非常严肃。

"他一种也不会说，"埃莱娜看着我们，嘟哝道，避免把头转向那个孩子，"至少现在还不会。"

"我觉得……"西蒙说，继而便沉默下来，显得茫然不知所措，并且用眼神恳求我们，希望我们能告诉他该怎么说。

"实际上，我们怎么认为又有什么用呢？"坏女孩插话了，"只有伊拉尔说的才算数。你说呢，伊拉尔，你讲几种语言？"

"讲法语。"他用又尖又细的声音说。稍微停顿了一下，他又换了一种语言："伊拉尔还讲西班牙语。"

埃莱娜和西蒙一直看着他，没有出声。西蒙手里拿着的蛋糕从盘子滑向地板，掉到了他的裤子上。那孩子放声笑了，一只手捂住嘴，指着西蒙，用法语叫喊道：

"你把裤子弄脏了。"

埃莱娜早已站起身，这会儿站在孩子的身边，陶醉地看着他，反复地用一只手抚弄着他的头发，另一只手去触摸他的嘴唇，像一位虔诚的女教徒抚弄着她的守护神的画像。但是，他们两个人中更激动的是西蒙。他一句话也说不出来，呆头呆脑地看着儿子、妻子和我与坏女孩，如同在请求我们别唤醒他，就让他一直处于梦境中。

那天晚上，伊拉尔再也没说过别的话。过了不一会儿，他的爸爸妈妈就把他带走了。临走前，充当女主人的坏女孩把剩下的半只蛋糕

打包,坚持让格拉沃斯基一家带走。告别时,我向伊拉尔伸出手:

"我们干得很棒,不是吗,伊拉尔?你表现得这么好,我得送你一个礼物。再买六个铅制小兵给你收藏?"

他点头表示同意。他们走后,我们关上门,坏女孩感叹道:

"此时此刻,他们是世界上最幸福的一对。"

夜深了,我已经睡眼朦胧,看见一个人影静悄悄地溜进客厅,走向我的沙发床。她拉起我的手说:

"来,跟我来。"那句话是命令。

"我不能,也不应该这样。"我边说边起身跟着她,"皮诺医生禁止我这么做。至少在两个月里,我不能碰你,更不能跟你做爱。在你完全康复之前,我绝对不会碰你,也不会跟你做爱。明白吗?"

我们躺到床上,她蜷缩在我身边,头靠在我肩上。我感到她的身体是皮包骨头,一双冰凉的小脚在我腿上蹭来蹭去。我从头到脚打着寒战。

"我不想让你跟我做爱。"她吻着我的脖子嘟哝道,"我只想让你抱着我,给我些温暖,让我打消这种恐惧。我怕得要死。"

她那满是棱角的瘦小身体像树叶一样瑟瑟发抖。我抱住她,抚摸着她的后背、胳膊和腰间,一刻不停地在她耳畔说着甜言蜜语。我再也不允许任何人伤害她。我要多帮助她,使她尽快康复,恢复体力,恢复生活的愿望并快活起来,还要让她重新变得漂亮。她贴在我身上,一言不发地听我说话,不时因一阵阵惊恐而呻吟、抽搐。过了好长时间,我觉得她睡着了。但整个夜晚,我在半梦半醒之间,始终能感觉到她被不断重现的恐怖折磨得发抖、叹气。当我目睹她如此无助时,发生在拉各斯的场景便会出现在我脑海里,于是我倍感伤心、愤怒,涌现出要报复那些刽子手的强烈欲望。

我们去帕蒂·克拉玛的诊所那天简直像是郊游。安德烈·齐拉克西医生是匈牙利裔法国人。那天,明媚的阳光照耀在树林中高大的杨树和橡胶树上。诊所在一座公园的尽头,那里有一些残损的雕像和一座天鹅池。我们中午到达那里,齐拉克西医生马上让我们去他的办公室。那原是十九世纪领主的家,两层楼,大理石台阶,阳台装着栅栏。楼内很现代化,增建了一间带宽大玻璃窗的厅,可能是日光浴室或带游泳池的健身房。从齐拉克西医生办公室的窗子能远远看到有人在树下活动,其中有穿着白大褂的医生和护士。齐拉克西医生也好像来自十九世纪,胡子修剪成方形,面容清瘦,秃顶闪着光亮。他一身黑衣打扮,坎肩是灰色的,衣领硬邦邦的,仿佛是假的。他没打领带,而是系了一条带子,将其折成四段,用一只鲜红的别针别住。他佩戴着一块怀表,表链是金色的。

"我跟同行布里松谈过了,也看了科善医院的报告。"就像不允许在琐碎事情上浪费时间一样,他一下子就进入正题,"你们运气很好。诊所通常人满为患,要等很长时间才能住进来。可是因为这位夫人的情况比较特殊,又是我的老朋友推荐来的,所以我们给她挤出了一个空床位。"

他说话声音洪亮,举止潇洒大方,有一些戏剧效果。他说,根据营养师的建议,病人会有一份特殊的食谱,以便恢复她失掉的体重;一台专用监视器会指导她锻炼身体。她的主治医师是罗琳医生,她是治疗这位夫人所受伤害的专家。每周可以有两次探视,探视时段为晚上五点至七点。除了接受罗琳医生的治疗,她还将接受由克齐拉西主持的会诊。除非有人提出异议,否则他将在治疗中采用催眠术,由他掌控。而且——为了让我们知晓接下来将是一份重要的声明,他停顿了一下——如果病人在治疗期间的任何时刻感到"沮丧",可以立即中止治疗。

"这里从没发生过这样的情况。"他咂着舌头补充道,"但是一切皆有可能,万一发生呢?"

他说,跟布里松教授谈过之后,他们一致认为,病人原则上至少需要在诊所住上四周。然后，视情况看她是否需要延期，或者可以在家里继续康复。

他回答了我和埃莱娜提出的关于诊所运作及其合作者方面的所有问题，坏女孩一直闭口不语，好像所听的事跟她无关。在开了一个有关拉康及其想象力丰富的结构主义与弗洛伊德结合的玩笑后，他笑着说"我们的菜单里不提供"，这让我们平静下来。他让一名护士带坏女孩去罗琳医生的办公室。她一直在等她，要跟她谈一谈，然后带她去参观设施。

只剩下齐拉克西医生和我们单独在一起时，埃莱娜小心翼翼地提到了一个月要花多少钱这个敏感话题。她又马上说明，那位"夫人"既没有保险，也没有私人财产，她治疗的所有费用都将由这位朋友来支付。

"不包括药费，大约十万法郎。因为药费很难提前估算，最坏的情况可能是再加百分之二十至三十。"他略加停顿，在说话前轻轻咳了一下，"因为这位夫人是布里松教授介绍来的，所以会给特殊的价格。"

他看了看表，站起身来对我们说，要是我们决定了，就到管理中心填表。

四十五分钟后，坏女孩出现了。她对跟罗琳医生的谈话、参观诊所都感到非常满意，觉得那位医生很有见识，人也很和善。她将入住的是个小房间，很舒适、很漂亮、朝向公园方向。所有的设施，包括食堂、健身房、温水游泳池以及那间供聊天、放映纪录片和电影的小礼堂，都非常现代化。不用再商量什么，我们去了管理中心。我签了一份文件，保证支付所有的费用，并交了一张一万法郎的支票做押金。坏女孩递给管理人员一本法国护照。这位管理人员是一个消瘦的女人，盘着发髻，用审视的眼光看着她，让她最好出示身份证。我和埃莱娜不安地相互对视了一下，等着大祸临头。

"我还没有身份证呢,"坏女孩极其自然地说道,"我在国外住了好多年,刚回法国。我知道得办。我会尽快办。"

管理人员把护照上的资料记在本子上,然后还给她。

"明天入住。"她送别我们时说道,"请在中午前到。"

这是一个美妙的日子,微冷,但是阳光明媚,碧空如洗。我们在帕蒂·克拉玛小镇的树林里走了很长时间,秋天的落叶在我们脚下沙沙作响。我们在树林边的一家小酒馆吃午饭,一座噼啪作响的壁炉温暖着那里,火光照红了所有顾客的脸庞。因为埃莱娜要去上班,所以她把我们放在巴黎门最靠近地铁站的地方走了。我们回军事学院区的一路上,坏女孩一言不发,手一直放在我的手里。有时我觉出她在发抖。刚进入约瑟夫·加尼埃街的那间小房子,她就让我坐在客厅的沙发上,自己瘫倒在我的腿上。她的鼻子和耳朵都冰凉,浑身战栗,话都说不清楚,牙齿互相磕碰着。

"到诊所里就会好了。"我抚摸着她的脖子和双肩,用气息温暖着她冰凉的小耳朵,对她说道,"他们会照顾你、会让你长胖、会让你打消这些恐惧。你会美丽如初,又变成那个小魔鬼。你要是不喜欢那间诊所,就马上回这儿来。只要你一句话。那儿不是监狱,而是休养所。"

她搂着我,一句话也说不出来,颤抖了好一会儿才平静下来。后来,我准备了两杯加柠檬的茶。她一边整理去诊所的行李,我们一边聊天。我交给她一只装有五千法郎的信封,让她随身带着。

"这不是白送的,是借给你的,"我跟她开玩笑,"等你有钱了,要还我。我要收取高额利息。"

"所有这些,你得花多少钱呀?"她问道,并不看我。

"比我想象的要少,大概十万法郎。只要能看到你重新漂亮起来,这十万法郎又算什么呢?我纯粹是出于关心,智利小姑娘。"

她好长时间什么也没说,继续阴沉着脸整理箱子。

"我现在有那么难看吗?"她突然问道。

"太可怕了。"我对她说道,"请原谅,可你真的变成了丑八怪。"

"瞎说八道。"她扭过半个身子,向我胸口扔了一只拖鞋,"我昨晚在床上肯定没那么丑,你的小鸡鸡整晚都立着。你一整夜强忍着想跟我做爱的欲望,小圣徒。"

她放声大笑。从那一刻起,她的情绪开始好转。一收拾完行李,她就又坐到我的大腿上。我搂着她,轻轻地按摩着她的后背和胳膊。她就这样沉睡过去了,一直到大约六点钟,伊拉尔来看电视节目。自给了他父母惊喜的那个晚上起,他便开始跟他们和我们说话,只是偶尔说说,因为太吃力,让他感觉很累。于是,他重拾小黑板,继续把它挂在脖子上,还有一个装了几支粉笔的小口袋。那天晚上,我们一直没听到他说话,直到他用西班牙语跟我们道别:"晚安,朋友们。"

晚饭后,我们到格拉沃斯基家喝咖啡。他们答应坏女孩,一定去诊所看望她,并告诉她,在我去芬兰工作期间,要是需要什么东西,就给他们打电话。我们回家后,她不让我打开沙发床:

"你为什么不愿意跟我睡在一起呢?"

我抱住她,把她紧紧地搂在怀里。

"你很清楚为什么。你赤裸裸地躺在我身边,我渴望得到你,但又不能碰你,这简直是一种折磨。"

"那没办法,"她好像被我侮辱了一般,气愤地说道,"如果你是福田,才不会在乎我是不是会流血或者死掉,会整晚跟我做爱。"

"我不是福田,你还没明白吗?"

"当然明白了。"她重复道,用胳膊搂住我的脖子,"所以,你今晚要跟我睡,因为我太喜欢折磨你了,你没意识到吗?"

"哎呀,是啊,"我亲吻着她的头发对她说,"好多年前我早就意识到了,但更糟糕的是我没能引以为戒,甚至还有点喜欢。我们真是完美的一对:一个是施虐狂,一个是受虐狂。"

我们躺在一起,当她试图抚摸我时,我抓住她的手,握住了它们。"在你完全康复之前,我们要做两个纯洁的小天使。"

"说实话,你是一个真正的傻瓜。至少你可以抱紧我,让我不再害怕。"

第二天早晨,我们到圣拉扎尔车站坐火车。去帕蒂·克拉玛小镇的一路上,她一言不发,低垂着头。我们在诊所门口分手。她紧紧地抱着我,好像我们再也见不到了似的,眼泪打湿了我的脸。

"照这样下去,你最终会爱上我的。"

"我愿跟你打任何赌,永远不会,小里卡多。"

当天下午,我便启程去赫尔辛基。在那里工作的两周里,我每天讲俄语,上午下午不停地说。那是一个有欧、美、俄三方代表参加的会议,旨在制定一项西方国家针对苏联解体后的援助与合作政策。在所有关于经济、政治、文化和体育的会议上,那些俄罗斯代表都以一种自由、自发的态度发言,与不久前由勃列日涅夫甚至是戈尔巴乔夫政府派去国际会议的那些发言单调的傀儡截然不同。很显然,那里正在发生着变化。于是,我产生了重回莫斯科、回到再次受到洗礼的圣彼得堡的愿望。我已经很多年没去那里了。

我们这些翻译的工作量很大,几乎没时间散步。这是我第二次到赫尔辛基。第一次是在春天,那时候还能在大街上走一走,到郊外去看看散布在湖边的杉树和满是木房子的美丽村庄。那个国家的一切都是美好的:建筑、自然风光、人,尤其是老人。然而现在,外面下着雪,温度低至零下二十度,我更愿意待在宾馆里看书或去体验神秘的桑拿浴,在那里能让我产生愉悦的催眠效果。

在赫尔辛基的第十天,我收到坏女孩的一封信。她在帕蒂·克拉玛诊所很好,毫不费力地适应了那里的一切。他们没让她节食,反而要她大量进食。由于她在健身房的运动量很大,还在一名教练的帮助下学游泳,所以胃口大开,吃东西没有问题。她从没学过游泳,只会漂着或者像小狗那样在水里乱扑腾。她已经上过罗琳医生的两次课，她很有才智，二人相处得很好。她几乎没时间与其他病人交谈，只是在吃饭时和一些人打个招呼。她唯一有过两三句交谈的是个德国姑娘，得了厌食症，害羞胆怯，但是个好人。至于齐拉克西医生的催眠课，她只记得醒来时感觉很平静、很轻松。她还说很想我，让我"别在芬兰的桑拿浴那儿胡来，因为全世界都知道，那是最大的性堕落场所"。

两个星期后，我刚回到巴黎，查尔内斯先生的公司就马上帮我搞到一份在亚历山大工作五天的合同。我只能在巴黎待一天，因此不能去看望坏女孩，但我们下午通了电话。我发现她情绪甚佳，对罗琳医生的一切都很满意，还对我说，她"帮了她一个大忙"；齐拉克西医生的会诊也很有趣，"有点儿像向牧师忏悔，但是在群体中，还有医生的布道"。你想让我给你从埃及带点儿什么？"一头骆驼。"接着她郑重其事地补充说，"我知道要什么了：那种阿拉伯舞蹈家穿的、肚皮露在外边的舞裙。"你打算等你从诊所出来后给我表演一次肚皮舞作为犒赏吗？"等我出来后，我会做一些你听都没听过的事，小圣徒。"当我对她说我很想她时，她回答道："我觉得我也是。"毫无疑问，她的病情在好转。

那天晚上，我在格拉沃斯基家吃饭，给伊拉尔带去了我在赫尔辛基一家商店买的十二个铅制小兵。埃莱娜和西蒙欣喜若狂。尽管那孩子有时还是沉浸在他的无语世界里，而且不放弃小黑板，但是他每天都说得更多了些。不仅跟他们，还跟学校里的同学，他们以前给他起外号叫"小哑巴"，现在则管他叫"小鹦鹉"。这事关耐心，很快，一切就会走入正轨。格拉沃斯基一家去看过坏女孩几次，觉得她完全适应了诊所里的一切。埃莱娜给齐拉克西教授打过一次电话，他给她读了一份罗琳医生的报告，对病人的进步作了充分的肯定。她的体重增加了，神经系统的控制力也日益增强。

第二天下午，我出发去开罗，五个小时难熬的飞行后，转乘埃及航班飞往亚历山大。到达时我已是疲惫不堪，入住一家叫尼罗河的小旅馆——都怪我挑了一家给翻译提供的最便宜的旅馆——后，连行李都没打开，便倒头大睡了八个小时。我很少有这种情况。

　　第二天是自由活动，我在亚历山大创建的这座古城转了一圈，参观了罗马文物博物馆和竞技场废墟，又在那条非常漂亮的滨河大道上走了很久。大道两旁遍布咖啡馆、餐厅、酒店和旅游商店，挤满了熙熙攘攘来自世界各地的人。坐在一家令我想起诗人卡瓦菲斯①。那位诗人的家位于已经消失且被阿拉伯化的希腊街区，当时不能参观，一块小牌子上用英文写着它正由希腊领事馆负责修复——的露天咖啡馆里，我给病人写了一封很长的信。在信里，我告诉她，得知她在帕蒂·克拉玛诊所很愉快时我有多么高兴，如果她表现好并且从诊所痊愈出院，我答应带她到西班牙南部的海滨玩上一个礼拜，让太阳把她晒黑。"你愿意跟这个可怜虫一起度蜜月吗？"

　　下午，我全心全意地查看第二天即将召开的会议资料。会议涉及地中海地区所有国家的经济合作和发展，包括法国、西班牙、希腊、意大利、土耳其、塞浦路斯、埃及、黎巴嫩、阿尔及利亚、摩洛哥、利比亚和叙利亚。以色列被排除在外。那简直是精疲力竭的五天，一点儿空闲时间都没有，整天被拖在提案和混乱无聊的辩论中。尽管会议的文件堆积如山，但在我看来，它们都没什么实际意义。参加会议的翻译里有一名阿拉伯语翻译是亚历山大人，他在最后一天帮我搞到了坏女孩托我买的东西：缀满细纱和宝石的阿拉伯舞裙。我想象着她穿上，在月光下，伴着竖笛、长笛、指钹、手鼓、曼陀林、铙钹及其他阿拉伯乐器的节奏，像沙漠里的椰枣树一样舞动，然后我便想占有她。

---

　　① 20世纪初期希腊大诗人，生于埃及的亚历山大城。

回到巴黎的第二天，甚至在见格拉沃斯基一家之前，我先前往帕蒂·克拉玛诊所去看望坏女孩。那一天，天空灰蒙蒙的，下着小雨，路两旁树木上的叶子都落光了，简直像是树林整个儿被冬天"烧"了一遍。天鹅池里没有了天鹅，笼罩在阴郁、潮湿的薄雾之中。诊所的人让我到一间非常宽敞的大厅去，已经有一些人坐在沙发上等候了，看上去像是一家一家的。我坐在窗边等她，从那儿能隐约看见喷泉。突然，我看到她走了进来，穿着睡衣，头上裹着毛巾，脚上穿着拖鞋。

"很抱歉，让你久等了，我刚才在游泳池里游泳呢。"她边说边踮起脚尖吻了吻我的脸颊，"我压根不知道你要来。我昨天才收到你从亚历山大寄来的信。我们真的能去西班牙南部的海滨度蜜月吗？"

我们就坐在那个角落里，她把椅子拉近我的椅子，直到我俩的膝盖碰到了一起。她拉着我的手，让我的手抓住她的手，我们就这样，谈话过程中一直十指交叉。她的变化很明显。事实上，她已经康复了：身体曲线优美，脸上的皮肤既不见骨头突出也不见面颊深陷。她的深蜜色的眼睛里又一次闪耀着活力和往昔的顽皮，额头蜿蜒着那条细小的蓝色静脉。她那丰满的嘴唇一张一闭时的妩媚样子，使我又想起了很久以前的坏女孩。我发现她自信、镇定了，对自己的现状很满意，因为她肯定地告诉我，最近两年来使她处于疯狂边缘的恐惧如今只是偶尔才袭来一次。

"你不用告诉我，"我对她说道，亲吻着她的手，满怀柔情地看着她，"我一看就知道了，你又漂亮起来了。我太激动了，不知道该说什么了。"

"刚才是你把我从游泳池里钓出来的。"她挑逗地看着我的眼睛说道，"你等一会儿，我收拾一下，化好妆，那时你会大吃一惊的，小里卡多。"

那天晚上，和格拉沃斯基一家吃晚饭时，我向他们讲了坏女孩这三周治疗以来令人难以置信的转变。他们上个周日刚去看过她，跟我有同感。他们也在为伊拉尔的事感到兴奋。尽管伊拉尔有时会再次沉默下来，但这个孩子无论在家还是在学校都日渐鼓起勇气，说话更多了。毫无疑问，他不可能回到从前了。他已经走出了自己的封闭之地，逐步融入了与别人的交谈。下午，他用西班牙语跟我打了招呼："里卡多叔叔，你得给我讲讲金字塔的事。"

接下来的几天里，我精心打扫、整理、美化我在约瑟夫·加尼埃街的那个房间，以迎接那位病人。我让人洗熨了窗帘和床单，请了一位葡萄牙妇女帮我擦地板、给地板打蜡、清扫墙上的灰尘、洗衣服。我还给家里的四个花瓶都买了鲜花。我把装有埃及舞裙的盒子摆在床上，还放上一张悦目的小卡片。她从诊所回来的前一晚，我像第一次跟女孩约会的小男孩一样满怀憧憬。

我们开埃莱娜的车去接她，伊拉尔陪着我们，那天他没课。尽管下着雨，天空灰蒙蒙的，但是，我感觉那是老天爷在向法国送来的缕缕金色的光线。她已经准备好了，在诊所的大门口等我们，脚下放着行李。她精心打扮了一番：略略涂了点儿口红，脸颊略施粉黛，修剪了指甲，还用睫毛膏加长了眼睫毛。她穿了一件我从没见过的海蓝色风衣，腰带上有一枚大别扣。伊拉尔一看见她就两眼放光，跑过去抱住她。当门卫帮着把行李搬到埃莱娜的车上时，我便去管理中心办手续。那个梳着发髻的女人给了我一张发票，总额跟齐拉克西医生预计的差不多：十二万七千三百一十五法郎。为此，我已在账户里预存了十五万法郎。我卖掉了持有的所有国库券，还贷了两笔款：一笔是行业共济会的，因为我是会员，所以利息是最低的；另一笔是向我存款的银行法国兴业银行申请的，利息较高。一切迹象表明，这是一次很不错的投资，病人看上去神采奕奕。那位女管理员告诉我，我需要给所长的秘书打个电话预约，和所长见见面，因为齐拉克西医生想见我。她还补充道："是单独见面。"

那是一个美妙的夜晚。我们在格拉沃斯基家吃晚饭，有香槟酒，但吃得很清淡。刚回到我们的家，我和坏女孩就相互拥抱在一起，长时间地亲吻着对方。开始还很温柔，后来就如饥似渴、激情奔放、拼命地拥抱了。我的双手抚摸遍了坏女孩的全身，并帮她脱掉了衣服。她太美了：有了曲线。她曾是那样瘦弱，如今起起伏伏的曲线重新回来了。我用双手、双唇触及她那热乎乎的、柔嫩的、秀美的奶头，她那坚挺的、如花苞待放似的小乳房是如此令人春心荡漾。我不知疲倦地呼吸着她脱去汗毛的腋下散发出的芬芳。当她脱得赤裸裸的时候，我把她抱进了卧室。看着我脱衣服时，她面带以往那种嘲弄的微笑问道：

"你要跟我做爱吗?"她像唱歌一样逗弄我，"可是，还没满两个月呢，医生是嘱咐过的。"

"今天晚上，我才不管呢。"我回答她，"你太美了，要是不跟你做爱，我会死掉，因为我爱死你了。"

"我正奇怪你还没跟我说这些俗不可耐的话哩。"她笑道。当我非常轻柔、带着浓浓爱意缓慢地从头发到脚掌亲吻她的全身时，我感到她在兴奋地呻吟，身体不断地收缩、伸展。在我亲吻她的私密处时，我觉得那里湿漉漉的，肌肉在跳动，似乎有些肿胀。她用大腿用力地夹着我。可是，我刚插入，她便"嗷"地大叫了一声，放声哭起来，脸因疼痛而抽搐。

"好疼啊，我疼。"她呜咽着，用两只手把我推开，"我本想今晚让你高兴的。可是，我不行，像撕裂一样地疼。"

她一边哭一边痛苦地亲着我的嘴，头发和眼泪都进到我的眼睛和鼻子里。她又开始全身颤抖，好像那些恐惧再次重现。我则因自己的鲁莽、不负责任和自私向她道歉。我爱她，我永远不会让她受苦，她是我生命中最珍贵、最甜美、最柔情的东西。由于她的疼痛不减，我便起来赤身走进卫生间，拿来一块用温水浸湿的小毛巾，和她一起轻柔地擦拭她的私密处，直到疼痛渐渐地过去。我们盖上毯子，她想用嘴帮我完事儿,但我忍住了。我很后悔弄疼了她。在她完全康复前,今晚这一幕再也不会重演了。我们会过一种纯洁的生活,她的健康比我的愉悦重要。她一言不发地听我说话,身体紧贴着我,一动不动。然而,过了好一会儿,在入睡前,她用胳膊环抱着我的脖子,嘴唇对着我的嘴唇,低声细语道:"你从亚历山大写来的信我至少看了十遍。我每晚都由它陪着入睡,双腿紧紧地夹着它。"

第二天早晨,我在大街上往帕蒂·克拉玛诊所打电话,齐拉克西医生的秘书约我两天后见面。她再次明确,院长想单独见我。下午,我到联合国教科文组织去看有没有什么合同,翻译部主任告诉我本月余下的日子里什么工作都没有了,他建议不如推荐我去波尔多①一个为期三天的会议做翻译。我没接受。查尔内斯先生的公司最近也没有在巴黎或附近什么地方的工作,但是作为我的旧东家,看到我那么急需工作,便交给我一堆文件翻译,从俄语和从英语翻,报酬相当高。就这样,我在家里的客厅兼餐厅里放上打字机和字典安置下来,便开始工作。我迫使自己执行办公室的时间表。坏女孩给我准备咖啡并负责做饭。她就像对丈夫很殷勤的新婚妻子一样,时常过来搂住我的肩膀,从背后在我脖子或耳朵上亲一下。可一旦伊拉尔来这里,她就会完全把我忘记了,专心地跟他玩,就像他们是同龄人。每天吃过晚饭,我们在就寝之前会听听唱片,有时候她躺在我的臂弯里就睡着了。

我没告诉她我和帕蒂·克拉玛诊所有约。我找了个借口,说在伦敦郊外一家公司可能有个工作机会要见面,便从家里出来了。我冻得半死,比约定的时间提前半小时到达了诊所,坐在会客室里静静地等待,观望着外面松软的雪花飘落在草坪上。恶劣的天气使石头喷泉和树木都消失不见。

---

① 法国西南部城市。

齐拉克西医生的衣着风格和我一个月前第一次见他时一模一样，他由罗琳医生陪同。我对罗琳的第一印象非常好，她身体健壮，还算年轻，目光睿智，唇边总是挂着友善的微笑。她臂下夹着一个病案夹，有节奏地把它从一只手倒到另一只手。他们站着接待我，尽管房间里有很多座位，他们却没邀请我坐下。

"她怎么样？"院长以问候的方式问我，与第一次给我的印象一样：那是个不愿意转弯抹角浪费时间的人。

"非常好，医生。"我答道，"简直像换了个人。她康复了，体型丰满了，脸上也有了色泽。我发现她很平静，那些曾折磨她的恐惧的打击已经消失殆尽。她非常感谢你们。当然了，我也是。"

"好，很好。"齐拉克西医生说道，像魔术师一样摆弄着双手，在地上左右移动着脚步，"然而，我提醒您，在这些事情上，任何人永远都不能只相信表象。"

"怎么回事，医生？"我好奇地打断他。

"脑子里的那些事情，我的朋友。"他笑着说，"要是您愿意把它称作精神上的事情，我也没有异议。夫人身体上是好了，由于有规律的生活、饮食结构和各种锻炼，实际上，她所有的器官都已经恢复正常了。现在，仍要尽量遵守我们给她建议的饮食指导，不能放弃健身和游泳，这些都曾对她很有帮助。但是在精神方面，您要更有耐心。我觉得，尽管她还有很长的路要走，但大方向是对的。"

他看了一下罗琳医生，她还没开口。她表示同意，那穿透性的目光让我心里一惊。我看到她打开病历册，快速地翻页。他们要告诉我一个坏消息吗？直到这时，院长才向我指了指椅子。他们也坐下了。

"您的朋友受了很多苦。"罗琳医生说道，她那和蔼的语气好像在说一件与此毫不相干的事，"她脑袋里的的确确一团混乱，这是她受伤害的后果，甚至现在依然要承受这种后果。"

"但是我觉得她精神上好多了。"为了说些什么，我这样说道。两位医生的转弯抹角令我心生疑惧。"当然,我认为,经历过拉各斯那样的事件之后,任何女人都不会完全恢复。"

有一小会儿沉默,所长和女医生又快速地交换了一下眼神。透过朝向公园的那扇大窗子可以看到雪花飘落得更密、更白了。花园、树木和喷泉都隐而不见。

"先生,强奸可能从没发生过。"罗琳医生笑着亲切地说道,并露出表示歉意的表情。

"这是她编造出的幻想,想保护什么人,想抹掉那些痕迹。"齐拉克西医生补充道,丝毫没给我反应的时间,"罗琳医生从她们第一次见面就怀疑这一点。后来,她睡着后我们得到了证实。奇怪的是,她编造这些只是为了保护一个很久以来一贯利用她、奸污她的某个人。您了解其中的缘由,对吗?"

"谁是福田先生?"罗琳医生轻柔地问我,"她提到他时很愤怒,但有时又很尊敬。她丈夫?一次艳遇?"

"她的情人。"我嘟哝道,"一个卑鄙的家伙,做一些违法的生意,她在东京和他同居了很多年。她跟我说,当他得知她在拉各斯被警察抓住并被他们强暴了以后,便抛弃了她,因为他认为他们传染给了她艾滋病。"

"另一个幻想,为了保护她自己。"诊所所长撮弄着手指说道,"那位先生没有赶她走,是她从他身边逃离的。她的恐惧源自这里,掺杂着恐惧和内疚的心情,因为她离开了一个对她行使绝对支配权并剥夺了她的自主权、骄傲、自尊甚至理智的人。"

我惊得目瞪口呆,不知说些什么。

"她怕他会来找她报仇、惩罚她。"罗琳医生一口气说道,依然是慈爱、谨慎的口吻,"可是,敢于逃离他,本身就是一件了不起的事,先生。这种迹象表明那位暴君还没有完全摧毁她的人格,她在内心深处还保留着尊严和自由意志。"

"可是那些伤口、那些溃疡。"我问道,猜测着他们将给我的答复,但马上就后悔了。

"作为消遣,他用各种方法凌辱她。"所长解释道,没太兜圈子,"在经营欢娱方面,他既举止文雅又技术娴熟。您应该对她所承受的一切有清楚的概念,以便能帮助她。我别无选择,只能把那些令人不快的细节讲述出来。只有这样,您才能够提供她所需要的一切帮助。他用一些不会留下痕迹的带子抽打她。他把她借给他的朋友或保镖,在他们纵欲作乐时观看,因为他还是窥淫狂。也许在她的记忆中留下最深刻印迹、最可怕的事情是放屁,似乎这让他们很刺激。他让她吃一些粉末,使她的身体里充满气体。这是那位怪癖先生想象出的做法之一:让她全身赤裸,像狗一样趴在地上放屁。

"这不仅毁坏了她的直肠和阴道,先生,"罗琳医生依然轻柔、面带微笑地说道,"而且摧毁了她的人格、体面和尊严。因此,我还要说:她曾经苦不堪言。尽管表象证明的是相反的情况,但她还将忍受很多很多的痛苦,所以有时会毫无理智。"

我的嗓子干得要命。齐拉克西医生像看出了我的想法,递给我一杯带气泡的水。

"现在好了,必须把一切说出来。您别误解。她没上当受骗,她是一个自愿的受害者。她非常清楚自己所做的事,并甘愿忍受那一切。"突然,所长的一双小眼睛落到我身上,固执地仔细观察我,猜测我的反应,"您就把它称作扭曲的爱情、巴洛克式的激情、堕落、性受虐狂的游戏吧,或者简称为对强大人格的屈从,对此她不做任何抵抗。她是一个愉快的受害者,心甘情愿地接受那位先生的为所欲为。只是当她如今意识到这些时感到恼火、感到绝望。"

"这将是最漫长、最艰难的康复,"罗琳医生说道,"恢复她的自尊。她接受一切,愿意当一名奴仆,或者,没那么严重。您明白吗?直到有一天,我不知道她是如何,也不知道她是为什么,连她自己也不知道为什么，一下子意识到了危险。她感觉并猜测到，如果这样继续下去，她的下场会很凄惨，会变残疾、变疯或死掉。于是她逃跑了。我不知道她是怎么有力气做到的。我可以肯定地对您说，为此应该敬佩她。深深陷入极端附属地位的人，一般永远不能从中摆脱。

"她是如此恐惧，以至于编造出那段经历：拉各斯警察的强奸、她的施刑人因害怕艾滋病把她赶了出来。而您竟然相信了她。生活在虚构的世界中让她感觉比生活在现实中多一些安全，少一些威胁。对所有人来说，生活在现实中比生活在谎言里更艰难。对于在她这种处境的人则尤为如此。重新适应现实生活，会使她感到非常吃力。"

所长沉默下来，罗琳医生也闭上了嘴巴。他们俩都以一种宽容的好奇看着我。我小口地喝着水，说不出话。我觉得自己满脸通红、浑身冒汗。

"您可以帮助她。"过了一会儿，罗琳医生说道，"甚至更多，先生。您听到这些也许会感到震惊，但您可能是这个世界上唯一能帮助她的人。我敢肯定，比我们还管用。危险是，她深深地封闭在自我之中，这是孤独症的症状之一。您可以做她与外界交流的桥梁。"

"她信任您，我觉得她只相信您一个人。"所长附和道，"她在您面前感觉，怎么说呢……"

"感觉自己肮脏。"罗琳医生很有教养地垂目说道，"即使您不相信，但对于她来说，您像一位圣徒。"

我发出的轻微笑声听上去很虚伪。我感觉自己傻乎乎的，很愚笨，真想让这两个人去见鬼，并告诉他们这恰恰是他们在为自己早先的不信任找借口，此乃他们一生作为心理学家、精神病专家、精神分析学家、神父、魔法师和萨满教巫医的特性。他们像读懂了我心思一样看着我，原谅了我。罗琳医生的脸上依然挂着微笑。

"如果您有足够的耐心，尤其是有足够的温柔，她的精神也会像身体一样恢复。"所长说道。

因为不知道还要再问些什么,我便问他们,坏女孩是否还需要再回诊所。

"不,恰恰相反。"面带微笑的罗琳医生说道,"她应该忘记我们,忘记曾经在这里,忘记这家诊所的存在。应该重新开始她的生活,从零开始。去迎接一种与她以往的生活截然不同的生活:有人爱她、尊重她,比如您。"

"还有一件事,先生。"所长说道,并站起身,示意会见结束,"您可能会觉得奇怪,但是,她和所有那些为了抹掉真实生活而将大部分时间花在自己构筑的虚幻世界里的人一样,有时候知道、有时候不知道自己在做什么。界限会周期性地消失,然后再次出现。所以我想说:有时他们知道、有时又不知道自己做了些什么。这就是我的劝诫:不要强迫她接受现实。帮助她,但不要逼她、不要催她。那种学习将是漫长而艰难的。"

"强迫她接受现实会适得其反,会导致旧病复发。"罗琳医生面带高深莫测的微笑说道,"通过自身的努力,她会渐渐地重新接受现实生活。"

我不是很明白他们想跟我说什么,也不想搞明白。我想走,想离开那儿,并且再也不想记起我所听到的一切。我非常清楚那不可置信。在回巴黎的地铁上,我被深深的沮丧包裹着,苦涩封住了我的喉咙。她编造出拉各斯的一切一点儿也不令人惊奇,她的一生不就是在编造谎言中度过的吗?可是当我得知她阴道和直肠处的伤都是福田造成的,我便感到心痛,并从骨子里恨他。让她做那些事?用摆在销魂城堡里供客人使用的带齿的铁自慰器鸡奸她?我想象得出坏女孩的形象:赤裸着身子、手脚着地、肚子里被那些粉末充得满满的、放着一连串的臭屁,因为那幅情景、那些声音和味道能使那位日本黑帮老大勃起。是只供他一个人看还是作为提供给他那些狐朋狗友的节目?这一切会在数月、数年里折磨着我,甚至折磨我的后半生。那难道就是坏女孩在东京兴奋地跟我描绘的所谓生活的艰辛？她孤注一掷了。她不仅是受害者，还是福田的同谋，因为在她的内心深处涌动着跟那个丑陋的日本人同样不光明磊落的、邪恶的东西。对她来说，我怎么能不像个圣徒呢！我这个傻瓜刚刚欠了一屁股债，为了让她康复，让她过一段时间和一个比我这个可怜虫更富有、更有趣的人远走高飞！尽管我满腔怨恨、愤怒，却还是只想赶快回家看到她、抚摸她，告诉她我比任何时候都更爱她。我的小可怜，她受了多少苦啊，能活下来简直是奇迹。我要尽余生之力把她从这个深渊中解救出来。我这个蠢货！

回巴黎后，我所关心的是尽量把神色放自然，免得使坏女孩怀疑我脑子里所想的东西。我进家门时看到伊拉尔在教她下国际象棋。她抱怨说太难了，走一步要想很久，还是跳棋更简单、更有意思。"不是的，不是的，不是的。"小男孩用尖细的声音坚持着，"伊拉尔会学你的。""是伊拉尔教你，不是学你。"她纠正他。

男孩走后，为了佯装出好心情，我便埋头于翻译，用打字机打字，一直到晚饭时间。由于餐桌上铺满了我的稿纸，我们只能在小厨房里吃饭。那里有一张小桌板、两个小凳子。她准备了奶酪饼和色拉。

"你怎么了？"我们吃饭的时候，她突然问我，"我觉得你怪怪的。你去诊所了，对吧？你怎么什么也不跟我说呀？他们对你说了什么坏消息吗？"

"不，恰恰相反。"我向她保证说，"你很好。他们说，你现在要做的就是忘掉那家诊所、忘掉罗琳医生、忘掉过去。他们亲口对我说：要忘记他们，你才能彻底康复。"

从她的眼睛里，我看出她知道我对她隐瞒了什么，但她没再坚持。我们到格拉沃斯基家去喝咖啡。我们的朋友非常兴奋，西蒙接到一份工作：到普林斯顿大学工作几年，做一项研究，是和巴斯德研究所的一个交换项目。他们俩都向往着去新泽西：在美国的两年时间里，伊拉尔能学会英语，埃莱娜则能在普林斯顿医院进行实践。他们在打听科善医院能否给她办长达数年的停薪留职。由于他们一刻不停地说话，我不用开口，只听就行了，或者说，装作在听。对此我非常感激他们。

接下来的数周、数月里，我的工作异常忙碌。为了还贷款并维持因坏女孩和我住在一起而增加了的日常开销，我不得不接受所有的合同。与此同时，晚上或一大早，我都要抽出两三个小时翻译查尔内斯先生交给我的文件，他总是惯于帮我一把。我穿梭在欧洲各国，奔走于各种会议，随身携带着我的翻译稿，在下榻的酒店或小宾馆里，晚上用手提打字机工作。我不在乎过度工作。实际上，能跟我爱的女人在一起，我感到很幸福。她看上去已经完全康复了。我们从不谈论福田或者拉各斯或者帕蒂·克拉玛诊所。我们去看电影，有时到圣日耳曼大街的爵士乐老巢听音乐，周六则到某家不是很贵的餐厅吃饭。

我唯一的挥霍是去健身房，因为我敢肯定那会对坏女孩大有益处。我在蒙田大道的一家健身房给她办了卡，那儿有一座常温游泳池，她每周都高高兴兴地去几次，做带监控器的各种有氧健身操，还游泳。学会游泳后，游泳成了她最喜欢的运动。我不在的时候，她的大部分时间都跟格拉沃斯基一家在一起。他们最后争取到了埃莱娜的停薪留职，准备春天去美国。他们经常带她一起去看电影、展览，或出去吃饭。伊拉尔教会了她下国际象棋，她对它和跳棋同样上瘾。

一天，坏女孩对我说，她自我感觉非常好，她的身体和对生活的热爱已经完全恢复了，所以想出去找份工作，这样既不浪费时间，又可以帮我补贴些家用。还说我玩命地工作，而她除了去健身房就是跟伊拉尔一起玩，这让她很惭愧。

可当她开始找工作时，证件问题便出现了。她有三本护照：一本过期的秘鲁护照、一本法国的、一本英国的，后两本是假的。由于护照不合法，没有人能给她一份正式的工作。那个年代，在整个欧洲，特别是在法国，反对第三世界国家移民的偏执与日俱增。各国政府纷纷限制签证，并追捕那些没有工作许可证的外国人。

在那本英国护照上，妆容使她的脸完全变了形，那是发给帕特里西娅·斯特瓦尔德小姐的。她跟我解释说，自从她的前夫大卫·理查森证明了她的重婚罪并解除了那段英国婚姻后，她在结婚时获得的英国国籍就自动失效了。她的上上一任丈夫帮她搞到的那本法国护照，她不敢用，因为她不知道罗伯特·阿努克斯先生后来是否决定去控告她。为了报复，他可能指控她犯下刑事罪，或者告她重婚罪，或者其他的什么。福田为她的非洲之行弄到一本法国护照，跟那本英国护照类似，用的是弗洛伦斯·米尔霍恩夫人的名字。那上面的照片看上去非常年轻，发型与平时截然不同。她最后一次就是用这本护照进入法国的。我担心一旦被发现，她会被驱逐出这个国家，或是其他更坏的结果。

尽管困难重重，坏女孩依然坚持四处打听，回复所有"回音"栏目的招工启事：旅行社的、公共关系部门的、艺术画廊的或者与西班牙和拉丁美洲合作、需要西班牙语人才的公司。鉴于她那随时可能被拆穿的身份，我觉得找到一份普通的工作不是件容易事，但我不想打击她，便鼓励她继续找。

格拉沃斯基一家动身去美国的前几天，我们请他们到丁香园咖啡馆吃一顿告别晚餐。席间，听坏女孩讲到找一份能接受她没有证件的工作是多么艰难，埃莱娜突发奇想道："你们干吗不结婚呢？"她转向我，"你有法国国籍，对吧？要是跟她结婚，你就能给你的妻子同样的国籍了。小伙子，这样问题就合法地解决了。她将是一位完全受法律保护的法国小女人。"

她是不假思索地开玩笑脱口而出的，可西蒙当真了：婚礼得等一等，他想做新郎的证婚人，但他们两年后才能回法国。因此，在此之前，我们只能把这个计划束之高阁。除非我们决定到新泽西普林斯顿结婚，到时候他不仅要做证婚人，还要做傧相，等等。回家后，我半认真半开玩笑地对正在脱衣服的坏女孩说道：

"我们听从埃莱娜的劝告怎么样？她说得有道理：要是我们结婚了，你的问题马上就迎刃而解。"

她穿好睡衣，转过身来，双手插在腰间，满脸嘲笑，用一副斗鸡般的神情看着我，用她拿手的挖苦口吻对我说道：

"你是认真地请求我嫁给你吗？"

"是啊，我觉得是。"我试图开玩笑，"要是你愿意，就可以解决你的身份问题，不会因为不合法，担心哪天被赶出法国。"

"我只为爱而结婚。"她的眼神像利剑般看着我说道，边跺着伸在前边的那只右脚，"我永远不会和一个这样求婚的乡巴佬结婚，就像你刚才做的那样。"

"要是你愿意，我就双膝跪下，一只手放在胸前，请求你做我的心肝小宝贝，我会一生一世爱你。"我稀里糊涂地说着，不知道她是像以往那样闹着玩还是开始认真了。

从那件薄棉睡衣中隐隐透出她的胸脯、她的肚脐，还有她阴部毛茸茸的黑色小丛林。衣服只及她的膝盖，肩膀和胳膊都裸露在外。她披散着头发，脸上燃烧着表演的激情。床头柜的灯光从她背后射过来，她身体的轮廓被勾勒出一道金色的光环。她看上去如此诱人、大胆、泼辣，我不禁一阵冲动。

"来吧。"她命令我，"跪下，双手放在胸前。说说你保留剧目里最动听、最俗不可耐的话，看看能不能说服我。"

我双膝跪下，请求她嫁给我。我亲吻她的双脚、她的脚踝、她的膝盖，抚摸她的臀部，我把她比喻成圣母马利亚、奥林匹斯众女神、亚述人女王塞米拉米斯、古埃及艳后克利奥帕特拉、《尤利西斯》中国王的女儿瑙西卡、《堂吉诃德》中的杜尔西内亚。我对她说，她比意大利美女演员克劳迪娅·卡迪纳尔、法国电影女演员碧姬·巴铎和她的同胞凯瑟琳·德诺芙加起来都漂亮、可爱。最后，我搂住她的腰，把她拖到床上躺下来。在我抚摸她、亲吻她时，我听到她在笑，并且对着我耳边说："我感觉到了，可是我觉得你的手比你的愿望更强烈，小可怜虫先生。"我们每次做爱时，我都会加倍小心不要伤及她。然而，尽管我假装相信了她说的已日渐好转，但随着时间的推移，我越来越肯定，事实并非如此。她阴道的那些创伤永远不会痊愈，并将一直限制我们的性生活。许多时候我都不插进去，如果忍不住，我就做得小心翼翼，一旦感到她的身体抽搐或者脸部因疼痛而扭曲变形，我便赶紧抽出来。然而，尽管如此，那些艰难的、有时不完整的做爱过程也令我极其享受。用我的嘴和双手使她愉悦、接受她带给我的愉悦，都向我证明生命的美好，使我感受到做凡夫俗子的美妙。她呢？尽管一向在床上保持那种毫不在乎的神态，但有时候也会兴奋起来，积极热烈地参与。我对她说："虽然你不愿意承认，但是我相信你已经开始爱上我了。"那个晚上，当我们筋疲力尽、渐入梦乡时，我提醒她：

"你还没答复我呢，女游击队员。这是我第十五次向你求婚了。你会嫁给我的，对吧？"

"我不知道。"她搂着我，极其严肃地回答，"我还得好好想想。"

格拉沃斯基一家在一个阳光明媚的春日启程去美国。那时候，巴黎的栗子树、山毛榉和黑杨树刚刚吐出第一抹新绿。我们去戴高乐机场给他们送行。当坏女孩拥抱伊拉尔时，她的眼睛里噙满了泪水。格拉沃斯基夫妇把家中的钥匙留给我们，让我们时不时地过去看一眼，免得那里落满灰尘。他们是我们最好的朋友，也是唯一与我们保持南美洲式感情的朋友，这两年没有他们在身边，我们将会非常想念他们。看到坏女孩因伊拉尔的离去而萎靡不振，我提议我们不立即回家，而是先去转转或去看场电影，再带她去她特别喜欢的一家叫圣路易岛的小酒馆吃晚饭。看到她和伊拉尔相处得那么好,我开玩笑地对她说,要是她愿意,我们结婚以后可以领养个孩子。

"我在你身上发现了做妈妈的潜质。我原来还一直以为你不想要孩子呢。"

"我在古巴和那个查孔司令在一起时,他想要个儿子,而我觉得这种想法很恐怖,就做了输卵管结扎手术。"她干巴巴地回答我,"我现在后悔了。"

"我们收养一个吧。"我鼓舞她,"难道不是一样吗?你没看到伊拉尔和他父母的关系吗?"

"我不知道是不是一样。"她嘟哝着,我感到她的声音里充满了敌意,"我甚至不知道是不是会跟你结婚呢。我们还是换个话题吧。"

她的情绪马上变得很低落,我知道,那是我无意间触动了她内心深处某个受伤的角落。我试图转移她的注意力,带她去看看教堂。我在巴黎生活的那么多年里,那儿的场景始终令我倾倒,那天晚上尤为如此。微弱的光伴随着玫瑰色的微风,沐浴着巴黎圣母院的每块石头。因其各部位完美对称,它们巧妙地保持平衡、相互支撑,不会有任何错乱或脱离,所以那个庞然大物看上去很轻盈。深厚的历史和柔和的灯光使它的正面满载隐喻、回声、影像和见证。好多游客在拍照。这就是那座教堂吗?它是几个世纪来巴黎历史的舞台,是维克多·雨果创作那本小说的灵感源泉。我孩提时在米拉弗洛雷斯的阿尔韦塔姑妈家对这位作家的小说曾极为痴迷。眼前是那同一座,也是附加了种种神话和近期事件的另一座教堂。太美了,它传递着某种逃离了时光盘剥的安宁和永恒的印象。坏女孩沉浸在自己的心事里,像在听雨声一样听我赞美圣母院。晚饭时,她一直低着头,阴沉着脸,几乎没怎么吃。那天晚上睡觉时,她没有跟我道晚安,好像我是导致伊拉尔离去的罪魁祸首。两天后,我去伦敦出差,有一分为期一周的工作合同。临走前的一大早,我对她说:

"你要是不愿意，我们不结婚也没关系，坏女孩，也没必要。在走之前，我得跟你说一件事。在我人生的四十七年里，从没像我们住在一起的这几个月这么幸福过。我不知道该如何报答你给我带来的快乐。"

"快点儿走吧，别误了飞机，腻歪的家伙。"她把我推向门口。

她依然情绪低落，一天到晚地把自己幽禁起来。自从格拉沃斯基一家走了以后，我们都没怎么说话。伊拉尔的离去对她有那么大的影响吗？

我在伦敦的工作比在其他的会议有趣得多。这次会议采用的还是没完没了、重复使用、枯燥无味的标题之一：《非洲，走向发展》。会议是由英联邦、联合国、非洲国家联盟以及其他独立机构主办的。有别于其他讨论会的是，这次有非洲各国政界、商界及学界领导人的郑重参与。他们的演讲涉及法国和英国的殖民地取得独立后所面临的多灾多难的现状，以及为了调整社会秩序、稳定机构、清除军国主义和军事独裁统治，使得每个国家的各民族团结、和谐相处、经济腾飞所遇到的障碍。几乎所有与会国家的形势都岌岌可危。然而，那些大部分都很年轻的非洲人在陈述各自的实际情况时坦率而清醒、充满豪情，这给那种些悲惨的现状注入了一种有希望的活力。尽管我也使用西班牙语，但主要还是负责从法语翻译到英语或从英语翻到法语。我兴致勃勃地做着这一切，满怀好奇和愿望，盼望能有机会到非洲去度假，尽管我没忘记正是在那块大陆上，坏女孩到处奔波地为福田效劳。

每次我到巴黎以外的地方去工作，我们就每两天通一次电话。都是她打给我，那样会便宜些。酒店和小旅馆都野蛮地加价收取国际电话费。尽管我把在贝斯沃特区肖汉姆酒店的电话号码给了坏女孩，但我在伦敦的前两天，她都没给我打电话。第三天一大早，我去英联邦学院开会之前给她打了个电话。

我听出她有点儿怪怪的：话不多、含糊其辞，还气呼呼的。这吓了我一跳，我想她可能又想起了那些恐怖的过去。她说不是，说她感觉很好。那么是想伊拉尔了？当然想他。也有点儿想我吗？

"让我想想啊。"她对我说，可是口气一点儿也不像是开玩笑的女人的口气，"不，坦率地说，不是很想。"

挂断电话时，我的嘴里一阵苦涩。算了，每个人都有感伤的时候，在这个时候，他们会显示出敌对情绪，以发泄对人世的不满。会过去的。又过了两天，她还是没给我打电话。于是我又在一大早打给她。她没接电话。她不可能在早晨七点钟出门。她从没这么做过。唯一的解释就是她依然情绪低落，可是，这是怎么回事？她甚至不想跟我说话，因为她很清楚是我给她打电话。晚上，我又打给她，她还是没接。在那个不眠之夜，我又打了四五次电话：对方彻底沉默。在接下来的二十四小时里，电话断断续续的嘟嘟声一直萦绕在我耳边。一结束最后一场会议，我便飞速赶到希思罗机场乘坐回巴黎的航班。各种可怕的想法使我觉得那路途无休无止，直至我乘出租车从戴高乐机场赶往约瑟夫·加尼埃街。

凌晨两点多，下着蒙蒙细雨，我打开了家门。屋里一片漆黑、空荡荡的，床上有一封短信。那信用铅笔写在我们平时放在厨房里记事的黄色线格纸上，是冰冷、简短："我已经厌倦了扮演你喜欢的小资产阶级家庭主妇。我不是这样的人，也成不了这样的人。非常感谢你为我所做的一切。抱歉。保重，别太难过，好男孩。"

我打开行李，刷了牙，倒在床上。整个晚上都在胡思乱想。这就是你期盼的、你害怕的，不是吗？自从七个月前你把坏女孩安顿在约瑟夫·加尼埃街起，你就知道这一切迟早会发生。尽管因为懦弱，你试图不在意，试图回避，欺骗自己说，经过跟福田的那些悲惨经历，她会放弃冒险，不再干危险之事，最终跟你生活在一起。但是，在你内心的最深处，你非常清楚，那幻境只能持续到她康复。跟你在一起的平庸乏味的生活会使她厌倦，一旦她的身体康复，重新拾起自信，内疚或对福田的惧怕消失，她就会重整旗鼓，去找一个比你更有趣、更富有、不那么墨守成规的人，再开始一段新的恶作剧。

  天窗刚刚透进一道亮光，我就起了床，准备咖啡，打开小保险柜，那里面总是放一些现金作为每个月的日常开销。当然了，她全都拿走了。好了，这也算不上什么大事。这一次，那个幸运的家伙又是谁呢？她是什么时候认识他的？怎么认识的？毫无疑问，肯定是在我某次出差的时候。可能是在蒙田大道的健身房做有氧健身操、游泳时认识的。难道是那些身体没有任何赘肉、肌肉发达的花花公子中的一个？他们晒日光浴，把皮肤晒黑，在理发店里修剪指甲，按摩多毛的皮肤。她是一边在这儿跟我装模作样、一边跟那个人做爱而准备着偷偷跑掉吗？肯定是。而且，毫无疑问，小里卡多，那个新帅哥肯定不像你那么小心谨慎地对待她那受伤的阴道。

  我查看了一遍家里，没有留下她的任何痕迹。她甚至连别针都拿走了。可以说，她从没在这儿待过。我洗了澡，穿好衣服，走到街上，逃离那两间半屋子。出差告别前，我曾跟她说，那里是我最幸福的地方。然而，从现在起，这里再一次成了我最伤心的地方！可是，不是你活该的吗，秘鲁小屁孩？当你拒绝接她的电话时难道不明白，一旦你接了电话，就会禁不住再一次投入到这份固执的激情中、就会有现在这样的后果吗？没什么可奇怪的：发生的一切早在你的意料之中。

  那是一个美妙的日子，天上没有一丝云彩，太阳带点儿寒意，春天给巴黎的街道披上了绿装。公园里鲜花怒放。我一连几个小时在码头、蒂勒利亚公园和卢森堡公园走啊走，当感觉快累倒时才钻进一家咖啡馆去喝点儿东西。下午，我吃了个三明治，喝了一杯啤酒，甚至连演什么电影都不知道就走进了一家电影院。刚坐下我就睡着了，直到所有的灯都亮起来才醒过来。我连一个镜头都没记住。

走到大街上已是晚上。我备觉痛楚,担心会流出眼泪。小里卡多,你不但会讲俗不可耐的话,还能品味这些俗不可耐的话。真的,真的,这一次我可没有足够的力量像前几次那样重新振作、鼓足勇气继续玩一场忘记坏女孩的游戏了。

我沿着塞纳河的码头往上走,向遥远的米拉波桥走去,试图记起纪尧姆·阿波里奈尔一首诗的前几句,含混不清地重复着:

> 米拉波桥下塞纳水长流
> 　　柔情蜜意
> 　　寸心还应忆否
> 多少欢乐事总在悲哀后

没有任何戏剧色彩,我冷漠地作出决定,经过这一切,这将是我有尊严的死亡方式:从那座因优美的现代主义诗歌和朱丽叶·格雷柯宽宏的嗓音而身价倍增的桥上纵身跳入塞纳河肮脏的河水中;憋住呼吸或急促地吞进河水会使我很快失去意识;也许我纵身跃入水中的那一瞬,重击就会使我失去意识,当场死亡。可怜虫,如果她是你这辈子唯一想要的而你又得不到她,最好还是就这样干脆利落地了断吧。

走到米拉波桥上时,我已经彻底成了落汤鸡。我压根就没注意到在下雨。周围没有路人,也没有车辆。我大步走到桥中央,毫不犹豫地爬到金属栏上,站直身子想跳下去。我发誓,就在那一刹那,我感到一阵风拍到脸上,同时,两只脏手抱住了我的双腿,一下子把我拽得摇摇晃晃,仰面朝天倒在桥的柏油路上:

"别干傻事,蠢货!"

那是个流浪汉,身上满是酒气和污垢的味道,半个身子被埋在一件肥大的塑料雨衣里,连头也被盖住了。他的脸上似乎有一大片灰白色的胡子。他没扶我起来,而是把酒瓶递到我嘴边,让我喝了一口:

那热乎乎的烈性酒立即把我的五脏六腑搅动起来。酒已变味,像醋。我感到恶心,但没吐出来。

"别干傻事,朋友。"他重复道。我看到他转过身,摇摇晃晃地渐去渐远,那瓶酸酒在他手里左摇右晃着。我知道,我会永远记住他那没有形状的脸、鼓出的充血眼睛以及那沙哑的声音,富有人性的声音。

我一边嘲笑自己,一边回到约瑟夫·加尼埃街去,对那位在米拉波桥上救我一命的醉汉充满了感激和敬佩。要不是他阻拦我,我就跳下去了。我感觉自己愚蠢、滑稽可笑、羞愧,开始打喷嚏。这场廉价的荒唐举止伴随着一场感冒结束了。因重重地摔在柏油路上,我后背的骨头疼痛难忍。我想睡觉,一晚上、一辈子地睡下去。

当我打开家门时,看到从里边透出一丝光线。我三步并作两步地跨过小客厅兼餐厅。在卧室门口,我看到了坏女孩。她背对着我,在衣柜镜子前试穿我在开罗给她买的那件阿拉伯舞裙,我想她以前是没穿过的。尽管她肯定觉出我回来了,但没转过身看我,好像房间里进来了一个幽灵。

"你在那儿干什么?"我说道,大喊道,咆哮道,在门槛处僵住了。我觉得自己的声音是如此怪异,仿佛一个人被掐住了脖颈。

她非常镇静,好像什么事情都没有发生,好像这是世界上最普通不过的场景。那个棕色的小影子,半裸着身子,身上披挂着细纱,腰间挂着一条条可能是皮质的带子或链条,侧转过身,看着我,笑着说道:

"我改主意了。你看,我又回来了。"她说话时的口气好像刚刚开了个玩笑。避开最重要的事情,她指着,让我看她的衣服,解释说:"我以前穿着有点儿大,现在觉得正合适。你看怎么样?"

她没能再说下去,因为不知道为什么,我一个箭步跨进那个房间,使出浑身的力气扇了她一个耳光。我看到她的眼睛里闪过一道惊恐的光亮，身体摇晃了一下，靠到衣柜上，接着倒在了地上。那时，我听到她仍旧不失平静地用戏剧般的语调说道，也许是喊道：

"小里卡多，你学会对付女人了啊。"

我也靠着她倒在了地板上，抓着她的肩膀，摇晃着她，疯狂地倾诉我的怨恨、我的愤怒、我的愚蠢和我的嫉妒：

"我这会儿没待在塞纳河底就是个奇迹，都是你的过错，都是因为你！"我的这些话语无伦次、结结巴巴，"刚刚的二十四小时里，你让我死了上千次。你在跟我玩什么呢？告诉我，玩什么呢？在我完全摆脱了你时，你给我打电话、来找我，就是为了这一切吗？你认为我能忍到什么时候？我也是有极限的。我会杀了你。"

那时我才意识到，要是我继续摇晃她，可能真把她杀死了。我惊恐地放开她。她脸色苍白，张着嘴巴看着我，高举双臂保护着自己。

"我都不认识你了，这不是你。"她嘟哝着，说不下去了。她开始揉搓面部和右太阳穴，在半昏暗的灯光下，我觉得那儿好像肿了。

"因为你，我差点儿自杀了。"我又说了一遍，声音里充满了怨气和仇恨，"我爬到桥栏杆上，想跳到河里，一个流浪汉救了我的命。自杀，这在你的履历里肯定没有。你认为能这么继续跟我玩下去吗？你看到了，只有我自杀或者杀了你，我才能永远摆脱你。"

"骗人，你才不想自杀或者杀了我呢。"她边说边向我爬过来，"你只想睡我，对吧？我也想让你睡我。你要是讨厌这种低俗的说法，就说你想跟我做爱吧。"

这是我第一次听她说那难听的词儿，那个动词我好久没听到过了。她已经支起半个身子，投入我的怀抱。触摸到我的衣服时，她震惊地叫道："你都湿透了，会着凉的，快把湿衣服脱下来，小傻瓜。要是你愿意，过一会儿再杀我吧，现在，先来跟我做爱吧。"她已经重新镇静下来，控制住了局面。我的心快从嗓子眼里跳出来了，几乎无法呼吸。我想如果在这个时候晕过去，那会显得很愚蠢。她帮我脱掉外套、裤子、鞋和衬衫，一切都像刚从水里捞出来似的。她边帮我脱衣服边把我的手放到她脸边的头发里，这是她肯表现出的为数不多的温柔之举。"你的心跳得可真厉害呀，小笨蛋。"过了一会儿，她把耳朵贴在我的胸口说道，"是我让它这样的吗？"我已经开始抚摸她了，但并未因此而怒气全消。但是，在那愤怒中又混杂进了被她挑逗起来的欲望。她已经把舞裙扒下来，趴在我身上，不停地扭来扭去，擦干我的身体。她把舌头伸进我嘴里，让我吞咽她的唾液。她抓着我那活儿，双手爱抚着它，最后，她像条鳗鱼一样蜷起身子，把它放入嘴里。我吻她、抚摸她、拥抱她，没有了以往的小心翼翼，而是很粗暴，因为我还在受伤，还在忍痛。终于，我强迫她躺在我下面。当她感到我硬邦邦地企图用力插进去时，顺从地分开了双腿。我粗鲁地插入，听到她疼得大叫。但她没拒绝我，只是身体僵硬、呻吟着、轻轻地呜咽着直到我射精。她的眼泪打湿了我的脸，我舔着她的眼泪。她脸色憔悴，眼睛睁得大大的，脸因疼痛而变形。

"你最好还是走吧，真的抛下我吧。"我请求她，从头到脚都在颤抖，"我今天差点儿自杀，也差点儿杀了你。我不想这样。走吧，再去找个人，能让你过上紧张的、提心吊胆的生活，像福田那样。找一个用鞭子抽你的人，把你借给他的狐朋狗友，让你吞下那些粉末，然后对着他那张肮脏的臭嘴放臭屁。你不适合跟我这样的伪君子生活在一起。"

我跟她说话时，她用胳膊搂住我的脖颈，亲吻我的嘴，整个身体蹭来蹭去，贴得我更紧。

"我现在不想走，永远不想走。"她在我耳边嘟哝道，"别问我为什么，我到死都不会告诉你。即使我爱你，我也永远不会跟你说。"

尽管从她说最后那些话起，我已经感到浑身乏力，周围的一切开始在我眼前旋转。但那个时候，我大概已经晕倒，或者一下子睡过去了。过了许久我才醒过来，在黑洞洞的房间里，我感到有个温热的身体在我的怀抱里。我们躺在床单和毯子里,透过屋顶宽大的天窗,我看到星星在闪烁。毫无疑问,雨已经停了很久,因为玻璃窗上没有了水汽。坏女孩紧挨着我的身体,她的腿缠在我的腿上,嘴贴着我的脸颊。我能感到她的心跳在我体内有节奏地跳动。我的怒气消失不见了,此刻我特别后悔刚才打了她,后悔跟她做爱的时候让她忍受痛苦。我温柔地亲吻她,尽量不弄醒她,在她耳边轻声地嘟哝道:"我爱你、爱你、爱你。"她没有睡着。她紧紧地抱住我,把嘴唇贴到我的嘴唇上,一边用舌头绕着我的舌头,一边逐字逐句地说道:

"跟我在一起,你永远都不会安宁,我警告你。因为我不想让你厌倦我,也不想让你习惯我。即使我们为了我的证件而结婚,我也永远不是你的妻子。我希望永远做你的情人、你的小母狗、你的妓女,就像今晚。因为只有这样,你才会永远为我疯狂。"

她说这些话时不停地亲着我,好像要把自己的整个身体都塞进我的身体里。

第六章 防波堤的建设者阿基米德

"防波堤是工程建筑最大的谜。"阿尔贝托·拉米埃尔伸开双臂夸张地说,"真的,里卡多叔叔,科学技术已经解开了宇宙间所有的谜,唯独没解开这个谜。这事儿从没有人对您说过吗?"

这位工程师毕业于美国麻省理工学院,被认为是拉米埃尔家族的佼佼者,是一个成功的年轻人。他管我叫叔叔,其实我并不是他的叔叔,只是由于家族另一个分支的关系,他算是阿陶尔福叔叔的侄子,所以他稀里糊涂地称我为叔叔。自从阿陶尔福叔叔把他这个侄子介绍给我,我一直对他印象不佳,因为他话太多,而且语气武断得令人难以忍受。但是显然他并不讨厌我,因为自从我同他相识以来,他对我关照有加,那种热情、那种尊重到了令人难以理解的地步。一名平庸无奇、移居国外的翻译,在阔别那么多年后回到秘鲁,看到一切都充满了怀旧感,震惊得发呆,他对一个八十年代在膨胀扩大的利马到处建高楼大厦的成功青年能有什么兴趣呢?我不知缘由何在,反正阿尔贝托为我浪费了很多时间。他带我去看了利马的新区:拉斯卡苏阿里纳斯、拉普拉尼斯埃、乔卡里利亚、拉林孔纳达和比利亚,看了如雨后春笋般出现在海滨的城市建筑,还看了几幢有花园、湖水和游泳池的房子,这些房子好像出自好莱坞电影。有一天,他听我说儿时最羡慕米拉弗洛雷斯的小朋友都是划船比赛俱乐部的会员,而我要进这家俱乐部要么偷偷溜进去,要么从相邻的渔民海滩游过去,于是请我去俱乐部的旧址吃中饭。正如他向我介绍的那样,如今,俱乐部的设施已经非常现代化了,有网球场、回力球场、奥林匹克项目游泳池和消暑游泳池;借着两道长长的防波堤,新开辟了两个海滩。俱乐部内,阿尔弗雷斯科餐馆的海鲜饭配上冰镇啤酒，吃起来美味可口，名不虚传。此时正值十一月的中午时分，天空乌云密布，灰蒙蒙的。漫长的冬天不肯离去，周围的景色是幽灵般的悬崖峭壁，米拉弗洛雷斯被薄雾笼罩得模糊不清。这一切，使许多影像从我的记忆深处重新浮起。阿尔贝托刚刚对我说的有关防波堤的事，让我从无限的遐想中清醒过来。

"你说的是真的吗？"出于好奇，我这样问他，"说实话，我不相信，阿尔贝托。"

"我也不相信，里卡多叔叔，但我向您发誓，事情就是这样。"

他是个高个儿小伙子，外貌像美国人，身体健壮得像运动员。他每天早上六点钟都来俱乐部玩板球和回力球。他的头发剪得几乎像秃子，皮肤黝黑，神气中透露出自负和乐观。他说话时语句中夹杂着英文。他在波士顿有一位未婚妻，几个月之后，等她从化学工程专业毕业，他们就结婚。他几次拒绝了去美国的工作机会，拿到麻省理工学院的荣衔后，他要回秘鲁为祖国效力。"如果所有拥有特殊天赋的秘鲁人都去国外，谁来为我们的国家鼎力相助、使其得到发展、进步？"他自我表白的这些爱国热情让我厌烦，但他那样做是无意识的。在他所处的社会环境中，阿尔贝托·拉米埃尔是唯一对秘鲁的未来充满信心的人。在费尔南多·贝朗德·特尔里第二次执政的那最后几个月里，即一九八四年末，由于物价飞涨、"光辉道路"的恐怖主义、停电、绑架，加上阿兰·加西亚的阿普拉党有可能赢得下一年的大选，所以在中产阶级中疑惑重重，情绪十分悲观。但是，似乎没有什么能让阿尔贝托感到沮丧。他腰里别着上了子弹的手枪，以防遭到袭击，开着轻型卡车到处活动，脸上总是挂着微笑。对阿兰·加西亚可能上台掌权，他并不害怕。他出席了一次有阿普拉党候选人出席的青年企业家会议，他觉得那个党"相当有纲领，但毫无思想"。

"或者说，一道防波堤修建得成功与否并不是由于技术原因——

计算准确或错误、建设适当或失误——而是由于奇怪的咒语，由于幻术或魔法？"我开他的玩笑，"这就是你这个麻省理工学院的毕业生要告诉我的？巫术已经进了剑桥，进了马萨诸塞？"

"正是如此，如果您愿意这样认为。"他讨好我。但是，他马上又严肃起来，使劲地摇晃着脑袋断言道："一道防波堤能不能正常发挥作用，科学是无法解释清楚的。事情是如此迷人，为此我正在为我大学的杂志写一篇不长的采访录，您愿意认识给我提供信息的人吗？他叫阿基米德，一个您喜欢的名字。是一部电影里的人物，里卡多叔叔。"

听过阿尔贝托的一通胡扯，我们从阿尔弗雷斯科餐馆露台上远远看到的防波堤笼罩上了一道传奇的光环、祖先纪念碑的光环。那些石砌的堤坝不仅在那儿阻断海水，迫使其后退，为洗海水澡的人标出一道海滩的边缘，而且能引发对一个古老家族往事的缅怀。那是半城市化半宗教性的建筑，除了实际功能之外，它们首先是祖先技能的成果，是一种机密的、神圣的、神话般的智慧的成果。据我所谓的侄子说，为了建筑防波堤，为了准确无误地选定那种用层层大石块垒起并用灰泥填好缝隙黏合的基本方位，任何技术计算都是不够的，或者说压根儿用不着技术计算。而必不可少的是实际操作者的"眼睛"，是巫师、萨满教巫医、占卜师的眼睛，他们能像占卜术士那样捕捉到隐藏在陆地下面的海水深坑，或者像中国的风水先生那样判定一座房舍的朝向和舍内家具摆放的方向，以便让未来的居住者安居乐业、幸福安康。假若不请风水先生，选错宅基方向，未来的居住者就必然相互仇视、打架吵闹、摩擦不断。这些巫师、萨满教巫医、占卜师就像半个世纪以来老阿基米德在利马海岸做的那样，能靠预感和天生的知识确定在何处建筑防波堤，以便阻断海水，不被它们埋没，以致变得弯曲或者被腐蚀、掏空，从两侧将其弄弯，结果难以完成降服海水的使命。

"如果超现实主义者听到这样的故事，他们会很高兴的，侄子。"我对他说，指着划船比赛俱乐部的防波堤。防波堤上方盘旋着白色的海鸥、黑色的野鸭和目光泰然、嗉囊像大勺子似的白鹈鹕。"防波堤是既神奇又平常之物，这是再好不过的例子了。"

"以后您再给我讲谁是超现实主义者吧，里卡多叔叔。"工程师说，招呼侍者并以断然的方式向我表明他要付账，"我已看出，尽管您怀疑，但我讲的关于防波堤的故事还是令您十分惊讶，给您留下了深刻的印象。"

是的，我感到十分好奇。他说的话是真的吗？从那天起，阿尔贝托给我讲的事情便在我脑子里时不时地转来转去、挥之不去，仿佛我凭直觉意识到，随着那浅浅的足迹，我突然会发现一个藏宝的山洞。

我急急忙忙地赶回利马已经是两周后了，目的是与阿陶尔福叔叔告别。他第二次犯了心脏病，被紧急送到美洲诊所动了开胸手术，没有太大的希望能闯过这一关活下来了。但是，出乎意料，他活下来了，尽管已八十岁高龄，而且做心脏手术搭了四个桥，却似乎正在明显地恢复健康。"你叔叔比猫的命还大。"为他动手术的利马心脏病学专家卡斯塔涅达大夫对我说，"真的，我原以为他过不了这一关。"阿陶尔福叔叔插嘴说是我救了他的命，因为是我回到了利马，而不是那些庸医。他已经离开美洲诊所回到家中静养，由一名长期护士和陪伴了他一辈子的、年过九旬的女用人阿纳斯塔西娅照顾。多洛雷斯婶婶两年前已经过世了。尽管我想住在饭店里，可叔叔一定要我住到他两层楼的家中去，那儿离奥利瓦尔·德圣伊西德罗大街不远，房子也很宽敞。

阿陶尔福叔叔苍老了许多，现在已经是个虚弱的小老头，拖着脚走路，瘦得像根扫帚把。但是他依然像往常那样热情洋溢，既精神又好奇，借助集邮放大镜阅读三四种日报，每天晚上都听新闻广播，了解我们这个世界的动向。跟阿尔贝托不同，阿陶尔福叔叔对不久的未来表示悲观。他认为"光辉道路"和图帕克·阿玛鲁革命还要闹很长时间；从民意测验的结果来看，他认为阿普拉党能够在未来的大选中获胜。"这等于往可怜的秘鲁身上踢了一脚，侄子。"他抱怨道。

我差不多是在二十年后回到利马。我感到自己完全是一个外国人，待在一个几乎没有留下记忆印迹的城市里。阿尔韦塔姑妈的房子已经不见了，在那儿建起了一座丑陋的四层楼。在米拉弗洛雷斯也到处是同样的情形，我童年时代那些带花园的小房子都被现代化建筑代替了。整个区失去了特色，到处是一片片参差不齐的高楼大厦、林立商铺，空中五颜六色的霓虹灯广告密密麻麻，一个比一个俗不可耐。多亏阿尔贝托工程师帮助，我得以看了一下一千零一夜区。富豪们和殷实人家都从那儿搬走了。那些区被高大的围墙包围着，现在美其名曰青年村。在那儿躲藏着数百万从山上下来的农民，他们来这儿避难，逃避饥饿和暴力。暴力行为和恐怖主义主要集中在中部山区。这些农民艰难地住在用席子、棍棒、铁皮、破布或随便什么东西搭建的棚屋里，大部分地方没有水，没有电，没有下水道，没有街道，没有交通工具。这种富有和贫困的共存使利马的富人更富，穷人更穷。许多个下午，当我不去和我阿莱格雷区的老朋友或我认识的侄子阿尔贝托·拉米埃尔相聚时，我就跟阿陶尔福叔叔聊天，这个话题重新令我们困扰起来。我觉得极少数的秘鲁人生活富裕，享受教育、工作、娱乐，而绝大多数秘鲁人艰难地生活在贫困、悲惨的状况之中。近二十年来，这种经济上的差异愈发地加剧了。可阿陶尔福叔叔说，这是虚假的印象，是我从欧洲带回来的看法导致的。在欧洲，存在着一个庞大的中产阶级，它冲淡、模糊了穷人和富人之间的经济差异。但是在秘鲁，中产阶级十分脆弱，贫富之间的巨大差异向来是存在的。由于秘鲁社会暴力泛滥，阿陶尔福叔叔生活得很不开心，情绪沮丧。"我一直猜测这样的事情将会发生。行了，现在已经发生了。还好，可怜的多洛雷斯没有看到这种事。"恐怖分子制造爆炸，破坏桥梁、公路和电厂，不安全的环境和匪患令他哀叹，这些会把秘鲁向现代化迈进的步伐再推迟许多年。阿陶尔福叔叔一直是相信秘鲁会向现代化发展。"我已经看不到那一天了，侄子，但愿你能看到。"

我永远没能给他一个令他信服的理由来解释为什么坏女孩不肯陪我一起到利马来，因为我没有理由。他怀疑她工作难以分身的说法，只是掩饰着不说出来。说什么因为每年的这个季节，工作十分繁忙，要应付大量的业务：签订协议、会议、婚礼、宴会以及多种多样的庆祝活动，所以她无法抽出两周的休假时间。那都是借口。我也认为她的理由不能成立。在巴黎，当她摆出这个理由说不能陪我的时候，我如实告诉了她我的看法。那时，坏女孩最终向我承认，她的理由不是真的，实际上她不愿到利马来。"为什么？我可以知道吗？"我试探她，"你不是很怀念秘鲁的食物吗？那好，我让你两个星期里每天都吃美味可口的民族风味：石首鱼片、虾荤素什锦、鸭肉饭、油炸里脊、凉拌生菜土豆、精制葡萄酒和米酒混合饮料……总之，你想吃什么就吃什么。"没有办法，不管是认真还是开玩笑，她都不上钩、不被我说服。她不去秘鲁，现在不去，今后永远不会去。她不会再踏上那片土地。而当我打算取消旅行留下来陪她、以免她感到孤单的时候，她却坚持要我做这次旅行，理由是正巧这段时间格拉沃斯基一家在巴黎，如果需要帮助，她可以求助于他们。

找到那份工作对她的精神状态而言是一剂灵丹妙药，我觉得是救了她。克服了那么多错综复杂的障碍之后，我们终于结婚了，她有时候喜欢亲昵地对我说，她变成了"一个妻子，在她将满四十八岁的时候，终于第一次有了一个正当的名分"。我本来以为她是一个不安分的女人，向来自由惯了，在一家公司里担任组织社会活动的工作，很快就会厌倦，被辞退在所难免。但事情并非如此。相反，不久，她就赢得了女上司的信任。她工作积极主动，做事认真负责，连向饭店和餐馆问价都要反复比较，要求打折，问清企业、社团和家庭的要求：

他们的会面、宴会及生日庆祝需要什么样的环境、饭店、菜谱、演出和乐队？这一切，她都一丝不苟地记在心中。她不仅在办公室里工作，也在家里工作。每天下午和晚上，我都听她没完没了地打电话，以无限的耐心讨论合同的细节或向她的女上司马蒂内汇报当天的活动。有时她要陪马蒂内出差，或者马蒂内派她出差，一般是去普罗旺斯、蓝色海岸地区或比亚里茨。那时，她便每天晚上给我打电话，一五一十地告诉我她白天做的事情。她整日忙忙碌碌，尽职尽责又能挣钱，很得意。她的穿着又开始俏起来，还经常去发廊、做按摩、修指甲、修脚，也时不时地用变换妆容、发型或服饰给我惊喜。"你这样做是为了赶时髦还是为了让你的丈夫永远爱你？""我这样做是为让客户看到我既漂亮又高雅而感到高兴。你嫉妒吗？"是的，我嫉妒。我仍旧像一头小牛犊似的爱着她，觉得她也仍旧爱着我，除了偶尔闹点儿小小的别扭。自从我那天晚上差一点儿跳了塞纳河，我注意到了发生在她身上的一些以往不可想象的细节。"这次分开两星期是一次考验。"我启程的那天晚上，她对我这样说，"看看你是更加爱我，还是扔下我换一个顽皮的秘鲁小姑娘，好男孩。""有你就足够了，我不需要那些顽皮的秘鲁小女孩。"她依然保持苗条的身材——她每个周末都去蒙泰戈涅大街的健身房游泳——脸色依旧红润、有光泽。

我们的婚姻完全是一次利用了官僚主义的冒险。尽管她知道现在她终于有了一个正规的名分，放下心来，但是我担心，如果有一天出于某种原因，法国当局开始查阅她的身份证件，就会发现我们的婚姻有那么多背景上的瑕疵，因而是无效的。但是这事儿我没对她说，现在更不能对她说了，因为就在我们结婚两年后，法国政府批准了她入籍，没有发现这位新婚不久的里卡多·索莫库尔西奥夫人此前通过结婚的途径已经以罗伯特·阿努克斯夫人的名义加入过法国国籍。

为了能结婚，我们不得不用一个她跟罗伯特·阿努克斯结婚时不同的名字伪造证件。如果没有阿陶尔福叔叔的帮助，我们是绝对办不到的。我向他描述了问题的所在，除了必不可少的话，没有作更多的解释，也避开坏女孩生活中那些不成体统的事。他立即回答说他无须知道更多。在欠发达的国家，尽管手续有点儿烦琐，但这类事能很快办成。阿陶尔福叔叔说到做到，没几个星期，他就给我寄来了分别由市政府和瓦乌拉教区签发的出生证书和洗礼证书，用的名字是露茜·索洛萨诺·卡哈瓦琳加。遵照他的指导，我们拿着这两份证件去见了他的朋友，秘鲁驻布鲁塞尔领事。阿陶尔福叔叔已经预先写信告诉他，说他的侄子里卡多·索莫库尔西奥的未婚妻露茜·索洛萨诺·卡哈瓦琳加丢失了所有证件，包括护照，需要补一份新的证件。领事是个老古董，身着西装马甲，胸前挂着怀表链，带着单目镜。他以谨慎而有教养的冷淡态度接待了我们。他什么也没问我们，据此，我明白，他从阿陶尔福叔叔那儿得知了比他佯装知道得更多的事情。他很客气，说话不用人称，举止、风度无可挑剔。他把我们的事情报给了外交部，外交部又报给了政府和警察局，领事同时附上了我未婚妻的出生证书和洗礼证书复印件，要求批准签发一份新证件。两个月后，坏女孩拿到了新护照和新的身份证。有了新证件，就可以由我担保为她办理去法国的旅游签证，因为我已入法国籍，并且居住在巴黎。我们立即着手在位于先贤祠广场的第五区政府办理手续。一九八二年十月一个秋天的中午，我们在那儿结了婚，陪伴我们的只有格拉沃斯基一家，他们充当证婚人。没有婚宴，没有任何庆祝活动，因为当天下午我就起程去罗马完成一份联合国粮农组织的两周合同。

坏女孩的情绪好多了。有时候，看到她把生活安排得如此井井有条、一切正常，我简直难以置信。工作给她带来快乐，我觉得她高兴，或者说至少她安于我们过的那种小资产阶级生活。每周，白天她要完成大量的工作，晚上做饭、去看电影、上剧院、参观展览或去听音乐会；周末，我们俩几乎总是上街用晚餐。如果格拉沃斯基一家在这儿，就跟他们一起，因为他们每年仍然在普林斯顿待几个月。我们只有在夏天能见到伊拉尔，因为一年的其他时间里，他都在新泽西的学校读书。他的父母决定让他在美国接受教育。他身上已没有了以往的痕迹，说话和成长都很正常，似乎很顺利地融入了美国社会。他不时地寄明信片或短信给我们，坏女孩每个月都给他写信，而且总是送礼物。

据说只有傻瓜才是幸福的，但我还是承认我感到幸福。日日夜夜跟坏女孩厮守在一起，我感到生活很充实。尽管同过去冷若冰霜的态度相比，她现在对我亲热多了，但实际上，她依旧总是让我放心不下，担心有一天她突然旧病复发、不辞而别、消失得无影无踪。她总是让我知道，或者说得更确切些，是让我猜出，在她的日常生活中有一个或多个秘密。对她的生活范围，我难以猜透，说不定什么时候从哪儿就会爆发出一场大地震，将我们的共同生活摧毁。我始终难以相信智利小姑娘莉莉将来会安于像如今这样生活下去：一个巴黎中产阶级女人的生活，没有惊奇，没有神秘，严格地按部就班，循规蹈矩，不冒任何风险。

我们从来没有像自从我们和解——姑且就这么叫吧——以来的这些月份里这么和睦过。那天晚上，在大雨和黑暗中，一个不相识的流浪汉在米拉波桥上出现，救了我的命。"不会是上帝本人亲自抓住了你的腿吧，好男孩？"她戏弄地说。她从来没有完全相信我险些会自杀。"一个人想自杀，那就自杀好了，没有什么流浪汉来阻止你，小里卡多。"她不止一次这样对我说。这段时期，她仍旧时不时地遭受恐惧的袭击。每每这时，她便感到浑身虚弱无力、嘴唇发紫、脸色煞白、眼圈乌黑、一刻也不离开我。她拉着我的手，抓着我的腰带或衬衫，像条哈巴狗似的在家中，我走到哪儿就跟到哪儿，因为这种身体的接触会给予她起码的安全感。她结结巴巴地对我说，没有这种安全感，"她就会完全崩溃"。看到她这样遭受折磨，我感到很痛苦。有时她的心理危机发作严重时，连去卫生间都不敢一个人。她羞愧得要死,牙磕得格格作响,要求我陪她去厕所,我便拉着她的手让她方便。

　　我一直没弄清楚为什么她突然会恐惧起来。毫无疑问,这从理性上无法解释,是一些扩散的、模糊不清的形象,是一些感觉、一些预感、一些猜测,或是感到有一种可怕的东西要降临到她的头上将她毁掉?"有,还有许多其他的原因。"她说。当她遭遇这样的恐惧时,一般要持续几个小时。那时,这个大胆而刚烈的小女人就变得如此没有自卫能力、脆弱而易受伤害,仿佛是一个只有几岁的小女孩。我拉她坐到我的腿上,让她蜷缩着身子偎依到我的身上。我感到她在发抖,在叹息,在拼命地贴着我的身体,什么都难以使她稍有放松。过一会儿,她就酣然入睡了。睡上一两个小时,醒来时已感觉很好,就像什么也没有发生过。我不知多少次恳求她答应回帕蒂·克拉玛诊所,她全然不听。最后我只好不再坚持,因为只要一提这件事,她就暴跳如雷。在那些月份里,尽管我们的身体接触如此亲密,但是我们几乎没有做爱,因为即便是在床上的亲密时刻,她也难有起码的平静、片刻的放松,以便投身于云雨之欢。

　　工作帮助她摆脱了那段困难时期。恐惧危机不能一下子消除,但是犯病的次数不那么频繁了,病情也不那么严重了。现在她好多了,几乎已经变成了一个正常的女人。噢,可是从实质上讲,我明白她永远不会成为一个正常的女人,而我也不想让她成为一个正常的女人,因为我爱的正是她身上那种不驯服的、难以预料的人格。

　　在阿陶尔福叔叔病后的康复期,在我们的交谈中,他从来没问起过我的妻子过去的情况。他问候她,很高兴她能到家里来,希望她在某个时候鼓起勇气回到秘鲁让他认识,否则的话,尽管他年老多病,也只能去巴黎看我们。他把我们寄给他的照片镶上镜框摆在客厅的小桌子上,那是我们结婚那天走出市政府时照的,背景是先贤祠。

　　那些交谈一般是在吃过午饭的下午,有时一谈就是几个小时,谈秘鲁的许多事情。他终生都是一个积极的贝朗德主义者，但是现在感到很痛苦，他坦白地告诉我，贝朗德·特尔里的第二届政府会令他大失所望。除了归还被贝拉斯科·阿尔瓦拉多军事独裁政权征用的报业和电视频道之外，没敢纠正军事独裁政权那些使秘鲁更加贫困、更加愤怒的任何做法。另外，贝拉斯科军事独裁的假改革还引发了通货膨胀、物价飞涨，这会将下届大选的胜利拱手送给阿普拉党。跟我的侄子阿尔贝托·拉来埃尔不同，我叔叔阿陶尔福对阿兰·加西亚存有幻想。他对我说，毫无疑问，在那个一天比一天难以忍受的国家里，有许多跟他同样想法的男人和女人。那些人基本上都是正派人，终生梦想着经济、社会、文化和政治的进步，将秘鲁变成一个繁荣、民主的现代社会，这个社会对所有人都机会均等。但是他们一次又一次地失望了。他们像阿陶尔福叔叔一样慢慢地步入了老年——接近了死亡的边缘。他们感到惶惑，不断地自问，为什么我们非但没有前进，反而后退。现在的情况则更糟：跟他们开始生活的时候相比，贫富差距、不平等、暴力和不安全都更严重了。

"你去欧洲这条路真是太对了，侄子。"这是他的口头禅，他捋着自己蓄起的已经花白的小胡子一遍又一遍地说，"想想看，如果你留在这儿工作会是个什么样子，又是停电，又是爆炸，又是绑架，而且青年人缺少就业机会。"

"我不是那么有把握，叔叔。对，没错，我是就职于一个能让我生活得非常美好的城市里。但是，在那儿，我最终会变成一个没有根的人，变成一个幽灵。我永远不会成为一个法国人，尽管有护照证明我的身份。在那儿我永远是一个外国佬，而我也不再是一个秘鲁人，因为在这儿，我比在巴黎更觉得自己是一个外国人。"

"可是，我想你知道，根据在利马大学的一次民意测验，百分之七十的青年的第一志愿是出国，绝大多数想去美国，其次是去欧洲、日本、澳大利亚，或者随便去哪国都可以。我们怎么能责备他们呢，对吧？如果他们的国家既不能给他们工作又不能给他们机会和安全感，他们想走是正常的。所以我很敬佩阿尔贝托。在美国，他本来可以得到很好的位置，但是他宁可回秘鲁来献身祖国。但愿你不为他感到遗憾。他非常尊重你，你注意到了吗，里卡多？"

"是的，叔叔，我也很尊重他。真的，他非常和蔼可亲。多亏我这位侄子，我才了解了利马的其他一些方面：百万富翁的情况和围墙后面那些人的情况。"

恰在这时，电话铃响了，是阿尔贝托·拉来埃尔给我打电话。

"您想认识老阿基米德吗？就是我说的那个防波堤的建设者。"

"当然了，你这家伙！"我兴奋地对他说。

"他们正在拉彭塔修建一道新的防波堤，市政府的工程师是我的朋友奇乔·卡内帕。明天上午吧，如果您觉得可以的话，我八点钟去找您。对您来说是不是太早了？"

"尽管我只有五十岁，可大概已经显得很老了，阿陶尔福叔叔。"挂了电话，我对叔叔说，"因为，阿尔贝托既然是你的侄子，按辈分，实际上他应该是我的表弟，但是他坚持叫我叔叔。我在他眼里大概像个过时的老人了吧。"

"不是这样的。"阿陶尔福叔叔笑了，"因为你住在巴黎，这让他肃然起敬。对他来说，住在那座城市就是一份证书，就等于是生活中的胜利者。"

第二天上午，阿尔贝托像钟表一样精确地差几分钟不到八点就来接我了。卡内帕工程师陪他一起来的。这位工程师是在坎托拉奥海滨和拉彭塔码头的多项工程的负责人。他已经上了年纪，戴着墨镜，有着硕大的啤酒肚。他从阿尔贝托的切诺基轻型卡车上下来，让出前面的位子。两位工程师都穿着牛仔裤，衬衫敞开着，外加皮外套。我穿着三件套西装、有领衬衫，打着领带，靠在这两位穿休闲服的先生身边，感到自己很可笑。

"老阿基米德会给您留下深刻的印象。"阿尔贝托的工程师朋友对我保证,阿尔贝托叫这位朋友奇乔。"他是一个美妙的疯子。我在二十年前就认识他,他讲的故事至今还会令我目瞪口呆。他是一个魔术师,您会看到的。他讲的奇闻轶事风趣之至,听了令人心旷神怡。"

"我向您发誓,里卡多叔叔,真应该给他备个录音机。"阿尔贝托接着说道,"他讲的关于防波堤的故事是那样妙不可言,我总是听不够,求他多讲讲。"

"你讲给我的事情,我还没有在脑子里想清楚呢,阿尔贝托。"我对他说,"我依然认为你是在取笑我。我觉得在海边建一道防波堤更需要一个巫师而不是工程师这种说法是不可能的。"

"可是您最好相信。"奇乔·卡内帕哈哈大笑起来,"因为,如果说真有人清楚这件事,那就是我。这是从痛苦中得来的经验。"

我对他说不要再对我以"您"相称,我还没那么老。从现在起,我们就以"你"相称好了。

我们沿着滨海在光秃秃的悬崖峭壁下向马格达莱纳和圣米格尔前进。左边是波涛汹涌、半笼罩在薄雾中的大海。尽管还是冬天,却仍然有些冲浪运动员裹着胶皮服冲浪。他们不说话,身影模模糊糊的,骑在大海上,有些人高举着手臂,晃动着身体保持平衡。奇乔·卡内帕讲述了发生在刚刚被我们抛在身后的一道防波堤上的事情,这道防波堤建了一半,尽头竖着一根桅杆。米拉弗洛雷斯区政府委托他扩宽道路,修两道防波堤,再造一片海滩。第一道防波堤对他来说没有困难,他在阿基米德建议的地方建成了。奇乔希望第二道防波堤建在与绿色海岸饭馆和璐蒂卡玫瑰餐馆对称的位置上。老阿基米德坚持认为,这样建抵抗力不够,会被大海吞掉。

"没有什么抵抗力不够的问题。"卡内帕工程师加重语气说道,"这些事我懂,我研究过。海浪和水流与冲击第一道防波堤的是一样的,涨潮高峰线也一样,海下底基的深度也相同。工人们都坚持要我听阿基米德的话，可是我觉得这是一个老醉鬼为了拿到他的工资而故意找借口的怪念头。我在我认为适当的地方建了防波堤。时运不济啊，里卡多朋友！我比修第一道防波堤动用了加倍的石料和灰泥，可该死的防波堤一次又一次地被沙覆盖，造成了许多旋涡，破坏了周围的环境，产生了许多暗流和潮水，给洗海水浴的人带来危险。不到半年，大海就把那道该死的防波堤冲了个稀里哗啦，变成了你现在看到的废墟。每当我从那儿经过，我的脸就感到发烫。那是一座耻辱的纪念碑！区政府对我进行了罚款，结果我赔了钱。"

"阿基米德向你作了怎样的解释？为什么不能在那儿建防波堤？"

"他的解释不是解释，"卡内帕说，"而是些糊弄的话。什么'大海不答应你在那儿建'，什么'那儿不合适'，'那儿建了防波堤就会移位，移位的海水就会把它摧毁'……全是些没头没脑的胡说八道，是一些巫术，或者随便什么，就像你说的。自从我在绿色海岸遭遇了这件事，我就不说话了，一切按老阿基米德说的办吧。在修防波堤方面，任何工程师都没用，还是他知道得多。"

说真话，我迫不及待地想去认识这位有血有肉的奇人。阿尔贝托说，但愿我们遇到他正在全神贯注地观海。那时，他像个菩萨似的盘腿而坐，一动不动，呆若木鸡。他可以就这样查看着大海，一坐几个小时，跟潮水隐蔽的力量与深海的神仙进行深奥的沟通。他询问他们，听他们讲述，静静地向他们祈祷。直至他终于像是又苏醒过来。他嘴里嘟嘟哝哝地念叨着什么，站起来做了一个强有力的动作，像发出警句般地说道："对，可以建。"或者说："不行，不可以建。"如果是后者，他就得去别处找适当的地方建防波堤。

"他是一个奇妙的老头儿、一个幻想家。他总是说一些荒唐古怪的话，也说一些梦呓胡话。有一段时期，传说他有一个女儿在巴黎，这个女儿将把他接到那儿去跟她住在一起，去'光明之城'。"

上午好像突然被黑暗笼罩，变成了夜晚。我感到一股酸味，就像有时我犯了老毛病十二指肠溃疡的感觉,而脑袋里则闪耀出少量火药发出的火花。我不能精确地说出我有什么感觉,反正是有许多种感觉。此时我不知为什么,自从阿尔贝托·拉米埃尔在划船比赛俱乐部想到给我讲述阿基米德的故事和利马防波堤的事情以来,我一直感到一种焦虑、一种要发生突然事件的奇怪渴望、一场大灾难或一桩奇迹的预兆,仿佛那个故事在阻止某种对我发生深刻影响的东西。我好不容易才忍住没有对奇乔刚才说的话提出一大堆问题。

我们从停在坎托拉奥海滩对面拉彭塔的菲格雷多防波堤的轻型卡车上下来时,无须他们告诉我,我就知道谁是阿基米德了。他没有安安静静地坐在那儿,而是双手插在兜里沿着海边走动。海浪缓缓地漫过布满石子和黑色鹅卵石的海滩,在岸边消失。这片海滩,我从少年时代之后就没有再看到过了。阿基米德是黑白混血人,肤色较浅,样子看起来有些可怜,身体很瘦弱,头发稀疏拳曲。他肯定从很久以前就进入了老年,处于无足轻重的生命时段。在这个时候,年龄的顺序差别已经不存在,一个人可能是七十岁、八十岁,也许已经九十岁,表面看来,很难分清。他身着一件破旧的蓝衬衫,几乎一个扣子都没有了。寒冷的、灰蒙蒙的晨风把他的衬衫吹得鼓胀起来,可以看到老头儿那瘦骨嶙峋的胸部。他驼着背,在海滩的石子上磕磕绊绊地从这边走到那边,像草鹭般跨着步子,时刻都有跌倒的危险。

"就是他,对吗?"我问他们。

"除了他还能是谁?"奇乔·卡内帕说,接着用手做喇叭状,高喊道:"阿基米德!阿基米德!过来,这儿有人想认识你。他从欧洲来,想看看你的脸,你想想看!"

老头儿停下了脚步,脑袋猛地挺了起来。他看了我们一眼,神情有些愕然。然后就循着奇乔的呼叫在海滩的黑色与铅灰色石块上做着平衡动作朝我们走来。当他走得更近些的时候,我把他看得更清楚了:两颊塌陷,牙齿好像掉光了;下巴中央有一道裂隙,很可能是一道伤疤；最有神、最有威力的是他的一双眼睛，那眼睛小而呈液体状，却光芒强烈，富有挑战性，看人的时候眨也不眨，死死地盯着，透出一股傲气。他的年纪应该很大了，没错，这从他的额头和眼睛周围的皱纹可以判断出来，那些皱纹使他的脖颈如同雄鸡的冠。另外，从他伸出来向我打招呼的那双指甲发黑的粗手也可以判断，他已至耄耋之年。

"你太出名了，阿基米德，尽管你不相信，但我叔叔里卡多是从法国回来见你的，想认识你这位利马防波堤的伟大建设者。"阿尔贝托拍了一下他的脊背对他说，"他希望你能给他讲讲你是怎样、为什么知道在哪儿可以建设一道防波堤，在哪儿不能建。"

"这事无法言传，"老头把手伸给我，说话时喷出一嘴唾沫星子，"它只能在心中感知。很高兴认识您，先生。那么您真的是法国佬？"

"不，我是秘鲁人，但是我住在法国已经许多年了。"

他的声音又沙哑又尖利，几乎每个词都说不完整。他几乎没有停歇，刚跟我们打过招呼就对奇乔·卡内帕说道："很遗憾，但是我认为这儿不能建，工程师。"

"你根据什么这样认为？"奇乔提高嗓门喊道，发火了，"你敢不敢肯定？"

"我不敢肯定。"老头儿很不舒服地承认道，脸部的皱纹更深了。他停了一下，飞快地扫了一眼大海，补充道："说得更清楚点儿，我甚至不知道我是否可以肯定。您不要跟我发火，可是有一点儿什么东西像是在告诉我这儿不能建防波堤。"

"你别扯淡，阿基米德，"卡内帕工程师打着手势不满意地说，"你必须给我一个明确的结论。否则，活见鬼，我就不付你报酬。"

"可是有时候大海就像一个狡诈的女人，这种女人有时候说'可以'，但实际上是不可以。有时她们说'不可以'，但实际上是可以。"老头儿笑了起来，张开那张大嘴，让人看到他几乎只剩下两三颗牙齿了。那时我感到他呼出的气息中有一股强烈的刺鼻味道，像甘蔗烧酒味或者烈性皮斯科酒味。

"你正在失去你的能力，阿基米德。"我侄子阿尔贝托又亲切地拍了他一下，"以前你在这些事情上从不犹豫。"

"我不认为是这样的，工程师。"阿基米德说，神情非常严肃，用一根手势指着灰绿色的海水，"这是大海的事，它有它的秘密，就像所有的人一样。几乎每次，我凭第一眼就能断定可以还是不可以。但是这片坎托拉奥海滩非常可恶，它有它的小伎俩，耍的花招能把我迷惑住。"

海浪冲击到岸边的岩石上，破碎的回头浪发出轰轰隆隆的鸣响，震耳欲聋，我一时听不到老头儿的讲话声了。我发现他有个毛病：不时地把手放到鼻子上揉搓，动作很快，仿佛要驱赶走一只虫子。

两个脚蹬靴子、身穿帆布外套的人走近，他们的外套上印着一些黄色的字，意思是"卡亚俄区政府"。奇乔·卡内帕和阿尔贝托把他们拉到一边说话。我听到奇乔·卡内帕对他们说，即使阿基米德听到他们谈话也没关系："现在这个笨蛋已经说不准是可以还是不可以了，所以只能由我们自己来决定，只能这样了。"

老头儿就站在身边，但是并不看我。现在他的目光重新盯着大海，同时缓缓地蠕动着嘴唇，像是在祈祷或者自言自语。

"阿基米德，我想请您吃午饭。"我低声对他说，"请您给我讲一点儿防波堤的事。我对这事非常感兴趣。就我们俩，您接受吗？"

他转过头，死死地盯着我。此时他很严肃了，我的邀请令他非常愕然。他那满布皱纹的脸上露出怀疑的表情，并且皱起了眉头：

"去吃午饭？"他茫然地重复我的话，"去哪儿？"

"去您愿去的地方，您喜欢哪儿就去哪儿。您选地方，我请您。好吗？"

"可是，什么时候？"老头儿以越来越不信任的表情审视着我。

"就现在，比如说，今天。我十二点左右可以到这儿来接您，我们一起去吃午饭，您选地方，好吗？"

过了一会儿，他同意了，但是不停地看着我，仿佛突然间我变成了对他的威胁。"这个家伙要拿我搞什么鬼呢？"他那双黄灰色的、如液体流动的眼睛中不安的神情这样告诉我。

过了半个小时，当阿基米德、阿尔贝托、奇乔·卡内帕和卡亚俄区政府的人终于讨论完，我侄子和他的朋友上了停在菲格雷多防波堤上的轻型卡车。我告诉他们，我要在这儿留下来，想在拉彭塔走走，回忆一下青年时代，那时我们有时跟阿莱格雷区的朋友来这儿参加划船联赛的舞会，并且甜言蜜语地博取一对姓莱克卡的金发孪生姐妹的欢心。她们就住在附近，每年都参加夏季的帆船冠军赛。我告诉他们，过一会儿我就乘出租汽车回米拉弗洛雷斯。听了我的话，他们有些惊讶，但最后他们还是走了。临走时一再嘱咐我，不管去哪儿都要特别小心，因为卡亚俄地区到处是偷盗和拦路抢劫，最近绑架事件时有发生。

我登上防波堤散步了很长时间。四十五年前的高大房舍因潮湿和岁月已经退了颜色，失去了生气，残破不全，肮脏不堪，花园中的花草已经凋谢枯萎。尽管一派衰败景象，但城区依然保留着昔日辉煌的痕迹，正如一位老妇人依然保留着昔日美貌的影子。我通过铁栅栏探视着海军学校的设施，看到一伙士官生身着日常的白色制服，正在鱼贯而行；另一伙士官生则在码头旁边把一条小艇的绳索系牢。与此同时，我一直在心中重复着："这不可能，这不可能，这纯属没头没脑的胡说八道。忘掉这匪夷所思的幻想吧，里卡多·索莫库尔西奥。"推测这样的联系只能是一种智力衰退、一种癫痫。但同时，我又认真思索：生活中我遇到过的很多事使我知道，没有什么事情是不可能的，哪怕是最荒唐古怪的巧合，都是有可能发生的，只要事关我的妻子。尽管我已经二十余年没回到这儿了，但拉彭塔尚不像米拉弗洛雷斯改变得那么多,它依然保持着威严的气概、一种过时的高雅的贫困。现在,就像我昔日居住的城区一样,在房舍中间也建起了一些没有特色、令人压抑的高楼,但是数量不多,尚不足以破坏掉整体的和谐。大街上空荡荡的,只有某个出来购物的女佣和某个用小车推着小孩散步或牵着狗让它到海边撒尿的家庭主妇。

十二点的时候,我重新回到了坎托拉奥海滨,现在那儿几乎完全被薄雾笼罩了。那时我看到阿基米德保持着阿尔贝托向我描述的那种姿势:像一尊菩萨似的坐在那儿,一动不动,眼睛死死地盯着大海。他是那样平静,一群白色的海鸥在他身旁走来走去,对他的存在完全视而不见,只顾在石头间需找点儿吃食。回浪的轰鸣如山洪暴发。

有时海鸥会同时尖叫起来,既沙哑又尖利,有时又十分刺耳。

"对,能建防波堤。"阿基米德一看到我就说,脸上泛着胜利的笑容,而且打着响指,"我要给卡内帕工程师一个大惊喜。"

"现在你真的肯定吗?"

"当然了,完全可以肯定。"他点了几次头,以扬扬得意的语调说道,一双小眼睛里闪耀着满足的光芒。

他以绝对的信心指着大海,像是告诉我证据就在那儿,随便什么人只要想看就能看到。但是,我看到的只是一道泛着泡沫的灰绿色水带。这道水带冲向岸边的岩石,发出轰轰隆隆的巨响。当这道水带撞上岩石后退,便留下一团团棕色的杂草。薄雾在不断地前行,很快就要把我们包围了。

"您真让我吃惊,阿基米德,您的本事太大了!今天上午您还在犹豫不决,而现在您终于有了把握,这中间到底发生了什么事?您看到点儿什么吗?听到点儿什么吗?还是一种心灵感知、一种占卜?"

我看到老头儿起身很吃力,便拉着他的胳膊帮忙。他瘦得皮包骨头,几乎没有肌肉,骨头也是软软的,酷似蛙类的四肢。

"我感觉这里可以建防波堤。"他向我解释说,随即便沉默下来,好像"感觉"这个动词能把一切奥秘揭示清楚。

我们默默不语地登上陡峭的、布满石头的海滩,向菲格雷多防波堤走去。老头儿那满是破洞的鞋子不时陷进石子中,我觉得他随时都可能跌倒,所以我又一次去拉他的胳膊想扶着他,可是他以不耐烦的神气挣脱了我。

"您想我们去哪儿吃午饭,阿基米德?"他抽搐了一下,然后指向了模糊不清、幻影般的卡亚俄地平线。

"去那儿,在丘奎托,我知道一个地方。"他迟疑地说,"它叫'砰、砰!安静'①。那儿有很好的生海鲜片,用鲜鱼做的。有时候奇乔工程师会去那儿饱餐一顿火腿色拉面包。"

"好极了,阿基米德,我们就去那儿。我很喜欢吃生海鲜片,我也很久没吃火腿色拉面包了。"

当我们迎着寒冷的微风,听着海鸥的尖叫声和大海的轰鸣声向丘奎托走去的时候,我对阿基米德说,这个饭店的名字让我记起了运动男孩队的球迷,那是一支非常著名的卡亚俄足球队。在我的儿时,这支足球队在何塞·迪亚斯大街的国家体育场踢比赛,看台上球迷们的充气拉拉棒敲击得震山响:砰、砰!安静!砰、砰!安静!同时,尽管过去了这么多年,我仍然记得运动男孩队那两名神奇前锋巴莱里亚诺·洛佩斯和赫罗尼莫·巴瓦迪略。面对他们的玫瑰红球衣,所有的后卫都感到恐惧。

"他们还是毛头小伙子的时候,我就认识巴莱里亚诺·洛佩斯和赫罗尼莫·巴瓦迪略。"老头说。他走路时有点蜷缩着身子,一直注

---

① 此名来自一个典故:据说以前卡亚俄地区的球迷有摇鼓为足球队助威的习惯。后来有一位市长讨厌那咚咚鼓声的喧闹,于是下令不得用击鼓为足球队助威。球迷们为了尊重市长,从此改为用拉拉棒为球队助威,并且敲两下就喊一声"callado(安静)"。此西班牙语单词恰好与本地区的名称 Callao(卡亚俄)谐音。

视着地面，风把他那稀疏斑白的头发吹乱，"甚至有时候我们在博塔奥体育场一起踢球，运动男孩队的球员在这儿或者在卡亚俄的空地上训练。当然，那是在他们出名之前。当时足球运动员踢球只是为了荣誉，至多偶尔会拿到点儿小费。我非常喜欢足球，但是我从来都不是一名优秀的足球运动员，因为我没有耐力，踢球时很快就体力不支，到下半场已是气喘吁吁、精疲力竭了。"

"噢，可是你有另外的才能，阿基米德，你知道能在什么地方修筑防波堤。世界上懂得这事的人很少，唯有你有这种天赋，我敢肯定。"

"砰、砰！安静"是一家可怜巴巴的小饭店，位于何塞加尔韦斯公园的一角。饭店的周围是推着小木车或用架子搭起木板摆摊卖甜食、彩票、花生或蜜饯苹果的流浪汉或小孩子。阿基米德大概经常来这儿走动，因为他不时地向路人打招呼，街上的一些狗跑过来在他的脚上闻来闻去。一走进"砰、砰！安静"饭店，女老板——一个在由两只木桶和一条长木板搭成的柜台后面招揽生意、头戴发卷的黑女人——就亲切地向他打招呼："你好！防波堤老头儿。"饭店里有十张左右粗糙的小桌子，座位是长条凳，只有一部分屋顶盖着锌皮，其余部分露天，可以看到阴云密布、凄凉的冬日天空。一台收音机用最大音量播放着鲁文·布拉德斯演唱的萨尔萨舞曲《佩德罗·纳瓦拉》。我们在靠门口的一张桌子上坐下来，要了生海鲜片、灌肠和一瓶冰镇比尔森牌啤酒。

头戴发卷的黑女人是这家小饭店里的唯一女性。几乎所有的桌子都坐上了客人，有的两人，有的三四人。那些男人大概就在附近干活，因为有些人穿着冷库工人穿的防尘罩衣，一张桌子的长凳下放着几顶电工安全帽和工具箱。

"您想知道什么呢，先生？"阿基米德开腔了。他充满好奇地望着我，同时把手放到鼻子上去揉搓，像是要赶走一只并不存在的虫子。"也就是说，你为什么要请我吃饭？"

"您是怎样发现您具有猜出大海心思的才能的？"我问他，"您从小就发现了还是年轻时发现的？请给我讲讲吧。关于这件事，您能告诉我的一切，我都非常感兴趣。"

他耸了耸肩膀，仿佛是说他不记得或者像是说这件事并不值得关注。他低声说，有一次，一位《新闻报》的记者就此来采访过他，好像他一言未发。过了一会儿，他终于又低声说："这样的事，我从来没想过，所以难以解释。我知道哪儿可以建防波堤，哪儿不可以建。但是有时候我也会落空，也就是说，没有任何感觉。"他又沉默了好一会儿。啤酒送上来，我们互相祝酒，并且喝了一口，他就打开了话匣子，开始相当从容地给我讲述他的生活了。他不是出生在利马，而是出生在帕兰卡山区。当他刚刚开始学会走路的时候，他们家就下山搬到了海边，因此他对山区没有任何记忆，而是好像就出生在卡亚俄。他从内心里感到自己完全是一个卡亚俄人。他在第五贝亚维斯塔财经学校学会了读书识字，但是他连初小都没有读完，因为，"为了家里能揭开锅"，他的父亲让他蹬着一家非常著名的冷饮店的三轮车去卖冷饮了。这家冷饮店如今已不在了，当时它位于萨恩斯·培尼亚大道，名叫"美味冷饮店"。从儿时到青年时代，他什么都干过一点儿：当过木匠的助手，干过泥瓦匠，做过一家海关办事处的听差，直至最后到一条渔船上帮忙干活，这条渔船的基地在海上集散站。就是在那儿，在不知不觉中，也说不出什么原因，他开始发现他跟大海"就像套在一起的一对耕畜那般互相理解"。他能先于任何人猜测出应该在哪儿撒网，因为鳀鱼群要到那儿觅食；他也能猜测出哪儿不易撒网，因为那儿水流险恶，会把鱼群吓跑，连可悲的鲶鱼都不会上钩。他记得清清楚楚，第一次在卡亚俄的海面上帮助修建一道防波坝，差不多是在拉佩拉区，那是在拉斯帕尔梅拉斯林荫道的尽头。工程师们为了让堤坝结构能抗住海浪而做出的全部努力均归于徒劳。"到底是怎么回事？真扯淡，为什么这么愚蠢，该死的防波坝总是被沙子掩埋？"

承包商是奇克拉约的中国人与印第安人混血儿,脾气暴躁,他揪着自己的头发破口大骂大海是该死的家伙,也咒骂所有人愚蠢。但是,不管他如何发火、如何咒骂,大海就是对他说"不"。先生,大海说不行,那就是不行。这个时候他尚不满二十岁,还没有成熟,随时可能会被招募去服兵役。

从那时起,阿基米德开始考虑,开始绞尽脑汁地反复思索。他不是大发雷霆地咒骂大海,而是想到"去跟大海对话"。还要更进一步,"他要像听一个朋友讲话那样去听大海讲话"。他把手放到耳朵上,脸上一副全神贯注的表情,仿佛马上就能听到大海传给他的机密私房话。有一次,拉莱瓜卡门教堂的牧师对他说:"你知道你在听谁讲话吗,阿基米德?你是在听上帝讲话。你说的关于大海告诉你的那些事都是上帝的英明教导。嗯,也许,也许上帝就住在海里。"所以,事情就是这样。他开始倾听大海讲话,那时,是的,先生,大海就让他感觉到了:如果那儿建不起防波堤,那是因为它不愿意。于是给他指出,朝拉彭塔方向往北过去五十米,"大海就听命于防波堤了"。这样,他就去把事情告诉了工程师。可以想象,那个奇克拉约人觉得万分荒唐可笑。但是后来到了走投无路的时候,他只好说:"真讨厌,那就试试看吧!"他们在阿基米德指示的地方做了试验,结果防波堤真的把凶猛的大海制服了。一切惊涛骇浪都被防波堤挡住了。这件事很快传开,阿基米德逐渐变成了著名的巫师、著名的魔法师、著名的防波堤建设者。从那时起,每逢在利马海湾建防波堤,工程师都一定向他咨询。不仅是在利马,他还被请到卡涅特、皮斯科、苏佩、钦查和许许多多的其他地方去为建防波堤做顾问。他经常骄傲地说,在他漫长的职业生涯中很少出过错。可他出过错,那是难免的,因为从来不出错的只有上帝,也许还有魔鬼,先生。

调味生海鲜片辣得烫嘴,就像阿雷基帕地区的朝天椒。啤酒喝光了,我又要了一瓶。我们一边不慌不忙地喝啤酒,一边就着法式面包，品尝上等猪肉腊肠，伴以莴笋、洋葱和辣椒这几样开胃菜。一杯杯的啤酒给了我勇气，在阿基米德沉默不语时，我终于大着胆子向他提出了三个小时以来一直在我的嗓子眼里热辣辣地转来转去的问题："有人告诉我，您有个女儿在巴黎，是真的吗，阿基米德？"

他两眼直勾勾地看着我，对我了解他的家庭隐私感到惊讶。渐渐地，他那紧张的表情松弛下来，变得一脸酸楚。在回答我之前，他愤怒地揉搓了一下鼻子，打了个长长的响指，把那看不见的虫子赶走。

"对这个无情无义不孝的女儿，我什么都不想知道。"他嘟哝道，"我更不愿意提起她，先生。我向您发誓，如果她悔悟了来看我，我连家门都不会让她进。"

我看到他那样怒不可遏，就请他原谅我的鲁莽。我对他解释说，我那天上午从一位工程师那儿听到她女儿的事。由于我也住在巴黎，出于好奇，我想最好我能认识她的女儿。如果知道他讨厌提到这件事，我就不会对他讲了。

阿基米德对我的解释没做任何回答，只是继续吃腊肠，一口口地抿着啤酒。由于他的牙齿几乎掉光了，所以咀嚼食物非常困难，舌头不断地发出响声，每吞咽一口都需要很长时间。长时间的沉默让我感到很不舒服，我深信问他女儿的事是犯了个错误。"你希望听我给你讲点儿什么，里卡多？"他扬起手招呼那个戴发卷的黑女人要结账，与此同时，他又一次打开了话匣子："因为她是个没有半点儿孝心的女人，我向您发誓。"老头儿说道，那张皱巴巴的脸上表情非常严肃，"就连她母亲的葬礼，她都没寄点儿钱来。一个自私的女人，就是这么个东西。她去了巴黎就把我们扔下不管了。她自认为很高尚，所以现在觉得有权利看不起我们了，好像她的血管里没有流淌着父母的血。"

他真是怒发冲冠了，说话时做出的种种怪相使他脸上的皱纹变得更深了。我又自言自语地为触及这个题目感到内疚。我并非想让他不痛快。我想转换话题，谈点儿别的事，但是他不理睬我。他目不转睛地看着我，瞳孔里闪耀出炽烈的火花。

"在我觉得自己还有可能让她听我话的时候，我不顾自己的老脸，低三下四地求她接我去巴黎，因为我是她的父亲。"阿基米德摇着桌子说，双唇不停地颤抖，"我低三下四，不顾老脸。我对她说我用不着她供养我，完全不需要。我可以在巴黎随便干点儿什么事，比如帮人家修防波堤，难道巴黎不修防波堤吗？好吧，我就在那儿帮着修防波堤。我在这儿干得很好，为什么在那儿就不能干好！我唯一乞求她的就是为我买一张机票。不为她的母亲买，也不为她的兄弟买，只给我一个人买。我到了那儿会拼命干活挣钱，节衣缩食，逐渐地把家里人都接过去。我这个要求算多吗？不多，很少，几乎不算什么要求。可她是怎样做的呢？再也没有给我回一封信，一封信都没有回，永远不回信了，仿佛害怕我突然去了那儿。这是一个女儿应该做的吗？您知道我为什么说她变成一个无情无义的不孝女儿了，先生。"

当那个头上戴着发卷的黑女人像一只黑豹般扭动着身子走过来时，我没有结账，而是又要了一瓶冰镇啤酒。老阿基米德说话的声音是那样高，以至于几张桌子上的食客都转过脸来看他。他看到这种情形，便咳嗽着掩饰自己，同时降低了嗓门："开始时她还记得她的家，这也应该说清楚。嗯，只是偶尔记起，不过偶尔记起总比完全忘记好。"阿基米德继续说，已经平静了些，"不是在古巴的时候。在古巴时，好像由于政治上的原因，是不能写信的。这是后来她去巴黎居住时告诉我们的，那时她已经结婚。那么，对，有时候，比如说国定假日，或者是我的生日，或者是耶诞节，她会寄封信来，也多少寄点儿钱。取那点儿钱可真是太不容易了，去银行要带上各种身份证件，我也弄不清银行要扣掉多少手续费。不过，总之，在那段时期，尽管只是偶尔，但她还是记得自己有个家。可自从我求她给我买机票去巴黎以后，她就断绝了同我们的联系，一封信也没来过，直到今天，好像她的亲人都死光了。我对她说，她把我们都埋到坟墓里，让我们'寿终正寝'了。就连她的一个弟弟给她写信，让她帮忙出点儿钱为她的母亲立一块大理石墓碑，她都没有回信。"

我给阿基米德倒了一杯戴发卷的黑女人刚刚送上来的泛满泡沫的啤酒，也给自己倒了一杯。去古巴、在巴黎结婚，还有什么可怀疑？除了她还能是谁呢？现在，我已经开始发抖了。我感到十分惶恐不安，仿佛说不定哪一刻老头儿的嘴就会把那件可怕的事儿揭穿。于是我说"祝您健康，阿基米德"，我们两个同时喝了一大口啤酒。从我的位置可以看到老头儿脚上穿着一只满是孔洞的鞋子，从鞋子里露出一个多结的脚踝，上面满是一层层的硬皮或脏物，在那儿正爬着一只蚂蚁，可他似乎一点儿没感觉到。难道这种巧合是可能的吗？对，事情就是这么巧。现在我一点儿也不怀疑了。

"我觉得我曾经认识您女儿。"我说，装出一副只是随便说说、跟自己没有任何关系的样子，"您女儿曾享受过古巴的奖学金，对吗？后来跟一个法国外交官结了婚，对吗？如果我没记错，这位外交官先生姓阿努克斯。"

"我不知道这个人是外交官还是从事别的什么，她连一张照片都没有寄给我们。"阿基米德嘟嘟哝哝地抱怨道，同时又用手去揉搓鼻子，"但是他是个重要的法国佬，挣的钱很多，这事儿别人对我说过。既然如此，一个女儿难道不应该对家庭尽义务吗？特别是，她的家庭很穷，日子很艰难呀。"

他又抿了一口啤酒，然后好一会儿陷入了沉思。一支由当地土著人乐队演奏的单调又走调的通俗乐曲代替了萨拉萨舞曲。旁边桌子上的电工们在聊星期天赛马的事，其中一个人发誓说："第三道的克利奥帕特拉肯定能赢。"突然，阿基米德记起了点儿什么，抬起头，用火红的小眼睛盯着我问道："您认识她？"

"我想是的，只是印象不深。"

"那个混蛋法国佬真的有很多钱吗？"

"这我不清楚。如果我们说的是同一个人，他是联合国教科义组织的一位官员，无疑有相当的地位。至于您女儿，我每次见她都看到她穿着很考究，是一位高雅漂亮的女人。"

"奥蒂丽塔从小就梦想拥有自己没有的东西。"阿基米德突然说道，声音变得轻松愉快起来，脸上露出了一丝充满仁慈的、意想不到的微笑，"她非常聪明可爱，在学校里经常得奖。没错，从生下来，她就有伟大的梦想。她不满足于自己的命运。"

我忍不住哈哈大笑起来。看到我笑，老头儿一时无措手足。智利小姑娘莉莉、阿莱特同志、罗伯特·阿努克斯夫人、理查森夫人和里卡多·索莫库尔西奥夫人……她有过这么多的称呼，而实际上叫奥蒂丽塔。奥蒂丽塔。这真是太可笑了。

"我从来没想到过她叫奥蒂丽塔。"我向老头儿解释说，"我认识她时，她是用她丈夫的名字：罗伯特·阿努克斯夫人。在法国就是这样，一个女人结婚后就用她丈夫的姓名。"

"怎么有这样的习惯！"阿基米德评论道，微笑着耸起肩膀，"您好久没见到她了吗？"

"对，好久没见到了。我甚至不知道她是否还住在巴黎。当然了，如果我们说的是同一个人。我对您说的这个女孩曾在古巴待过，在古巴的哈瓦那跟一个法国外交官结了婚。后来在六十年代，这位外交官把她带到巴黎居住。大约在四五年前，我们在那儿见了最后一面。我记得她经常提起米拉弗洛雷斯，她说她的童年是在那个区度过的。"

老头儿表示认可。在他呈液体状的眼睛里，怀念已经代替了愤怒。他把啤酒杯端在空中，吹着边上的泡沫，慢慢地使那些泡沫保持在同一水平。

"就是同一个人。"老头儿断言道，而且是一边揉搓着鼻子一边表示认可，"奥蒂丽塔小时候就是住在米拉弗洛雷斯，因为她母亲为住在那儿的一家人当厨娘,在阿雷纳斯先生家干活。"

"是在埃斯佩兰萨大街吗?"我问道。

老头儿表示同意,眼睛盯着我,脸上露出惊讶之色。

"这您也知道?您怎么知道奥蒂丽塔那么多的事?"

我心中暗想:"如果我告诉他,因为她是我的妻子,他会做出怎样的反应?"

"嗯,其实我已经告诉您了。您女儿总是记起米拉弗洛雷斯和她在埃斯佩兰萨大街的家。我从小也住在那个区。"

柜台后面,戴发卷的黑女人继续左右摇晃着脑袋,跟着土著人乐队演奏的节奏混乱、走了调的曲子舞动。阿基米德深深地喝了一口啤酒,在他那干瘪的嘴唇边留下了一圈白色啤酒沫。

"从很小很小的时候,奥蒂丽塔就为我们感到羞耻。"阿基米德说,又一次愤怒起来,"她想成为跟白种人一样的人、跟富人一样的人。她是个自认为很有能耐的小姑娘,鬼点子特别多。她相当机灵,可以说有胆有识,不是随便什么人都可以像她那样身无分文就移居到外国去的。有一次,她在美洲电台举办的比赛中得了奖。她模仿墨西哥人,模仿智利人,模仿阿根廷人。我想她当时刚刚满九岁或者十岁。作为奖品,她得到了一双冰鞋。她讨得了她妈妈做厨娘那家人的欢心。我是说,阿雷纳斯先生一家都喜欢上了她,待她仿佛是他们自己家中的一个女孩。他们让她成了自己女儿的朋友,可是没让她受到良好的教育。从那时起,她就更为父母感到羞耻了。或者说,从小看大,她从来就是一个无情无义的不孝女儿。"

谈话到了这个程度,我突然感到厌倦了,心中琢磨:我在这儿干什么呀?我干吗好奇地去探听这些肮脏的隐私呀?你还想知道什么,里卡多?你的目的何在呀?于是我开始找借口跟阿基米德告别,因为刹那间"砰、砰!安静"饭馆变成了一只笼子。阿基米德继续讲述着他的家庭情况,他所讲的一切都让我感到更加压抑、更加悲伤。看来他有一大堆儿女,由三个女人所生,这些儿女他都承认。奥蒂丽塔是他第一个妻子的长女,这个妻子已经过世。"养活十二个人,实在太艰难了。"他带着无可奈何的表情重复道,"可以说把我身上的油都榨干了。我不知道我怎么还有力气挣饭吃,先生。"的确,我看到他非常衰老,身体很是虚弱。只有他的眼睛看上去还炯炯有神,还好用,表明他还能继续做事。身体的其他部位已经功能衰竭,不能发挥作用了。

从我们走进"砰、砰!安静"饭馆,大概已过去了至少两个小时。除了我们这张桌子,其他桌子上的客人都走光了。饭店女老板关掉了收音机,暗示已打烊。我要了账单,结了账。走到街上的时候,我请求阿基米德接受一百美元钞票的赠礼。

"如果您还有机会在巴黎遇到奥蒂丽塔,那就请您告诉她,要记住她的爸爸,不要做那种无情无义的坏女儿,否则会在来生受惩罚。"老头儿把一只手伸给我。

他看着那张一百美元的钞票,好像那是从天上掉下来的。我看他要激动得哭起来了。他喃喃地说:"一百美元。上帝会报答您的,先生。"我心里想:"如果我告诉您,您是我的岳父,阿基米德,想想看,又会是怎样的情形呢?"

过了一会儿,就在何塞·加尔韦斯,当一辆破旧的出租车晃晃荡荡地开来、我用手势让它停下来的时候,一大群赤条条的小孩子向我围上来,伸出手要施舍。于是,我马上要求司机把我送到米拉弗洛雷斯区的埃斯佩兰萨大街去。

去米拉弗洛雷斯有很长一段路。我坐在那辆嘟嘟地喷着黑烟、吱吱嘎嘎作响的丑陋出租车里,后悔不该招惹出跟阿基米德的那番谈话。想到奥蒂丽塔的童年大概就是在卡亚俄这样一个贫民区中度过的,我感到万分难过。我知道我不可能再走近米拉弗洛雷斯区。那个遥远的现实,当时命运把我也安排住在了这个区,所以我能想象奥蒂丽塔儿时生活在那种杂居的、肮脏不堪的、摇摇欲坠的棚屋中的情形。出租车经过那个贫民区的时候，数不尽的苍蝇飞进车里。当年奥蒂丽塔住在这个区的时候，棚屋和天晓得积攒了多长时间的高高的垃圾堆混杂在一起。每天，她们一家都过着缺衣少食的拮据日子，没有安全保障，直至得了上帝的恩赐，他的母亲在一个居民区的中产家庭中找到了那份当厨娘的工作，她这位大女儿也被带去了那儿。我能想象奥蒂丽塔那个小姑娘源自本能的狡诈、撒娇和风雅，为了生存和适应环境，她的本能变得特别灵敏、发达。她利用自己所具有的一切本领，终于征服了那个家庭的主人。起初，那家主人可能会讥笑她，但是后来厨娘女儿的活泼可爱大概让他们产生了好感。他们喜欢上了她，便把自己女儿露西渐渐穿小了的衣服和鞋子送给这个智利小女孩。兴许就是这样，阿基米德的女儿一步一步地往上爬，终于在阿雷纳斯家中获得了一席之地。直至最后，她获得了跟阿雷纳斯的女儿同等的地位，有权利跟她一起玩耍、一起外出，仿佛她们是两个小朋友，是两姐妹，尽管后者上的是私人学校，而她上的是公立学校。现在，三十年后，事情完全清楚了：为什么智利小姑娘童年时不愿有恋人？为什么当时她不邀请任何人到她位于埃斯佩兰萨大街的家中去？而尤其清楚的是，她为什么决定演那场戏，说自己不是秘鲁人，而是变身为一个智利小姑娘让米拉弗洛雷斯接受她？念及此，我对她感到深深的同情，几乎要流出眼泪了。我迫不及待地想把她拥在怀里，抚摸她，请求她原谅童年时代的事情，胳肢她，给她讲笑话，演小丑逗她乐，以便让她高兴地笑起来，并且向她保证永远不再让她受苦。

埃斯佩兰萨大街没有太大的改变。我从拉尔科林荫道到桑洪大街来回走了两趟。米内尔瓦书店依旧在中央公园对面的街角上，尽管那位站在柜台后面接待顾客、一头白发的意大利夫人已经不在了。那位夫人总是板着脸，表情十分严肃，她是著名作家何塞·卡洛斯·马利亚特吉的遗孀。德国人开的甘布里努斯餐馆已经不在了，饰带和扣子商店也不在了。儿时，我有时候陪阿尔韦塔姑妈到这家商店去买东西。但是智利小姑娘住的那栋三层楼还在。那栋楼被挤在一幢房子和另一栋楼之间，很是狭窄，已经退了颜色。木扶手的阳台都很小，看上去非常陈旧、可怜。在那黑暗而狭小的居室里，那个靠着厨房的小洞洞大概就是仆人的房间。在这个房间里，每天晚上，母亲都只是在地板上铺上一个垫子让奥蒂丽塔睡觉，即使这样，她也不知比在阿基米德家中幸福了多少倍。那么，也许就是在这儿，当她还是一个小黄毛丫头的时候，就大胆地下定决心，利用一切手段往前闯，不再做厨娘和防波堤工人的女儿奥蒂丽塔，而是要永远逃离在她看来是陷阱、牢狱、意味着诅咒和惩罚的秘鲁，远走高飞，去做一个富人，特别是要做一个非常富有的人，哪怕为此不得不干出最邪恶的恶作剧，冒最可怕的风险，做任何需要做的事情，直至变成一个冷若冰霜、没有感情、利欲熏心、残忍凶狠的女人。她在短时期内达到了这样的目的，付出的代价却是沉重的。可以说，在这条漫漫长途中上，她落得一个体无完肤、灵魂破碎的结果。当我回忆起她所经历的最糟糕的时期——当时她蹲在厕所里，恐惧得浑身发抖，紧紧地握着我的手——我好不容易才强忍着没有哭出来。当然了，坏女孩，你不想回到秘鲁，你恨那个让你回忆起曾经接受的一切、遭受的一切和所做的一切，以致最终逃离了它的国家。你有你的道理。这次你没有陪我回来，你做得非常对，我的心肝宝贝。

我在米拉弗洛雷斯区的各条街道上沿着青年时代的路线走了很久，去了中央公园、拉尔科林荫道、萨拉萨尔公园和各条防波堤。我心急火燎地想见到她，想听到她的声音。自然，我绝不会把认识了她亲生父亲的事情告诉她；当然，我也永远不会对她说我知道了她的姓名：奥蒂丽塔。奥蒂丽塔，真是太好笑了，这个名字她已经完全不需要了。当然了，我也要忘掉阿基米德和今天上午从他那儿听到的一切。

当我到达阿陶尔福叔叔家中的时候，他已经躺下睡了。老太太阿纳斯塔西亚把剩饭给我留在了餐桌上，为了保温，她加了盖子。我只吃了一口，便立即起身离开餐桌，走进小客厅把自己关起来。我很不好意思打国际长途电话，因为我知道阿陶尔福叔叔是不会让我付钱的，但是我太想跟坏女孩说说话、听到她的声音、告诉她我对她的思念和我的决定了。我坐在阿陶尔福叔叔读报的那张大扶手椅上，放电话的小桌就在那儿。我没有开灯，摸着黑在房间里给坏女孩打电话。电话响了几次，没有人接。啊，当然了，是时差的问题！此时巴黎正是凌晨四点钟。可是，恰恰是在这个时间，智利小女孩——奥蒂丽塔，奥蒂丽塔，真好笑——不可能听不到电话。电话就在床头柜上，就在她的耳边呀！而且她的睡眠是很轻的。唯一的解释是，马蒂内又派她出差办事了。我拖着双脚上楼去了我的房间，感到失望和伤心。自然，我已难以合眼，因为每当想入睡的时候，我便惊恐地醒来，头脑非常清醒，在黑暗中隐隐约约地看到阿基米德的面孔，他嘲弄地看着我，一遍又一遍地重复着长女的名字：奥蒂丽塔，奥蒂丽塔。会不会是……不，一个愚蠢的想法，一种可笑的猜疑闪现在我的脑海里。她是不是又在给你做一场小游戏，让你提心吊胆，里卡多？不，这不可能，她怎么能想到你今天会给她打电话，而且是在深夜时分。合乎逻辑的解释是她不在家，因为她工作出差了，去了比亚里茨，去了尼萨，去了戛纳，或去了某个温泉疗养城市，那儿正在举行什么协商会议，召开什么学术研讨会，有什么座谈会，谁在举行婚礼，或者随便其他什么法国人寻找的借口，为的是去大吃大嚼、开怀畅饮一番。

接下来三天，我继续给坏女孩打电话，但是她一直没有接。猜疑折磨得我苦恼至极。我谁也不见，什么也不看，只是数着那漫长的日子，计算着还有几天我就要登上飞机回欧洲。阿陶尔福叔叔发现了我的紧张心情，尽管我竭力装出一切正常的样子；也许正是因为我竭力装得一切正常，他才发现了我的不正常。他问了我两三次是不是身体不舒服，因为我几乎不吃饭，也不接受邀请出去吃饭——热情的阿尔贝托·拉米埃尔邀请我去克里奥耳人①俱乐部去听我喜欢的歌星塞西莉亚·巴拉萨演唱，我也婉言拒绝了。

第四天，我启程回巴黎。阿陶尔福叔叔亲手为坏女孩写了一封信，要求她原谅他把她的丈夫抢来两个星期，但是他又补充说，侄子的这次来访非常奇妙，帮他躲过了一场最糟糕的灾难，保证了他会长寿。我没吃饭、没睡觉，由于法航的飞机在普恩塔皮特机场因排除机械故障停留了很长时间，飞行几乎持续了十八个小时。当我打开位于军事学院的家中的门时，等待我的会是什么呢？会不会是坏女孩的又一封短信？在这封信中，她像昔日一样冷冰冰地告诉我她决定走了，因为她已厌倦了小资产阶级家庭主妇的生活，厌倦了准备早餐和铺床的日子。到了这个年龄，她还会像以往那么"疯"吗？

我的手在发抖，钥匙都插不进锁孔。可是，不，当我终于打开在约瑟夫·加尼埃街的家门，看到她正在家中等着我。她笑容可掬地向我张开了双臂："终于回来了！我一个人被扔在这儿已经烦了。"

她的穿着像是要去参加节日聚会，一件领口很低的衣服，肩膀裸露出来。当我问她为什么要穿得这么漂亮时，她撒娇地咬着我的嘴唇说道："为了你，傻瓜，不为你还能为谁呢？从一大早，我就一直等着你，并且不断地给法航打电话。法航告诉我飞机在瓜达卢佩岛机场停留了几个小时。喂，让我来看看利马人对你怎么样。我觉得你的白头发增多了。我想这是因为太想念我了。"

看样子，她看到我很高兴，我的心放了下来，并且感到惭愧。她问我想吃点儿什么、喝点儿什么。看到我不停地打哈欠，她把我推向卧室说："去，去，去躺下睡一会儿，我来收拾你的箱子。"我脱掉了鞋子、裤子和衬衫，假装入睡，却眯缝着眼睛偷偷地看着她。她慢慢地打开箱子，全神贯注地把东西拿出来，有条有理地放好。她先把穿

---

① 常指出生于美洲的欧洲人及其后裔，也指其与黑人的混血儿。

过的脏衣服挑出来放进一只口袋，准备送到洗衣店去洗，干净衣服则细心地挂到衣柜里，之后又把袜子、围巾、三件套西装和领带一一放好。她一边为我收拾箱子，一边不时往床上扫一眼。我觉得，看到我安静地躺在那儿，她的神情很平静。她已经四十八岁了，但是看到她那模特似的身姿，谁也不会相信她已是这个年龄。她穿着那件浅绿色的衣服，裸露着肩膀和部分脊背，又细心地化了妆，显得非常漂亮。她轻轻地走来走去，婀娜多姿，甚是高雅。有一刻，看到她向床边走来，我赶紧闭上眼睛，张开嘴，装出睡熟的样子，我感到她把床罩盖在了我身上。这一切会是在演戏吗？不，绝对不会。但是，为什么不会呢？跟她在一起，生活随时可能变成一出戏、一个虚构故事。要不要问问她最近几天为什么一直没有接我的电话？要不要设法问问她是不是出差了？或者最好把这件事忘掉，完全沉浸在家庭幸福的温馨谎言里？我感到无比疲劳。后来，当我真的困得睁不开眼了的时候，我觉得她躺在了我的身边。"我真笨，把你弄醒了。"说着，她转过身来对着我，用一只手去理我的头发，"你的头发都快全白了，小老头。"她笑了。她已经脱掉了衣服和鞋子，还有跟她的皮肤颜色相近的浅马黛茶色衬裙。

"我一直很想你。"她突然对我说，一副郑重其事的神态。她那双蜜色的眼睛盯着我，致使我突然记起了死死地盯着我的防波堤人的目光。"晚上我睡不着，翻来覆去地想你。几乎每天晚上我都一边想象着你用嘴让我来高潮一边自己做。一天晚上，我想到你可能出了什么事，或者是病了，或者是出了车祸，我哭了。也想到过你可能打电话告诉我，你决定跟一个秘鲁小姑娘留在利马，我再也看不到你了。"

我们的身体没有接触。她一直把手放在我的头上，但是现在她的手指滑到了我的眉上、嘴上，仿佛是要证明它们真的是在那儿。她的眼神依旧十分严肃。在她瞳孔的深处闪耀着泪花，仿佛她在强忍着不让自己哭出来。

"有一次,也是在这个房间里,你问我在我心中什么是幸福。你还记得吗,好男孩?当时我对你说幸福就是金钱,是找到一个非常富有的、有势力的男人。我错了。现在我明白了,对我来说,幸福就是有你。"

在这一刻,当我正要把她抱在怀里的时候——因为她已经热泪盈眶了——电话铃突然响起,把我俩吓了一跳。

"啊,终于修好了!"坏女孩拿起听筒对我喊道,"该死的电话,终于修好了。"又转向对方说:"好了,是的,先生,现在可以了,非常感谢。"

没等她挂电话,我就跳到了她身边,把她搂在怀里,用尽全身的力气紧紧地拥抱她。我疯狂地吻她,满怀柔情地吻她。我激动得好不容易才对她这样说道:"在你对我说的这些话里,你知道什么事情最美、什么事情最让我高兴吗,智利小姑娘?是'好了,是的,先生,现在可以了,非常感谢'。"

她笑了起来,轻声对我说,这句话和我迄今对她说的所有话相比是最缺少浪漫、俗不可耐的话了。我一边把她的衣服脱光,一边也脱掉了自己的衣服,与此同时不停地吻着她,在她耳边轻声地告诉她:"我连续四天都在不停地给你打电话,晚上打,黎明打。由于你一直没接电话,我绝望得发疯了。直至看到你没有对我不辞而别,没有跟情人在一起。我一直不吃不喝,好像没有了生命。是你重新给了我生命,让我活了过来,坏女孩。"她听到我讲这些话,扭动着身子纵声大笑起来,直到我不得不用两只手固定住她的脸让她看着我的眼睛的时候,她依然在哈哈大笑,说不出话来。"你真的是个醋坛子吗?这是多好的消息呀!这说明你仍旧像头小牛犊那样爱着我,好男孩。"这是我们第一次一边笑一边做爱。

最后我们终于拥抱在一起幸福地睡着了。我不时睁开眼看看她。我将永远不会再有像现在这样幸福的时刻,永远不会再有像此刻这样的满足感。一觉醒来,已是晚上。我们先洗了个淋浴,穿好衣服,然后我带坏女孩去丁香园咖啡馆吃晚餐。在那儿,我们就像蜜月中的情人,一边喝着香槟,一边互相注视着对方的眼睛,手拉着手,微笑着接吻,悄悄地说话。"给我说点儿什么让我高兴。"坏女孩不时地这样恳求我。

我们从丁香园咖啡馆出来,走到了小广场上。那儿竖立着拿破仑手下最著名的元帅、骁勇善战的传奇式英雄内伊的塑像。他站在气象台大道旁边,在星光下手持大刀,威风凛凛,一副不可一世的样子。一条长凳上坐着两个流浪汉。坏女孩停住脚步,指着他们对我说道:

"就是那个人,右边那一个,那天晚上救了你的命,在米拉波桥上,不是吗?"

"不,我不认为是他。"

"是,是他。"她生气了,焦急地、咚咚地往前走,"是他,对我说是他,里卡多。"

"对,对,是他,你说得对。"

"把你钱包里的钱都给我,"她命令我,"整钱零钱都给我。"

我按她的要求做了。她手里拿着钱走近那两个流浪汉。他们像看怪物一样看了看她,我想象是那样的,因为天太黑了,我看不清他们的脸。坏女孩朝右边那个流浪汉俯下身去,我看到她跟他说了点儿什么,把钱交给他。最后,啊呀,太让人惊讶了,她吻了那个流浪汉的面颊。然后,她笑得像个刚做过一件好事的小姑娘那样向我走过来。她挎起我的胳膊,我们沿着蒙帕纳斯大街往前走。我们整整走了半个小时才到达军事学院。不过,天不冷,也没下雨。

"那个流浪汉大概会认为做了一个梦,认为仙女下凡来出现在他的面前。你对他说了什么?"

"非常感谢,流浪汉,您救了我的幸福。"

"你也变得俗不可耐了,坏女孩。"我吻了一下她的嘴唇,"再来一下,再来一下,求你了。"

第七章　拉瓦皮耶斯的马塞利亚

五十年前，犹太人和摩尔人聚居的拉瓦皮耶斯的马德里区至今仍被认为是马德里血统最纯正的居民区之一，那儿仍然保留着古老的珍品：马德里的下层居民和其他说唱剧中的人物。这些人的打扮十分讲究：男士们上穿马甲，头戴便帽，脖子里围着围巾，下穿紧身裤；女士们则身裹带异色圆点花纹的衣衫，戴着大耳环，手打遮阳伞，围巾紧紧地缠裹着高高拢起的、雕刻般的发髻。

当我来到拉瓦皮耶斯居住的时候，这个区已经物是人非，以至于有时我在想：在这个喧闹杂居的地方，是否还有某个世袭门第的马德里人，还是所有的居民都像我跟马塞利亚一样是外来的居民？这个区的西班牙人来自这个国家的四面八方，口音和体型式样各样，结果这种混杂便使拉瓦皮耶斯成为一个多种族、多语言、多方言、多习俗、多衣着和多种乡愁的微观世界的缩影。地球上的人类地理区域似乎都可以被城中的街区象征。

我们住在万福马利亚大街一座退了色的旧楼房的三楼。走出这条大街，便到了一个嘈杂混乱的地方，那儿住着中国和巴基斯坦的商贩，开设有印度人的洗衣店、摩洛哥人的茶馆以及挤满了南美人、哥伦比亚人和非洲毒贩的酒吧。在这个地方，不管你走到哪儿，都可以看到大量的罗马尼亚人、南斯拉夫人、摩尔多瓦人、多米尼加人、厄瓜多尔人、俄国人和亚洲人，他们一伙一伙地聚集在门厅和街角里。这个区的西班牙人用保持老习俗来反对变革，他们从这家露台走到那家露台，去出席聚会，把衣服晒在拉在屋檐下和窗户上的绳子上。每逢礼拜天，丈夫打着领带，妻子穿着黑衣，夫妇俩一起去位于皮戈博士大街和萨利特雷大街拐角处的圣洛伦索教堂望弥撒。

我们的住房比我在约瑟夫·加尼埃街的还要小，或者是由于马塞利亚的舞台布景模型把它塞得满满当当，使我觉得是这样。那些模型是用纸板、纸和轻木做成的，就跟萨罗蒙·托莱达诺的铅制士兵一样，占满了两个小房间，还把家中的厨房和狭小的厕所也占用了。可尽管我们的家很小，又摆满了书籍和唱片，但由于窗户朝街，那种与巴黎大不相同的卡斯蒂利亚地区明晃晃的阳光照射进来，并不让人感到幽闭可怖。另外，我们还有一个小阳台，晚上可以在那儿摆一张桌子，在马德里的星光下吃晚餐，尽管那星光由于城市万家灯火的反射而显得朦朦胧胧。

马塞利亚可以在家中工作。如果绘图，她就趴在床上；如果是用纸板、木板、胶水、糨糊、卡片纸和铅笔组装模型，她就坐在小餐厅的阿富汗地毯上。我则喜欢到出版商为我在附近安排的一家名叫巴维里的小咖啡馆里去做翻译工作。我每天都在那儿待几个小时，翻译、读书、观察咖啡馆里的顾客，从不厌烦，因为这儿体现了老马德里中心地带的新挪亚方舟五光十色的全景。

巴维里咖啡馆就在万福马利亚大街上。马塞利亚对装潢是行家，我第一次带她去这家咖啡馆的时候，她就告诉我，那儿的装潢似乎属于十九世纪二十年代柏林表现主义或德国画家格罗茨或奥托·迪克斯的雕刻风格：墙壁上饰以缺口、角落黑暗、天花板上是罗马贵妇浮雕像和她们的神秘卧室，仿佛在那儿犯罪不会被咖啡馆的常客察觉。也可以在那儿用扑克牌豪赌，而在这些赌局中，有时会导致亮出明晃晃的刀子或举行祭鬼仪式。这家咖啡馆的建筑面积很大，有角有棱，轮廓突出，多处地面崎岖不平，阴暗的屋顶挂满银白色的蜘蛛网，小桌子单薄、不稳，椅子缺腿而摇摇晃晃，长凳和嵌在墙壁上的托架纯粹因破旧而几近坍塌。室内烟雾缭绕，总是挤满了人，而那些人在烟雾的笼罩下似乎都像是乔装打扮了一般。一幕逗乐的喜剧正待演出，一伙群众演员挤在横幕中间就要出场。我设法坐在尽头处一张小桌上，那儿还有点儿光亮，而且有一张大扶手椅。这扶手椅罩着天鹅绒的套子，不过不断地被吸烟者烧出窟窿，且难免被众多的屁股磨破。每次走进巴维里咖啡馆，我的消遣之一便是从门口走向尽头处的桌子，一路上辨别听到的语言。在那短短的三十米，有时我会听出六种语言。

咖啡馆的男女侍者也表明这个区有多国籍居民。他们中间有瑞典人、比利时人、美国人、摩洛哥人、厄瓜多尔人、秘鲁人，等等，而且这些人三天两头地换，大概是因为工资太低。他们分两班，每天工作八小时，顾客们向他们要啤酒、咖啡、茶、巧克力、葡萄酒和小吃，他们不得不马不停蹄地来回奔跑。看到我拿着笔记本、钢笔和正在翻译的那本书坐到了常坐的桌子上，他们立刻送来了一小杯咖啡和一瓶天然矿泉水。

我在这张桌子上翻阅早晨的报纸，下午翻译累了的时候就读书。读书已经不是为了工作，而纯粹是为了愉悦身心。我已经译完了三本书，作者分别是英国女作家多丽丝·莱辛、保罗·奥斯特、米歇尔·图尼埃。翻译这三本书没有费我太大的力气，但是把它们翻译成西班牙文也没有给我带来太大的乐趣。尽管作者正走红，但让我译的小说并不是他们最优秀的作品。正如我一贯担心的，文学翻译的报酬非常低，比商务翻译低多了。但是我已经没有力气做商务翻译了，因为如果要勉强长时间地集中精力工作，我的脑子会很容易疲倦，所以工作进展十分缓慢。不管怎么说，搞文学翻译有微薄的收入，能让我帮马塞利亚补贴些家用，而不是感到完全被别人养活。我的朋友穆奇尼克曾想帮我找到个俄文翻译的活儿，那也是我最渴望的。我们差一点儿就说动一位出版商鼓起勇气出版屠格涅夫的《父与子》或者具有震撼力的安娜·阿赫玛托娃的《安魂曲》，然而最终没有成功，因为西班牙和美洲的读者对俄罗斯文学不太感兴趣，尤其是诗歌。

我说不清楚自己是否喜欢马德里，因为我对这座城市的其他居民区知之甚少，我只是偶尔在陪马塞利亚去参观某家博物馆或去看演出的时候才壮着胆子经过那儿。但是在拉瓦皮耶斯，我感到很自在，尽管在它的街道上我平生第一次遭到了抢劫，两个阿拉伯人抢走了我的手表、装了点儿零钱的钱包和勃朗峰牌钢笔。那支钢笔是我当时仅有的精致物品了。真的，在那儿的生活热热闹闹，我感到就像在秘鲁的家乡。有时，马塞利亚下午到巴维里咖啡馆来找我，我们就去区里散步。对这个区，我们已了如指掌。每次散步，我都会在这里发现点儿新奇或荒唐古怪的东西，比如玻利维亚人阿尔塞雷卡开了间广播商店，为了更好地招揽他的非洲顾客，他已经学会了斯瓦希里语。如果那儿播了点儿有趣的东西，我们就去电影资料馆看一部正经的电影。

在这些散步中，马塞利亚不停地讲话，我只是听。偶尔我会插句话让她喘口气，提个问题或谈点儿看法，让她继续讲，告诉我她最喜欢做的事情。有时候我不太注意她讲话的内容，而是专注于她的说话方式：充满激情、坚信不疑、富于幻想或兴高采烈。我从没见过任何人像她这样专心致志地——或如此疯狂地——投身于自己的志向，明明白白地知道在自己的一生中要做什么。可以说，她的表述清清楚楚，没有半点儿含糊其辞、晦涩难懂的地方。

我们是几年前在巴黎认识的。那是在帕西街区的一家诊所里，我去做几项化验，她去看一位刚刚动过手术的朋友。在我们共同待在等候室里的半个小时中，她是如此兴致勃勃地给我讲莫里哀的剧作《贵人迷》。这部剧作在楠泰尔的一家小剧院上演，舞台布景是她设计制作的。听了她的介绍，我不禁去看演出。我看到了马塞利亚也在剧院里。演出结束后，我便向她建议一起到地铁站附近的一家风味小吃店去喝一杯。

我们已经共同生活了两年半，第一年在巴黎，后来在马德里。马塞利亚是意大利人，比我年轻二十岁。为了让父母高兴，她在罗马学的是建筑，因为父母都是建筑师。从学生时代起，她就干起了舞台美木这一行。她从不去干建筑行业，让父母非常恼火。有几年，他们完全疏远了；直至父母理解了女儿，认为她干的事不是怪癖，而是真正的爱好时，他们才和解了。有时候，她会到罗马跟父母待一个时期。她是世界上最勤劳的女人，但是委托她设计制作的舞台布景都是不知名剧院里的小活，付费很低，有时甚至一文不付，所以她的收入不多。而父母的家境相当殷实，便时不时地汇些钱来资助她，这样她就可以把全部时间和精力投入到戏剧事业上。她尚未取得成功，但这并未让她气馁，因为她有绝对的把握——我也一样——西班牙、意大利和全世界的戏剧界人士迟早会承认她的才华。尽管她总是像一幅讽刺画里的意大利女人那样舞动着手掌讲个没完，但我从不感到讨厌。听着她向我描述她在脑子里反复考虑的革新《樱桃园》《等待戈多》《丑角》《一仆二主》或《塞莱斯蒂娜》这些剧目的舞台布景氛围的方案，我简直陶醉了。有一次，电影界曾聘她做制景组助理，如果当时她接受了，就可能在电影界开辟了一条道路。但是她喜欢的是戏剧，不愿意牺牲她的爱好，尽管为戏剧舞台布景较之电影制景或为电视节目制景更难取得成就。多亏了马塞利亚，我学会了用另一种眼光来欣赏演出，细心关注的不仅仅是作品的故事情节和人物，还有演出的地点和灯光、在灯光范围内活动的景物以及景物周围的一切。

马塞利亚身材矮小，浅色头发，绿眼睛，皮肤非常光洁、白嫩，脸上总是挂着灿烂的笑容，浑身散发出无限的活力。她的穿着十分随意，凉鞋、牛仔裤，大多数时间穿一件已经非常破旧的羊皮上衣。读书、看电影时戴眼镜，那是一副没有框架的小型眼镜，她戴着它的样子有点儿像小丑。她是一个无私的人，从不计较个人得失，慷慨大度，可以花很多时间去做一些无足轻重的工作。比如学校剧团唯一演出的洛佩·德·维加的喜剧，在布景中需要一些破破烂烂的东西和两块手绘帆布，布景人却需要拿出最大的韧劲反反复复地折腾。虽然这次冒险给她带来的收益很少，甚至可以说分文未得，但是她所得到的满足给了她充分的补偿。如果说有谁是那种"为热爱艺术而工作的人",那就是马塞利亚。

马塞利亚那些塞满我们屋子的布景模型只有不到十分之一被搬上了舞台。她在读一部自己喜欢的作品时,脑子里自然就会出现种种想法,继而为这部作品酝酿出一套布景方案,但是那套方案往往只是停留在设计图样和模型制作上,大多数都由于缺乏资金支持而落空了。当有人雇用她做舞台布景时,她从不谈报酬。如果她觉得导演或舞台监督是些伪善者,只关心商业利益而对美学标准不感兴趣,那么即便是一项非常重要的委托,她也会拒绝。相反,当她接受某些演出团体——一般来说,都是没有固定剧场演出的先锋派剧团——的委托时,她会全身心地投入工作。她不仅尽心尽力地把自己的事情做好,而且在其他方面予以合作:帮助她的朋友寻求赞助、寻找演出地点、谋求捐赠、借家具和衣服、跟木工和电工肩并肩地一起干活。如果需要,她可以打扫舞台、卖票并引导观众。看到她如此把一切精力都投入到工作上,我总是感到惊讶,以至于在她工作到了发狂地步的时候,我不得不提醒她,一个人不仅仅是为舞台布景而活着,也是为吃饭、睡觉和生活中的其他事情而活着。

我从来不明白马塞利亚为什么要跟我在一起。我对她的生活有什么补益呢?在这个世界上,她最感兴趣的是她的工作,我能帮助到她的很少。我所了解的关于戏剧舞台布景的全部知识都是她教给我的,所以我能为她提的意见均属多余,因为正如一切真正的创作者,她非常清楚自己要做的是什么,无须别人提供参考意见。只有当她在决定一个设计方案时搁了浅,各式各样的形象、可能、选择、疑问等乱纷纷地涌现在她的脑海里,她一时无所适从,需要滔滔不绝地高声说出来时,我只全神贯注地听她讲就可以了。而我每当她需要的时候,总是带着羡慕的表情洗耳恭听。我陪她去国家图书馆查阅雕刻品和书籍,陪她去拜访手工业者和古董商,礼拜天也陪她去逛每次必有收获的拉斯特罗旧货市场。我这样做不仅仅是出于爱，也因为她讲的一切事情总是那么新鲜，那么令人惊讶，那么奇妙而令人愉快。在她身边，每天我都能学到点儿新东西。如果不认识她，我就不会想到：在一出戏剧中，舞台布景、灯光照明或舞台上出现或不出现一些最普通平常的物件，比如一把扫帚、一只简单的花瓶，都会产生决定性的效果，尽管那种效果产生的方式总是不被人注意。

我们的年龄相差二十岁，好像她并不在乎，我却时时担心。我总在心里想，等我到了六十岁的时候，她还是个年轻女人，到那时我们就不会再有感情了。那时她就会爱上同龄人，舍我而去。尽管她很少注意自己的体形，但她还是很迷人的，走在街上，男人们总是盯着她看。有一天，我们做爱的时候，她问我："我们要个孩子好吗？"我回答说，好啊，如果她愿意，我非常高兴。但是我马上焦虑起来。我干吗做出这样的反应呢？也许是因为经历过跟坏女孩的漫长奇遇、冒险和不幸的日子，我也到了五十多岁的年纪，再也不会相信一对夫妻可以白头到老了，包括我们这段从未发生过波折的婚姻。这种怀疑不是荒唐的吗？我们相处得是那样和睦，在两年半的共同生活中没有吵过一次架，最多是小小的争论和一时的发火，但从来没有过要闹分手的程度。"你不介意要孩子，我很高兴。"那一次，马塞利亚对我说。我回答她："上次我没有问你，为什么是现在而不是等到我们做完一些重要的事情之后再想要孩子。"我说这话是为了她。毫无疑问，她将来会大有作为。在以后的年月里，如果我的朋友马里奥·穆奇尼克能为我搞到某本俄文书，让我付出莫大的心血充满激情地去翻译，比翻译那些没有多少分量的小说有点儿创造性，我将非常高兴。因为翻译那些没有分量的小说速度很快，所以随着一页页地把它们翻成西班牙语，我也就把它们忘个精光了。

不消说，马塞利亚跟我在一起是因为她爱我，不会有别的原因。我甚至在某种程度上是她的经济负担。在她面前我已经是个老头儿，一点儿也不漂亮了,而且没有什么爱好,智力也有点儿衰退。从儿时起,我一生唯一追求的目标就是在以后的日子里在巴黎定居。就这样,她怎么能爱上我呢?当我把在巴黎定居是我唯一的志向告诉马塞利亚时,她笑了起来:"噢,你已经达到目的了,但付出了高昂的代价。你现在大概很高兴,因为你已经在巴黎度过了一生。"她是以亲切的语调说这话的,但我觉得那话里有点儿不怀好意。

马塞利亚对我的关心超过我自己:叮嘱我按时吃降压药,每天至少散步半小时,喝酒绝不能超过两三杯;而且总是对我说,当她拿到一大笔佣金的时候,我们就用那笔钱去秘鲁旅行。她首先想到的不是库斯科和马丘比丘,而是先去看看我给她讲了那么多的米拉弗洛雷斯的利马区。尽管实际上我知道我们根本不可能做这样的旅行,但是我还是顺着她的意思讲,否则我就得没完没了地对她解释:我真的不想回秘鲁。自从阿陶尔福叔叔过世后,我的国家就像大沙漠里的海市蜃楼,在我眼前消失了。我在那儿既没有了亲戚,也没有了朋友,连青年时期的回忆也逐渐淡漠得无影无踪了。

我收到阿陶尔福叔叔的死讯是在他过世几个星期之后了,当时我已在马德里住了六个月,消息是阿尔贝托·拉米埃尔写信告诉我的。马塞利亚接到信后给我送到了巴维里咖啡馆。尽管我知道那种事随时都会发生,但是收到这一消息还是令我十分悲痛。我停下手头的工作去了雷蒂罗公园,在那里的小道上像梦游病患者一样无目的地溜达。自从一九八四年年末我最后一次去秘鲁,我跟阿陶尔福叔叔每个月都有信件来往。在他那用哆哆嗦嗦的手写出的像古文字学家解密似的信中,他一直追踪阿兰·加西亚的政策给秘鲁带来的灾难:通货膨胀、国有化、跟信贷机构决裂、控制物价和货币兑换、就业率和人民生活水平降低……阿陶尔福叔叔在信中流露出等待死亡时的痛苦。他是在睡梦中过世的。阿尔贝托信中还说他正在张罗去波士顿,在那儿,由于他美国妻子父母的关系,他能够找到工作。他对我说他相信了阿兰·加西亚的许诺,简直是笨蛋,在一九八五年的大选中,他跟许许多多容易受骗的职员一样投了他的票。他相信了总统说的将不会触犯他们利益的话,所以保留了自己储蓄的全部美元存单。当新上任的总统下令强制所有的外汇存款都要变成秘鲁索尔的时候,阿尔贝托的财产完蛋了。但那只是他遭受的一连串挫折的开始。所以,最好的选择就是"学习你的榜样里卡多叔叔,离开这个国家去寻找更好的前程,因为在这个国家,如果不同政府勾结在一起,你就一事无成"。

这是我收到的关于秘鲁的最后一条消息。从此以后,由于我住在马德里,就再也看不到一个秘鲁人,只是偶尔在马德里报纸透露的某条消息中得知点儿在秘鲁发生的事情了。一般来说,都是诸如有人生下了五胞胎、发生了地震或一辆公共汽车在安第斯山掉下悬崖、死了三十个人之类。

我一直没告诉阿陶尔福叔叔,我的婚姻翻了船,因此,他的每一封信写到最后都要问候"我的侄媳妇",而我在写给他的每一封信中也都带上她的问候。我不知道为什么要向他隐瞒这件事,也许是因为如果把事情告诉他,那就必然要向他解释。而不管我怎样解释,他都会觉得是荒唐的、不可理解的,这跟我的感觉一样。

我们的分手发生得如此突然而不近人情,跟坏女孩过去的每次出走是一样的。尽管这一次没有不辞而别,私自出逃,而是经过交谈,有礼貌地分手,但是正因为如此,我知道这次分手与以往的分手都不相同,肯定是最后一次分手了。

我在利马给坏女孩一连打了三四天的电话,她都没有接,我以为她又不辞而别,神魂不定地回到巴黎,不想却度起了蜜月,而且这蜜月持续了几个月。一开始,她对我非常亲热,就像那天下午百般恩爱地迎接我一样。后来我拿到了联合国教科文组织的一份长达一个月的合同。工作完成后,我回到家时,她已经提前从办公室回来,并且准备好了晚餐。那天晚上,她在小客厅里关了灯,在桌子上浪漫地点满蜡烛等我。接着她就被马蒂内派去拉科斯塔阿苏尔出了两次差，每次两天，每天晚上她都给我打电话。我还能有什么更多的希望呢？我觉得坏女孩已经到了懂事的年龄，我们的婚姻不可能破裂了。

可是，我记不准确是在何时，她的情绪和行为表现开始变了。但那变化是悄悄的，她在掩饰着，大概是因为仍在犹豫不决，而那犹豫不决则是来自追溯往事时受到良心的谴责。开头几个星期激情满怀的态度逐渐让步于冷淡疏远，但并没有引起我的注意，她向来如此，极少见到她热情洋溢的表现。我发现她经常心神不定，长时间地陷入沉思，而那沉思似乎把皱着眉头的她带出了我的掌控。当我开句玩笑让她从沉思中回到现实中来的时候，她总是一惊，并且有一个猛然发抖的动作。我对她说：红唇公主是怎么了？干吗静思不语？公主大概是爱上了什么人吧？我这样开玩笑的时候，她顿时满脸绯红，露出一丝勉强的笑容。

一天下午，我去了查尔内斯先生从前的办公室，查尔内斯先生已经退休去西班牙南方养老了，那儿的人第三次或者是第四次告诉我，暂时还没有任何让我做的工作。我回到约瑟夫·加尼埃街的家中，一打开门，就看到她坐在客厅里，身着栗色女式西装，旁边是每次出差必带的手提箱。我明白严重的事情要发生了，她的脸色变了。

"你怎么了？"

她深深地叹了口气，眼圈呈现蓝黑色，双目闪着光芒，没有转弯抹角，而是直截了当地对我说出了无疑是许久前就准备好了的那句话："我不想不跟你说清楚就走，以免你认为我是逃跑。"她一口气把这句话说完，语调是冰冷的，就像做爱时经常出现的情形，"不管你多爱我，我都请求你不要跟我大吵大闹，也不要用自杀来威胁我。我们都不是干这种事的年龄了。请你原谅我这么冷酷地跟你谈话，我认为这样做是最好的办法。"

我在她面前倒在沙发上。我感到精疲力竭，觉得像是在听一张唱片越来越走调地重复着同一句歌词。她一直脸色煞白,但此刻她变得满脸怒容,不得不在那儿对我解释似乎使她对我充满了怨恨:"你很清楚,我曾努力适应这种生活,为了让你高兴,也为了报答我生病时你对我的帮助。"此刻,她的冷漠似乎变成了怒不可遏,"可是我再也受不了了。这不是我要过的生活。如果我出于怜悯继续跟你生活在一起,到最后我会恨你的。如果可能,请你尽量理解我。"

她停下来,等着我对她说点儿什么。但我是那样疲累,已经没有力气也没有欲望对她说什么了。

"在这儿,我感到窒息。"她用眼睛扫视了一下四周,"这两个小房间是一座牢狱,我再也不能忍受了。我知道什么是我的极限。这种平庸无奇的生活让我万分苦恼,我不想让我的余生这样下去。你不在意,你很满足,这种生活对你再好不过。可我不像你,我不知道什么叫满足。我努力过,你看到了,我努力过。但是我做不到。我不会出于同情待在你身旁度余生。请原谅我这样坦白地对你讲话。你最好了解实情并且接受,里卡多。"

"他是谁?"看到她又一次停下来,我这样问道,"至少我能知道你跟谁走吗?"

"你要吃醋、跟我大吵大闹吗?"她的反应是怒气冲冲,继而讥讽地提醒我说,"我是个自由的女人,小里卡多。我们的婚姻只是为了帮我拿到证件,所以你不要来跟我算什么账。"

她像一只发怒的小母鸡那样向我挑战。此刻,除了疲劳,我又多了一层可笑的感觉。我想,她说得对,我们已经老了,不是这种吵闹的年龄了。

"我看你一切都决定了,已经没有更多的话要说了。"我打断她的话站起身来,"我去外边转转,你好安安静静地收拾箱子。"

"我的箱子已经收拾好了。"她回答说,语气里依然充满怒气。

她没有如以往那样留下几行字不辞而别,我倒感到惋惜。我向门口走去，听到她在我背后用一种试图安抚我的声音说道："你放心，我不会以妻子的身份向你索要任何东西，一分一文都不要。"

"你太可爱了。"我一边轻轻地关上朝街的门，一边心想，"不过，如果你想要我的东西，唯一能要的也只有债务和这套房子的抵押契据。随着我们的离开，它很快就要被扣押、查封了。"我走到街上。下雨了，我没有带伞，就到街角的咖啡馆里去避雨。我在那儿慢慢地喝着一杯茶，待了很长时间。那杯茶慢慢地变凉，最后已没有了一丁点儿味道。说实话，在坏女孩身上有一些我不能不敬佩的东西，我很欣赏她干得很漂亮的那些事情，尽管净是些歪门邪道。她通过精妙的设计，已经捕获了一个爱情的俘虏，从而又一次得到了某种社会和经济权利，这种权利将给予她更大的安全感，将她从约瑟夫·加尼埃街的两间小牢房里搭救出去。因此，现在她把我往垃圾桶里一扔，眼都不眨一下，主动搬新家。这一次向她献殷勤的美男子是谁呢？大概是由于跟马蒂内一起工作，在她们组织的某个代表大会、学术研讨会或庆祝会上认识的某个人吧。无疑是一个很有诱惑力的收获。她保养得非常好，但不管怎么说，她也是五十挂零的人了，佩服！对方肯定是个老头儿，她是想把他掏空累死、继承他的遗产、就像巴尔扎克《搅水女人》里的女主角那样？雨停了，我在军事学院周围转了好一阵子，消磨时间。

晚上十一点钟左右回到家时，她已经走了，钥匙放在餐厅。她用我们的两只箱子带走了她的全部服饰，把旧衣物和多余的东西，包括鞋子、衬裙、晨衣、袜子、衬衫以及众多护肤霜和化妆品都扔进了垃圾袋。我们存放在客厅小保险柜里的法郎，她没有动。

兴许是她在蒙田大街健身房认识的某个人吧？那是个高消费的地方，去那儿的人都是要减肥的老富翁，他们可以保障她过上一种更欢乐、更富裕的生活。我知道，最糟糕的事情就是我继续翻来覆去地做着种种假设。为了精神健康，我必须尽快地忘掉她。因为，没错，这次是最后的分手了，是这个爱情故事的终结了——是否可以称之为三十多年来爱着一个做丑角表演的女人的故事，里卡多？

在之后的日子里，数星期、数月里，我做到了不再太多地想她。在那些日子里，我感到自己成了一个只有骨头、皮肤、肌肉而没有灵魂的傻瓜，整天东奔西走地找工作。我急于找到工作，因为我需要应对债务和日常开销，也因为我知道度过这段痛苦时期的最好办法就是拼命做事。

在几个月的时间里，我只找到了一些报酬很低的翻译工作。终于有一天，我接到了电话，让我去为联合国教科文组织举办的一个国际版权会议做代班口译。几天来，我一直感到神经痛。我以为那是由于情绪不佳和睡眠不足，便让街角的药剂师给我开了些止痛药。我的代班口译工作弄得一团糟。因为神经痛，我难以把工作做好，到第二天就不得不打退堂鼓了。我向负责口译的头头解释了我的情况。社会保险机构的医生诊断我患了某种耳炎，并嘱咐我再去找位专家看看。我不得不在拉萨尔伯特耶医院排了几个小时的队，而且去了好几次，才终于进了佩诺大夫的诊室。他是一位耳鼻喉科专家。这位专家确诊我只是有点儿耳部感染，一个星期就把我治愈了。但是我的神经痛和头晕一点儿也没有减轻。他让我去找这所医院的另一位内科医生。这位医生给我做了检查，让我做了各种化验、分析，包括核磁共振。核磁共振给我留下了很坏的印象，我在那个管状仪器里待了三四十分钟，仿佛被活埋，一动不动的，犹如木乃伊。一阵阵吓人的声响折磨着我的耳朵，难受极了。

核磁共振确诊我有轻微的脑病，这是我神经痛和头晕的真正原因。病情并不严重，危险已经过去了，但以后得好好注意，多锻炼身体，平衡饮食，控制血压，少饮酒，过平静的生活。"要过退休生活。"医生嘱咐我。我可能要减少工作量了。不消说，这次患病将使我的精力难以集中，记忆力减退。

我很幸运，正巧在这个时候，格拉沃斯基一家到巴黎来住一个月，这次还带来了伊拉尔。他长高了许多，说话和着装都彻底像个小美国佬了。我告诉他，我和坏女孩已经分道扬镳。他脸上露出痛苦的表情："我就说为什么她很久不给我回信了哩。"他低声说道。

那些朋友的陪伴真是一场太好的及时雨。跟他们聊天、开玩笑、外出吃饭、看电影，这一切又使我对生活感到了一点趣味。一天晚上，我们在拉斯帕耶林荫大道一家风味小吃店的露台上喝啤酒，埃莱娜突然说道：

"那个小疯子差点儿把你害死杀了，里卡多。她那些疯疯癫癫的举动曾经让我对她产生了好感。我不会饶了这个疯子。我不准你再跟她和好。"

"绝不会。"我向她许诺说，"我已经接受了教训。再说，我现在是个穷困潦倒的人，完全不存在令她重新闯入我生活的危险。"

"也就是说，是爱情的苦酒让你患了脑溢血？"西蒙说，"又一次的浪漫病？"

"在这件事上是这样的，没良心的比利时人。"埃莱娜反驳道，"里卡多不像你。他是一个浪漫的人、一个感情丰富的男人，而她用她最后的风骚置他于死地了。我不会饶了她，我向你发誓。不过，我希望你，里卡多，不要像中世纪意大利故事里的那个卡萨塞诺一样犯傻，当她又打电话叫你把她从新的危难中解救出来的时候，别又像一条小狗似的跟在她屁股后面了。"

"看来你比坏女孩更爱我，朋友。"我吻了她的手，"再说，把我比喻成傻瓜卡萨塞诺再合适不过了。"

"对这件事，我们大家的意见是一致的。"西蒙下结论说。

"卡萨塞诺是怎么回事？"小美国佬问道。

由于格拉沃斯基一家的一再催促，我到帕西街区的一家私人诊所去看了一位神经外科医生。我的朋友们坚持说，即使是轻度的脑溢血，也会引起严重的后果，我应该找出病因。我没抱太大希望地向我的关系银行申请了一笔新贷款，以便支付押金和前几次贷款的利息。出乎我的预料，银行把款贷给我了。我把自己交给了皮埃尔·茹尔岱医生，他是个讨人喜欢的人，根据我的判断，也是个医术高明的医生。他让我重新做了全面的化验检查，给我开了控制血压、保持血液良好循环的药方。也就是在那些日子里，一天下午，我在这位医生的诊所里结识了马塞利亚。

那天晚上，在楠泰尔剧院看完《贵人迷》①的演出，我们到一家小酒馆喝了一杯。意大利舞台制景师给我的印象是非常热情而迷人的，谈到她的工作时充满了激情和自信。她向我讲述了她的生活、跟父母的争吵与和解以及为西班牙和意大利的一些小剧院设计的舞台布景。楠泰尔剧院的舞台布景是她在法国设计制作的首批布景之一。有一阵子，在她讲述的许许多多的事情中，她一再地向我肯定地说，她在巴黎看到的最好的舞台布景不是在舞台上，而是在商店的橱窗里。她问我，为了抹掉我听她讲话时脸上那种怀疑的神气，是不是愿意跟她逛一圈？

我们在地铁站吻过面颊之后告别，并约定下一个周六见面。后来我们一起逛街、参观，非常有趣，不仅是因为她带我去看了那么多橱窗，还因为她的生动讲解和现场演示。比如说，她告诉我，萨玛莉丹百货公司那片白光下长满棕榈树的沙地作为爱尔兰戏剧家贝克特作品《噢，美妙的日子！》的舞台布景真是妙不可言；蒙帕纳斯酒店的一家阿拉伯餐馆门口那间大红遮棚可以作为《地狱中的俄尔甫斯》的背景布景；马莱区圣保罗教堂附近一家大众鞋店的橱窗适宜在由意大利儿童文学作品改编的剧目《木偶奇遇记》中作为盖比特家的布景……她讲的一切都是那么妙趣横生，令人意想不到，而她的热情和愉快更让

---

① 莫里哀的讽刺喜剧，又译《平民贵族》。

我十分开心而惬意。在学院路一家叫"小贝里高尔女人"的餐馆吃晚饭的时候,我告诉她,我喜欢她,并且吻了她。而她则对我说,自从我们在帕西街区的诊所候诊室里交谈的那一天起,她就明白"我们之间已经有了点儿什么"。她告诉我,她跟一个演员同居了近两年,不久前已分了手,尽管仍然是好朋友。

我们去了我位于约瑟夫·加尼埃街的家中,并且做了爱。她的身体很小巧,两个小乳房娇嫩又柔软。她既温存又热烈,做起爱来干净利落,没有任何麻烦。她把我的书籍看了一遍,骂我只有诗歌、小说和散文,却没有一本戏剧著作。她说她将负责帮助我填补这个空缺。"你已经闯入了我的生活,亲爱的。"她补充说。她满脸都是灿烂的笑容,似乎不仅眼睛和嘴巴在笑,前额、鼻子和耳朵也在笑。

后来马塞利亚要回意大利待两天,因为在米兰可能有一个活儿。我到车站送她。因为她怕乘飞机,所以乘火车返乡。分开后,我们通过几次电话,当她回到巴黎就直接到我家来了,没有去她下榻的拉丁区小饭店。她随身带来一个大袋子,里边装着裤子、衬衫、绒线衣和皱巴巴的短大衣;还有一只箱子,里面装着书籍、杂志、复制图样和她组装的各种模型。

马塞利亚快速地进入了我的生活,我几乎没来得及考虑考虑、问问自己:这一步是否走得太快了?假若稍等一等,更多地互相了解,看看二人的关系是否会顺利发展,不是更明智吗?不管怎么说,她还是个小姑娘,我都可以做她的父亲了。但是,由于她是那么容易适应,兴趣是那么单纯,面对任何挫折从不灰心,所以我们相处得很和谐,否则我不会说我爱她。虽说并非在一切方面都像爱上坏女孩那样,但我觉得在她身旁很快活,感觉她跟我在一起,甚至爱上了我。她让我重新获得青春,帮我埋葬掉那些记忆。

马塞利亚有时会接到几个活,是由区政府资助的区剧院的一些舞台制景。每当这时,她就疯狂地投入工作,甚至忘记了我的存在。而我寻找翻译工作变得越来越困难了。我已经放弃了口译，因为我觉得这项工作做起来再也不像以前那样有把握了。另外，也许在翻译圈，我的健康问题已经传开了，所以找我翻译材料的人越来越少。很晚才找到的工作、很难翻译的工作或者始终找不到工作，都占去我非常多的时间。如果我工作一个小时或者一个半小时，就会再次头晕、头痛起来。我跟马塞利亚共同生活的头几个月里，收入几乎降为零，所以我又为支付押金和借款利息而焦虑起来。

我向兴业银行办公室的管理员讲明了我的问题，他说唯一的办法就是把我的房子卖掉。房子做了估价，按照这个价格，我拿到钱付完押金、还清债务以后，剩下的钱如果精打细算，我可以过很长一段宽宽绰绰的舒心日子。我跟马塞利亚商量，她也鼓励我把房子卖掉。她说这样再也不会让欠债压在心头，弄得我每个月都失眠。"你不要为将来担心，亲爱的，很快我就将挣到大笔的佣金。如果我们落到身无分文的地步，就去罗马找我的父母，我们可以住到一间阁楼里。我从小就在那间阁楼里进行表演，让我们的朋友们处于物质世界的幻觉中，享受魔术的魅力。我在那儿放着各种各样的用具。你会跟我爸爸相处得很好，他几乎跟你一般大。"算了，考虑什么前景啊，小里卡多。

我们花了一段时间卖房子。虽然它的市价翻了三倍，但是不动产代办处带来的买房人都不接受这个价格，他们要求降价或整修，所以事情拖了近三个月。最后，我终于跟武装部队的一名官员谈妥，此人是一位衣着考究、举止文雅的先生，戴着单目镜。于是开始去公证处和律师办理烦琐的手续了，还要卖掉家具。我们去签署卖房费用单、办理过户的那一天，从公证处出来，在苏弗伦林荫道的一条斜街上，一位夫人看到我，突然站住了，目不转睛地盯着我。我虽然没有认出她，但还是轻轻地点了点头跟她打招呼。

"我是马蒂内。"她干巴巴地对我说，没有伸手给我，"您不记得我了吗?"

"刚才我没注意。"我解释说,"我当然非常清楚地记得您。您好吗,马蒂内?"

"非常不好,我怎么能活得好呢!"她回答说,怒气使她的脸色都变了,目光一直没离开我,"不过您要知道,我不会让别人作践我。我非常清楚应该怎样自卫。我向您保证,那件事不能就这么算了。"

那是一个又高、又瘦、又干瘪的女人,一头灰发。她穿着雨衣,仔细地审视着我,仿佛想用她手里的雨伞把我的脑袋打烂。

"我不知道您在说什么,马蒂内。您跟我妻子有什么过节吗?我们已经分手一段时间了,她没有告诉您吗?"

听了这话,她一时语塞了,惶恐不安地看着我,那目光在告诉我,她似乎觉得我是个怪物。

"这么说,您什么都不知道?"她低声说,"也就是说,您还蒙在鼓里?您以为这个伪善的女人跟谁走了?"

我不知该怎样回答她。我感到自己是个笨蛋,是个怪物。没错,就是这样。我鼓了鼓勇气,嘴里咕哝道:"对,我一无所知。她只对我说要离开我,说完就走了。之后我再也没有她的任何消息。我很遗憾,马蒂内。"

"我给了她一切:工作、友谊和我的信任,只是疏忽了她的证件,她的证件从来就没清楚过。我向她敞开了家里的大门,可她就这样报答了我:把我的丈夫抢走了。并不是因为她爱上了他,而是出于贪欲,纯粹是由于经济利益。她毫不在乎地毁掉了一个家庭。"

我觉得如果我再不离开那儿,恐怕就要对她的家庭不幸担责而使她打我的耳光了。她愤怒得嗓音都变了:"我警告您,这件事不能就这么算了。"她重复道,把雨伞在距离我的脸前方几厘米处挥舞着,"我的儿子们不会放过这件事。她只是想榨干我丈夫的钱,就是这样,她就是要捞钱。我的儿子们已经诉诸法律,他们将把她送去坐牢。而您如果当初把您的老婆看得紧一点儿，事情就不至于如此了。"

"真对不起，我得走了，这种谈话没什么意思。"我对她说，便迈开大步离开。

我没有去接马塞利亚回家，她正把我们没有卖掉的用具收进仓库。我到军事学院的一家咖啡馆里坐下来，想把脑袋里的事情理出个头绪。大概我的血压有所升高，因为我感到脸发热，而且头晕。我不认识马蒂内的丈夫，但我认识她的一个儿子，那是个真正的男子汉，我只是顺便见到过他一次。坏女孩的新猎物应该年龄很大了，我想是个老家伙。她当然没有爱上他。她从来就没有爱上过任何人，也许福田是个例外。她那样做是为了逃避军事学院院子里索然无味的生活，去追求那种曾经是她优先选择的东西。从儿时起，她就发现穷人们过的是狗一样的日子，富人们享受的是荣华富贵——这种荣华富贵只能用金钱来保障。她又一次用富豪的海市蜃楼让自己心满意足了。听了马蒂内用希腊悲剧般的语调说出"我的儿子们已经诉诸法律"那句话，我肯定，这一次，事情不会像她以为的那样到此结束。我恨她，但是一想到她现在跟那个老家伙在一起，又不免对她有些同情。

我发现马塞利亚累坏了。她把小汽车和我们没能卖掉的东西以及几抽屉书都收进了仓库。我坐在小客厅的地板上，以怀旧的心情审视着四壁和空荡荡的房间。我们在雪舍米迪大街的一家小饭店里安顿下来。在那儿，我们住了几个月，直至启程去西班牙。在西班牙，我们有一套明亮的小房子，窗户很宽大，从那儿可以看到邻居的屋顶和飞来我们窗下吃马塞利亚撒下的玉米的鸽子（我负责打扫鸽子粪）。我们那套小房子很快就塞满了马塞利亚的书籍、唱片，尤其是绘图和模型。她有一张长桌，理论上是我们共用，实际上主要是她用。这一年，我更难找到翻译的活了，所以把房子卖掉是很合适的。我把卖房子的余钱存了定期，每个月的微薄收入只能允许我们过非常简朴的生活。我们不再去昂贵的饭店用餐，不再去听音乐会，看电影也只是每周一次，只在马塞利亚受到邀请时才去看演出。但是，没有债务的生活是轻松的。我们移居西班牙的想法是这样产生的：马塞利亚工作过的意大利巴里省现代舞蹈团应邀去西班牙的格拉纳达狂欢节演出，这个舞蹈团请她去负责灯光和舞台布景。她跟他们去了，两周以后高高兴兴地回来了。演出非常成功，她认识了那儿戏剧界的人士，这给她提供了某些机遇。在接下来的月份里，她为两个青年舞蹈团制作舞台布景，一个在马德里，另一个在巴塞罗那。两次旅行后回到巴黎，她都非常兴奋。她说西班牙的文化特别有生气，全国到处都在举办狂欢节，到处都有导演、演员、舞蹈家和乐师，这些人都想把西班牙社会展示出来，都渴望创作新东西。对青年人而言，那儿比法国有更大的发展空间，法国的空间已是过度饱和了。此外，马德里的生活费用也比巴黎便宜得多。

离开那座我从小就把它跟天堂联系在一起的城市，我并不感到痛苦。在巴黎生活的年月里，我有过美妙的经历。凭了这些经历，似乎可以说一生没有白过。不过所有那些经历都跟坏女孩联系在一起。对于坏女孩，我再想起她时，自认为已经没有痛苦，没有恨，甚至带点儿温情，因为我十分清楚，我在感情上受到的挫折，更多的是因为我而不是因为她——因为我爱她的方式恰恰绝对不会是她爱我的方式，尽管她有几次努力爱我。这是我对巴黎最愉快的回忆。那段历史已经彻底结束了。我在这座城市未来的生活将是因缺乏工作而逐步走下坡路。到了老年，我将手头拮据，非常孤独。如果我再发作一次脑溢血，亲爱的马塞利亚将会发现，比起背负着一个脑袋迟钝、很可能变成累赘——这是对笨蛋的有教养的称呼——的老人，有更好的事情可以做。所以最好还是离开巴黎，到另一个地方重新开始。

马塞利亚在拉瓦皮耶斯找到了房子。由于那房子是带家具出租的，所以我把寄存在仓库里的剩余家具连同书籍赠送给了慈善机构。我往马德里只带了少量的书，几乎全部是俄文书和法文书，还有语法书和词典。

在马德里待了一年半,我预感马塞利亚的事业肯定会有大的飞跃。一天下午,她神采飞扬地来到巴维里咖啡馆告诉我,她认识了一位优秀的舞蹈家、舞蹈编导,他们将在一个非常棒的项目上合作:现代芭蕾舞剧《变形记》。这部作品的灵感来自博尔赫斯编辑的《幻兽辞典》中的《阿巴瓦库》。这是《一千零一夜》的一位英国翻译家搜集来的一篇神话。那小伙子是阿利坎特人,在德国受教育,并且一直在那儿工作,不久前才回国。他组织了一个由十位舞蹈演员组成的演出小组,五男五女,并且设计了《变形记》的编导方案。这个由博尔赫斯翻译、也许也经过他加工过的故事,讲的是一只神奇小动物的传奇历险。这只小动物住在一座塔楼的高处,常年处于昏睡状态,只有当有人爬楼梯时,它才清醒过来。它具有多变的性能,当有人上下台阶的时候,那小动物就开始活动,开始发光,开始改变形状和颜色。那个叫维克多·阿尔梅达的阿利坎特人设想了一个演出节目,在这个节目中,男女舞蹈演员模仿着那只特异的小动物,在马塞利亚设计的魔幻楼梯上行走,同时借助也是由她负责设计的灯光效果,逐渐变化出各种人形、动作、表情,直至把舞台变成一个小世界。在这个世界上,每个舞蹈演员都将代表许多人,每个男人和每个女人都将延伸为无数人。奥林匹亚礼堂是一家老牌电影院,西班牙戏剧的"新浪潮"中心就设在那儿。这个中心已经接受了维克多·阿尔梅达的建议,准备资助这场演出。

我从没见过马塞利亚像在这次的舞台布景制作中那么快活地工作,也没见过她为一次的舞台布景设计过那么多的草图、组装过那么多的模型。每天,她都兴致勃勃地为我讲述涌现在她脑海里的一连串想法和舞蹈组排练的进展。我有两次陪她去了快要倒塌的奥林匹亚礼堂。一天下午,我们跟维克多·阿尔梅达在那座广场上一起喝咖啡,那是一个皮肤黝黑的小伙子,留着长头发,梳了个马尾辫。他的身体像个运动员似的健壮，说明他经常锻炼、排练舞蹈。他跟马塞利亚不同，没那么热情奔放、性格外向，而是沉默寡言，但是非常清楚自己要做什么。他想要《变形记》获得成功。他有文学知识，对博尔赫斯很有感情。为了这场芭蕾舞创作，他从古罗马最伟大的诗人奥维德开始，阅读、观看了有关"变形记"这个主题的许许多多的资料。实际上，尽管他说话不多，但他的话中充满了智慧。对我来说，那都是些新鲜事，因为以前我从没听到过一位舞蹈家、舞蹈编导谈论志向。那天晚上在家里，我告诉马塞利亚，维克多·阿尔梅达给我留下了美好的印象。然后我问她，他是不是同性恋者？马塞利亚的反应是非常愤怒，高声回答我说他不是，又说，认为所有的男舞蹈演员都是同性恋者是多么愚蠢的偏见。还说，她相信在翻译这一行里，同性恋者的比例很高，完全不亚于在男舞蹈演员中的比例。我请求她原谅，向她保证我没有半点儿偏见。我那样问纯粹是出于好奇，不带丝毫恶意。

《变形记》的演出大获成功。维克多·阿尔梅达提前拿到了许多广告，首演那天晚上，奥林匹亚礼堂观众席爆满，有些人甚至站着看演出，年轻人占绝大多数。在灯光的照耀下，那些演员成了作品的真正主人翁。没有配乐，演出的节奏由演员们自己用手和脚把握。依照身份的变化，他们发出尖锐的、粗重的、沙哑的、嗡嗡的……各种各样的声音。舞蹈演员们轮流把一些不断变化光亮强度和颜色的屏幕放在反射灯前，这样一来，人物似乎都真的变成了闪光、闪色体，皮肤变了样儿，既漂亮又令人惊奇，充满了想象力。一个小时的演出结束后，观众们仍然一动不动，还在那儿等待着，鸦雀无声。舞蹈团本来计划演五场，结果演了十场。报纸上的文章好评如潮，所有的文章均以赞扬的语调提到马塞利亚制作的舞台布景。电视台拍摄了现场演出，准备在艺术频道播放演出的片段。

我去看了三场，每次都看到观众席爆满，他们的热情不亚于首演那天。第三次看演出，散场的时候，我爬上奥林匹亚礼堂弯弯绕绕的楼梯到化妆室去找马塞利亚,不料差一点儿就跟她碰了个满怀。那时她正被英俊的、汗淋淋的维克多·阿尔梅达抱在怀里,他们正在疯狂地接吻。看到我来了,他们非常尴尬地分开。我假装什么也没有看到,向他们表示祝贺,还向他们保证,这次演出比前两场更让我喜欢。

回家的时候,我发现马塞利亚非常难为情。她转过脸对我说道:"噢,我想我应该跟你解释一下你刚才看到的事情。"

"你没有必要跟我解释,马塞利亚。你是自由的,我也是自由的。我们生活在一起,相处得很和睦。但是,这不应该影响我们的任何自由。这件事就不要再提了。"

"我只想让你知道,我感到很抱歉。"她对我说,"尽管看上去好像有什么,但是我向你保证,我和维克多之间绝对没发生任何事。这是一件毫无意义的蠢事。这样的事情不会再发生了。"

"我相信。"我对她说,并且拉起了她的手。看到她的情绪那么坏,我心中很难过。"我们把这一切都忘了吧。请你不要让你的脸那么难看。你很漂亮,特别是在微笑的时候。"

的确,在以后的日子里,我们没有再提这件事,而她则非常努力地表现得很亲切。真的,知道了在马塞利亚和那位阿利坎特舞蹈编导之间可能发生了一点儿罗曼蒂克并没有太让我伤心,我从来就没有对我们的关系能够长存抱有太多的幻想。此外,在此刻,我明白了,如果我对她的爱也叫爱情,那只是一种相当表面的感情。我既没有感到受了伤害,也没有感到受了侮辱,只是很想知道什么时候我又不得不挪个窝儿,再一次孤单单地一个人生活。从那时起,我就开始考虑是留在马德里还是回巴黎去。两三个星期之后,马塞利亚告诉我,法兰克福的一个现代舞蹈节邀请维克多·阿尔梅达去演出。这对她来说,是到德国展示自己才华的大好机会。她征求我的意见。

"好极了!"我对她说,"我敢肯定,《变形记》在德国的演出会跟在马德里的演出同样成功。"

"当然了,你跟我一块儿去。"她赶紧这样说,"你在那儿可以继续搞你的翻译工作,而……"

但是,我抚摸着她,亲切地对她说:"不要犯傻,看这焦急的脸色。我不会去德国,我们也没这个钱。我留在马德里,还是干我翻译的活。我相信你。你就准备你的旅行,把其他的事都忘了吧,因为这次旅行对你的事业可能具有决定性的意义。"

她在拥抱我的时候流出了眼泪,在我耳边轻轻地说道:"我向你发誓,那种蠢事绝对不会再发生了,我的心肝。"

"当然,当然,小宝贝儿。"我吻了她。

就在那一天,马塞利亚乘火车去了法兰克福,我去了阿托查车站给她送行。维克多·阿尔梅达两天之后乘飞机跟演出小组的其他人一起去德国。他出发前来敲我在万福马利亚大街的房门,神情非常严肃,好像遇到了非常棘手的问题。我知道他是为在奥林匹亚礼堂发生的事来向我解释,于是提议我们到巴维里咖啡馆坐坐,喝杯咖啡。

实际上,他是来告诉我,他跟马塞利亚已经相爱了。他认为出于道德的义务,有必要把这件事情告诉我;马塞利亚不想让我感到痛苦,因此她想牺牲自己,继续待在我身边,尽管她爱他;他认为这种牺牲除了让她感到不幸,也会损害她的事业。

我对他的坦诚表示了感谢,问他,他把这一切告诉我,是不是希望我帮他解决问题?

"嗯。"他沉吟了一下,"是这样,找个办法吧。如果您不主动,她是绝不会提出来的。"

"可为什么要我来主动跟我深深爱着的姑娘分手呢?"

"因为您的宽宏大量、您的利他无私。"他说道,脸上那种郑重其事的表情真像是在演戏。我真想笑出来。"因为您是一位绅士,也因为现在您知道,她已经爱上我了。"

此刻,我发觉那位舞蹈编导对我以"您"相称了。以前我们每次见面，总是互相以"你"相称的。他这样做，是想提醒我比马塞利亚人二十岁吗？

"你对我并不坦诚，维克多。"我对他说，"请把事实全都告诉我吧。这次旅行是马塞利亚跟你共同设计的吧？是因为她自己没有勇气，才要求你来跟我谈的吗？"

我看到他在椅子上动了动，摇头表示否认。但是他开口说话的时候，又承认了："我们俩共同决定的。"他说，"她不愿意让你受折磨，感到万分内疚。但是我说服了她，让她明白，首要的忠诚不在于说什么，而在于真挚的感情。"

我几乎就要对他说，我刚才听到的那些话真是俗不可耐，并且想给他解释一下"俗不可耐"这个词在秘鲁话里的含义。但是我没有这样做，因为我烦透了他，希望他赶快离去。所以，我要求他让我一个人单独待会儿，考虑一下他向我讲的一切，很快，我就会作出决定。我预祝他在法兰克福取得圆满成功，跟他紧紧地握了手。实际上，我已经决定让马塞利亚跟她的舞蹈家在一起，我回巴黎去。必然发生的事情，真的发生了。

两天以后的一个下午，我正坐在巴维里咖啡馆角落里我喜欢的桌子上工作，一个身影优雅的女人突然面对面地坐在了我的桌前："我不想问你是否还爱着我，因为我已经知道你不爱我了。"坏女孩对我说，"你这个杀婴者。"

我是那样地惊讶，以至于不知怎么就把还有半瓶水的矿泉水瓶失手丢到了地上。瓶子摔了个粉碎，矿泉水溅到了一位留着豪猪发型的小伙子身上，旁边的桌子也未能幸免。当安达卢西亚女侍者急急忙忙地清扫玻璃碎片的时候，我仔细地审视着这位消失了三年之后突然在此刻复活的夫人，而且是在世界上最想不到的地方：拉瓦皮耶斯的巴维里咖啡馆。

尽管正值五月末，天气非常炎热，她却在一件白色衬衫外面罩了一件浅蓝色的外套（那本是初秋的行头），脖子上挂着一条不停晃动的金项链。精心的妆容并不能掩饰她满脸的憔悴、突出的颧骨和薄薄的眼袋。仅仅过了三年，但她好像老了十岁，如今已成了老太婆。安达卢西亚女侍者清扫地板的同时，她用一只手在桌子上有节奏地敲击着。她的指甲修理得很精致，仿佛刚去找过美甲师。她的手指已经变得又瘦又长。她眼睛眨都不眨地看着我，不带半点儿幽默和诙谐，好像在说："你太过分了！"她要为我的不良表现找我算账。

"我从没想到你会跟一个可以做你女儿的黄毛丫头同居。"她怒不可遏地说道，"还是一个嬉皮士，她肯定从没洗过澡。你变得多么下流，里卡多·索莫库尔西奥。"

我真想拧断她的脖子，纵声大笑。不，这不是笑话，她正在因为吃醋而大吵大闹！她吃我的醋！

"你已经五十三四岁了，不是吗？"她继续说道，手一直有节奏地敲击着桌子，"可那个小妖精多大？二十岁？"

"三十三岁。"我对她说，"看上去比实际年龄小，这是真的，因为她是一个快乐幸福的女孩。快乐和幸福会让人年轻。相反，你好像不是很幸福。"

"她洗过澡吗？"她气急败坏地说，"是不是因为你老了，所以喜欢上了这样的脏女人？"

"我是从黑帮老大福田那儿学来的。"我对她说，"我尝到肮脏在床上自有美妙之处。"

"你知道吗，这会儿我对你恨得咬牙切齿，真希望你死掉。"她轻声地对我说道，眼睛一直盯着我，眨都不眨一下。

"随便哪个不认识你的人听了，都会说你是个醋坛子。"

"没错，我就是个醋坛子。但是，对你，我是感到失望。"

我抓住她的手，把她拉近一点儿，为的是在对她说话时不让旁边那个有文身的、豪猪发型的小伙子听到："你这场滑稽表演是什么意思？你在这儿干什么？"

她在回答我之前，用指甲扎我的手，也降低了声音："这段时间我一直在找你，你不知道我有多难过。但是我知道那个嬉皮士要让你大吃苦头了，她要让你戴绿帽子，把你像一块破布似的扔掉。你知道我有多么高兴！"

"在这方面，我受过非常好的训练，坏女孩，说到戴绿帽子和被抛弃，一切该懂的我都懂，甚至懂得更多。"

我松开了她的手，但是她立即又把我的手抓住了。

"我曾发誓不告诉你关于那个嬉皮士的任何情况。"她说，声音缓和下来，表情也不那么愤怒了，"但是我一看到你就忍不住了，还想抓你的脸。你总该懂得对女人献点儿殷勤吧？给我要杯茶。"

我向安达卢西亚女侍者打招呼，试图把手从她的手中抽出来，但是她紧紧地抓住不放。

"你爱那个令人恶心的嬉皮士吗？"她问我，"你爱她胜过爱我吗？"

"我认为我从没爱过你。"我以肯定的口气对她说，"你对于我，就像福田对于你，是一种病态。现在多亏了马塞利亚，我的病已经痊愈了。"

她看了我一会儿，依然没有松开手，第一次讥讽地笑了，对我说道："如果你不爱我，刚才你的脸色就不会变得那么苍白，声音也不会那么嘶哑了。你不会哭出来吧，小里卡多？因为如果我没有记错，你是特别爱哭的。"

"我向你保证我不会哭。你有一个很可恶的习惯，就是说不定什么时候便像一个噩梦似的突然出现。我觉得不好玩了。说实话，我希望永远也别见到你。你想干什么？你在马德里干什么？"

当茶水送上来的时候，我可以仔细地审视她一下了。此时，她正把一块糖放进茶中搅拌着，看着小勺、小盘和茶杯，露出恶心的表情。她穿着白色裙子，鞋子也是白色的，鞋面雕花透气，可以看到她那双小脚，趾甲涂了透明的指甲油。她的脚踝成了两根芦竹。她又病了一次吗？我只在帕蒂·克拉玛的诊所里看到过她瘦成那副样子。她的头发从两边往后梳起，在齐耳处用卡子别起来，依然像往日那么潇洒。可是我想，那大概是焗了油的，否则她的头发应该是灰色的，也许跟我的头发一样白。

"这儿的一切都很脏。"她突然环顾着四周说道，脸上露出夸张的不悦神情，"这儿的人也脏，地方更脏，到处是蜘蛛网和尘土，甚至连你似乎都很脏。"

"我今天上午洗了淋浴，而且全身上下打过肥皂，不骗你。"

"但是你穿得像个乞丐。"她说，又一次拉起了我的手。

"而你像个女王。"我对她说，"在这样一个到处饿死人的地方，你不怕人家抢你、偷你吗？"

"在这段新生活中，我准备为你冒任何风险。"她笑了，"再说，你是一位绅士。如果我遭到危险，你会冒死救我的，不是吗？还是说自从你跟嬉皮士混在一起，就不再是米拉弗洛雷斯的小绅士了？"

她刚才的怒气已经烟消云散，现在她紧紧地握着我的手，开心地笑着。在她的双目中有一种遥远的、深蜜色的、含混不清的回忆，一种在她那张憔悴而苍老的面孔上燃起希望的光芒。

"你是怎么找到我的？"

"费了很多周折，下了很大力气。我到处打听，花了不知多少钱。我非常害怕，甚至担心你自杀了，真的自杀了。"

"那样的蠢事只能干一次，那就是因为爱上某个女人而变成傻瓜的时候。幸好我已经不是那样的人了。"

"为了千方百计地找到你，我跟格拉沃斯基一家吵了架。"她突然说道，又火冒三丈了，"埃莱娜对我很凶。她不想给我你的地址，也不想告诉我关于你的任何事情，还跟我算起账来，说是我让你遭到了不幸，差一点儿杀死了你。你患了脑溢血也是我的错。我是你生活中一切悲剧的根源。"

"埃莱娜说的全是事实，就是你造成了我生活中一切的不幸。"

"让她见鬼去吧。我永远不想再提起她，也永远不想再看到她。我为伊拉尔感到遗憾，因为我也不会再见到他了。谁能想到那个白痴会跟我算起账来？那个女人不是爱上你了吧？"

她在座位上动了一下，突然，我觉得她的脸色变得苍白。

"能知道你为什么要找我吗？"

"我想见你，跟你谈谈。"她说，又一次微笑起来，"我想你。你想我吗？"

"你又出现了。你总是在两个情人的空当时间找我。"我对她说，试图把手从她的手中抽出来，这一次我达到了目的，"你把马蒂内的丈夫甩了吧？你是不是在下一个老头落到你的网中之前来我的怀抱里做一次幕间表演？"

"已经不是了。"她打断了我，再次拉住我的手，用久违的嘲弄的语调说道，"我决定为我的疯狂行动画上句号。我要跟我的丈夫度过我的最后岁月，做一名模范妻子。"

我不禁笑了起来，她也笑了。她用手指挠弄着我的手，我越来越想把她的眼睛抠出来。

"你有丈夫吗，你？能知道你的丈夫是谁吗？"

"我是你的妻子。我可以证明，我有证明文件。"她说，神情非常严肃，"你就是我的丈夫。你不记得我们是在巴黎第五区的区政府登记结婚的吗？"

"那是一场闹剧，只是为了让你取得证件。"我提醒她，"你从来就不是我真正的妻子。你只是在遇到了麻烦、捞不到更好的人选的时候才跟我在一起。你能告诉我你干吗要找我吗？如果这一次是因为你碰到了麻烦，那么即使我多愿意，也无法帮助你。不过，我也不想帮助你。我一贫如洗，只跟一个我爱她、她也爱我的姑娘生活在一起。"

"她是一个随时会离你而去的肮脏嬉皮士。"她说，又一次满面怒容了，"从你穿的这副样子可以看出来，她根本就不关心你。相反，从今往后，我要照顾你。我会一天二十四小时地照顾你，就像一名模范妻子那样。我正是为此而来的，这你已经明白。"

说话时，她脸上又出现了往日那种讥讽的表情，双目以嘲弄的光芒诠释着她对我说的话。她时不时地呷一口茶。这种愚蠢的游戏终于把我惹火了。

"你知道一件事吗，坏女孩？"我对她说，并且把她拉近了一点儿，以便把说话的声音压得很低，此时，长期攒在我心中的怒火一下子爆发了，"你记得那天晚上吗，在我家的那天晚上？当时我差一点儿就掐着你的脖子把你掐死。我曾千百次地后悔没有那样做。"

"我还留着那件阿拉伯舞女的裙子。"她轻声说道，语调中表露出她所仅存的全部顽皮，"那个晚上的事，我还记得清清楚楚。你打了我，然后我们做爱，舒服得简直如入仙境。你对我讲了一些非常美好的话。可今天，你一句好话都没对我讲，我看你真的不爱我了。"

我想扇她耳光，想把她从巴维里咖啡馆踢出去，想给她造成一个人对另一个人所能造成的肉体上、精神上的全部伤害；可我又是一个天大的傻瓜，想把她拥在怀里，问她为什么那么消瘦、憔悴，想抚摸她，吻她。一想到她可能看出我的想法，我的头毛都竖了起来。

"如果你要我承认我对你不好，我是一个自私的人，那么我承认。"她自言自语般地说，把脸朝我贴过来，但是我躲开了，"如果你希望我在余生对你说，埃莱娜是对的，是我伤害了你，我不懂得珍惜你的爱，做过种种蠢事，我会那样做，为了让你不再恨我。这就是你所希望的吗，小里卡多？"

"我希望你滚开！彻底地滚开，永远从我的生活中消失。"

"算了吧，别说这种俗不可耐的话了。过去的就让它过去吧，好男孩。"

"你说的话，我一句都不相信。我非常清楚，你找我，只是因为你认为在你遇到的某件麻烦事上我可以助你一臂之力。现在是那个可怜的老头子把你赶出来了。"

"不是他把我赶出来，是我把他赶走了。"她非常平静地纠正我的话，"说得更清楚一点儿，是我把他完完整整地还给了日夜思念爸爸的孩子们。你大概应该感谢我，好男孩。如果你知道我跟他在一起过日子是多么头疼，又为你攒下了多少钱，那么你会吻我的手的。你不知道这场风流事让那个可怜虫付出了多么高的代价。"

她挤出了一丝笑容，那笑容是具有穿透力的、挖苦的，而且再邪恶不过了。

"他们控告我绑架了他。"她又说，似乎在庆贺一件非常得意的事，"他们向法官出示了假的医生证明，说他们的父亲患有老年痴呆症，跟我一起出逃的时候不知道自己在做什么。说实话，不值得为了留住他而浪费时间，所以我高高兴兴地把他还给了他们。让他那些儿子和马蒂内每天给他擦鼻涕、量血压吧。"

"你是我见过的最恶毒的人，坏女孩，是一个自私的、冷漠无情的魔鬼。对那些对你再好不过的人，你会面不变色地拿刀子捅他们。"

"嗯，不错，也许是这样。"她同意，"但我向你保证，他们在生活中也捅了我很多刀。我对我做的事毫不后悔，除了让你受的折磨之外。我决定改变，所以来这儿找你。"

她用一副伪善的面孔盯着我，这更让我火冒三丈。

"谁认可你，谁就能买下你吧。你认为我会把你这后悔的妻子的话当真吗，坏女孩？"

"是的。我来找你是因为我爱你，因为我需要你，因为除你之外，我无法跟任何人生活在一起。尽管你会觉得有点儿晚了，可现在我觉悟了。因此，从今往后，即便我被饿死，即便我不得不像一个嬉皮士那样生活，我也要跟你生活在一起。绝不再找别的人。你喜欢我变成一个嬉皮士、不再洗澡吗？你愿意我穿得像个吓鸟的稻草人一样跟你混在一起吗？一切随你的便好了。"

她突然咳嗽起来。由于剧烈的抽搐，她的眼睛憋得通红。她端起我的杯子喝了一口水。

"你不会介意我们离开这儿吧？"她对我说，又咳嗽起来，"这些烟雾和尘土让我透不过气来。在西班牙，人人都吸烟。这是我不喜欢这个国家的原因之一。不管走到哪儿，都会有人把烟朝你喷过来。"

我招呼侍者结了账。我们离开了巴维里咖啡馆。当我们走到街上的时候，我才在白日的阳光下看清楚了她。她瘦成了那副样子，让我感到害怕。她坐着的时候，我只看到她的脸是消瘦的。而现在她站着，连个影子都没有，简直成了一个人的残留物。她已经有点儿驼背了，走起路来摇摇晃晃，仿佛要绕开什么障碍。她的乳房萎缩到那等地步，几乎已完全消失。肩部的骨头却突出来，在衬衫下清晰可见。除了提包，她还拿着一个鼓囊囊的文件夹。

"你是不是觉得我变得非常瘦、非常丑、非常老？啊呀呀，你是这样想的吧？劳驾了！我们去哪儿？"

"哪儿也不去。在拉瓦皮耶斯这地方，所有的咖啡馆都像这家咖啡馆一样破旧、尘土飞扬，而且所有的咖啡馆里都挤满了吸烟的人。所以，我们最好就在这儿告别吧。"

"我需要跟你谈谈，不会占用你很多时间，我向你保证。"

她挎着我的胳膊。她的手指瘦得只剩下骨头，跟一个小女孩的手指差不多。

"你愿意去我家吗？"我对她说，然而在提出这个建议的同时，我又后悔了，"我就住在附近。但是我有言在先，它比这家咖啡馆更让你恶心。"

"我们去哪儿都可以。"她对我说，"可是，如果那个臭烘烘的嬉皮士出现，我会挖掉她的眼睛。"

"她在德国，这你不用担心。"

爬四层楼费了很长时间，而且相当麻烦。她一个台阶一个台阶地往上爬，爬得非常慢，而且每到一层楼梯平台都要休息一下。她死死地抓住我的胳膊，一刻也不松开。当我们爬到最后一层的时候，她脸色煞白，额头上闪出汗珠的光亮。

我们一进屋，她就倒在了客厅的小沙发椅上，喘起了粗气。然后，她一句话没说，也没有从小沙发上起来，而是用非常严肃的目光，皱着眉头和前额，仔细地观察周围的一切：模型、草图和马塞利亚到处扔的破布、堆在角落和书架上的杂志和书籍，到处是一片乱糟糟。当她的目光转向凌乱不整的床铺时，我看到她的脸色变了。我到厨房去为她拿一瓶矿泉水，回来时看到她仍旧在那儿死死地盯着床铺看。

"你从前就有乱七八糟、不讲卫生的坏习惯，小里卡多。"她低声嘟哝道，"我真难以相信你住在这样的猪圈里。"

我在她的身边坐下来，一阵深深的悲哀袭上了心头。她说得一点儿不错。我以前在军事学院的简朴小房子总是收拾得井井有条、窗明几净。相反，现在这个乌烟瘴气的房子充分反映了你无可救药的落魄，小里卡多。

"我需要你在几份文件上签字。"坏女孩指着放在地板上的文件夹。

"我唯一可以签的，是跟你离婚的文件，如果那段婚姻还有效的话。"我回答她，"我了解你，你什么惹麻烦的文件都敢让我签，我一点儿也不感到奇怪。签了就会去蹲牢狱。四十年前我就了解你，智利小姑娘。"

"你没看对。"她说，语调十分平静，"也许，对别人我可以做坏事，但是，对你不会。"

"你对我干了一个女人对一个男人能干的最恶劣的坏事。你让我相信你爱我，可同时，你欣然、坦然地去勾引别的男人，因为他们更有钱。达到目的之后，你就一走了之，丝毫不受良心的责备。这种事你不是干了一次，而是两次、三次。你让我精神崩溃、晕头转向、不知所措，没有心思去干任何事情。现在你居然又一次恬不知耻地对我说——你的脸皮也太厚了——你想重新跟我在一起。实际上，你像是在马戏团里表演。"

"我已经后悔了。我再也不干任何恶作剧的事了。"

"你没有机会了，因为我绝不会再跟你生活在一起。谁也没像我那样爱过你，谁也没像我那样做……哦，我感到自己对你说这些蠢话真是太愚蠢了。你想让我干什么？"

"两件事。"她说，"离开那个肮脏的嬉皮士，跟我一起生活；在这些文件上签字。没有任何欺诈。我把我所有的一切都转到你名下：法国南方塞特港附近的一幢小房子和法国电业的股票。一切都转给你。但是你必须在这些文件上签字，转让才能生效。你看看这些文件吧，找个律师咨询一下。不是为了我，而是为了你——为了把我所拥有的一切都给你。"

"非常感谢，但是我不能接受如此慷慨的馈赠。因为那幢小房子和那些股票有可能是从秘密犯罪集团那儿偷来的，我可不想成为你的替罪羊。我希望不是又一次的福田事件吧？"

在我还没有来得及阻止她之前，她已经用双臂搂住了我的脖颈，用尽全身力气拼命地贴在了我身上。

"别再骂我了，也别再揭我的老底了。"她一边吻着我的脖颈，一边抱怨道，"你最好还是对我说看到我很高兴，对我说你想我、你爱我、不爱那个跟你一起住在这个猪圈里的嬉皮士。"

我不敢推开她，因为我感到她的身体就像一个骨架子。我害怕。她的腰部、背部和手臂上都像是没有了肌肉，剩下的只有骨头和皮肤。那个紧紧贴在我身上、苍老而虚弱的女人散发出的芳香使我感到像是置身于百花盛开的花园里，我再也无法掩饰自己了。

"你为什么这么瘦?"我贴在耳边问她。

"先对我说你爱我,不爱那个嬉皮士。说你跟她生活在一起只是出于怨愤,因为我抛弃了你。对我这样说。自从我知道你跟她同居,我就嫉妒得要死了。"

此刻,我感到了她那颗小小的心脏贴在我的心脏上跳动。我寻找她的嘴,长时间地吻着她。我感到她的舌头缠在我的舌头上,吞食着她的唾液。当我把手从她的衬衫下伸进去抚摸她的脊背时,手指摸到的全是肋骨和脊柱,那些骨头像是紧贴着我的手,中间只隔着纸一样薄的肉。她已经没有了乳房,乳头是那样小,几乎紧紧地贴在皮肤上。

"你为什么这么瘦?"我又问她,"你病了吗?你怎么了?"

"我不能跟你做爱,你不要碰我。我动了手术,把一切都拿掉了。我不愿意你看到我的裸体。我的身上到处都是疤痕。我不想让你因为看到我而恶心。"

她绝望地哭起来。我无法让她平静,于是,我拉她坐到我的腿上,长时间地抚摸她,就像在巴黎她感到恐惧时我做的那样。跟她的乳房一样,她的臀部也完全干瘪了,而她的两条大腿变得跟胳膊一样细,整个人酷似集中营的照片上展示出来的一具活尸。我抚摸她,吻她,对她说我爱她,告诉她我会照顾她。同时,我感到一种难以描述的恐惧,因为我有绝对的把握,她已经病入膏肓,快要死了。没有人能瘦到这种地步还能恢复健康。

"你还没有对我说你爱我胜过爱那个嬉皮士,好男孩。"

"当然,我爱你胜过爱她。不仅如此,我爱你胜过爱任何人,坏女孩。你是这个世界上我曾经爱过的、现在依然爱着的唯一的女人。虽说你对我干过坏事,但你也给了我美妙的幸福。来,我愿意把你的裸体抱在怀中,跟你做爱。"

我把她抱到床上,让她躺下来,为她脱衣服。她闭着眼睛,侧过身去,让我把她的衣服脱光,尽可能少地把她的身体展示给我。但是我抚摸她，吻她，让她的身体伸展开来。那不叫动手术，而是毁掉整个身体：乳房被拿掉了，笨拙地补上了乳头，留下了圆形疤痕，像红色的花冠。但是，最糟糕的疤痕来自阴道，从那儿一直弯弯曲曲地上升到肚脐，那道棕红色的硬痂表明刚动过手术不久。我是那样震惊，不知道自己在做什么，就用床单把那个躯体盖上。我知道我再也不能跟她做爱了。

"我不愿意你看到我这副样子，叫你为你的妻子感到恶心。"她说，"但是……"

"但是我爱你，现在我要照顾你，直到你彻底恢复健康。你为什么不给我打电话让我去陪你？"

"我到哪儿都找不到你。我从几个月前就在找你，让我最绝望的是在离开这个世界之前不能再看到你。"

她刚刚于三个星期前在蒙特利埃的一家医院里动过手术。医生对她很坦白。阴道的毒瘤发现得太晚了，尽管已经摘除，但术后的检查表明，癌细胞已经开始转移，实际上已无可挽救。化疗只能延迟那不可避免的后果，而且由于她的身体极度虚弱，可能难以承受这种治疗。一年前，她在马尔赛亚动了乳房切除手术。由于身体虚弱，没有能够再植重塑她的胸部。她和马蒂内的丈夫私奔之后，一直住在地中海沿岸塞特港附近的弗龙蒂尼昂。马蒂内的丈夫在那儿有房产。坏女孩被检查出癌症后，他对她很好。坏女孩被切除乳房后，他一直对她宽宏大量，亲切相待，照顾得无微不至，没有让她发觉他对那种情况感到失望。反而是她慢慢地说服他，让他相信，既然她的命运已定，他最好跟马蒂内和解，从而结束跟他儿子们的官司，因为打官司只能让律师捞到油水。那位先生告别坏女孩回家时表现得十分慷慨：在塞特港为她买了一幢小房子——现在她要把这幢房子转到我的名下；在银行里为她存放了法国电业的股票，那些钱足以让她余生过着无忧无虑的日子。她至少从一年前就开始找我，直至在马德里靠一家名称古怪的私人侦探社找到我。当这家侦探社把我的下落告诉她时,她正在蒙特利尔的医院里接受全面检查,由于阴道疼痛从福田时代就开始了,所以她一直没有太注意。

在持续了整个下午和大部分夜晚的交谈中,她把这一切告诉了我。谈话时,我们躺在床上,两个身体紧紧地贴在一起。她重新穿上了衣服。有时候她沉默不语,为了让我吻她、对她说我爱她,她给我讲了上面的故事——是真实的、大肆粉饰过的还是完全虚假的?不带戏剧性,看起来很客观,没有自我怜悯,但她的确感到轻松和高兴,仿佛在把那些事讲给我听之后,她便可以了无牵挂地离开这个世界了。

她又坚持了三十七天。在这三十七天里,她就像在巴维里咖啡馆里向我发誓要做到的那样,是一位模范妻子。至少在可怕的疼痛没有让她躺倒、通过吗啡得以缓解的时候,她做到了这一点。我搬到了洛斯赫罗尼莫斯的一家公寓式旅馆,跟她住在一起,因为她下榻在那里。我只带了几件换洗衣服和一些书籍。走时,我给马塞利亚留下了一封非常虚伪而又不失体面的信,告诉她我决定离开,还她自由,因为我不想成为她幸福的障碍。我非常清楚,由于年龄的差距和志趣的不同,我无法给她那种幸福,那种幸福只能由一位跟她同龄并具有维克多·阿尔梅达那种才能的人给予她。三天后,我跟坏女孩乘火车去了她在塞特港附近的家,那幢房子在一座小山的高处,从那儿可以眺望法国诗人保罗·瓦莱里在《海滨墓园》里歌颂的美丽大海。那幢房子不大,很简朴,却很漂亮,收拾得窗明几净,还带有一座小花园。在两周的时间里,她的状况是那么好,那么高兴,一反常理。我竟然以为她可以康复。一天下午,在黄昏时分,我们坐在花园里,她对我说,如果有一天我想写我们的情史,不要把她写得很坏,因为如果那样,她的幽灵每天晚上都会来拽我的脚。

"你为什么这样想?"

"因为你一直都想成为作家,可又没有这份勇气。现在你要孤单一人了,你可以利用这个机会,这样你就可以不那么想我。至少你可以相信,我为你提供了一部小说的主题,不是吗,好男孩?"

略萨访谈：我想探讨一种脱离浪漫主义神话的爱情

远离散文，远离历史小说，您又回到了自传体的虚构小说。

马里奥·巴尔加斯·略萨（以下简称略）：是的，这是一部很久以前我就想写的小说。是一个爱情故事、一种现代爱情、一种受到我们所生活的世界条件约束的爱情。这种爱情比起以前文学作品中的浪漫主义爱情要贴近现实得多。它的时间跨度是四十年，这就允许我酣畅淋漓地描写一个已经非同寻常地改观了的世界。如果您想想小说第一部分故事里二十世纪五十年代那些孩子的世界，再想想二十世纪八十年代末马德里拉瓦皮耶斯区的世界，您就会明白，那是多么神奇而非凡的变化。

利马、巴黎、伦敦、马德里，小说里的这四个主角城市勾画了您自己的生活历程吗？

略：这个历程的确是我自传的一部分。我通过回忆来讲上世纪五十年代的利马、六十年代的巴黎、七十年代的伦敦和八十年代的马德里。自传成分出现在故事发展的所有舞台、环境和框架之中，大部分是杜撰和想象出来的，但它来自某些真人模特。我想这跟所有的小说家做的一样。

利马和米拉弗洛雷斯区是您青少年时代的舞台，您怀念那个环境吗？

略：那已经是一个只留在记忆或文学作品中的利马了。在那个时代，秘鲁是一个被分割得七零八落的国家。如果你是属于中产阶级的利马人，那么你对秘鲁的概念绝对是不现实的。你会认为秘鲁是一个城市化的、有教养的人的世界，是西方的、讲西班牙语的、白人的世界。大量的秘鲁现实却是，安第斯山人、农村人和西班人入侵前的那些秘鲁人几乎到不了利马，说得具体点儿，到不了米拉弗洛雷斯那个资产阶级城区。从上世纪六十年代开始，随着山地、安第斯山、热带雨林和各省大量移民的流入，那个社会发生了根本性的变化，把利马那座内聚的小城市变成一座混乱、庞大而充满暴力、更能代表真实秘鲁的城市。那么现在，那个可以称作精神错乱或者享有特权的世界、那个对秘鲁的种种难题可以评定为丧失了理智而利己的世界，恰巧引起了儿时在那儿生活过的人对它昔日的怀念。当年，那是一个单纯的世界、一个习俗特别健康的世界、一个极为淳朴的世界，特别是跟以后的变化相比。

您去巴黎之前就凭政治上的直觉意识到秘鲁以后将出现紧张局势吗？

略：我本人是这样的，但我小说中的那些人物没有意识到。我描写了一个我童年时的米拉弗洛雷斯世界、一个不了解秘鲁其他地方和全世界所发生之事的闭塞世界。那儿组织的礼仪活动、舞会和各种娱乐都是极纯真的，所以，在现代青年读者的眼里，那是不真实的。然而，那就是我所了解的世界。直到十岁——这事儿今天看来好像是个笑话——我还不明白小孩子是怎样来到这个世界上的，而且我拒绝相信他们来到这个世界上是通过一种如此缺乏精神因素的方式，就像我后来描写的那样。

是因为您当时生活在天堂，因此很难产生政治觉悟吗？

略：我开始明确地改变是在莱昂西奥·普拉多军事学校。在这所学校里，更多地呈现出了真实的秘鲁。你会看到来自全国各个地区、各个社会阶层的年轻人，他们也代表着所有种族。那是一个紧张沸腾的集体、一个能够了解真正的秘鲁的美妙之地。不过，你在那儿会看到暴力、偏见、气恼和仇恨，那是秘鲁社会的大恶魔、大恶习。我在那儿发现了社会的非正义和不公平，开始有了一些政治意识，也产生了第一次信仰危机。我放弃了成为信徒，而决定，比如说，进公立大学而不去天主教大学。当时一个中产家庭的孩子进天主教大学才是正常的。我去了圣马可大学，因为那是白人和印第安人混血后代上的大学，是地位卑微的家庭的孩子上的大学，它有反独裁的传统。这一切都出现在小说的第二章：自从古巴革命胜利以后，贯穿于整个拉丁美洲和世界大部分地区的游击队员伟大幻想的历史。我在巴黎紧张地经历了那些年月，认识了许多去巴黎的拉丁美洲人，他们之后都不可避免地要去古巴、俄国、中国或者其他社会主义国家。

巴黎在上世纪六十年代是所有意识形态的中心。

略：绝对是这样。它是伟大的国际革命联络中心。我在小说中运用了这些材料，描写了秘鲁的游击队运动，严肃的第一次革命的大失败，这就是左派革命运动，简称米尔（MIR）。我也描写了革命乌托邦普遍制造的那种气氛，以及巴黎怎样变成了输出革命理念、神话和幻想的中心，还有所有这一切的大失败。

不过，您的年轻主人翁的视野跟一个成熟男人的视野相符，他对政治理想和革命理想持怀疑态度。那是谁的眼光？

略：叙事者这个人物是个消极、平庸的人，对生活没有远大的抱负。他的眼光是个人主义和自我主义的，但是，在他的生活中也有一点奇遇和不断变革的东西。这就是他在整个一生中经历的那场爱情。而正是由于这场爱情，他变成了一连串奇遇和风流韵事的主角。他的梦想就是去巴黎，到了巴黎，他就一切满足了。他的平庸始终被他的激情补偿了。这个人物代表了人类的大多数，反常的生活永远不属于社会的主流，而只是少数人的生活，是文学艺术描绘出来作为典型的。然而在现实中，大多数人都处于被压制状态，就像我小说中描写的人物，他们都过着可以预见的、循规蹈矩的生活，没有什么大起大落的遭遇。

但是，尽管如此，小说的叙事者在处理跟坏女孩的关系时一点儿也不保守，一点儿也不循规蹈矩。

略：绝对是这样。他不是一个坏人，但是他没有浪漫情调，缺乏热情。他的幻想是如此崇尚实际，以至于让人觉得很庸俗：找到一份工作，移居巴黎。除了在爱情上，这个人始终摆脱不掉崇尚实际的框框，只有爱情使他发生了深刻的变化。这个人物使人想起福楼拜，有几个段落类似《情感教育》。

您的主人公也让人想起您的另一个人物堂里格韦托吧？他们在性爱幻想方面类似吗？

略：是的，这是真的。这个人不那么古怪和狡猾，他的激情没有得到充分的释放，但是那种激情同样使他生活在不安全之中，从异常兴奋转向意志消沉。他的生活是一个公务人员惯常的生活，他的工作就是一种生活方式。但是令他感到震撼、想起生活不只是循规蹈矩的是那个坏女孩，她把他拖到了企图自杀的地步，把他从他平庸俗气的生活中拉了出来。

坏女孩每次离开小里卡多，总是最后又回到他的身旁，她真的爱他吗？

略：是的，当然了。她感受到一种爱情，尽管这爱情一点儿也不浪漫。爱情是一种非常下等的东西，是一种说不清楚的东西。浪漫的人说爱情纯粹是一种情感活动，不能解释为性本能的升华。爱情中还包含有更多的东西，那种东西是奇怪的，跟人之本质的各个方面都有联系：本能、性、激情，也包括精神，还有某些潜意识的幻觉，而这些幻觉会突然产生一种联系，既可以展示人的美德，也可以暴露出人的丑恶。在这部小说中，我想探讨一种爱情、一种脱离了始终由浪漫主义神话伴其左右的爱情、一种由我们的时代在实践中揭穿了的神话，但是在谈到爱情时，我们还是要用到它。坏女孩的爱情不是浪漫的爱情，但也是爱情。

从巴黎革命到另一种类型的革命，亦即您的主人公的革命，在实际生活中，你们真的是住在伦敦吗？嬉皮士的享乐主义和无政府主义的和平主义最终诱惑了您？

略：生活给我提供了住在上述两个地方的机会。我的工作转移到伦敦时正巧碰上了那个新潮伦敦时代。此外，我也住过我在小说中大量描写的厄尔斯考特城区，当时它是这个运动的中心。这跟我离开时的巴黎相比，变化是根本性的。在伦敦，思想观念完全被吸毒和服装革命的神话所取代了，这种神话成了彻底解放的工具。在这里，不是通过游击战和革命来改变世界的好战态度，你看到的是嬉皮士沉思、观赏的人生态度，通过感觉能力的扩散和消遣娱乐来进行迷幻革命。这种革命，我未能从内部去亲身体验，但是我从外部注视着它。这是一场美学革命，包括服饰、音乐、生活方式、风俗习惯等，是一场无可争议的导致风俗大变样的感官革命。但同时也是一场非常有限的革命，是一场爸爸的小儿子们的革命。它在欧洲乃至整个世界都产生了巨大影响。

那么从积极方面严格地讲，这两次革命有什么贡献？

略：我认为上世纪六十年代的革命神话不仅没有任何贡献，而且把事情搞乱，并使民主文化贬值，使其仿佛成了遭人鄙视的文化，成了被利用的假面具。同时，在那些年代，欧洲第一次真正发现了第三世界，并且被它强烈地吸引。于是在所谓的欧洲进步论和世界其他国家之间产生了广泛的共识，后者在这之前对欧洲来说是不存在的。结果不管是在政治领域还是在社会文化领域，欧洲都向拉丁美洲敞开了大门，发现了拉丁美洲的作家，翻译他们的作品，传播他们的作品，将这些作家据为己有。这对拉丁美洲是一件大好事，对欧洲同样是一件大好事：它促进了一种全球化，这种全球化后来广泛地拓展，特别是在经济领域。嬉皮士革命尤其是一种风俗习惯的革命，更多的是个人主义的革命，而不是社会革命。不过这种革命在某些方面产生了全球性的影响，到达了第三世界，震动了某些社会阶层。在这些社会阶层，有些事情根本就没有被触及过：性的话题一直被压抑、弃置到最私密处，而现在突然变成了现实的组成部分。此外，我认为嬉皮士革命促使国界消失，让世界一体化，向所有人开放，不管是生活在第一世界还是生活在第三世界的人。小伙子们可以去加德满都，也可以来伦敦居住，秘鲁人则可以去巴塞罗那。

那么，您在最后的章节中模模糊糊地叙述到西班牙及其政治转化，那是另一种革命吗？

略：上世纪八十年代是西班牙的大革命时期。此事谈论得不多，但那是我所看到的最名副其实的巨大变革。当我在五十年代末来到西班牙求学的时候，西班牙的年轻人对我所了解的西班牙的面貌连最模糊的概念都没有。那是一个乡村式的、土气的西班牙。在那儿，社会上、经济上都存在着巨大的不平等，人与人之间隔阂严重，风俗习惯明显地遭受着压抑，带有种种偏见，严重的僵化成了所有不幸的根源。由于西班牙政治上的变革和民主化，那儿发生了一场极为成功的革命。那些有关西班牙的章节并非最后的章节，它们是想描写那场变革,因为我有幸经历了那场变革。

这部小说的出版正巧碰上您的全集第一卷出版,您怎样对待后者的校订工作?

略:我为这个出版计划感到高兴,因为首先它能让我干净利落、整整齐齐地出版代表我这个作家的全部作品。至于校订,我会怀着激情去做。我必须付出点儿努力,因为这项工作意味着一个作家承认自己已经走到了路的尽头。但我还没有走到尽头,我尚未停止呼吸,所以我还没有走到路的尽头。我想在脑袋里装着计划、装着幻想和一些新的东西走到生命的终结。

是年满七十岁的现实让您这样考虑的吗?您认为年龄只是一个无关紧要的小事儿吗?

略:一点儿不错。如果你想活下去,活到最后,我认为这就是一个人应抱有的态度。有许多人不想维持自己的生命,还活着的时候就死了:坐下来变成一尊雕像。那好,他们愿意这样干就这么干吧,可我不想这样。觉得自己已经是一尊雕像的想法让我恐惧。我希望保持自己的生命,好像永生不死。不错,就是这样,直到在某一个时刻,一桩不测之事降临,这就是死亡,那就去死吧。嗯,你不是永生不死的。有一个美妙的故事,我不知是在哪儿读到的,也许是柏拉图的书吧。那故事说,当把毒药拿给苏格拉底时,看到他正在学波斯语。"可是,为什么您还在学波斯语?"送毒药的人问他。他回答说:"因为我想学波斯语。啊!现在我要吃毒芹了吗?那好,我吃毒芹。"我认为这故事妙不可言。愿上帝让我被死神拉走时,我正在学汉语,也在出版我自己的书。最后,我所希望的就是我的著作到达读者手中。如果那著作还有生命力,我希望在我死后,那些著作也"活下去"。我想这是所有作家的梦想。让自己的书以最佳状态到达读者手中,让它们展现出来，反映自己的发展过程，即作为作家的整个一生。作家要通过作品来延续自己的生命。这一点，我敬佩的那些作家激起了我的极大热情。

您的全集也收入了《弑神者的故事》。

略：当然了。我没有再版过《弑神者的故事》。道理很简单，我必须让一部作品适合现实的情况。这样做，需要我付出一定的努力，但是我没有这个欲望。这部书的结尾部分实际上成了加西亚·马尔克斯继《百年孤独》之后出版的一部故事集，也就是说，占这部作品的一半、属于加西亚·马尔克斯的作品，要在全集中被删掉。但是这部作品本身被纳入选集还是正常的。

您跟加西亚·马尔克斯疏远的故事不放进全集吗？

略：我们不谈这件事吧。

我问您这件事，因为它是精神上的问题。冷漠地面对一桩冲突是很难的，它让人感到痛苦。

略：您看，当然了，实际上有些事情如果今天写会换一种方式，但是我认为所有的作家都是这样的，所有的人也都是这样的。当你重新审视生活的时候，你会觉得有许多事情，你宁可过去没做，或者最好换一种方式去做；但是如果你出版自己作品的全集，你就没有权利对作品任意删减，再说也没什么意思。因此，我认为按年代顺序出版全部作品是非常重要的，这样就可以反映作家的整个生活历程，包括他的全部矛盾、沉浮、磕磕绊绊。这就是他的文学生涯。

艺术生活把我们带向戏剧和下一届梅里达戏剧节的演出，这是您的一种新的激情吗？

略：这是我最早的激情。我总是说，如果在上世纪六十年代我开始写作的时候，利马有戏剧活动，我肯定首先会成为一位剧作家。但是当时利马没有戏剧活动，戏剧界微不足道。如果你写剧本，那注定要失败，永远看不到你的作品被搬上舞台。我想就是这种情况把我推向了小说创作。我还记得几次作为观众的经历：儿时看阿瑟·米勒的《推销员之死》，它是那样地让我眼花缭乱；《马拉/萨德》是我看过的另一部杰出的剧作。我跟艾塔纳·桑切斯·西洪合作，把《谎言中的真实》改编成了剧本。最近几个月，我一直在忙于改编名为《奥德修斯和珀涅罗珀的奥德赛》的极简抽象派艺术版，也是跟艾塔纳·桑切斯·西洪合作，由胡安奥列执导，我们要去梅里达戏剧节参演。这将是一场让我充满幻想的冒险。

由玛丽亚·路易萨·布兰科访谈
2006 年 5 月 20 日于巴贝利亚

译后记

本来，照常规，译者应为译稿的出版写一篇序，介绍一下作家，概括地点评一下作品内容，引导读者更好地阅读。然而，我们很有福气，恰巧在我们即将向《坏女孩的恶作剧》出版方交稿的时候，本书的作者马里奥·巴尔加斯·略萨写来了一封感情真挚、洋溢友情、带点儿自我介绍的信，甚是生动感人。编辑先生慧眼识珠，当即建议以这封来信代序，我们当然欣然赞成。

其实，即便巴尔加斯·略萨没有写这封信，我想大概我们也没有写序言的必要。因为本书的最后附了一篇就这部作品对作家的访谈，在这篇访谈中，作家把整部作品的情况解析得如此全面而透彻，那是任何序言所不可企及的。所以，我们建议读者在读这部小说时，最好先读一下访谈，那也就是读了一篇最好的序，再回头来读正文，肯定会获得更佳的阅读效果。

但是，作为译者，有些话我们还是不可不说。这就是我们要向中共中央编译局的著名法文翻译家、随笔作家施康强先生和山东东营百通思达翻译咨询有限公司的谷怿女士表示衷心感谢。说真话，这部作品就其内容和文字本身而言，翻译起来并不十分困难，因为巴尔加斯·略萨的写作风格向来是以简洁明快为特色，但是在这部作品中，作为西班牙语译者，我们遇到了两方面的困难：其一，作品中夹杂了不少的英文和法文；其二，这部小说从上世纪五十年代的利马写起，中间穿越六十年代的法国巴黎、七十年代的英国伦敦，一直写到八十年代的西班牙马德里。在这部时间跨度长达四十年的著作中，呈现出明显的自传色彩（这是加西亚·马尔克斯和巴尔加斯·略萨写作的重要特质之一）。也就是说，这四座城市都是巴尔加斯·略萨居住过的，因此所涉及的大量人和事，尤其人名和地名都是真实的，这让我们不敢有半点儿马虎。自然，利马和马德里对我们不是问题，但我们没有去巴黎和伦敦的经历，那里的地名、人名及一些知识性的东西就势必让我们大伤脑筋了。而且，有许多东西，翻遍工具书也难以解决。所以，为了保证译文的质量，在这方面，我们只好求教于上述两位朋友，请他们助一臂之力，而他们则不仅有求必应，而且解答质疑不厌其详。也就是说，这部译品能得以按时发稿，跟他们的热情相助是分不开的，委实是一份难以忘怀的友情。所以，在这部名作即将付梓的时候，一方面，我们向他们表示真诚的谢意；另一方面也希望他们在不久的将来与我们共同分享巴尔加斯·略萨这位结构现实主义大家妙趣横生的新作在我们中国跟读者见面的快乐，再次欣赏这位对中国人民怀有深厚友情的文学大师的风采。

译者
2010 年 6 月